변화의 땅

THE CHANGING LAND

변화의 땅

로저 젤라즈니 지음
김상훈 옮김

너머

이색작가총서를 내며

   혼미를 거듭하는 한국문학의 위기가 도마에 오르면서, 현대 소설 기법의 기반을 이루는 세계 해석World Interpretation에 관한 논의가 주목을 받고 있다. 세계 해석이란 눈에 보이는 가시의 세계라기보다는 인간의 오감을 통해 집단적 혹은 개인적으로 형성되는 주관적인 현실의 문학적 서술을 의미한다. 세계 해석은 과거에는 '심각한' 주류문학의 중심에 서 있었다. 그러나 산업혁명 이전의 고전적 '일상'의 의미가 퇴색하고, 인간의 개념이 과학에 의해 확장되면서 사이버스페이스 등으로 대표되는 '현실보다 더 현실적인 환상'으로 탈바꿈하고 있는 지금, 문학 본래의 가장 원초적인 기능인 서사敍事 즉, '이야기하기'를 핵으로 삼은 소설들이 새로운 대안으로 부각되고 있다.

   20세기 중반부터 시작되고, 21세기에 들어 꽃을 피운 여러 소설 장르의 융합은 국내 평단에서 때로는 경계소설Slipstream이란 이름으로, 때로는 환상문학Fantastic Literature이란 명칭을 통해 간간이 거론되었지만, 각 장르의 개념 자체가 뿌리박지 않은 한국 특유의 상황에서의 논의는 자칫하면 탁상공론으로 흐를 위험이 있다. 이것은 주류문학과 장르문학을 불문하고 평론의 소재가 되어 줄 번역 혹은 창작 텍스트의 수가 절대적으로 모자란다는 현실의 반영이며, 나아가서는 번역문학의 빈곤함을 여실히 보여주는 부끄러운 증거이기도 하다. SF문학 기획자이자, 환상문학 평론가인 김상훈 씨의 자문을 통해 구성될 이색작가총서는 이런 상황을 타파하기 위한 대안인 동시에, 장르와 시대를 초월해서 이 '이야기하기'의 개념을 독자에게 뚜렷하게 각인시켜 줄 수 있는 이색적인 걸작과 문제작들을 한 곳에 모은 '대안 텍스트'의 의미를 가진다.

스티븐 그레그, 스튜어트 데이비드 쉬프,
그리고 린 카터에게 바친다.
이들은 이 순서대로 '안개의 땅'에서 딜비쉬를
다시 불러온 장본인이기에.
그리고 친구들을 데리고 동참해 주신
윌리엄 호프 호지슨의 그림자에게 바친다.

제1장

일곱 명의 사내 모두가 쇠사슬이 딸린 육중한 수갑을 차고 있었다. 쇠사슬은 물이 땀처럼 스며 나오고 있는 석실石室 벽 위쪽에 박힌 고정쇠에 연결되어 있었다. 사내들이 있는 곳에서 반대쪽 벽에 위치한 입구 옆의 작은 벽감壁龕 안에서는 기름등잔 하나가 약한 빛을 발하고 있다. 높은 벽 여기저기에 매달린 쇠사슬에는 빈 수갑들이 걸려 있었다. 지푸라기로 덮인 방바닥은 불결했으며 고약한 냄새를 풍겼다. 사내들 모두가 수염이 멋대로 자라 있었고, 넝마가 된 옷을 입고 있었다. 창백한 얼굴에는 깊은 주름이 패여 있다. 각자의 눈은 모두 문간에 못 박혀 있었다.

사내들의 눈앞에서 선명한 형태들이 춤을 추고, 여기저기로 휙휙 움직이며 견고한 벽을 통과하고, 다른 곳에서 다시 출현하는 일을 되풀이했다. 형태 일부는 추상적이었고, 개중에는 자연의 산물을 닮은 것도 있었다. 이것들은 꽃이나 뱀,

새, 잎사귀 따위였지만 대체로 패러디에 가까운 과장된 모습을 하고 있었다. 엷은 녹색의 회오리바람이 반대편 벽 왼쪽 구석에서 일어났다가 어느새 스러지면서 방바닥에 벌레를 잔뜩 뿌려 놓았다. 그러자마자 지푸라기 속에서 작은 동물들이 버스럭거리면서 벌레를 잡아먹기 시작했다. 입구 너머 어딘가에서 누군가의 나직한 웃음소리가 들려오더니 이어서 불규칙한 걸음걸이로 다가오는 소리가 들렸다.

호지슨이라는 이름의 청년 — 지금보다 깨끗하고 덜 말랐다면 잘 생겼다고도 할 수도 있는 — 은 고개를 흔들어 긴 갈색 머리카락을 눈에서 털어 냈다. 입술을 핥고 오른쪽에 있는 푸른 눈의 사내를 노려본다.

"이렇게도 빨리⋯⋯."

청년은 목쉰 소리로 중얼거렸다.

"자네가 생각했던 것보다 더 오랜 시간이 흘렀던 건지도 몰라." 가무잡잡한 피부를 한 푸른 눈의 사내가 말했다. "아무래도 놈들 중 하나는 그렇게 판단한 모양이군."

사내 오른쪽에 있는 흰 피부를 가진 청년이 나직하게 신음하기 시작했다. 다른 사내 둘은 자기들끼리 수군거리고 있었다.

자줏빛이 도는 잿빛을 한, 갈퀴 같은 손톱이 달린 커다란 손이 입구 한복판에 나타나 오른쪽 가장자리를 잡았다. 발소리가 멈췄고, 깊은 숨소리가 들리더니 우르릉거리는 듯한 웃음소리가 들려왔다. 호지슨 왼쪽에 있는, 뚱뚱한 대머리 사내가 날카로운 비명을 올렸다.

그림자처럼 검은 거대한 형태가 입구에 나타났다. 두 눈

— 왼쪽 것은 노랗고, 오른쪽 것은 빨갛다 — 이 깜박거리는 등잔 빛을 반사했다. 그것이 휘적거리며 앞으로 나아오자 그렇지 않아도 차가웠던 방의 공기가 한층 더 차가워졌다. 관절이 거꾸로 달린 왼쪽 다리 끝에 있는 발굽이 지푸라기 밑의 돌바닥을 밟자 딸깍 하는 소리가 났다. 비늘로 뒤덮이고 물갈퀴가 달린 육중한 오른발이 펄럭거리듯이 움직이며 독방 안으로 들어온다. 두꺼운 근육으로 뒤덮인 긴 양팔은 땅에 닿을 정도라서 손톱이 바닥을 할퀴고 있었다. 수인囚人들을 둘러보는, 거의 삼각형에 가까운 얼굴에 난 상처 같은 입이 넓어지며, 미소 비슷한 표정을 떠올린다. 말뚝처럼 늘어선 노란 이빨이 드러났다.

괴물은 독방 한복판까지 가서 멈춰 섰다. 주위에 꽂이 소나기처럼 떨어지자 마치 귀찮다는 듯이 손으로 떨쳐 냈다. 괴물은 전혀 털이 없었고, 피부는 가죽 같은 느낌을 준다. 기묘한 위치에 비늘이 산재해 있었다. 성性 구분은 없는 듯했다. 느닷없이 앞으로 내민 혀는 적갈색이었고, 끝이 둘로 갈라져 있었다.

쇠사슬에 묶인 사내들은 이제 입을 다물고, 부자연스러울 정도로 꼼짝도 않고 있었다. 색깔이 다른 두 눈이 이들을 한 번 훑어보고, 또다시 훑어본다……

다음 순간 괴물은 엄청나게 빠른 속도로 움직였다. 앞으로 껑충 뛰어나오면서 오른팔을 뻗어 아까 비명을 지른 사내를 움켜잡는다.

단 한 번 획 잡아당기는 것만으로도 사내는 쇠사슬에서 뜯겨 나왔다. 소름끼치는 절규가 독방 안에 울려 퍼졌다. 괴물의 입이 사내의 목을 물자 절규는 꾸르륵거리는 소리로 바뀌었다가 점점 스러져갔다. 사내는 몇 초 동안 몸부림치다가 괴물의 손아귀 안에서 축 늘어졌다.

괴물은 고개를 들고 입술을 핥으며 사내처럼 꾸르륵거렸다. 괴물의 시선이 희생자가 묶여 있었던 장소 위에 떨어졌다. 들고 있던 시체를 왼쪽 겨드랑이에 끼더니 오른팔을 뻗어 벽가에 쇠사슬로 고정된 수갑에 매달린 채로 아직도 흔들리고 있는 팔을 잡아 뺐다. 바닥에 떨어진 작은 조각들에는 눈도 주지 않는다.

괴물은 몸을 돌려 휘적거리는 걸음으로 문간 쪽으로 되돌아가기 시작했다. 그러면서 움켜쥔 팔을 갉작거리고 있었다. 공중에 반짝이는 물고기가 느닷없이 출현해서 헤엄쳐 다니기 시작하고, 그 위아래와 주위에서 온갖 환영 — 불의 벽, 바늘처럼 날카로운 잎이 달린 나무들이 빽빽이 들어선 숲, 진흙탕 같은 격류, 녹는 눈으로 뒤덮인 들판 — 이 병풍처럼 열리거나 닫혀도 전혀 신경을 쓰지 않는 기색이었다.

남은 수인들은 괴물이 쾅쾅거리고, 휘적거리며 떠나가는 소리에 귀를 기울였다. 이윽고 호지슨이 헛기침을 했다.

"자, 내 계획은 이래……."

호지슨은 설명하기 시작했다.

세미라마는 나락奈落 가장자리에서 웅크린 채로 몸을 내밀고 있었다. 양손은 돌로 된 가장자리에 딛고 있었다. 하얀 두 팔에 끼고 있는 여섯 개의 황금제 팔찌가 희미한 조명 속에서 반짝인다. 긴 흑발에는 한 치의 흐트러짐도 없다. 입고 있는 노란색 드레스는 짧고 얇았으며, 방은 무더웠다. 오므린 입술에서는 길게 찍찍거리는 소리가 흘러나오고 있었고, 이 소리는 한참 동안 계속되었다. 나락 근처와 그 주위의 여러 지점에서는 노예들이 삽에 몸을 기대고 숨을 죽이고 있었다. 세미라마가 있는 곳에서 뒤로 여섯 걸음, 오른쪽으로 두어 걸음 떨어진 곳에는 '제3의 손' 바란이 서 있었다. 장신에 통처럼 두터운 체구를 가진 이 사내는 날카로운 장식 못들로 뒤덮인 자신의 벨트에 양쪽 엄지손가락을 끼우고 있었다. 수염으로 뒤덮인 얼굴을 한쪽으로 갸우뚱 기울이고 것을 보니 마치 세미라마가 내고 있는 소리를 조금은 이해하고 있는 듯한 투였다. 그러나 사내의 두 눈은 반쯤 노출된 세미라마의 엉덩이를 바라보고 있었다. 머릿속으로는 주로 딴 생각을 하고 있었다.

이 작업에는 필요 불가결한 여자이지만, 나한테 전혀 관심을 보이지 않는 것이 정말 유감이군. 난폭하게 범犯하는 대신, 존경과 예의를 가지고 접해야 한다는 것도 마음에 들지 않고. 함께 작업하려면 차라리 못생긴 편이 더 나았을 텐데. 하지만 이런 모습을 구경하는 것도 나쁘지만은 않군. 아마 언젠가는……

세미라마는 몸을 젖혔다. 고약한 냄새를 풍기는 방 안을 가득 채우고 있던 목소리가 멎었다. 바란은 바람에 실려 온 어떤 악취를 맡고 얼굴을 찡그렸다. 모두가 기다렸다.

나락 깊숙한 곳에서 철퍽거리는 소리가 들려오기 시작했고, 이따금 쿵 하는 소리와 함께 바닥 전체가 진동했다. 노예들은 모두 벽가로 물러났다. 천장 아래 어딘가에서 불의 박편薄片들이 모양을 갖추며 아래로 떨어지기 시작했다. 세미라마는 옷에 떨어진 불을 털어 내며 떨리는 듯한 고음高音을 발했다. 그러자마자 불의 비는 멈췄고, 나락 내부의 그 무엇인가가 찍찍거리며 대답하는 소리가 들려왔다. 방은 확실히 느낄 수 있을 정도로 시원해졌다. 바란은 한숨을 내쉬었다.

"이제야……."

바란은 속삭이듯이 말했다.

나락 속에서 들려오는 찍찍거리는 소리는 한참 동안 지속되었다. 세미라마의 몸이 긴장했다. 세미라마는 대답하거나 혹은 상대방의 말을 끊으려고 시도했다. 그러나 완전히 무시당한 듯했다. 찍찍거리는 소리가 계속되면서 세미라마의 목소리를 묻어 버렸기 때문이다. 또다시 몸부림이 시작되는가 싶더니 나락 위로 불길이 솟구쳤고, 흔들리다가, 눈 깜짝할 새에 다시 아래로 떨어졌다. 주황색 빛 속에서 길쭉하고 고통에 일그러진 얼굴이 한순간 나타났다가 사라졌다. 세미라마는 뒤로 물러났다. 거대한 종이 울리는 듯한 소리가 방 안을 가득 채웠다. 갑자기 몇 백 마리나 되는 살아 있는 개구리가 쏟아져 내리며 사람들 주위를 펄쩍펄쩍 뛰어다니고, 나락 안으로 떨어지고, 노예들이 처리하고 있던 높은 배설물 더미 위를 마구 돌아다니고, 먼 아치문을 통해 밖으로 도망치기 시작했다. 사람보다 두 배 이상 큰 얼음 덩어리가 쿵 하는 소리와 함께 바닥에 떨어졌다.

세미라마는 천천히 일어서서 한 걸음 뒤로 물러난 다음 노예들을 향해 몸을 돌렸다.

"하던 일을 계속해."

노예들은 주저하는 기색을 보였다. 바란은 그쪽으로 뛰어

나가 가장 가까운 곳에 있던 노예의 어깨와 허벅지를 다짜고
짜 움켜잡았다. 사내를 번쩍 위로 들어올려 나락 너머로 내던
진다. 그 직후 들려온 비명은 짧았다.

"똥을 계속 퍼 넣어!"

바란은 고함을 질렀다.

남은 노예들은 황급히 하던 일을 재개했고, 악취를 내뿜는
똥 무더기에서 파낸 물질을 검은 구멍 너머로 퍼 넣었다.

세미라마의 손이 자기 팔에 와 닿는 것을 느끼고 바란은 재
빨리 뒤로 돌아섰다.

"앞으로는 자제력을 발휘해야 해요." 세미라마는 말했다.
"노동력은 소중하니까 말예요."

바란은 입을 열어 뭐라고 말하려고 했다가 닫았고, 날카롭
게 고개를 끄덕였다. 여자가 이렇게 말한 사이에도 철퍽거리
는 소리는 점점 스러져가고 있었다. 떨리는 듯한 소리도 더
이상 들리지 않는다.

"…다른 한편으로는 기분 전환할 거리가 생겨서 오히려 기
뻐했을 가능성도 있긴 있군요."

세미라마의 풍만한 입술 위를 알듯 모를 듯한 미소가 가로
질렀다. 바란의 팔을 잡고 있던 손을 놓고, 옷매무새를 가다
듬는다.

"이번에 투알루아는 무슨 말을… 그러니까 무슨 할 말이
있었던 겁니까?"

"나를 따라와요."

세미라마는 말했다.

두 사람은 나락 주위를 돌았다. 녹기 시작한 얼음 덩어리

를 우회해서 아치문 아래를 지나 천장이 낮은 긴 회랑回廊으로 들어갔다. 세미라마는 회랑을 가로질러 폭넓은 유리를 끼운 창가에서, 안개 너머 반짝이는 아침 풍경을 바라보며 바란이 오기를 기다렸다. 바란은 그 곁으로 가서 섰다. 뒷짐을 지고 있다.

"흐음." 이윽고 바란은 물었다. "투알루아가 이번엔 뭐라고 했습니까?"

세미라마는 길게 꼬리를 끄는 안개 너머에서 번득이는 색채와 그 뒤에서 끊임없이 모습을 바꾸고 있는 바위들을 응시하다가 이내 입을 열었다.

"완전히 이성을 잃었어요."

"화가 난 것은 아닙니까?"

"이따금 그럴 때도 있어요. 그랬다가 안 그랬다가 하는 거죠. 하지만 그 자체로서는 별 것 아녜요. 그건 존재 상태의 일부에 불과하니까. 투알루아의 일족은 언제나 광기狂氣를 조금 내포하고 있었어요."

"그럼 최근 몇 달 동안… 정말로 우리를 벌하려고 그랬던 것은 아니라는 말입니까?"

세미라마는 미소 지었다.

"평소 때보다 더 심했던 건 아녜요. 감독자들은 언제나 인류에 대해 투알루아가 품고 있는 통상적인 적의를 통제해 왔어요."

"그럼 어떻게 해서 그 통제를 뿌리쳤던 겁니까?"

"광기는 힘을 줄 뿐만 아니라, 문제를 풀기 위한 완전히 독창적인 접근법을 제시해 주기 때문이겠죠."

바란은 바닥을 발로 조급하게 두드리기 시작했다.

"당신은 '장로신Elder Gods'들과 그 일족에 관한 전문가입니다." 잠시 후 바란은 운을 뗐다. "이런 일은 얼마나 더 오래 지속될까요?"

세미라마는 고개를 가로저었다.

"확실하게 알 방법은 없어요. 영구적인 것일 수도 있어요. 지금 당장 끝날 수도 있고 아니면 그 중간에 해당하는 결과가 나올지도 모르죠."

"그럼 투알루아의 회복을 촉진할 수 있는 방법은 없다는 겁니까?"

"스스로 상태를 자각하고 치료법을 제안할지도 몰라요. 이따금 그런 일이 일어나죠."

"옛날에도 지금 같은 문제가 있었습니까?"

"그래요. 그리고 밟아야 하는 절차도 지금과 마찬가지였어요. 주기적으로 대화를 나누면서 다른 자아自我와 접촉을 시도하는 거예요."

"그러는 동안 언제라도 우리 모두를 죽일 가능성이 있지 않습니까? 감독자들도 없고, 지금처럼 그의 마법이 폭주하고 있는 상황에서는."

"그럴 수도 있겠죠. 그러니까 계속 경계 태세를 유지해야 해요."

바란은 콧방귀를 뀌었다.

"경계한다고요? 만약 투알루아가 우리를 공격해 온다면, 우리가 할 수 있는 일은 아무 것도 없습니다. 도망칠 수조차 없지 않습니까." 바란은 창문 너머의 풍경을 향해 손을 흔들어 보였다. "도대체 누가 저런 황야를 돌파할 수 있단 말입니까?"

"포로들은 돌파해 왔잖아요."

"그건 효과가 지금만큼 강렬하지 않았을 때의 일입니다. 당신은 저런 곳으로 나가고 싶습니까?"

"달리 대안이 없을 경우에만 그렇게 하겠죠."

세미라마는 대꾸했다.

"그리고 이제는 거울도 — 다른 마법들 대다수와 마찬가지로 — 정상적으로 작동하지 않습니다. 젤레락조차 연락을 못하고 있지 않습니까."

"잠시 다른 문제에 발이 묶여 있는 건지도 몰라요. 그걸 누가 알 수 있겠어요?"

바란은 어깨를 으쓱했다.

"어느 쪽이든 간에 결과는 똑같습니다. 그 누구도 여기서 나가거나 여기로 들어올 수 없는 겁니다."

"하지만 많은 자들이 여기로 들어오려고 한다는 건 당신도 알지 않나요. 밖에 있는 마법사들이 보면 이 장소는 정말 매력적으로 느껴질 테니까."

"흐음. 통제력만 얻을 수 있다면 물론 그렇겠지요. 물론 밖에 있는 작자들 중에서 우리가 직면한 문제가 뭔지를 아는 자는 아무도 없습니다. 따라서 그건 거의 도박에 가까운 행위가 되겠죠."

"하지만 이미 안에 들어와 있는 우리 같은 사람들에게는 그보다는 덜 도박적이란 말이군요. 에?"

바란은 입술을 핥고는 몸을 돌려 상대방을 응시했다.

"방금 한 말의 뜻이 정확히 무엇인지 모르겠군요……."

바로 그 순간 마구간에서 온 노예 하나가 말똥이 가득 찬 손수레를 밀고 그들 곁을 지나갔다. 세미라마는 노예가 지나 갈 때까지 기다렸다.

"나는 지금까지 당신을 주시해 왔어요. 그래서 당신 마음을 읽을 수 있어요, 바란. 당신의 마스터에 대항해서 이 장소를 지배할 수 있다고 정말로 믿고 있나요?"

"마스터는 지금 쇠약해져 있습니다, 세미라마. 이미 마력의 일부를 잃었고, 투알루아 건도 그 일부입니다. 혼자서는 할 수 없지만 불가능한 일은 아니라고 생각합니다. 오랜 세월이 흐르는 동안 마스터가 이토록 쇠약해진 것은 이번이 처음이 아닙니까."

세미라마는 웃음을 터뜨렸다.

"내 앞에서 세월에 관해 얘기하는 거예요? 나는 이 세계가 지금보다 훨씬, 훨씬 더 젊었을 때 지상을 활보했어요. 나는 잔다르에 있는 '서방의 궁각宮閣' 옥좌에 앉아 있었죠. 나는 어떤 신에 대항해서 투쟁을 벌였을 당시의 젤레락을 알고 있어요. 기껏해야 몇 세기밖에는 살아보지 못했으면서, 어떻게 세월에 관해 얘기할 수 있는 거죠?"

"젤레락은 바로 그 신의 손에 의해 패배를 맛보고, 일그러졌습니다……."

"하지만 살아남았어요. 안 돼요. 당신의 꿈을 이루는 것은 결코 쉬운 일이 아닐 걸요."

"그럼 흥미가 없다는 말씀이시군요. 알겠습니다. 단지 꿈꾸는 것과 실제로 행동에 나서는 일 사이에는 큰 차이가 있다는 점만 명심해 두십시오. 나는 마스터에 대해서 아무런 적대적인 행동도 취하지 않았습니다."

"우리가 하는 모든 잡담을 당신 마스터에게 보고할 생각은 없어요."

세미라마가 이렇게 대꾸하자 바란은 한숨을 내쉬었다.

"그건 고맙군요. 하지만 당신은 과거에 여왕이었습니다. 또다시 그런 힘을 얻고 싶다는 욕구는 없습니까?"

"난 그런 힘에 염증을 느꼈어요. 다시 한 번 살아서 움직일 수 있다는 것만으로도 난 기뻐요. 그 점에 대해서는 젤레락에게 감사하고 있어요."

"마스터가 당신을 소생시킨 것은 투알루아와 의사소통을 할 수 있는 인간이 필요했기 때문입니다."

"이유가 무엇이든 간에······."

그들은 잠시 그 자리에 서서 창문 밖을 내다보고 있었다. 안개가 이동하면서, 번득이는 모래땅 위에서 무엇인가 검은 것들이 악전고투하는 모습이 흘낏 보였다. 바란이 창문 오른쪽에 대고 손짓을 하자 방금 보인 영상이 창문 쪽으로 급속히 접근하기 시작했고, 급기야는 마치 몇 걸음 떨어진 곳에서 보는 것처럼 확대되었다. 두 사내와 짐을 실은 말이 땅 속으로 가라앉고 있는 광경이었다.

"그래도 계속 오는군." 바란이 말했다. "당신이 아까 언급했던 이 장소의 매력 말인데… 저자들이 마법사와 그 제자라는 데 돈을 걸어도 좋습니다."

그들이 바라보는 사이 사람 엄지손가락만 한 크기의 붉은 전갈들이 떼를 지어 모래땅 위를 가로지르며 두 사람에게 접근했다. 앞쪽에서 모래 속에 빠져들고 있던 사내는 그것을 보더니 길고 느린 손짓을 했다. 두 사람 주위에 불의 원이 출현했다. 전갈들은 속도를 늦추고 뒤로 물러서서 불의 원 주위를 돌기 시작했다.

"아, 지금 그 주문은 효력이 있었군……."

바란은 고개를 끄덕였다.

"이따금 저럴 때도 있어요." 세미라마가 말했다. "투알루아의 에너지는 아주 불규칙하게 발산되고 있으니까요."

잠시 후 전갈들이 불길 속으로 몸을 던지기 시작했다. 죽은 전갈들의 시체가 뒤를 따르는 동료들을 위한 다리가 되어주었다. 모래 속으로 가라앉고 있는 마법사가 또다시 손짓을 하자 처음 생긴 불의 원 안에 두 번째의 원이 출현했다. 전갈떼는 또다시 전진을 멈췄지만, 처음 그랬던 것보다는 훨씬 더 짧은 시간만 그랬을 뿐이었다. 전갈떼는 불길을 향해 또다시 공격을 되풀이했고, 이 장벽을 넘어가기 시작했다. 그 무렵에는 제1파에 이어 더 많은 수의 전갈들이 그 뒤를 따르고 있었다. 마법사는 또다시 손을 들어올리고 손짓을 하기 시작했다. 불길이 일며 세 번째의 원을 이루기 시작했다. 그러나 바로 그 순간, 안개가 흘러오더니 이 모든 조망 전체를 뒤덮었다.

"빌어먹을!" 바란이 말했다. "막 재미있어지려는 참이었는데. 아까 그자는 불의 원을 몇 개나 만들어 낼 수 있을 것 같습니까?"

"다섯 개겠죠." 세미라마는 대답했다. "아무리 많이 만들고 싶어도 그만한 공간밖에는 없으니까 말예요."

"나라면 네 개라고 했겠지만, 아마 당신 말이 옳은지도 모르겠습니다. 내가 보았을 때는 조금 일그러져 보였으니까."

희미하게 쾅쾅거리고, 펄럭거리는 소리가 어딘가 먼 곳에서 들려왔다.

"어떤 느낌이었습니까?"

잠시 후 바란이 물었다.

"뭐가요?"

"죽어 있었을 때 말입니다. 그렇게 오랜 세월이 지난 후 다시 소환 당했을 때의 느낌. 당신은 결코 그 얘기를 꺼내지 않더군요."

세미라마는 상대방의 시선을 피했다.

"혹시 내가 끔찍한 지옥 같은 데서 시간을 보냈다고 생각했나요? 아니면 즐거움으로 가득 찬 장소에서 그랬다고? 그것도 아니라면 지금 내게 그건 모두 어렴풋하고 꿈같은 기억에 불과하지 않은지 혹은 그 어떤 간섭도 받지 않았다든지? 텅 빈 암흑?"

"방금 나열한 가능성들은 적어도 한 번씩은 내 머리에 떠오른 일들입니다. 어느 것이 맞습니까?"

"사실을 말하자면 그 어디에도 해당 안 돼요. 실은 여러 번 환생을 경험했어요. 개중에는 아주 흥미로운 것들도 있었지만, 대다수가 따분하기 그지없는 것들이었죠."

"정말입니까?"

"그래요. 과거에 나는 동쪽 먼 곳에 있는 왕국에서 허드렛일을 하는 궁녀였던 적도 있었어요. 그러다가 왕의 눈에 들어서 숨겨진 애첩이 되었죠. 젤레락이 내 원래 몸의 티끌들을 소생시켜서 내 영혼을 그 안으로 불러들였을 때 그 불쌍한 여자는 헛소리밖에 못 하는 백치가 되어 버렸어요. 덧붙이자면 가장 거북한 순간에 말예요. 성은을 입고 있던 중이었으니." 세미라마는 여기서 잠시 말을 멈췄다. "그래도 끝까지 눈치 못 채더군요." 세미라마는 말을 마쳤다.

바란은 상대의 얼굴을 찬찬히 보기 위해 가까이 다가섰다. 세미라마는 웃고 있었다.

"이런 망할! 언제나 나를 조롱하는군. 제대로 된 대답을 해 주는 법이 없어!"

"알아차렸군요. 그래요. 내가 이 근처에서 그런 심오한 문제에 관해 조금이라도 알고 있는 유일한 인물이라는 사실이 나는 기뻐요. 그리고 그걸 혼자만 알고 있다는 사실도."

무엇인가가 접근하면서 내는 불규칙한 소음이 아까보다 더 크게 들리고 있었다.

"아, 저것 좀 봐요! 안개가 개었어요! 그 마법사가 여섯 번째 원을 그리고 있어요!"

바란은 껄껄 웃었다.

"그런 것 같군요. 하지만 이젠 손을 제대로 움직이지도 못하지 않습니까. 저런 상태에서 다른 원을 그릴 수 있을지 모르겠군요. 전갈이 오기도 전에 땅속으로 가라앉을 수도 있겠습니다. 아까보다 더 빠르게 가라앉고 있는 것 같군요."

"또 안개가 끼었어요! 영영 알 수 없겠군요……."

계속 들려오던 소음의 빈도가 늘어나자 두 사람은 동시에 고개를 돌렸다. 양쪽 눈의 빛깔과 양쪽 다리의 모양이 다른 자줏빛 괴물이 방금 두 사람이 나온 곳을 향해 서둘러 가는 광경이 눈에 들어왔다.

"거기로 들어가면 안 돼!" 세미라마는 마브라호링으로 외쳤다. 그러고는 "바란! 못 가게 해요! 투알루아가 악마를 보고 화를 내도 난 책임 못 져요! 만약 이 성을 이곳에 묶고 있는 줄이 풀린다면……."

"멈춰 서!"

바란은 몸을 돌리며 외쳤다.

그러나 입에 수상쩍은 물체를 문 악마는 쿡쿡거리는 웃음소리를 내며 똥 무더기 위를 재빨리 가로질렀고, 나락 가장자리로 돌진했다.

다음 순간, 악마 바로 위쪽의 허공이 천을 찢는 듯한 소리를 내며 갈라지더니 절대적인 암흑의 일부가 언뜻 나타났다. 노예들이 황급히 도망쳤다. 악마는 그제야 두려워하는 표정으로 멈춰 섰다.

암흑 속에서 어떤 움직임이 일더니, 거대하고 희끄무레한 손이 그 안에서 나타났다. 그러자 악마는 재빨리 옆으로 움직이며 뒤로 물러서기 시작했지만, 손 쪽이 더 빨랐다. 손은 번개처럼 앞으로 움직여 악마의 목덜미를 움켜쥐었고, 방바닥위로 들어올렸다. 그런 다음 몸부림치며 캑캑거리는 악마의 몸을 움켜쥔 채로 암흑과 함께 움직이기 시작했고, 똥 무더기와 방을 가로질러 문간을 통과해 회랑回廊으로 나왔다.

'손'은 바란과 세미라나에게 다가와서 바란 앞에 괴물을 떨어뜨렸다. 그러고는 암흑 속으로 되돌아갔다. 천이 찢어지는 듯한 소리가 들린 후 공기가 다시 가라앉았다.

세미라마는 숨을 훅하고 들이켰다. 몸부림치는 악마가 아직도 움켜잡고 있는 것은 사람의 발이었다. 지금까지 이것을 씹고 있었던 것이다.

"또 수인들한테 갔었군!" 세미라마는 외쳤다. "이 문신은 본 적이 있어! 동방에서 온 그 살찐 마법사 조압의 팔이잖아."

바란은 벌벌 떨고 있는 악마의 엉덩이를 걷어찼다.

"이 방에 들어오지 마! 저 나락에 가까이 가서도 안 돼!" 바란은 마브라호링으로 이렇게 외치며 회랑 너머를 가리켰다. "네놈이 또 저곳에 간다면 넌 '손' 의 가차없는 노여움에 직면하게 될 거야!"

바란은 또다시 걷어차자 커다란 악마는 엎어져 사지를 뻗었다. 악마는 신음을 흘리며 들고 있던 발을 한층 더 꽉 움켜잡았다.

"무슨 말인지 알아들었나?"

"예."

악마는 훌쩍이며 같은 언어로 대답했다.

"그럼 방금 내가 한 말을 기억해 둬. 그리고 당장 여기서 나가!"

악마는 처음 왔던 곳으로 황급히 달려갔다.

"하지만 그 포로들은……."

세미라마는 입을 열었다.

"놈들이 어쨌다는 겁니까?"

바란이 물었다.

"그 악마가 포로들을 자기 밥으로 취급하게 하면 안 돼요."

"왜 안 된다는 겁니까?"

"젤레락이 올 때까지는 그대로 놓아두어야 해요. 젤레락이 포로들을 보고 직접 판단할 때까지는."

"그럴 것 같지는 않군요. 어차피 별로 중요한 놈들도 아닙니다. 설령 젤레락이 그럴 생각이 있더라도, 지금보다 더 나쁜 운명을 즉각 고안해 내지는 못할 겁니다."

"하지만… 그자들은 이론상으로는 젤레락의 포로예요. 우리 것이 아니라."

바란은 어깨를 으쓱했다.

"놈들을 방치해 놓는다고 해서 우리가 비난받을 것 같지는 않군요. 설령 그런다 하더라도 모든 책임은 내가 지겠습니다." 바란은 잠시 말을 멈췄다가 다시 입을 열었다. "사실 마스터가 반드시 돌아오리라는 확신이 있는 것도 아닙니다." 다시 침묵이 흘렀다. "당신은 어떻게 생각합니까?"

세미라마는 몸을 돌려 다시 창문 너머의 흐릿한 풍경을 바라보았다.

"나도 잘 모르겠어요. 특히 그 일에 관해서는, 확신이 있든 없든 그걸 입 밖에 내서 말하고 싶지는 않군요. 이 시점에서는 말예요."

"지금 이 시점과 장래의 시점이 뭐가 다르다는 겁니까?"

"아직 너무 일러요. 젤레락은 지금보다 더 오랫동안 자리를 비운 적이 있어요."

"우리 두 사람 모두 극지방에서 그에게 무슨 일이 일어났다는 사실을 알지 않습니까."

"그보다 더한 것도 견뎌낸 적이 있다는 확신이 있어요. 옛날 나도 그 장소에 있었잖아요. 생각 안 나요?"

"그럼 마스터가 영원히 돌아오지 않을 경우에는?"

"투알루아가 정신을 차리지 않는 이상 그건 탁상공론에 불과해요."

바란의 눈이 번득였다. 그러고는 거의 반짝이는 것처럼 보였다.

"혹시 내일이라도 당신의 신이 회복한다면?"

"그럼 그때 가서 물어 봐요."

바란은 콧방귀를 뀌고는 몸을 홱 돌려 악마가 사라진 방향을 향해 성큼성큼 걸어갔다. 그러는 동안 세미라마는 천천히 손을 꼽으며 여섯까지 셌다. 그러고는 동작을 멈췄다. 눈가에 눈물이 맺혀 있었다.

봄의 초목이 풍성하게 자라난, 어느 정도 기복이 있는 대지였다. 멜리아쉬는 이것들에 대해 등을 돌린 자세로 낮은 언덕 위에 앉아 있었다. 몸 앞에 수직으로 세워 놓은 팔뚝 길이의 흑단 지팡이 끄트머리는 땅 속에 한 뼘 가량 박혀 있었다. 멜리아쉬는 먼 곳을 바라보고 있었다. 아침 햇살을 받고 분홍빛으로 물든 안개가 마법의 영향 아래 있는 대지 주위에서 이리저리 움직이면서, 풍경의 변성變性과 재변성을 언뜻언뜻 보여주고 있는 곳을 말이다. 멜리아쉬는 넓은 어깨를 가진 사내였고, 머리카락은 황갈색이었다. 주로 주황색이 대부분인 멜리아쉬의 복장은 지금 와 있는 대지와 현 상황에 걸맞지 않을 정도로 화려해 보였다. 목에 걸린 황금 사슬에는 멜리아쉬의 눈처럼 새파란 보석이 매달려 있었다. 등 뒤에서는 하인

두 사람이 야영지를 돌아다니며 아침식사를 준비하고 있었다. 멜리아쉬는 천천히 상체를 수그리며 손가락 끝을 지팡이에 갖다 댔다. 그러고는 계속 그 너머를 응시한다. 그림자의 파도가 안개를 훑고 지나가면서 소용돌이가 일자 눈을 돌려 그쪽을 보았다. 이윽고 멜리아쉬는 꼼짝도 않고 귀를 기울이기 시작했다. 잠시 후 나직하게 뭐라고 말하고는 기다렸다. 이런 일을 몇 번 되풀이하고는 일어서서 야영지로 돌아갔다.

"한 사람 분의 식사를 더 준비해 줘." 멜리아쉬는 하인들에게 말했다. "그리고 몇 사람이 먹을 분량의 음식을 덥혀 둬. 오늘은 참 흥미로운 날이 될 것 같군."

하인들은 투덜거렸지만, 그중 한 사람은 포대에서 채소를 꺼내 껍질을 벗기기 시작했다. 옆에 있는 동료에게 채소를 건네자 동료는 칼로 그것들을 잘라 스튜 냄비stewpot에 집어넣었다.

"고기도 좀 집어넣게."

"예, 멜리아쉬 님. 하지만 남은 양이 얼마 안 됩니다."

하인 중 나이가 많고 몸집이 작은, 희끄무레한 턱수염을 기른 사내가 말했다.

"그럼 두 사람 중 하나는 오후에 사냥을 좀 해야겠군."

"이 숲은 마음에 들지 않습니다." 마른 체구에 예각적인 이목구비와 새까만 눈을 가진 다른 하인이 말했다. "변신수變身獸라든지 사악한 괴물 따위가 돌아다니고 있을 듯한 느낌입니다."

"숲은 안전해."

멜리아쉬는 대답했다.

작은 체구의 하인은 고기 조각을 주사위 모양으로 썰기 시작했다.

"손님은 언제 도착합니까?"

하인이 물었다.

멜리아쉬는 어깨를 으쓱해 보이고는 조금 더 앞으로 가서 야영지 뒤쪽의 언덕을 바라보았다.

"그 손님이 얼마나 빨리 움직이고 있는지 알아볼 방법이 없군. 그런데……."

무엇인가가 움직였다. 멜리아쉬는 그것이 전방의 비틀린 나무 옆에 있던 초록색 장화임을 깨달았다. 한 켤레의 장화였다.

멜리아쉬는 멈춰 서서 고개를 들었다. 장화의 주인은 키가 크고, 햇볕을 등지고 서 있다.

"안녕하십니까." 멜리아쉬는 실눈을 뜨고 손을 이마에 갖다 대며 말했다. "저는 멜리아쉬입니다. 이 구역을 담당한 '협회society'의 감시인이고……."

"알아요." 대답이 돌아왔다. "안녕하세요, 멜리아쉬."

그 인물은 아무 소리도 내지 않고 앞으로 걸어왔다. 금발에 흰 피부와 초록색 눈을 가진 호리호리한 여자였다. 이목구비는 섬세했다. 망토와 허리띠, 그리고 초록색 장화와 짝을 이루는 머리띠를 착용하고 있었다. 바지와 블라우스는 검정색이었고, 갈색 가죽조끼를 입고 있다. 허리띠에는 두꺼운 검정색 장갑이 끼워져 있었고, 짧은 검과 긴 단검이 매달려 있었다. 왼손에는 정체불명의 불그스름한 나무로 만들어진, 시위를 끼우지 않은 활이 들려 있었다. 그러나 그 손의 검지에 낀 육중한 검정색 반지와 그 위에 각인된 녹색 문양은 알아볼 수 있었다. 멜리아쉬는 '협회'의 인식 수신호를 보내는 것을 생략하고 그대로 한쪽 무릎을 꿇고 고개를 숙였다.

"마린타의 왕녀王女이시여……."

멜리아쉬는 말했다.

"일어서십시오, 멜리아쉬." 여자는 대답했다. "나는 여기서 증인으로 일하고 있는 당신의 일과 관련된 용무로 이곳에 왔습니다. 그냥 '아를라타'라고 불러 줘요."

"그러시지 말라고 설득하고 싶습니다. 아를라타." 멜리아쉬는 이렇게 말하며 일어섰다. "너무나도 위험이 큽니다."

"하지만 얻는 것도 그만큼 많겠죠."

아를라타는 대답했다.

"일단 이쪽으로 오셔서 저와 아침을 드시면 어떻겠습니까? 그러면서 사정을 설명해 드리겠습니다."

"이미 먹었어요." 아를라타는 이렇게 대답하며 몸을 돌려 멜리아쉬와 함께 야영지로 들어왔다. "하지만 그냥 앉아서 좀 얘기를 나누기로 하죠."

아를라타는 모닥불 남쪽에 놓인 접이식 탁자의 벤치에 앉았다.

"지금 드시겠습니까?"

젊은 하인이 멜리아쉬에게 물었다.

"차를 좀 드시겠습니까?"

멜리아쉬가 물었다.

"예, 들겠어요."

멜리아쉬는 하인에게 고개를 끄덕여 보였다.

"차를 두 잔 가져다주게."

두 사람은 하인이 차를 끓이고 잔에 따라 탁자 위에 올려놓을 때까지 말없이 앉아서 서쪽을 바라보고 있었다. 안개에 에워싸인 변화의 땅을 말이다. 아를라타가 차를 마시자 멜리아쉬는 자기 찻잔을 들어올려 보이고는 한 모금 마셨다.

"이렇게 쌀쌀한 아침에 마시니 좋군요."

"매일 아침이라도 좋을 거예요. 좋은 차군요."

"감사합니다. 그런데 저 장소로 왜 가고 싶으신 겁니까?"

"누구든 그러고 싶지 않겠어요? 저곳에는 힘이 있어요."

"제가 잘못 알고 있는 것이 아니라면, 당신은 이미 상당한 힘을 가지고 있지 않습니까? 그보다 더 세속적인 부富에 관해서는 말할 것도 없고."

아를라타는 미소 지었다.

"아마 그렇다고 할 수 있겠죠. 하지만 저 기묘한 장소 안에 갇혀 있는 힘은 정말로 엄청나요. 저 '오래된 자Old One'를 통제할 수만 있다면… 당신은 나를 이상주의자로 볼지 모르지만, 그 힘으로 할 수 있는 좋은 일들은 너무나도 많아요. 이 세계에 횡행하는 비참함을 많이 줄일 수가 있는 거예요."

멜리아쉬는 한숨을 쉬었다.

"왜 당신은 다른 사람들처럼 자기 이득을 바라지 않는 겁니까? 아시다시피 제가 여기 있는 이유 중 하나는 그런 시도를 억제하는 것입니다. 방금 말하신 것 같은 동기를 가졌을 경우에는 설득하기가 한층 더 힘들어지는군요."

"협회가 어떤 견해를 가지고 있는지는 나도 알아요. 젤레락은 언제든지 돌아올 가능성이 있고, 침입자들의 존재는 협회 전체를 끌어들이는 사태로 발전할 수도 있겠죠. 당신은 완전무결한 증인이고, 이 장소 주위를 에워싸고 있는 다른 네 사람도 마찬가지예요. 협회의 요구를 만족시키기 위해 선서를 해도 좋아요. 이번 일에서 나는 완전히 나 자신만을 위해 행동하고 있다고 말예요. 이걸로 충분한가요?"

"절차상으로는 그렇습니다. 하지만 제가 지적하려던 것은 그 문제가 아니었습니다. 설령 당신이 저 땅을 돌파한다고 해도, 저 성은 자체적인 방어 체계를 갖추고 있고, 아마 그 주인의 부하들은 여전히 저곳을 통제하고 있을 겁니다. 하지만 이런 것들은 일단 모두 옆으로 밀어 놓고 한 가지만 얘기하겠습니다. 설령 당신이 어느 정도의 통제력을 얻게 된다 하더라도, '오래된 자'들 중 하나가 좋은 일을 할 수 있을 정도로 오랜 기간 강제할 수 있다고는 생각하지 않습니다. '오래된 자'는 부패한 신이고, 그런 신은 그냥 자게 내버려두는 것이 최상의 선택입니다. 그러니까 그냥 엘프의 영지로 돌아가십시오. 조금 더 단순한 방법으로 자선을 행하시는 편이 낫습니다. 설령 성공한다고 해도… 결국 실패할 거라고 단언할 수 있습니다."

"그런 얘기는 이미 들었어요. 그리고 깊이 생각해 보기도 했죠. 걱정해 주셔서 고맙지만, 나는 이미 결심했답니다."

멜리아쉬는 차를 홀짝였다.

"일단 설득하려는 노력은 했습니다." 잠시 후 그는 말했다. "만약 여기서 보이는 범위 안에서 당신 몸에 무슨 일이 일어난다면 구조를 시도해 보겠습니다. 물론 아무런 약속도 할 수는 없습니다만."

"나 또한 아무 것도 바라지 않아요."

아를라타는 차를 모두 들이키고 일어섰다.

"이제 가보겠습니다."

멜리아쉬도 일어섰다.

"왜 그렇게 서두르십니까? 이제 동이 텄을 뿐이고, 조금 더 기다리면 기온도 올라가고 햇살도 더 밝아질 겁니다. 그리고 또 다른 마법사가 올 수도 있습니다. 두 사람이 함께 간다면 성공 가능성도 더 올라가겠고…….."

"안 돼요! 무엇을 얻든 간에 그걸 다른 사람과 공유할 생각은 없어요."

"그럼 원하시는 대로 하십시오. 자, 가장자리까지 함께 걸어가기로 하지요."

두 사람은 야영지를 가로질러 풀빛이 바래기 시작하는 장소로 갔다. 거기서 몇 걸음 더 나아가지 풀은 모두 말라붙은 것처럼 새하얗게 탈색되어 있었다.

"저기 보이는 저곳입니다." 멜리아쉬는 손짓해 보였다. "폭은 2리그쯤 되고, 대략 원형을 이루고 있습니다. 중앙 어딘가에 위치한 성은 가장 높은 고지 위에 있습니다. 원 주위에는 협회를 대표하는 다섯 명의 마법사들이 거의 같은 간격을 두고 배치되어 있습니다. 저 장소의 효과를 관찰하고, 충고를 하고, 목격한 것을 훗날 증언하기 위해서죠. 마법을 쓸 경우 주문은 완벽하게 기능할지도 모르지만 그 대신 더 강력해지거나, 감소하거나, 무력화되거나, 어떤 식으로든 왜곡될 수도 있습니다. 무해하거나 혹은 그렇지 않은 생물들이 접근해 올 가능성도 있습니다. 풍경 자체가 그렇게 작용할 수도 있고 말입니다. 당신의 여정이 어떻게 될지 미리 아는 것은 불가능합니다. 하지만 저 땅을 가로지른 사람이 그리 많다고는 생각되지 않는군요. 설령 성공한 사람들이 있다고 해도, 지금까지 아무런 변화도 일어나지 않았습니다."

"성 내부의 방어자들 탓이라고 생각하시나요?"

"그럴 개연성이 높아 보이는군요. 성 자체는 아무 손상도 입은 것 같지 않습니다."

"설마." 아를라타는 멜리아쉬의 눈을 똑바로 쳐다보며 말했다. "저 성의 상태에 입각해서 결론을 내릴 수는 없지 않습니까. 다른 보통 건물과는 전혀 다르니까요."

"지금까지는 저도 확실히 알 수 없었습니다만, 어느 정도는 사실인 것처럼 들리는군요. '형제회', 그러니까 '협회'는 지금 그것을 조사하고 있습니다."

"흐음, 나는 **확실히** 알아요. 미리 얘기해 뒀으면 불필요한 노력은 할 필요가 없었을 텐데. 저 성에 저런 일이 일어났을 때 담당자가 누구였는지 아나요?"

"예. '제3의 손'의 바란이라는 이름의 마법사였습니다. 몇 년 전 젤레락에게 가기 전까지는 협회의 정회원이었던 사내입니다."

"그자 얘기라면 나도 들은 적이 있어요. 기회가 생기면 자기가 직접 그 힘을 얻으려고 할 종류의 사내 같군요."

"아마 실제로 그걸 시도했고, 이런 결과가 나온 건지도 모릅니다. 저는 알 수가 없습니다만."

"나는 곧 그걸 알아낼 수 있을 거라고 생각해요. 뭔가 충고할 일이라도?"

"그리 많지는 않습니다. 우선 몸 전체에 범용 방호 주문을 두르고……."

"그건 이미 끝났어요."

"…전진하시면서, 파상적으로 몰려오는 교란의 물결에 주의하십시오. 물결은 저 성을 중심으로 왼쪽으로 돌며 확산하고 있는 것처럼 보입니다. 그러면서 점점 더 힘을 얻어 가는 거죠. 그 강도에 따라서 한 번에서 세 번까지 도는 것 같습니다. 일반적으로 말해서 물결의 속도는 날씨가 좋을 때 해변으로 몰려오는 파도의 속도와 비슷합니다. 그 파도가 휩쓸고 지나간 물질들은 변화하고, 마법 주문이 가장 심각한 영향을 받는 것은 파도 꼭대기에서입니다."

"그 물결에 뭔가 주기 같은 것은 없습니까?"

"저희들의 능력으로 탐지한 범위 내에서는 없습니다. 오랫동안 휴지기가 계속되는가 하면, 연달아 몇 개가 몰려오는 식입니다. 아무런 경고도 없이 시작되죠."

멜리아쉬는 잠시 침묵했다. 아를라타가 쳐다보자 멜리아쉬는 고개를 돌려 외면했다.

"무슨 일이죠?"

아를라타가 물었다.

"만약 그 물결에 휩쓸린다면, 후퇴도 전진도 불가능해진다면… 다시 말해서 저 지대를 가로지르는 데 실패하신다면, '협회'가 제공하는 수단 중 하나를 이용해서 저한테 자세한 보고를 해 주시면 고맙겠습니다."

멜리아쉬는 근처의 지면에 똑바로 꽂아 놓은 지팡이를 흘끗 보았다.

"만약 내가 죽기 전에 여력이 있다면, 당신은 기록 보관소에 보관할 수 있는 기록을 얻을 수 있을 거예요. 혹은 그밖에 다른 목적을 위해 써도 상관없어요. 일단 내가 당신과 접촉할 수 있다면 얘기지만."

"감사합니다." 멜리아쉬는 아를라타의 눈을 보았다. "저로서는 행운을 비는 수밖에 없겠군요."

아를라타는 변화의 땅을 등지고 서서 나직하게 세 번 휘파람을 불었다.

멜리아쉬가 돌아보자 금빛 갈기가 달린 백마가 고개를 쳐들고 야영지 너머 숲에서 나와 그들에게 다가오는 것이 보였다. 멜리아쉬는 백마의 아름다움에 놀라 훅 하고 숨을 들이켰다.

말이 도착하자 아를라타는 그 목을 잡고 엘프어로 뭐라고 말했다. 그런 다음 매끄러운 동작으로 재빨리 안장에 올라탔고, 또다시 변화의 땅을 마주보았다.

"가장 최근의 물결은 동이 트기 직전에 몰려왔습니다." 멜리아쉬가 말했다. "그리고 저기 오른쪽으로 가면 있는 두 개의 뾰족한 주황색 바위를 지난 곳이 가장 교란이 적어 보입니다. 조금만 가시면 곧 눈에 들어올 겁니다."

두 사람은 산들바람이 불어와 안개가 움직일 때까지 기다렸다. 곧 높이 솟은 두 개의 쌍둥이 바위가 언뜻 보였다.

"저기로 가 보죠."

아를라타가 말했다.

"다른 자들보다는 차라리 당신이 시도하는 쪽이 낫겠군요."

아를라타는 몸을 앞으로 기울이고 나직하게 뭐라고 말했다. 말은 흐르는 듯한 동작으로 희끄무레한 땅 위를 향해 달리기 시작했다. 몇 초도 지나지 않아 인마人馬의 모습은 희미해졌고, 발굽 소리도 사라졌다.

멜리아쉬는 몸을 돌려 야영지로 돌아갔다. 검은 지팡이 옆을 지났을 때 잠깐 손을 대 보고는, 그 즉시 멈춰 섰다. 미간에 깊은 주름이 잡혔다. 멜리아쉬는 몸을 웅크리고 손가락 끝으로 지팡이를 위아래로 훑어보았다. 벨트에 매단 부드러운 가죽제 쌈지를 열고는 노란색의 작은 수정을 꺼내 눈앞에 들어올리고 단어 몇 마디를 중얼거렸다. 수정 깊숙한 곳에서 수염을 기른 나이 든 사내의 얼굴이 나타났다.

"뭔가 멜리아쉬?"

상대방의 말이 그의 머릿속에서 들려왔다.

"기묘한 진동이 오고 있어." 멜리아쉬는 말했다. "자네도 그걸 느끼나? 혹시 그쪽에서 다른 물결이 시작되고 있나?"

나이든 사내는 고개를 가로저었다.

"여기선 아직 아무 것도 느껴지지 않아. 없어."

"고마워. 타르바한테 물어보기로 하지."

멜리아쉬가 몇 마디 더 하자 나이든 사내의 얼굴이 사라지고 터번을 두른 가무잡잡한 사내의 얼굴이 그것을 대신했다.

"자네가 맡은 구역 상황은 어때?"

멜리아쉬가 물었다.

"조용해."

타르바가 대답했다.

"최근 자네 지팡이를 점검해 봤어?"

"지금 바로 그 옆에 서 있어. 아무 것도 느낄 수 없군."

멜리아쉬는 남은 감시인들과도 연락을 취했다. 주걱턱에 새파란 눈을 가진 나이든 사내와 얼굴에 깊게 주름이 팬 열정적인 느낌의 청년이었다. 그들에게서도 역시 같은 대답이 돌아왔을 뿐이었다.

수정을 쌈지에 다시 집어넣고, 그 자리에 우뚝 서서 변화의 땅을 들여다보았지만 물결은 오지 않았다. 멜리아쉬는 또다시 지팡이에 손을 대 보았지만, 아까 그를 긴장하게 만든 진동은 이미 사라져 있었다.

멜리아쉬는 야영지로 돌아가서 탁자 앞에 앉았다. 실눈을 뜨고, 주먹 쥔 손에 턱을 괴고 있었다.

"아침식사를 하시겠습니까?"

젊은 하인이 물었다.

"계속 끓이고 있게. 앞으로도 더 올 테니까 말이야. 하지만 차를 더 갖다 줘."

잠시 후 벤치에 앉아 차를 마시던 멜리아쉬는 탁자 위에 차를 조금 흘려 놓은 다음 손가락으로 그 위에 무늬를 그리기 시작했다. 여기가 성이고… 그 주위에 펜타그램pentagram 모양으로 배치된 이것들이 감시인들이고… 물결은 나선을 그리며 이런 식으로 바깥쪽을 향해 움직인다. 물결은 보통 서쪽에서 시작되고……

자신이 그린 도형 위로 그림자가 드리워진 것을 깨닫고 멜리아쉬는 고개를 들었다. 중키에 검은 머리를 가진 젊은 사내가 옆에 서 있었다. 눈은 검고, 뒤틀린 입술에는 웃음기가 서려 있었다. 노란 튜닉tunic에 검은 가죽바지를 입고 있다. 사슬로 이루어진 벨트도, 갈색 망토의 죔쇠도 모두 구리로 만들어져 있었다. 수염은 짧고 단정하게 다듬어져 있다. 사내는 멜리아쉬가 고개를 든 순간 미소 지었다.

"미안하네. 다가오는 소리를 못 들었어."

멜리아쉬가 말했다.

그러고는 하인들을 쳐다보았지만 그들도 다른 일을 하는데 바빠서 눈치채지 못한 듯했다.

"하지만 내가 오는 건 알고 있었단 얘긴가?"

"대충은 알고 있었지. 내 이름은 멜리아쉬이고, 이곳을 담당한 협회의 감시인이네."

"나도 알아. 난 머케이브의 웰레안드라고 하네. 변화의 땅을 가로질러 그 한복판에 있는 '초시간성超時間城'을 손에 넣기 위해 왔어."

"초시간…?"

"일각에서는 그렇게들 부르고 있지."

두 사람 사이에서 '협회'의 인식 수신호가 교환되었다.

"거기 앉게." 멜리아쉬가 말했다. "함께 저녁을 먹기로 하지. 자네도 따뜻한 음식을 먹고 가는 편이 낫지 않겠나."

"고맙지만 사양하겠네. 이미 먹었어."

"그럼 차라도 한 잔?"

"그럴 시간은 없을 것 같아. 갈 길이 워낙 머니까 말이야."

"유감이지만 그 여정에 대해 내가 말해 줄 수 있는 것은 거의 없다네."

"알 필요가 있는 건 이미 다 알고 있어." 웰레안드는 대답했다. "내가 알고 싶은 것은 지금까지 얼마나 많은 사람이 여기를 지나갔는가 하는 점이야."

"오늘은 자네로 두 번째야. 난 여기서 2주 동안 근무하고 있었고, 이곳을 지나간 사람은 자네까지 합쳐서 열두 명이야. 우리 모두의 기록을 합치면 도합 서른두 명이 되는군."

"성까지 가는데 성공한 사람이 몇 명쯤 되나?"

"모르겠네."

"좋군."

"가지 말라고 설득해도 그 말을 들을 가능성은 그리 높지 않겠지?"

"상대가 누구든 일단 그만두라고 설득하는 게 의무인 듯하군. 자네 말을 듣고 그만둔 사람이 한 명이라도 있나?"

"없네."

"그걸로 대답한 게 되겠군."

"저곳에서 얻을 수 있을지도 모르는 힘을 감안하면 위험을 무릅쓸 가치가 충분히 있다고 판단하고 있군. 하지만 만약 그걸 손에 넣는다면, 그 다음에는 어떻게 할 참인가?"

웰레안드는 고개를 숙였다.

"어떻게 하느냐고? 우선 잘못된 점들을 시정해야겠지. 전 세계를 돌아다니며 부정한 자들을 벌하고 선행을 행한 사람들에게는 상을 내릴 거야. 그 힘을 써서 우리가 사는 이 땅을 좀 더 살기 좋은 곳으로 만들 작정이네."

"그런 일을 하면 자네는 무엇을 얻게 되는가?"

"만족감."

"아. 흐음… 아마 그것도 틀린 말은 아니겠지. 그래, 맞아. 정말 차 마실 생각이 없나?"

"아니. 슬슬 출발하는 편이 나을 것 같아. 밤이 되기 전에 저길 가로지르고 싶으니까 말이야."

"그럼 행운을 빌겠네."

"고마우이. 아참, 아까 자네가 언급한 서른한 명 중에 금속제 말을 타고 초록색 장화를 신은 몸집이 큰 사내는 없었나?"

멜리아쉬는 고개를 가로저었다.

"아니, 그런 사람은 여기를 지나가지 않았어. 엘프 장화를 신고 있던 유일한 사람은 여자였어. 얼마 전에 여길 지나갔지."

"그게 누구였는데?"

"마린타의 아를라타."

"정말? 실로 흥미롭군."

"아까 어디서 왔다고 했지?"

"머케이브."

"들어본 적이 없는 곳이군."

"동쪽 먼 곳에 있는 작은 지방이야. 난 그곳을 행복한 곳으로 만들기 위해 미력하지만 내 나름대로 노력해 왔지."

"앞으로도 그렇게 되기를. 방금 금속제 말이라고 했나?"

"응."

"그런 것은 한 번도 본 적이 없어. 혹시 그자가 이쪽으로 올 거라고 생각하나?"

"그러지 말라는 법은 없겠지."

"그 사내에게는 그것 말고도 뭔가 특별한 점이 있나?"

"그자는 우리들 중에서도 검은 쪽의 마법을 수행하는 자야. 만약 그자가 성공한다면 얼마나 많은 악행을 저지를지 상상도 하기 힘들 정도이지."

"협회는 그 누가 이 일을 시도하더라도 특정한 입장을 취하지 않는 것으로 되어 있네."

"나도 알아. 하지만 그런 자에게까지 친절하게 길을 가르쳐 주고, 충고를 해 줄 필요는 없지 않을까? 무슨 뜻인지 알겠지."

"알 것 같네, 웰레안드."

"…그리고 그자의 이름은 딜비쉬야."

"기억해 두겠네."

웰레안드는 미소 지었고, 손을 뻗어 나무에 기대어 놓은 지팡이를 잡았다. 정교한 조각으로 장식된 지팡이였다. 멜리아쉬는 그것이 거기 있다는 사실조차도 모르고 있었다.

"이제 가 봐야겠군. 그럼 잘 있게, 감시인 친구."

"타거나 짐을 실을 말 따위를 끌고 오지는 않았나?"

사내는 고개를 가로저었다.

"난 그다지 많은 것을 필요로 하지 않아."

"그럼 행운을 빌겠네, 웰레안드."

사내는 몸을 돌려 변화의 땅을 향해 걸어갔다. 뒤를 돌아다보지는 않았다. 잠시 후 멜리아쉬는 자리에서 일어나 그쪽을 바라보고 있었다. 안개가 사내를 완전히 감쌀 때까지.

　호지슨은 쇠사슬을 힘껏 잡아당겼다. 팔목과 발목을 쇠사슬이 파고들지만 한 달 동안 이곳에 갇혀 지내는 사이 체중이 준 탓에 원했던 만큼의 여유를 얻을 수 있었다. 오른쪽 엄지발가락을 써서 거친 바닥에 그리고 있던 선을 계속해서 그리고는 마침내 바로 옆에 있던 동료가 그린 선에 이었다. 그러고는 쇠사슬에 매달린 채로 축 늘어졌고, 격한 숨을 헐떡였다.

　그 반대편의 문간 근처에서 오딜 ― 다른 사람들보다 키가 작았다 ― 은 자신이 맡은 도형 일부에 들어갈 글자를 그리기 위해 호지슨과 비슷한 방법으로 악전고투하고 있었다.

　"서둘러!" 호지슨 오른쪽에 있던 검은 마법사 더콘이 큰 소리로 말했다. "아무래도 놈들 중 하나가 오고 있는 것 같아."

　왼쪽 벽가에 놓인 벤치에 쇠사슬로 함께 매여 있는 두 명의 중급 마법사들도 고개를 끄덕였다.

"이제 숨기기 시작하는 편이 낫지 않을까." 그중 하나가 제안했다. "오딜은 자기가 맡은 부분이 어디로 이어지는지 이미 알고 있으니까 말이야."

"응." 호지슨은 다시 몸을 일으키며 말했다. "이 저주받을 물건을 저 저주받을 놈으로부터 감춰야 해!" 그러고는 발을 뻗어 도형 중앙에 지푸라기 더미를 차 넣었다. "하지만 살살 해야 해! 손상을 입히면 안 돼!"

다른 사람들도 호지슨을 따라 자기가 맡은 구역 위에 지푸라기를 차 넣었다. 오딜은 그리고 있던 글자에 획을 하나 덧붙였다. 방 전체가 섬뜩한 느낌의 파란 빛을 발하기 시작했고, 아까까지만 해도 없었던 파르스름한 새가 날개를 퍼덕거리며 구석에서 구석으로 날아다니다가 입구 밖으로 나갔다.

빛이 스러지자 더콘은 뭐라고 중얼거렸고, 오딜은 또 하나의 획을 그려 넣었다.

"아무래도 무슨 소리가 들리는 것 같아."

문간에 가까운 왼쪽에 있는 사내 하나가 말했다.

모두가 입을 다물고 귀를 기울였다. 방 밖에서 희미하게 딸깍 하는 소리가 들렸다.

"오딜." 호지슨은 나직하게 말했다. "지금이야……."

작은 체구의 오딜은 다시 한 번 고투했다. 다른 사람들은 발을 움직이며 바닥에 그려 넣은 패턴을 지푸라기로 더 많이 덮었다. 바깥에서 씨근거리는 소리가 들려왔다. 오딜은 평행선 두 개 — 두 번째 것은 처음 것보다 길었다 — 를 그은 다음 그와는 수직을 이루는 선을 조심스럽게 덧붙였다. 이 일이 끝나자마자 오딜은 축 늘어졌다. 얼굴이 땀으로 번들거리고 있었다.

"끝났어!" 더콘이 말했다. "그러니까 이 패턴이 아직 변성 ~~變性~~되지 않았다면 말이야."

"할 수 있을 것 같아?"

호지슨은 더콘에게 물었다.

"이건 내가 이 장소로 온 이래 처음으로 하는 즐거운 일이라네."

더콘은 이렇게 대꾸하고는 모종의 예비 주문을 나직하게 외우기 시작했다.

그러나 그것 말고 다른 일이 일어나기까지는 한참 걸렸다. 사내들은 조압이라는 이름의 마술사가 매달려 있던 쇠사슬을 흘끗거리며 계속 보았고, 검붉은 줄무늬가 남아 있는 벽을 보았다. 더콘은 작업의 첫 번째 단계를 끝마쳤다. 먼 곳을 바라보는 듯한 푸른 눈은 깜박이지도 않고 전방을 똑바로 응시하고 있었다. 호지슨은 더콘을 향해 몸을 기울이고 이따금 뭐라고 중얼거렸다. 마치 남아 있는 에너지를 상대방에게 전달하려는 듯한 느낌이었다. 다른 사람들도 비슷한 일을 하고 있었다.

그때 괴물이 느닷없이 문간에 나타나더니 호지슨을 향해 달려들었다. 호지슨은 괴물과 마주보고 있는 위치에 묶여 있었다. 괴물은 빨간 몸통에 두터운 꼬리가 달리고, 뾰족하게 튀어나온 관절을 가진 깡마른 생물이었고, 머리에는 사슴뿔이 자라 있었다. 불타오르는 듯한 빨간 눈으로 호지슨을 응시하며 검은 손톱을 뻗쳐 온다.

괴물이 지푸라기에 숨겨진 패턴 한복판에 해당하는 위치에 손을 댄 순간, 그 입에서 귀청을 찢는 듯한 비명소리가 흘러 나왔다. 마치 눈에 안 보이는 벽에 부딪친 것처럼 몸을 바싹 갖다 댄다. 결코 사라지지 않을 듯한 웃는 표정을 지은 아가리 속에서 상아빛 말뚝 같은 이빨이 날카로운 소리를 내며 맞물린다.

더콘은 단어 하나를 뚜렷한 목소리로 발음했다. 아무런 감정도 실리지 않은 목소리로.

괴물은 흐느끼는 듯한 소리를 발하더니 검게 변했다. 괴물의 살이 마치 눈에 보이지 않는 불길에 타오르는 것처럼 움츠러들기 시작했다. 소름끼치는 표정으로 괴물은 자기 몸을 마구 난타했다. 다음 순간 갑자기 눈부신 불꽃이 번쩍였다. 괴물은 사라져 있었다.

여러 명의 입에서 한숨이 새어나왔다. 잠시 후 사내들은 서로를 마주보며 미소 지었다.

"효과가 있었어……."

누군가가 속삭이듯이 말했다.

더콘은 호지슨을 향해 몸을 돌리고는 고개를 끄덕였다. 단지 그랬을 뿐이지만, 마치 궁정풍風의 우아한 절을 한 듯한 인상을 주었다.

"백마법사 치고는 나쁘지 않은 솜씨로군. 정말로 성공할 거라고는 생각하지 않았어."

"실은 나도 그렇게 자신이 있던 건 아니었어."

호지슨이 대답했다.

"좋은 구경거리였네."

호지슨 왼쪽에 있는 두 사내 중 하나가 말했다.

"제대로 작동하는 악마용 덫이 하나 생겼군."

그 옆에 있던 사내가 말했다.

"이제는 조금 더 오래 살 수 있다는 보증이 생겼으니까."

호지슨이 말했다. "여기서 빠져나가는 방법을 생각해 내고, 자유의 몸이 된 다음에는 어떻게 할지 계획을 짜야 해."

"무조건 도망쳐 나가서, 모든 걸 포기하고 그냥 집에 가고 싶어." 벤치에 쇠사슬로 묶여 있는 두 사람 중 호지슨에 더 가까운 쪽에 있는 베인이라는 사내가 말했다. "수갑에서 빠져나오거나 결박을 푸는 주문 두 가지를 모두 써 보았지만 소용이 없었어. 여러 번 그래 봤지만 여기서는 전혀 듣지를 않아."

왼쪽에 함께 묶여 있는 베인의 동료 갈트가 고개를 끄덕였다.

"난 나를 묶은 쇠사슬에서 가장 약한 고리를 계속 갈고 있었어. 아마 자네들도 똑같은 일을 하고 있었겠지. 지금까지 몇 주나 그래 왔던 건 이것 말고는 달리 방법이 없기 때문이었어. 조금 진척되기는 했지만, 끊어질 때까지는 적어도 몇 주는 더 그래야 할 것 같아. 이보다 더 나은 대안을 가진 사람은 없나 보군?"

"없어."

오딜이 대답했다.

"아무래도 물리적인 방법만이 유효한 것 같군." 더콘이 말했다. "따라서 뭔가 더 나은 대안이 나올 때까지는 계속 그렇게 갈고 있어야 해. 하지만 실제로 그런 대안이 떠오르거나 아니면 지금 하는 식으로 쇠사슬을 갈아서 끊는다고 생각해 봐. 그런 다음에는 어떻게 해야 하지? 아까 호지슨이 한 말이 맞아. 그냥 여기서 도망쳐야 할까? 아니면 여기를 탈취하려고 시도해야 할까?"

마법사 로르만 — 가장 연장자였다 — 은 오랫동안 어둑어둑한 구석에서 말없이 매달려 있었다. 마침내 로르만이 입을 열자 목쉰 소리가 흘러나왔다.

"그래. 우리는 물리적인 방법을 써서 이 쇠사슬에서 벗어나야 해. 투알루아가 방사放射하는 물결 탓에 마법의 효력이 너무 불확실해졌으니까 말이야. 하지만 주문은 계속 써 봐야 해. 왜냐하면 투알루아는 이따금 쉴 때가 있고, 그러면 짧은 시간이나마 마법이 제대로 작동할 수도 있으니까 말이야. 하지만 투알루아가 있는 나락에 대한 우리 감방의 상대적인 위치가 좋지 않아. 투알루아의 힘은 소용돌이가 시작되기 전에 바로 우리 쪽으로 방사되니까 말이야. 이 성 안에는 투알루아의 간섭을 받지 않는 장소가 있어. 이를테면 그 나락 부근에 있는 긴 회랑 같은 곳 말이야."

"어떻게 그런 일을 알고 있지?"

더콘이 물었다.

"우리 마법을 저지하고 있는 힘은 다른 차원을 감지할 수 있는 내 능력에까지 간섭하지는 않았기 때문이야." 노老 마법사는 대답했다. "적어도 그것까지는 볼 수 있었어. 그 이상도 보았지만."

"그럼 왜 일찌감치 그 얘기를 해 주지 않았어?"

"그런다고 해서 무슨 도움이 되었겠나? 힘의 방사가 언제

끊길지 예상할 수도 없고, 또 그게 얼마나 오래 계속될지도 모르는 판에."

"만약 그런 끊김이 있자마자 우리한테 그걸 가르쳐준다면 적어도 우리 주문을 시험해 볼 수는 있을 거야."

호지슨이 말했다.

"그러고 나서는? 난 우리가 이미 끝장났다고 생각하고 있었어."

"과거형을 썼군."

더콘이 말했다.

"응."

"그럼 지금은 뭔가 희망적인 것이 보인다는 뜻인가?"

"그럴 수도 있겠지."

"당신의 투시 능력은 우리들보다 훨씬 더 낫잖아, 로르만." 호지슨이 말했다. "그러니까 그게 뭔지 얘기해 줘."

노老 마법사는 고개를 들었다. 노란색 눈은 방 안에 있는 그 무엇도 응시하고 있지 않았다.

"이 장소에는 주主 주문이 존재해. 옛날 옛적에 이루어진 위대한 마법의 일부이고, 어떤 식으로든 이 장소를 유지하고 있는 주문이⋯⋯."

"투알루아의 주문인가?"

베인이 물었다.

"아냐. 투알루아가 만든 것이 아냐. 아마 젤레락 자신이 자아낸 것인지도 모르지만⋯ 확언할 수는 없어. 나 자신도 그걸 이해하지 못하니까. 단지 그 존재를 느낄 수 있을 뿐이야. 그건 극히 오래된 주문이고, 어떤 방법에 의해 이 장소를 하나로 묶어 놓고 있어."

"그 주문이 어떻게 기능하는지도 모르는데, 그게 우리한테
어떤 도움이 될 수 있다는 거지?"

"우리가 그걸 이해하든 못하든 문제가 안 돼. 만약 지금
이 순간 자네를 묶고 있는 쇠사슬이 풀리면서 바닥에 떨어진
다면 자넨 어떻게 하겠나?"

"집에 가겠지."

베인이 대꾸했다.

"성문 밖으로 걸어나갈 건가? 걸어서 온 길을 되돌아갈 작
정이야? 이 장소에 도대체 얼마나 많은 위병이, 노예가, 좀
비가, 악마들이 있는지는 아나? 설령 그런 놈들을 피할 수
있다고 가정하더라도, 저 변화하는 땅을 걸어서 지나가고 싶
은 생각이 있나?"

"한 번은 지나올 수 있었어."

베인이 말했다.

"지금은 그때보다 약해진 상태야."

"맞아. 미안해. 하던 말을 계속해 줘. 그 주主 주문은 우리
에게 어떤 도움이 될 수 있다는 거지?"

"아무 도움도 안 돼. 하지만 그것이 없으면 그럴 수도 있
지."

"당신도 잘 모르는 주문을, 여러 가지를 한데 묶고 있는
주문을 깬다는 얘긴가?"

더콘이 물었다.

"바로 그거야."

"설령 그런 일이 성공한다고 해도, 우리 모두를 소멸시켜

버릴지도 몰라."

"그럴 수도 있겠지. 하지만 아무 일도 하지 않는다면, 십 중팔구 우리는 죽은 목숨 아닌가."

"그럼 어떻게 해야 하지?" 호지슨이 물었다. "어떤 주문을 무력화하려면, 보통 그 주문의 정확한 성질을 알고 있어야 하잖아."

"단순하지만 강력한 유도誘導 주문을 쓰는 거야. 우리가 그 회랑으로 가서 서로의 힘을 합칠 수만 있다면……."

"주主 주문을 향해 어떤 힘을 유도한다는 거지?"

호지슨이 물었다.

"물론 이 부근에서 유일하게 강력히 흐르고 있는 힘을 쓰는 거지. 투알루아 자신이 방사하는 힘 말이야."

"그렇게 해서 성공한다고 가정해 보기로 하지." 더콘이 말했다. "그것이 주 주문을 깨뜨린다고 말이야. 그런다면 어떤 결과가 나올지 조금이라도 상상해 봤나?"

"예부터 전해 오는 전설에 따르면 이 장소는 '초시간성超時間城'이라는 이름으로 알려져 있어." 로르만이 말했다. "그 기원이 무엇인지, 또 언제 만들어졌는지에 대해서 아는 사람은 아무도 없어. 내가 생각하기에 그건 보존 주문인 것 같아. 만약 그것이 깨진다면, 우리를 에워싼 이 장소 자체가 산산조각이 날 거라고 생각해. 아예 먼지와 자갈로 변해 버릴 수도 있겠지."

"그런다면 그게 우리한테 어떤 도움이 된다는 거지?"

갈트가 물었다.

"그런다면 더 이상 우리가 도망쳐 나갈 성 자체가 존재하지 않게 되는 거지. 단지 잔해와 혼란만 남게 될 거야. 투알루아가 유도 마법을 향해 되돌아오는 실질적인 반동을 흡수해 줄 거야. 주 주문에 대항해서 쓰인 건 투알루아 자신의 힘일 테니까 말이야. 그 때문에 힘이 줄어들면서 방사를 멈출 가능성조차 있어. 그러면 변화의 땅은 안정되겠고, 우리 마법은 다시 효력을 가지게 될 거야. 그럼 통상적인 마법 공격을 방어할 수 있는 상태에서 우리는 여기를 떠날 수 있어."

"이럴 가능성은 없을까." 호지슨이 물었다. "투알루아가 얼이 빠지는 대신 완전히 폭주해 버린다면? 주위의 모든 것을 무차별적으로 공격한다면?"

로르만은 희미한 미소를 떠올리고는 어깨를 으쓱해 보였다.

"그럼 이 세계에서 마법사 여섯 명이 줄어들게 되겠지. 물론 그건 위험해. 하지만 그러지 않을 경우에 유일한 대안이 뭔지 생각해 보라고."

"방금 유일한 대안이라고 했지." 더콘이 말했다. "대안은 하나뿐만 있는 게 아니지 않나?"

"그보다 더 나은 계획이 있다면 얘기해 주면 고맙겠네."

"현재로서는 그보다 더 나은 계획은 없군." 더콘이 말했다. "만약 우리가 이 독방에서 벗어나는 데 성공한다면, 당신이 얘기한 그 유도 주문을 써서 주 주문을 깨는 것도 가능해지겠지. 하지만 당신이 상상한 대로 일이 진행된다고 생각해봐. 우리가 살아남고, 투알루아가 쇠약해진다면 말이야. 그럴 경우 왜 도망쳐야 하는지 알 수가 없군. 그럴 경우 우리는 실로 선망할 만한 위치에 놓이게 돼. 힘을 합쳐서 완전한 마력을 보유하게 된 여섯 명의 마법사들이 출현하는 거지. 무력화된 '오래된 자'를 통제하게 되는 거야. 만약 그때 각자가 원래 계획했던 대로 투알루아를 구속하지 않는다면 정말 명청하다고밖에는 할 수 없겠지. 사실 그럴 경우 우리가 성공할 가능성은 높아 보여."

로르만은 생각에 잠긴 표정으로 콧수염을 씹었다.

"그런 행동에 나선다는 생각은 나도 해 봤어." 이윽고 로르만은 말했다. "그리고 그 의견에 대한 합리적인 반론은 머리에 떠오르지 않는군. 하지만 왠지 이런 예감이, 강한 예감이 들어. 우리가 취할 수 있는 최선의 방책은 최대한 빨리 이곳에서 멀리 떨어지는 것이라는 생각 말이야. 우리가 여기서 꾸물댈 경우 어떤 종류의 위험에 직면하게 될지는 알 수가 없지만, 적어도 그것이 지극히 위험하다는 것만은 확신하고 있어."

"하지만 당신도 그건 단지 예감에 불과하다고 하지 않았나. 불안감에 지나지 않는다고……."

"아주 강한 예감이야."

더콘은 다른 사람들을 둘러보았다.

"자네들 느낌은 어때? 만약 우리가 거기까지 간다면, 거기에 합당한 보상을 노리겠어? 아니면 그냥 도망치겠어?"

오딜은 입술을 핥았다.

"만약 우리가 그 계획을 실행에 옮겼다가 실패한다면, 우린 모두 죽거나 아니면 그보다 더한 꼴을 당하게 될 거야."

"맞는 말이야." 더콘이 대답했다. "하지만 우리는 애당초 이곳에 올 때 각자가 기본적으로 같은 결단을 내릴 필요가 있지 않았나. 그리고 결국 모두 왔지. 사실 내가 하자는 대로 힘을 합친다면 혼자일 때보다 더 강한 위치를 점할 수 있게 돼."

"하지만 난 최근이 되서야 투알루아의 진짜 힘이 얼마나 강력한지를 깨달았어."

오딜이 대답했다.

"바꿔 말하자면 성공하면 얻는 것도 그만큼 더 많다는 얘기지."

"맞는 말이지만……."

더콘은 베인을 보았다.

"시도할 가치는 있는 것 같군."

베인이 이렇게 말하자 갈트도 고개를 끄덕였다.

"호지슨?"

호지슨은 사내들을 한 명씩 재빠르게 훑어보았다. 마치 지금 그가 하게 될 선택이 얼마나 중요한 것인지를 이제야 깨닫기 시작한 듯한 기색이었다. 더콘은 마법 중에서도 가장 어두운 부분의 제자임을 공공연히 자처하는 흑마법사였다. 로르만도 마찬가지였지만, 나이를 먹은 탓에 이따금 마음이 흔들리는 듯했다. 나머지는 모두 회색 마법사였다. 대다수의 마법사들처럼, 선과 악 어느 쪽 편도 들려고 하지 않는 자들이다. 백白 마법의 도를 따른다고 선언한 사람은 호지슨뿐이었다.

"자네의 계획은 가치가 있어." 호지슨은 더콘을 보며 말했다. "하지만 일단 성공한다고 가정해 보지. 우리 두 사람의 목적은 달라. 우리들 모두가 그 힘을 갖가지 용도에 쓰고, 다른 방법으로 이용할 작정으로 있어. 따라서 그 다음 투쟁은 우리들 사이에서 벌어지겠지."

더콘은 미소 지었다.

"보통 때라도 우리들 사이에서는 분쟁이 일어날 거야. 적어도 이번에는 누군가가 섣부른 행동에 나서기 전에 서로 의논할 기회가 있지 않나."

"늦든 빠르든 간에 의견이 갈리게 되겠지."

"어차피 인생은 그런 거 아닌가." 더콘은 어깨를 으쓱해 보였다. "의견 차이가 생긴다면 그때 가서 조정하면 그만이야."

"바꿔 말해서 우리가 통제력을 얻는다면, 마지막까지 그걸 즐길 수 있는 사람은 단 하나라는 얘기가 되겠지."

"꼭 그렇게 될 필요까지는……."

"하지만 그렇게 될 걸. 자네도 알고 있지 않나."

"흐음… 그럼 어떻게 하자는 거지?"

"서로 해를 끼치지 못하도록 지켜 주는 매우 강력한 서약이 몇 가지 있어."

호지슨이 이렇게 말하자 오딜의 표정이 밝아졌다. 베인과 로르만도 마찬가지였다. 더콘은 그것을 보고 입 밖에 나오려던 조롱을 집어삼켰다.

"아무래도 서로 완전히 협조하려면 그 방법밖에는 없는 것 같군." 잠시 후 더콘이 말했다. "그러면 삶 자체가 조금 재미없어지겠지만 말이야. 하지만 그걸로 삶이 더 길어질지도 모르는 일이니." 더콘은 웃었다. "알았어. 다른 사람들이 찬성한다면 나도 그렇게 하겠어."

더콘은 갈트가 고개를 끄덕이는 것을 보았다.

"그럼 당장 그러기로 하지."

더콘이 말했다.

세미라마는 '나락의 방'으로 들어갔다. 갈색 무더기가 크게 줄어 있었다. 삽은 모두 근처 벽에 기대어져 있었다. 노예들은 방에서 떠나고 없었다. 바란은 젤레락의 서재에서 다 썩어 가는 마법서들을 읽으며 잊힌 고대의 주문을 찾고 있는 중이었다.

세미라마는 천천히 나락 가장자리로 다가갔다. 아래쪽에 물처럼 보이는 표면은 잔잔했다. 다시 한 번 방을 둘러본다. 그러고는 앞으로 몸을 숙이고, 떨리는 듯한 날카로운 소리를 발했다.

흐릿한 수면을 뚫고 촉수가 시험하듯이 위로 올라왔다. 다음 순간, 방금 세미라마가 발한 기묘한 말과 같은 종류의 대답이 돌아왔다.

세미라마는 살짝 웃고는 나락 가장자리에 발을 늘어뜨리고 앉았다. 그러고는 일련의 지저귀는 듯한 소리를 냈고, 이따금 입을 다물고 같은 소리로 대답이 돌아오는 것에 귀를 기울였다. 잠시 후 긴 촉수가 세미라마의 한쪽 다리 위에 살짝 얹히더니 애무하듯이 움직이며 더 올라왔다.

마린타의 아를라타는 타고 있는 말을 느린 걸음걸이로 전진시켰다. 첨탑처럼 뾰족한 두 개의 주황색 바위 사이를 지나자 바람이 더 세게 불어왔다. 주기적으로 돌풍에 가까운 바람이 불어오면 아를라타가 입은 망토가 펄럭이며 얼굴을 가리고, 팔의 움직임을 방해했다. 망토 일부를 허리띠 뒤쪽에 끼워야 했을 정도였다. 눈을 보호하기 위해 망토의 두건을 낮게 눌러쓰고 두건 줄을 맸다. 안개는 소용돌이치며 멀어져 갔지만, 많은 먼지와 모래가 하늘로 말려 올라가면서 시야는 트이기는커녕 오히려 더 악화되었다. 대지 전체가 갈색을 띠기 시작했다. 아를라타는 낮게 삐져나온 주황색 바위 그늘에 몸을 숨겼다.

옷에서 모래를 털어 낸다. 타고 온 말은 푸르륵거리며 땅을 긁었다. 그러자 무엇인가가 섬세하게 짤랑거리는 듯한 소리가 잇달아 들려왔다.

아래를 내려다보자 바위 밑동에서 뭔가 반짝거리는 것이 보였다. 아를라타는 당혹한 표정으로 말에서 내려 말발굽에서 가장 가까운 곳에 있는 물체를 향해 손을 뻗쳤다. 유리로 된 노란 꽃의 파편을 집어들고 바라본다.

바로 그 순간, 흐느끼는 듯한 바람 소리 너머로 사람 웃음을 연상시키는 소리가 들려왔다. 고개를 들자 엄폐물 앞쪽 공간에서 소용돌이치던 먼지바람이 거대한 얼굴 형태를 갖추는 광경이 눈에 들어왔다. 뻥 뚫린 거대한 입은 히죽거리는 듯한 모양을 하고 있었다. 두 눈 뒤에는 검은 허공이 있을 뿐이었다. 아를라타는 몸을 일으키며 턱이라고 생각되는 부분에서 먼지바람과 융합해 있는 이마까지의 길이가 자신의 키를 넘긴다는 사실을 깨달았다. 손가락에서 떨어진 유리 꽃은 아를라타의 발치에서 산산조각이 났다.

"넌 누구지?"

아를라타는 물었다.

그러자 마치 대답이라도 하듯이 포효하는 듯한 바람소리가 한층 더 커졌다. 얼굴의 눈이 가늘어지고, 입은 둥그렇게 변했다. 지금 들려오는 소리는 이 입을 통해 나오는 것처럼 느껴졌다.

귀를 막고 싶었지만 자제했다. 얼굴이 다가오면서 그 너머를 투시할 수 있었다. 얼굴이 지나온 자리에서 뭔가 번득이는 것이 드러났다. 아를라타는 방호 주문을 불러낸 다음 격퇴 주문을 외우기 시작했다.

얼굴은 바람에 날려 흩어졌고, 그 뒤에는 바람만 남았다.

아를라타는 말에 올라타고는 섬세한 초록색 안장 오른쪽에 매달려 있던 은제 플라스크를 기울여 물을 마셨다. 잠시 후 말을 몰고 전진하기 시작했고, 소용돌이치는 바람이 노출시킨 수정화水晶化된 인간의 해골인 듯한 갈비뼈와 오른팔, 두개골 옆을 지나쳤다.

불의 강을 넘어 무쇠로 된 벽 곁에서 멈춰 섰다.

"배가 고프니 먹을 걸 가져다 줘."

멜리아쉬가 말했다. 멜리아쉬는 탁자 앞에 앉아 일지에 오늘 아침에 있었던 일을 기록하기 시작했다. 태양은 높이 올라가 있었고, 공기도 더 따뜻했다. 머리 위로 가지를 뻗친 나무 위에서 두 마리의 작은 갈색 새가 둥지를 짓고 있었다. 하인이 음식을 가지고 오자 일지를 옆에 밀어 놓고 식사를 시작했다.

진동을 느낀 것은 두 번째 그릇을 비우고 있었을 때의 일이었다. 변화의 땅 내부에서는 그리 기이한 일이 아니었으므로 멜리아쉬는 거친 빵을 육즙에 찍는 손을 멈추려고 하지도 않았다. 새들이 불안한 듯이 나무에서 날아가고 아까 느낀 진동이 일련의 규칙적인 소리로 변했을 때야 멜리아쉬는 고개를 들었다. 콧수염을 닦은 다음 방향을 가늠해 보았다. 동쪽이다… 말발굽 소리라고 하기에는 너무 육중한 느낌이었다. 하지만……

말발굽 소리가 맞았다. 멜리아쉬는 일어섰다. 다른 사람들은 자신이 있는 야영지로 조용히 들어왔지만, 이번에 온 사람은 전혀 자기 존재를 숨기려는 의도가 없어 보였다. 저 것이 — 혹은 저자가 — 누구이든 간에, 지금은 낮은 덤불을 헤치며 저지가 불가능한 저거노트juggernaut처럼 움직이고 있었다.

멜리아쉬는 나무 사이에서 검은 형태가 움직이는 것을 보았다. 야영지 바로 앞까지 와서야 속도를 줄인 듯했다. 컸다. 말 치고는 매우 크다……

멜리아쉬는 가슴에 매단 보석을 한 번 만지고는 앞으로 한 걸음 걸어나갔다.

느닷없이 검은 형태가 멈춰 섰다. 여전히 나무에 반쯤 가려서 잘 보이지 않았다. 멜리아쉬가 갑자기 주위를 뒤덮은 정적을 뚫고 앞으로 나아가기 시작했을 때, 기수가 거무스름한 말에서 내리는 것이 보였다. 사내는 이제 성큼성큼 야영지 쪽으로 걸어오기 시작했다. 아무 소리도 내지 않고……

멜리아쉬는 멈춰 서서 사내가 숲 밖으로 나올 때까지 기다렸다. 대다수의 사내들보다 키가 컸고, 호리호리한 체격에 밝은 색의 머리카락을 가지고 있었다. 장화와 망토는 초록색이었다. 야영지로 다가오며 사내는 멜리아쉬가 보낸 인식 수신호에 대해 예전에는 유효했지만 이미 몇 세기 전에 사용된 구식의 응답 신호를 해 보였다. 멜리아쉬가 그 사실을 알 수 있었던 것은 오직 취미인 역사 연구에 오랫동안 열을 올려 온 덕택이었다.

"나는 멜리아쉬라고 합니다."

"나는 딜비쉬라고 합니다. 이 구역을 맡은 '형제회brotherhood'의 감시인입니까?"

멜리아쉬는 한쪽 눈썹을 추켜세우고는 미소 지었다.

"어떤 곳에서 오셨는지는 모르겠지만, 그 명칭은 최근 5, 60년 동안 쓰이고 있지 않습니다."

"정말로?" 사내가 말했다. "그럼 요즘은 뭐라고 부릅니까?"

"협회society입니다."

"협회?"

"그렇습니다. '여자 마법사와 마녀 및 여자 요술사들의 서클'에서 항의가 들어와서, 결국 그 이름으로 바뀌었죠. 옛날 쓰이던 그 이름은 더 이상 격식에 맞는 명칭이 아닙니다."

"기억해 두겠습니다."

"뭔가 요기라도 하지 않으시겠습니까?"

"기꺼이 그러겠습니다." 딜비쉬가 말했다. "정말 오랜 길을 나아왔으니까요."

"어디서 오셨는지?"

멜리아쉬는 야영지의 식탁 쪽으로 함께 가며 물었다.

"여기저기에 가 있었습니다. 가장 최근에는 북방 끄트머리까지 갔습니다."

두 사람이 식탁 앞에 앉자 곧 음식이 날라져 왔다. 멜리아쉬는 열심히 먹기 시작했다. 방금 스튜를 두 그릇이나 비운 사람처럼 보이지 않았다. 딜비쉬도 역시 왕성한 식욕을 보였다.

"당신이 한 말과 입은 옷과 당신 모습으로 판단하건데……." 잠시 후에야 한숨 돌린 멜리아쉬가 말했다. "아무리 보아도 엘프족 혈통이신 것 같군요. 하지만 당신의 일족이 북방에도 있다는 얘기는 처음 듣습니다. 적어도 내가 아는 바로는."

"여기저기를 여행하면서 다녔습니다."

"…그리고 이번에는 여기까지 와서 힘을 얻을 작정을 한 거군요."

"힘이라니 무슨 얘깁니까?"

멜리아쉬는 스푼을 내려놓고 상대방의 얼굴을 찬찬히 뜯어보았다.

"농담하고 있는 게 아니군요."

잠시 후 멜리아쉬는 말했다.

"예."

멜리아쉬는 미간을 찌푸리고 손가락으로 한쪽 관자놀이를 긁었다.

"유감이지만 아직도 완전히 이해가 되지 않는군요. 그러니까 당신은 저기 저… 황야 한복판에 서 있는 성으로 가기 위해 여기까지 온 것이 아닙니까?"

"그렇습니다."

딜비쉬는 또 다른 빵조각을 반으로 자르며 말했다.

멜리아쉬는 상체를 뒤로 젖혔다.

"내가 왜 여기 와 있는지 아십니까?"

"저런 현상을 만들어 낸 마법 주문을 봉인하기 위해서가 아닙니까? 더 이상 확산되는 걸 막기 위해서 말입니다."

"무슨 이유에서 저걸 야기한 것이 마법 주문이라고 생각하고 있는 겁니까?"

이제는 딜비쉬 쪽이 당혹스러운 표정을 지을 차례였다. 이윽고 어깨를 으쓱해 보였다.

"그것 말고 달리 뭐라고 할 수 있습니까? 젤레락은 얼마 전에 부상을 입었습니다. 북방에서 말입니다. 그자는 상처를 핥기 위해 여기로 온 겁니다. 저런 현상을 일으킨 건 회복하면서 자기 몸을 지킬 필요가 있었기 때문이지요. 저건 자동적으로 계속되는 종류의 마법 주문일 가능성도 충분히 있겠군요. 형제회… 실례. '협회'에서는 그자가 성 안에서 죽음을 맞이할 경우, 그 마법이 폭주하는 걸 막고 싶은 것이 아닙니까? 그래서 당신이 여기 이렇게 와 있는 거고. 나는 그렇게 추측했습니다만……."

"이치에 닿는 얘기군요." 멜리아쉬는 대답했다. "하지만 당신 추측은 틀렸습니다. 저 장소가 그자의 성채 중 하나라는 것은 물론 사실입니다. 그리고 저 성 내부 어딘가에는 투알루아라는 이름의 '오래된 자'가 ― '장로신'들의 촉수를 가진 옛 친척이 ― 거주하고 있습니다. 젤레락은 오랜 세월에 걸쳐 이 신을 자신의 통제 아래 두고 있었고, 그 힘을 끌어내서 자신의 목적을 위해 사용해 왔습니다. 젤레락 자신이 지금 저 성에 와 있는지는 알 수 없습니다. 우리가 하나 알고 있는 것은 명백하게 투알루아는 미쳤다는 사실입니다. 전해 오는 얘기가 맞는다면, 그 종족에서는 흔히 볼 수 있는 상태이므로 그리 놀랄 만한 일은 아니겠지요. 그리고 저것은…" 멜리아쉬는 변화의 땅을 흘낏 보며 말했다. "바로 투알루아가 일으킨 일입니다."

"어떻게 그렇게 단언할 수가 있는 겁니까?"

"협회는 특수한 비법을 써서 당신이 지금 목격하고 있는 현상이 특정한 마법 주문에 의한 것이 아니라 그 자체가 마법적인 존재가 발하는 방사에서 비롯된 것이라는 사실을 알아냈습니다. 최근 들어서는 거의 볼 수 없는 희귀한 현상이기 때문에 이런 감시초監視哨를 세운 겁니다."

"이 현상이 이 경계선 너머로 확산되면서 다른 지역에까지 해를 끼치는 일이 없도록 통제하려고 여기 와 있는 것이 아니란 말입니까?"

"물론 그럴 목적도 있습니다."

"저 현상을 젤레락을 잡기 위한 일종의 함정으로 쓸 생각으로 와 있는 것도 아닙니까?"

멜리아쉬는 얼굴을 붉혔다.

"젤레락에 대한 협회의 입장은 언제나 중립적이었습니다."

멜리아쉬는 선언하는 듯한 어조로 말했다.

"하지만 당신들은 리들리를 대항 세력으로 온존하기 위해서 그자가 '얼음탑'으로 돌아가려는 걸 막지 않았습니까."

멜리아쉬는 미간을 찌푸리고 딜비쉬를 찬찬히 뜯어보았다. 그러고는 느닷없이 오른손을 상의 틈새에 집어넣었다. 손을

63

빼자 한 줌의 금빛 먼지가 쥐어져 있었다. 멜리아쉬는 그것을 딜비쉬에게 뿌렸다. 이것이 무엇인지를 깨달은 딜비쉬는 미소 지으며 가만히 서 있었다.

"그렇게까지 신경이 곤두서 있던 겁니까, 에?" 딜비쉬는 말했다. "보시다시피 내 모습은 바뀌지 않았습니다. 난 당신이 지금 보고 있는 그대로의 인물입니다. 변장한 젤레락이 아니라."

"그렇다면 '얼음탑'에서 일어난 일들을 어떻게 알고 있는 겁니까?"

"아까 말했듯이 최근 나는 북방에 가 있었습니다."

"북방에서 일어났던 그 일들은 협회의 인가를 받은 것이 아닙니다. 단지 몇 사람의 협회원들이 자발적으로 행동한 것에 지나지 않습니다. 그 문제에 관해서도 우리는 중립적인 입장을 취하고 있습니다."

딜비쉬는 웃음을 터뜨렸다.

"더 큰 거 한방을 터뜨리기 위해서 참고 기다리고 있는 겁니까, 그럼?"

"개성이 강한 개인주의자들이 모인 집단으로 하여금 어떤 뚜렷한 입장을 취하게 하는 것은 극히 어렵습니다. 당신은 자신이 마치 그 일원이 아니었던 것처럼 얘기하는군요. 얘기가 나왔으니까 말인데, 당신의 그 응답 수신호는 이미 구식이 된 지 오랩니다. 사실, **아주** 오래된 것이라고 해야겠죠."

"오랫동안 다른 곳에 가 있었습니다. 하지만 과거에 나는 형제회의 정상적인 일원이었던 적이 있었습니다. 위계는 별로 높지 않았다고 해도."

"여전히 당혹스럽군요. 말을 타고 위험한 지대를 돌파해서 위험한 장소로 갈 작정이라고 했죠. 저곳을 향해 간 모든 사람은 투알루아를 구속해서 자신의 목적을 위해 쓸 작정으로 그랬던 겁니다. 지금처럼 투알루아가 자기 자신을 완전히 제어하지 못하고 있고, 젤레락은 저곳에 없거나 아니면 자신의 요새를 지키지도 못할 정도로 약해져 있는 틈을 타서 말입니다. 저 마법적인 존재를 정말로 통제할 수만 있다면 정말로 엄청난 마력을 얻을 수 있을 겁니다. 그럼에도 불구하고, 그건 당신 목적이 아니라는 겁니까?"

"아닙니다."

딜비쉬는 대답했다.

"어쨌든 간에 신선한 변화라고는 할 수 있겠군요. 혹시 당신의 목적이 무엇인지 물어봐도 괜찮겠습니까? 나는 일종의 설문조사를 하고 있고……."

"나는 젤레락을 죽이려고 왔습니다."

멜리아쉬는 상대방을 빤히 응시했다.

"만약 당신이 대답하고 싶지 않다면, 물론 내게는 그걸 강제할 권한이 없……."

"방금 대답했습니다." 딜비쉬는 일어서며 말했다. "만약 그자가 저곳에 있다면 나는 그자와 대결할 겁니다. 저곳에 없다면 어디로 갔는지 알아낸 다음 다시 시도할 겁니다."

딜비쉬는 몸을 돌려 숲을 향해 갔다.

"음식 잘 먹고 갑니다."

딜비쉬는 멜리아쉬의 손이 어깨에 닿는 것을 느꼈다.

"그 말을 믿을 수 있습니다." 멜리아쉬가 말하는 것이 들렸다. "하지만 당신이 직면하게 될 것들을 당신이 정말로 이해하고 있는지에 대해서는 확신이 없군요. 만약 당신이 저길 돌파한다고 가정하고, 저 성 안에 정말로 젤레락이 있거나 아니면 다른 어디에서든 그자를 따라잡는다고 가정해 봅시다. 지금처럼 쇠약해진 상태에서도 그자는 전세계에서 가장 위험한 마법사입니다. 그자는 당신을 날려 보내고, 쪼그라들게 하고, 변화시키고, 추방할 겁니다. 그자의 분노에 직면하고 살아남은 사람은 일찍이 없습니다."

"나는 그자의 분노에 직면한 적이 있습니다. 그래서 이번에는 그자로 하여금 나의 분노에 직면하게 만들 작정인 겁니다."

"믿기 힘든 일이로군요."

딜비쉬는 어깨를 으쓱하며 멜리아쉬의 손을 뿌리쳤다.

"믿든 안 믿든 그건 당신의 자유입니다. 나는 내가 무엇을 하려는지 잘 알고 있습니다."

"설령 엘프의 마법을 쓴다고 해도 충분할 거라고 믿습니까?"

"그보다는 좀 더 강한 걸 가지고 있을지도 모릅니다."

"뭐라고요?"

멜리아쉬는 숲을 향해 다시 걸어가기 시작한 딜비쉬 뒤를 따라가며 말했다.

"하고 싶은 말은 모두 했습니다." 딜비쉬는 대꾸했다. "음식을 대접해 주신 것을 다시 감사드립니다. 이제 가 봐야겠습니다."

멜리아쉬는 멈춰 서서 사내가 숲으로 들어가는 것을 바라보았다. 그러더니 그쪽에서 몇 마디 말하는 소리가 들려왔다. 처음에는 딜비쉬의 목소리였다. 그 뒤에 들려온 대답은 그보다 더 굵은 목소리였다. 육중한 발굽소리가 왼쪽을 향해 움직였을 때, 멜리아쉬는 거대한 검은 말의 윤곽을 언뜻 보았다. 딜비쉬는 그 위에 타고 있었다. 그 순간 햇살이 말 위에 반사되면서 마치 쇠로 되어 있는 듯한 인상을 주었다. 말발굽 소리가 조금 더 빨라지면서 야영지 주위를 돌았고, 변화의 땅이 있는 서쪽을 향해 갔다.

멜리아쉬는 황급히 가죽 쌈지를 더듬으며 탁자 쪽으로 되돌아갔다. 벤치에 앉은 다음 수정을 꺼내 탁자에 올려놓고 납작하게 만든 쌈지 위에 올려놓았다. 멜리아쉬는 나직하고 단호한 목소리로 말했다. 그러고는 조금 기다렸다가, 방금 한 말을 다시 되풀이했다. 잠시 짬을 두고, 세 번째로 말을 되풀이했다.

멜리아쉬가 말을 미처 끝내기도 전에 수정이 맑아지면서 그물 같은 주름으로 뒤덮인 길고 홀쭉한 얼굴이 나타났다. 머리와 턱에 한 술씩 난 흰 털 사이에서, 교활한 느낌의 검정색 오른쪽 눈과 희뿌옇게 죽은 하얀 왼쪽 눈이 멜리아쉬를 응시했다. 찡그린 표정이었다. 입술이 움직였다. 멜리아쉬는 거기서 흘러나온 말을 마음으로 느꼈다.

"뭐지?"

"방해가 됐나, 로크?"

"방해가 된 게 맞아." 사내는 어깨 너머를 흘낏 뒤돌아보면서 말했다. "무슨 용건이지?"

"협회 일이야. 내가 지금 하고 있는 일……."

"기록을 찾아볼 필요가 생겼어?"

"아무래도 그런 것 같아."

로크는 한숨을 쉬었다.

"알았어. 재한테는 기다리라고 해야겠지. 뭘 알고 싶은 건데?"

멜리아쉬는 손을 들어올리고 어떤 손짓을 했다.

"과거에 이것은 우리의 인식 수신호에 대한 응답 신호였던 적이 있었어."

멜리아쉬는 말했다.

"그 당시에는 정말 모든 것이 젊었었지……." 사내는 대꾸했다. "난 기억하고 있어……."

"이 신호가 정확히 언제 쓰인 것인지를 기억해낼 수 있다면, 문서 보관소를 뒤져서 그 당시의 회원 명부를 찾아 줬으면 좋겠어. 그 명부에 딜비쉬라는 이름의 동료 마법사들 있는지 확인해 줘. 엘프야. 아마 낮은 위계의 마법사들 중 한 명이었다고 생각해. 그것이 사실이라면, 그 친구가 백과 흑 어느 한쪽에 극단적으로 치우치는 경향이 있었는지 알아봐 주겠어? 또 금속 말이나 그와 비슷한 짐승에 관한 언급이 있는지도? 그 친구에 관해서 기록에 남아 있는 모든 정보를 알고 싶군."

로크는 깃털 펜을 꺼내서 흔들더니 끼적거렸다.

"알았어. 가서 확인한 다음 연락하지."

"하나 더 있어."

"뭔데?"

"그 일을 하는 김에, 현재 협회 명부에 실려 있는 머케이브의 웰레안드라는 사내에 관해서도 알아봐 줘."

다시 깃털 펜을 끼적거리는 소리.

"그러지. 처음 그 이름은 어디선가 들은 기억이 있군. 정확히 어딘지는 생각나지 않지만."

"알았어. 하여튼 연락해 줘."

"그쪽 상황은 어때?"

"바뀌지 않은 것 같아."

"좋아. 내버려두면 혼자서 안정될지도 모르겠군."

"그럴 것 같지는 않다는 예감이 들어."

"그래? 행운을 비네."

수정은 다시 어두워졌다.

멜리아쉬는 수정을 쌈지에 집어넣고 성을 장막처럼 가리고 있는 안개 지대를 관찰하기 위해 갔다. 뭔가 육중하고 검은 것에 탄 기수 한 사람이 멜리아쉬가 있는 곳에서 멀어져 가다가 곧 사라졌다.

제3장

블랙은 멈춰 섰다. 딜비쉬는 얼굴의 반을 덮은 초록색 스카프 너머로 앞을 응시했고, 장검 자루에 오른손을 올려놓으며 고개를 돌렸다.

"무슨 일이지?"

딜비쉬가 물었다.

"일이라고 할 수도 없소. 그보다 훨씬 더 실체가 없는 것이오."

딜비쉬가 탄 말이 대답했다.

"그럼 내가 해야 할 일이 있나?"

"아마 없을 거요. 우리 쪽을 향해 파상적으로 다가오고 있는 현실을 감지했소. 우리가 할 일이란 기다리는 것뿐이요. 곧 지나가겠지만 우리를 스쳐 지나갈 거요."

"우리가 여기서 이렇게 기다리지 않는다면 무슨 일이 일어나는데?"

"당신은 타서 재가 되어 버릴 거요."

"그럼 기다리기로 하지. 자네가 이런 일들에 대한 감각을 가지고 있어서 다행이군."

"하지만 이런 장소에서는 완전하다고는 할 수 없소. 이것들은 정상적인 마법 주문이 아니니까 말이오."

"그럼 멜리아쉬 말이 맞았다는 얘긴가?"

"그렇소. 이것들은 마법적 존재로부터의 방사放射요."

"그걸 깨달으려면 역시 같은 존재여야 한다는 얘기로군?"

"말하자면 그렇다고 할 수……."

딜비쉬는 느닷없이 열기가 몰아닥치는 것을 느꼈다. 눈앞의 풍경이 맥동하고, 흔들렸다. 이런 일이 일어났을 때 바람이 멈추고 공기는 더 맑아졌다. 딜비쉬는 반짝이는 첨탑尖塔과 이동 중인 검은 형태들, 파란 줄무늬가 난 지면 내지는 바위, 위로 솟구쳐 오르는 회오리바람, 피가 솟구치는 분수 따위를 흘깃 — 모두 훨씬 앞쪽에서, 몇 초 동안만 — 보았지만 이것들이 신기루인지 아니면 실체를 가진 것들인지는 확신할 수가 없었다. 다음 순간 물결이 지나갔다. 꼬리를 끄는 먼지바람이 이 조망을 차단했다.

"이제 꽉 매달려 있으시오!"

블랙은 이렇게 외치고는 엄청난 속도로 달려가기 시작했다.

"왜 이렇게 서두르나?"

딜비쉬는 아직도 뜨끈한 땅 위를 질주하는 블랙 위에서 외쳤지만, 그 목소리는 바람에 날려 스러졌다.

블랙의 속도가 점점 더 빨라지면서 딜비쉬는 하는 수 없이 상체를 바짝 수그리고 눈을 꽉 감았다. 바람은 이제 주위를

에워싼 단 하나의 거대한 굉음으로 바뀌어 있었다. 잠시 후에
는 마치 침묵처럼 느껴지기 시작할 지경이었다. 딜비쉬의 마
음은 과거로, 귀환 후에 경험했던 모험 이전으로까지 역행했
다. 지옥의 겁화劫火에 관한 기억을 넘어서, 황혼이 무지개
와 주도권을 다투는, 물기를 머금은 초록색 땅으로 돌아갔다.
오랜 역사를 가진 악기의 반주에 맞춰 노래를 부르는 소리가
어디선가 들려오는 듯한 느낌을 받았다. 지금까지는 완전히
잊고 있다시피 했던 고대의 노래였다. 노래를 부르고 있는 것
은 금발에 흰 피부, 녹색 눈을 가진 호리호리한 몸집의 여자
였다. 들꽃 향기가 몰려온다……

　바람 소리가 딜비쉬의 명상을 깼다. 블랙의 속도가 느려지
고 있었다. 딜비쉬는 고개를 들었다. 잠시 후 눈을 떴다.

　그들은 오르막길을 나아가고 있었고, 블랙의 걸음걸이는
계속 느려졌다. 곧 그들은 눈부신 하늘 아래 언덕 위에서 멈
춰 섰다. 바람은 멈춰 있었다. 그들 주위와 아래쪽에서는 안
개가 흘러다니고, 장소에 따라서는 소용돌이치고 있었다. 마
치 거품 바다 한복판에 있는 고립된 섬 위에 서 있는 듯한 느
낌이었다. 앞쪽 먼 곳에 '초시간성'이 보였다. 성은 — 분홍
색, 연한 보라색, 회색, 그림자로 이루어진 조그만 습작처럼
보인다 — 아침의 사양斜陽을 받고 서 있었다.

　"왜 그렇게 서둘렀나."

　딜비쉬가 물었다.

　"물결은 한 번만 몰려오는 것이 아니었소. 다음 물결이 오
기 전에 가로지를 필요가 있었던 거요."

　"아. 그렇다면 여기서 조금 쉬면서 가장 좋은 경로를 찾아

보면 되겠군."

"오래 쉬고 있을 수는 없소. 이 언덕 정상은 곧 폭발해서 진흙 화산으로 변할 테니까 말이오. 하지만 나는 이미 어디로 갈 것인지를 정했소. 짧은 거리이기는 하지만 언덕을 내려가면서 우측으로 이동하면 가장 장애물이 적을 것 같소."

딜비쉬는 블랙의 다리를 통해서 지면의 진동을 느꼈다.

"그럼 슬슬 움직이는 편이 낫지 않겠나."

"초시간성超時間城을 보시오."

블랙은 전방을 주시하며 말했다.

딜비쉬는 또다시 앞쪽을 흘낏 보았다.

"저건 '시간'을 초월한 장소요." 블랙은 말을 이었다. "오래 전부터 구경하고 싶었던 곳이었소."

지면의 진동이 한층 더 강해졌다.

"어… 블랙……."

"저곳은 '장로신'들 자신이 어떤 불가해한 이유로 만들어낸 장소이고, 전해들은 바에 의하면 모든 시간을 순례할 운명을 가지고 있다고도 했소. 모습을 바꿀 수는 있지만, 결코 파괴되지는 않는……."

"블랙!"

"왜 그러시오?"

"움직여!"

"실례했소. 잠시 마음에 딴 데로 가 있었소. 미학적인 이유에서."

블랙은 고개를 숙이고는 언덕 사면을 에워싼 안개 속으로 돌진했다. 눈이 석탄처럼 빨갛게 빛나고 있었다. 이제 지면은 끊임없이 진동하고 있다. 딜비쉬는 시야가 트인 부분에서 균열이 생겨나며 점점 넓어지는 것을 목격했다. 몇 군데의 균열에서 연기가 피어오르며 안개와 뒤섞인다. 그들 주위에서 또다시 바람이 일었지만, 아까만큼 세차지는 않았다.

블랙은 입방체 모양을 한 녹색의 커다란 바위들 사이를 전혀 말답지 않은 동작으로 껑충껑충 누비며 오른쪽을 향해 착실하게 움직였다. 지면이 편평해지고 안개가 여기저기서 걷히기 시작한다. 엄청난 폭발음이 들려오더니 뜨거운 진흙이 부근에 떨어지기 시작했다. 그러나 그들의 몸에는 거의 튀기지 않았다.

"앞으로는 아까처럼 아슬아슬하게 행동하지는 않았으면 좋겠네."

딜비쉬가 말했다.

"미안하오. 너무나도 아름다운 순간이라서 넋을 잃고 있었소."

블랙은 눈앞에서 느닷없이 타오른 불의 울타리를 뛰어넘었고, 잠시 검게 끓어오르는 강과 평행하는 길을 따라 질주하면서 사람 목소리라고 하기에는 너무나도 높은 비명소리가 메아리치는 협곡을 통과했다. 강둑을 따라 피어 있는 검은 꽃들이 고개를 흔들고, 쉭쉭거리며 침을 뱉는다. 검은 물 위로 조그만 광점光點들이 올라오면서 옆으로 흘러가다가 나지막한 파열음을 내며 폭발했고, 악취를 발하며 불똥을 분수처럼 쏟았다. 지면은 계속 흔들렸고, 여기저기에서 둑을 넘어 범람한 검은 강물은 바위와 지면을 타르tar를 닮은 엷은 막으로 뒤덮었다. 원숭이 얼굴에 날개가 달린, 커다란 새 크기의 괴물 하나가 발톱을 펼치고 절규하며 그들을 향해 날아왔다. 딜비쉬는 그것을 검으로 몇 번 내리쳤지만, 한 번도 맞추지 못했다. 그러나 괴물은 블랙의 머리에 너무 가깝게 접근했다. 블랙이 불을 뿜자 괴물은 지면에 추락했고, 블랙의 발굽에 짓밟혔다.

검은 강은 증기를 내뿜는 동굴 속으로 사라졌다. 동굴 안에서 긴 호읍號泣이 메아리친다. 전방에서 지면이 갈라지자 블랙은 심연深淵을 건너뛰었다. 배후에서 맷돌을 가는 듯한 소리와 함께 갈라진 지면이 다시 닫히는 소리가 들려왔고, 왼쪽에 보이는 고지가 마구 흔들리며 떨어져 나온 바위와 모래가 그들 쪽으로 쏟아졌다. 멀리 보이는 협곡 어귀에는 새파란 불의 장막이 드리워져 있었다. 딜비쉬가 펄럭이던 망토를 단단히 몸에 두르는 사이에 블랙은 속도를 높였다. 장막을 뚫고 질주하면서 몰려오는 지독한 냉기 — 예상했던 열파는 아니었다 — 에 몸을 떨었다. 아래를 내려다보고 블랙과 자기 자신의 몸이 선명한 코발트색으로 물들었다는 사실을 깨닫는다. 사지가 뻣뻣해져 있었다. 마치 부러질 듯한 느낌이었다.

"곧 사라질 거요. 금세 사라질 거니까 걱정 마시오!"

블랙이 외쳤다.

이 느낌은 노란 구름으로 이루어진 방죽 속 어딘가로 왔을 때 실제로 사라지기는 했지만, 블랙이 말했듯이 금세 그랬던 것은 아니었다. 블랙이 만든 방호의 원 안에 서서 몸을 떨고 있는 사이에 파란 색채와 뻣뻣함은 조금씩 밖으로 흘러 나갔다. 바람은 거의 없었다. 딜비쉬는 손가락을 구부렸다 폈다가 하며 손과 팔뚝을 문질렀다.

"여기까지는 쉬웠어야 했는데."

잠시 후 블랙이 말했다.

"그 말이 농담이기를 비네."

블랙은 끝이 갈라진 발굽으로 지면을 긁었다.

"농담이 아니오. 중심으로 다가갈수록 방사의 강도는 더 강해지는 것 같소."

"그 구획을 공략할 뭔가 특별한 계획이라도 있나?"

"내가 아는 모든 방호 주문을 우리 몸에 걸어 놓았지만, 그건 단지 한 측면을 방어하는 데 지나지 않소. 저 안에서 꿈꾸고, 고통을 겪고 있는 투알루아는 나에 비해 너무나도 강하기 때문에 직접 부딪친다면 방호 주문 따위는 무너져 버릴 것이오. 나의 지각知覺과 속도, 그리고 우리들의 힘과 순발력에 기대는 수밖에 없소."

"아무래도 그런 것이 아닌가 걱정하고 있었네."

"여기까지는 그래도 잘 오지 않았소."

"그럼 우리는 왜 지금도 움직이고 있나? 그것도 빙빙 돌면서?"

"우리는 지금 움직이고 있지 않소."

"그런 것 같은데."

블랙은 고개를 들고 안개 너머를 응시했다. 그들이 딛고 있는 지면은 지금은 충분히 견고한 것처럼 보였지만······.

"무슨 일이 일어나고 있는 것 같기는 하군." 그제야 블랙은 시인했다. "내 시야가 미치는 범위 안에서 가장 먼 곳에 있는 바위가 위치를 바꾸고 있는 것 같소. 위험을 무릅쓰고 작은 주문을 하나 써 보겠소. 아무 효과도 없거나, 우리한테

도로 튕겨 돌아오거나 아니면 효과 자체가 왜곡될지도 모르지만. 하지만 바람을 더 세게 불도록 해서 좀 더 넓은 지역을 볼 필요가 있소. 지금보다 나은 조망眺望을 통해 우리가 놓인 상황을 가늠할 수 있을 만큼 오래 말이오."

"그래 보게."

딜비쉬는 긴장하며 기다렸다. 블랙은 마브라호링으로 뭐라고 중얼거렸다. 사방팔방에서 불어오던 강풍이 잦아지더니 잠깐 동안 한 방향으로만 불다가 다시 방향을 바꿨다. 오른쪽에서 안정된 바람이 불어오기 시작한 것은 몇 분 뒤의 일이었다. 그 무렵 블랙은 침묵하고 있었다. 그들 모두 꼼짝도 않고 전방을 응시했다.

안개로 이루어진 방죽은 조금씩 왼쪽으로 움직이기 시작했다. 번개를 연상시키는 희미한 빛이 안개 속에서 잇달아 번득였다. 안개는 여기저기에서 옅어지기 시작했지만, 그 즉시 다른 곳에서 몰려온 수증기가 그 부분을 메워 버렸다.

이윽고 안개가 사방팔방으로 흩어지면서 밀려나는가 싶더니, 밝은 햇살이 내리쪼이는 암울한 경치가 그들 앞에 모습을 드러냈다.

그들은 움직이고 있었다. 모든 물체가, 멀리 보이는 성에 대해서 상대적으로 움직이고 있는 것처럼 보였다. 선홍색과 주황색을 띤 성은 또다시 모습을 드러내고 있었다. 일부 물체는 다른 물체들보다 더 빨리 움직이고 있었고……

그들은 오른쪽으로 흘러가고 있었다. 바로 앞쪽에 보이는 지형 또한 오른쪽으로 흘러가고 있는 것처럼 보였고, 더 멀리 있는 것들은 그보다 더 빨리 움직이고 있는 듯했다. 그러나 그보다 훨씬 더 먼 곳에 보이는 색색가지 바위나 반짝이는 유리 나무들은 왼쪽을 향해 돌진하고 있는 것처럼 보인다.

"이해할 수 없군……."

블랙이 운을 뗐다.

지면은 이제 물결치듯이 움직이고 있었다. 그들이 서 있던 장소는 낮았지만 이제는 위로 솟아오르고 있었다. 블랙보다 더 높은 위치에서 볼 수 있는 딜비쉬가 먼저 보고, 이해했다.

"맙소사!"

딜비쉬는 외쳤다.

전방으로 한참 내려간 곳에 위치한 오목한 분지盆地에 둥글고 거대한 구멍이 나 있었다. 주위 풍경은 이 구멍을 중심으로 감기며, 안쪽을 향해 나선을 그리고 있었다. 비정상적인 가소성可塑性을 가진 이 풍경 속에서 바위와 덤불, 통나무와 허섭스레기 할 것 없이 모두 검고 거대한 구멍을 향해 끌려가면서 그 주위에서 소용돌이쳤고, 구멍 가장자리를 넘어갔다. 그것들이 놓여 있던 표토表土까지 한꺼번에 말이다.

"마치 소용돌이 같아 보이는군……."

딜비쉬는 고개를 돌려 뒤를 돌아보며 말했다.

뒤쪽 먼 곳에서도 물체는 반대편을 향해 움직이고 있었다. 그러나…….

"적어도 우리는 한복판보다는 바깥쪽 가장자리에 가까운 곳에 있어. 하지만 빨리 도망치는 편이 낫겠군."

블랙은 뒷발로 일어서더니 몇 초 동안이나 그렇게 서 있었다. 잠시 후 지면에 쿵하고 앞발을 디디며 북쪽으로 몸을 돌렸다. 블랙은 지금까지 그들을 보호해 준 원을 뚫고 움직이기 시작했다.

"우리에게는 유리하게 작용할지도 모르오. 지금처럼 회전하는 가장자리를 향해 가면 서쪽으로 접근하게 되어 있소. 이 혼란된 지역을 벗어날 무렵이면 자연히 목표 가까이에 가 있을 거요."

블랙은 속도를 올렸다.

"괜찮은 생각 같군." 딜비쉬가 말했다. "하지만 꼭 그렇게 될지는……."

"뭐라고 했소?"

"우리가 이 지역 가장자리까지, 이 움직이는 지면이 끝나고 안정된 땅이 시작되는 곳으로 가면……."

"그렇군. 무슨 뜻인지 알겠소."

블랙은 한층 더 속도를 올렸다.

"전방 멀리 보이는 저 검고 만곡彎曲한 선 말인데……." 블랙은 또다시 반쯤 몸을 일으키며 말했다. "그 부근의 지면이 마구 흐트러지고 있는 것 같소."

그들은 검은 띠를 향해 질주했다. 길게 찢겨 나온 안개가 그들 뒤로 흘러갔다. 낮게 으르렁거리는 듯한 소리가 들려오기 시작했다.

"상당히 폭이 넓은 것 같군."

"그렇소."

진동이 전해져 왔다. 전방에서는 맷돌처럼 부딪쳐 우두둑거리는 바위들과 흙으로 이루어진 강이 부글부글 끓고 있었다. 마치 펄펄 끓는 해자垓字처럼 보였다. 그곳으로 더 접근하자 소음은 한층 더 커졌다. 블랙의 발굽 아래에서 지면이 푹 꺼지며 마구 흔들리기 시작했다. 블랙은 속도를 늦췄고, 혼돈이 시작되는 지점에서 15보쯤 떨어진 지점에서 마침내 멈춰 섰다.

딜비쉬는 말에서 내려 천천히 전진하기 시작했다. 지면이 느닷없이 푹 내려갔다가 다시 원상태로 돌아온 탓에 옆으로 튕겨 나갔지만, 딜비쉬가 신은 엘프 장화가 믿기 힘들 정도로 정확하게 움직여 주는 탓에 균형을 유지할 수 있었다. 지면이 들끓는 지역에서 통나무 하나가 왹 지나간다. 마치 수평으로 움직이는 산사태에 쓸려 가는 듯한 모습이었다. 통나무는 그보다 느린 속도로 움직이던 돌에 부딪치며 둔탁한 소리를 냈고, 수직으로 곤두서더니 딜비쉬의 눈앞에서 산산조각이 났다. 딜비쉬는 허리를 굽혀 사람 머리통만 한 돌을 하나 집어 어깨 높이까지 들어올리고는 앞으로 던졌다. 지면에서 몇 번 튕기던 돌은 급류에 실려 오른쪽으로 사라졌다. 딜비쉬는 우뚝 서서 지면이 요동칠 때마다 자세를 가다듬으며 잠시 기다렸다. 그러고는 다른 돌을 하나 들어 아까 했던 일을 되풀이했다. 역시 같은 결과가 나왔다. 딜비쉬는 한 걸음 더 앞으로 나아갔다. 큰 돌 몇 개가 앞을 지나갔다. 고개를 들어 왼쪽을 보니 지평선을 따라 왼쪽에서 오른쪽으로 조금씩 움직이고 있는 것처럼 보이는 성의 모습이 눈에 들어왔다. 딜비쉬는 두 걸음 더 나아가서 멈춰 섰다.

"타이밍만 정확하게 맞출 수 있다면 할 수 있을 거요." 블랙이 말했다. "적절한 징검다리가 될 만한 돌들이 보이면 말해 주겠소. 엘프 장화가 있으니 그 위를 건너갈 수 있을 거요."

딜비쉬는 고개를 가로젓고는 뒤를 돌아보았다.

"아냐." 또다시 안장에 올라타며 말했다. "우린 함께 가야 해."

"건너뛰기에는 폭이 너무 넓소."

"그렇다면 뭔가 더 큰 바위가 나타날 때까지 기다리는 거야."

"그건 위험한 선택이오. 그러나 그것이 유일한 방법일 것 같군. 알겠소."

블랙은 또다시 앞발을 들어올리고 서서 상류 쪽을 바라보았다.

"적당한 돌은 어디에서도 눈에 띄지 않는군."

블랙은 뒷발로 선 채로 아까 왔던 방향으로 몸을 돌렸다.

"우리가 떠나 온 지역이 보이오. 아까보다 훨씬 더 구멍에 접근해 있소."

"난 커다란 바위가 다가오는 것이 보이는군."

블랙은 다시 몸을 돌리고, 거의 짬을 두지 않고 앞발을 내려놓았다. 성은 이제 그들의 바로 정면에 위치해 있었다. 오른쪽으로 흘러가고 있다.

"꽉 잡고 있으시오. 만약 내가 아래로 미끄러진다면, 내 몸을 딛고 펄쩍 뛰어서 계속 나아가시오."

블랙은 부글부글 끓는 검은 강을 마주보는 새로운 위치에 가서 섰다. 그들이 딛고 있는 지면이 올라왔다가 내려갔고, 다시 올라왔다. 딜비쉬는 상체를 앞으로 숙이고 두 다리가 아파 올 정도로 꽉 죄었다. 왼쪽으로 고개를 돌리자 멀리서 윙윙거리는 소리가 들려왔다. 거인의 웃음소리라고 해도 믿을 수 있을 정도였다. 천공天空에서 불의 장막이 떨어져 내리다가 전방 먼 곳에서 스러지는 광경이 눈에 들어왔다. '초시간성'은 이제 자수정처럼 번들거리고 있었다. 지면이 살짝 흔들리더니 거대한 종을 잇달아 때리는 듯한 굉음이 들려왔고, 이어서 수십 개의 창문으로 이루어진 벽이 한꺼번에 박살나는 듯한 파열음이 들려왔다. 검은 강은 계속 철썩거리며, 우르릉거리고 있었다.

"저기 오는군."

블랙이 말했다.

딜비쉬는 반쯤 강물에 잠긴 바위를 다시 보았다. 강이 구부러진 곳을 힘겹게 통과하다가, 그들을 향해……

딜비쉬는 바위 속도를 가늠하려고 해 보았다. 눈을 감았다가 다시 떠 본다. 길게 꼬리를 끄는 안개가 옆으로 흘러갔다.

"지금이오!"

블랙이 외쳤다.

그러자마자 그들은 움직이고 있었다. 딜비쉬는 내심 너무 빠른 것이 아닌가 하고 생각했다. 바위는 마치 무엇인가에 걸려 정지하고, 아까보다 더 깊숙이 가라앉고 있는 것처럼 보였다. 바위 표면은 가장 조심스러운 발조차도 디딜 수 없을 정도로 미끄러워 보였다……

그들은 공중에 있었다.

딜비쉬는 무의식중에 다시 눈을 감았다. 블랙의 발이 바위에 접촉하면서 받은 충격 탓에 이가 딱 부딪쳤다. 블랙의 몸이 딜비쉬 아래에서 비틀렸다. 딜비쉬는 블랙이 아래로 미끄러지고 있다는 느낌을 받았다.

다시 눈을 뜨자 또다시 공중이었다. 딜비쉬는 이를 악물었다.

단단한 지면에 착지한 그들은 계속 움직였다. 딜비쉬는 등을 곧추세웠고, 그제야 자신이 숨을 죽이고 있었다는 사실을 깨닫고 숨을 내쉬었다. 그들은 이제 성의 남서쪽에서 증기를 뿜어내는 구멍들 사이를 누비며 바위투성이의 평원을 질주하고 있었다.

자갈이 깔린 작은 언덕에 오른 블랙은 잠시 멈춰 서서 뒤를 돌아보았다.

"나쁘지 않았소. 자신은 없었지만."

그러고는 다시 반대편 사면을 내려가며 우측으로 가기 시작했다.

"모두 어디로 가는 건지 궁금하군."

딜비쉬가 말했다.

"뭐가 말이오?"

"저 구멍으로 빨려들어가는 것들 말이야."

"어딘가 다른 곳으로 튀어 나갈 거라고 생각하오."

블랙은 이렇게 말하며 속도를 올렸다. 모래땅으로 접근하고 있었다.

"가슴이 따뜻해지는 얘기로군."

모래땅에 도달하자 부스럭거리는 소리가 들렸다. 꿈틀거리는 작고 검은 것들이 땅 위에 나타나기 시작하는 것을 딜비쉬는 거의 무의식중에 감지했다. 그들 주위에서 잡초처럼 자라나고 있는 듯한 느낌이다. 그러자 바로 앞쪽의 모래땅이 흐트러지더니 아까 것들과 같은 모양이지만 더 크고 더 빨리 움직이는 것들이 튀어나오며 위를 향해 꿈틀거리기 시작했다.

"손가락이야!"

딜비쉬는 외쳤다. 거의 혼잣말에 가까웠다.

블랙은 대꾸하는 대신 질주를 계속했다. 그들을 움켜쥐려고 다가오는 거대한 자줏빛 손들이 하늘거리며, 점점 더 높은 곳까지 올라간다. 블랙은 그것들을 짓밟았고, 강철 사지를 휘둘러 뿌리쳤다. 전방에서는 마치 나무줄기처럼 보이는 길고 북슬북슬한 팔이 지금보다 너 높은 곳까지 올라가고 있었다. 무엇인가가 오른쪽 발을 스치는 것을 느낀 딜비쉬는 검을 뽑아 들고 아래를 향해 내리치며 너무 가깝게 접근한 손가락들을 잘라 내기 시작했다. 블랙은 고개를 숙이고 불을 뿜어 전방의 지면을 태웠다.

그들 주위의 오목한 지점에서 엷은 안개가 피어오르기 시작했지만, 이번 것은 땅에 낮게 깔렸을 뿐이었고, 서쪽에 구름이 조금 떠 있는 것을 제외하면 맑게 갠 파란 하늘 아래의 공기는 청명했다. 아직 조금밖에 가까워지지 않은 성은 마치 쨍쨍 내리쪼이는 햇살을 반사하는 수많은 유리창처럼 반짝이고 있었다.

아래에서 끊임없이 올라오는 손들을 향해 좌로, 우로 검을 휘둘러야 했던 딜비쉬는 땀을 흘리기 시작했다. 모래땅 가장자리에 접근하자 낮은 모래언덕 같은 능선이 보였다. 땅은 그 아래 보이지 않는 곳으로 뚝 떨어져 있었다. 그곳으로 점점 가까이 다가가자 땅이 상하로 움직이더니 지금까지 본 것 중 가장 거대한 손이 땅을 뚫고 올라오기 시작했다. 딜비쉬는 블랙의 보폭이 넓어지는 것을 느꼈다. 아래쪽에서 뼈가 으스러지고 부러지는 소리가 난 순간, 블랙은 마지막으로 남은 거리를 거의 날다시피 뛰어넘었다. 블랙은 고개를 높이 쳐들었다. 불길은 사그라지고 있었다. 땅을 뚫고 나온 예의 거대한 손바닥이 그들 앞을 가로막고 있었다.

딜비쉬는 블랙의 발이 지면을 박차고 호弧를 그리며 공중을 가로지르기도 전에 앞으로 무슨 일이 일어날지를 직감했다. 블랙이 도약한 순간 손은 아직도 위로 올라오며 그들을 향해 뻗쳐 오고 있었다. 딜비쉬는 우측 하단에 있는 가장 가까운 손가락을 향해 검을 휘둘렀고, 칼날이 살을 깊게 베는 것을 느꼈다. 그러자 손이 갑자기 주먹을 꽉 쥐었기 때문에 앞길은 완전히 트였다. 통나무 같은 손가락 하나가 피를 흘리며 땅에 떨어지더니 모래 언덕 아래로 굴러 떨어졌다.

다음 순간 그들은 내리막길을 내려가고 있었다. 경사면은 예상했던 것보다 더 가팔랐지만, 딱딱하고 매끄러우며 반짝이는 그 표면을 본 딜비쉬는 블랙의 발굽이 닿기 직전에 몸에 잔뜩 힘을 주었다. 경사면은 사발 모양을 한 오목한 분지의 측면을 이루고 있었고, 분지 바닥에는 잔잔한 수면에서 증기를 내뿜고 있는 연못이 하나 있었다. 증기는 유황 냄새를 풍겼고, 연못의 노란 물 위에는 반쯤 썩은 인간의 몸통을 수상할 정도로 닮은 물체와 그보다는 작은 — 역시 예전에는 살아 있던 것의 일부처럼 보이는 — 물체들이 떠 있었다.

블랙은 번들거리는 지면에 발을 디디자마자 미끄러졌고, 왼쪽을 향해 쓰러졌다. 딜비쉬는 그 아래에 깔리지 않기 위해 측면 후방으로 껑충 뛰면서 몸을 굴렀다. 여전히 검을 쥐고 있었다.

엘프 장화는 지면을 디뎠고, 그대로 그 자세를 유지했다. 딜비쉬는 왼팔을 몸 앞에서 교차시키며 오른쪽으로 몸을 굴렸고, 블랙의 오른쪽 옆구리를 잡았다. 블랙은 계속 미끄러졌다. 여전히 지면을 딛고 있는 엘프 장화 속의 정강이뼈가 당장이라도 부러질 것 같은 느낌이었다. 딜비쉬는 발을 움직여 지면에서 발을 뗐다. 검을 칼집에 집어넣은 다음 배를 깔고 엎드려서 양손으로 블랙의 몸을 움켜잡는다. 딜비쉬는 블랙 뒤에서 엎드린 자세로 계속 앞으로 끌려갔다.

다시 발을 움직여 발 디딜 곳을 찾아낸 다음 상체를 일으켜 웅크린 자세를 취했다. 여전히 블랙을 붙잡고 있었다. 그러는 동안 블랙은 앞발을 계속 허우적거리며 지면에 깊은 상흔을 남겼지만, 연못으로 머리를 향한 자세로 계속 미끄러져 내려갔다.

딜비쉬는 블랙을 부여잡고 있던 손을 하나씩 떼어내며 블랙의 왼쪽 옆구리에서 등을 따라 움직였고, 마침내 블랙의 목을 움켜잡았다. 그런 식으로 몸을 움직여 마침내 사면을 미끄러져 내려가는 블랙 앞에 몸을 비집어 넣었고, 엘프 장화로 한 걸음씩 땅을 디디며 위로 밀어올리기 시작했다. 어깨와 허벅지가 긴장하고 관절이 삐걱거렸지만, 블랙이 미끄러지는 속도가 느려지기 시작했다. 마구 휘두르던 앞발의 움직임도 좀 더 고의적인 것으로 변했다. 블랙은 앞발이 사면을 때릴 때마다 힘이 가는 방향을 아까보다 더 잘 조절하고 있었다.

연못에서 풍겨 오는 악취가 더 짙어지며 콧구멍이 불쾌해지기 시작했다. 블랙 너머를 바라본 딜비쉬는 그들이 사면의 대부분을 이미 미끄러져 내려왔다는 사실을 깨달았다. 그러나 뒤를 돌아다보는 대신 딜비쉬는 블랙의 움직임을 안정시키려는 노력을 배가했다.

블랙의 오른쪽 앞발이 사면을 때리더니 유리가루와도 같은 고운 파편을 분수처럼 튀기며 디딜 곳을 찾아냈다. 다음 순간 왼쪽 앞발도 사면 위를 디뎠다. 딜비쉬는 혼신의 힘을 다해 블랙을 밀어올렸다. 블랙은 앞다리 두 개를 모두 써서 상체를 일으켰지만, 하체를 여전히 낮춘 자세로 뒷발을 황급히 움직이며 발굽으로 디디고, 찍어 내릴 곳을 찾고 있었다. 딜비쉬는 양팔로 블랙의 목을 움켜잡고 힘껏 발을 디뎠고, 블랙의 몸을 앞으로, 위로 밀어올리는 데 전력을 다했다.

블랙은 동작을 멈추고는 양쪽 뒷발을 들어올렸고, 그 자세로 미동도 않고 섰다. 딜비쉬는 조금씩 긴장을 풀었다. 심호흡을 했다가 독기를 가슴 깊이 들이마시고 기침을 하기 시작한다.

"단 한 걸음도…" 블랙이 말했다. "뒤로 가지는 마시오."

딜비쉬는 뒤를 돌아다보았다.

거품을 내는 물결이 한 걸음도 채 떨어지지 않은 곳으로 조용히 몰려오고 있었다. 딜비쉬는 부르르 몸을 떨었다. 물가 너머를 보고는 연못 한복판에 둥둥 떠 있는 것이 정말로 인간의 유해임을 확인했다. 여기저기에 뼈가 드러나 있는 것이 보였다. 유해 주위의 물은 더 검었다. 부패 과정을 육안으로 볼 수 있다는 느낌을 받을 정도였다. 딜비쉬는 고개를 돌려 그 광경을 외면했다.

"이제 어떻게 하겠소?" 블랙이 물었다. "나는 이런 상황에 걸맞을 정도로 특화된 주문을 알고 있지는 않소."

딜비쉬는 희미하게 미소 짓고는 그들이 방금 내려온 사면을 올려다보았다.

"일단 고생을 하는 방법밖에는 없을 것 같군. 이 미끄러운 물질을 시험해 봐야겠어."

딜비쉬는 블랙의 등에 대고 있던 손을 천천히 뗀 다음 허리를 펴고 검을 뽑았다. 옆으로 몇 걸음 걸어가서는 검을 들어 올리고 매끄러운 경사면의 표면을 내리쳤다. 칼날은 경사면을 몇 인치나 파고 들어갔고, 그 주위에서는 모든 방향을 향해 족히 한 뼘은 되는 금이 생겨났다.

"가능할 것 같군. 여기를 따라서 발 디딜 곳을 계속 만들어 놓는다면 자네도 몸을 돌려 다시 왔던 길을 올라갈 수 있어."

"그럼 그렇게 하시오. 일단 출발할 수만 있으면 나도 올라가면서 직접 발 디딜 곳을 만들 수 있소. 하지만 지금 이 자세는 좀 위태롭게 느껴지오."

"응." 딜비쉬는 기침을 하며 말했다. "그러니까 몸을 움직여야 하는 일은 아예 하지를 말게."

딜비쉬는 몸을 돌려 경사면에 대한 공격을 재개했다. 사방으로 파편이 튀었다.

몇 분 뒤에는, 블랙이 있는 곳으로 이어지는 길이 8피트에 달하는 수평한 홈 두 개가 완성 되었다.

"자네가 보기에는 어떤가?"

딜비쉬가 물었다.

"일단 그 위에 올라선다면 나는 몸뿐만 아니라 마음도 곧추선 듯한 기분이 될 것이오. 그런 다음에는 아마 그 선을 따라 그쪽 경사면을 똑바로 올라가는 편이 나을 것 같소."

"나도 그런 생각이네." 딜비쉬는 이렇게 말하고 검을 칼집에 집어넣었고, 블랙의 머리 왼쪽으로 되돌아갔다. "자네를 위로 밀어붙일 테니까 그 사이에 저기로 이동해 줘. 아마 오른 발부터 딛는 게 나을 것 같군." 딜비쉬는 블랙의 목을 부여잡고 한쪽 어깨로 지탱했다. "준비되는 대로 말해 주게."

블랙은 지극히 신중한 동작으로 오른쪽 앞발을 들어올리고는 몸의 방향을 천천히 바꿨다. 오른쪽 발을 몸에서 먼 쪽의 홈 위에 내려놓고는, 체중을 그쪽으로 천천히 옮겼다.

"이 다음번 동작이 관건이오."

블랙은 왼쪽 앞다리를 들어올렸다. 그러자마자 딜비쉬는 자기 어깨에 가해진 압력이 늘어나는 것을 느꼈다. 블랙이 왼쪽 앞다리를 움직이는 동안 혼신의 힘을 다해 위로 밀었다. 콧구멍 속을 왕복하는 숨이 불타는 듯이 뜨거웠다. 블랙의 왼발이 가까운 쪽의 홈 위를 천천히 디뎠다. 그러나 딜비쉬를 누르고 있는 무게는 줄어들지 않았다. 블랙은 이제 방금 왼쪽 앞발이 박혀 있던 자리에 왼쪽 뒷발을 내려놓고 있었다. 이 일이 끝나자, 이번에는 오른쪽 뒷다리를 앞으로 가져오기 시작했다.

"두 걸음만 더 걸으면……."

블랙은 나직하게 말했고, 오른쪽 뒷발을 재빨리 멀리 있는 쪽의 홈 위에 내려놓았다.

"이제 되었소."

딜비쉬는 블랙이 미끄러지듯이 앞을 지나가며 첫 번째 다리를 홈 쪽으로 움직이는 동안 계속 블랙의 몸무게를 지탱하고 있었다. 블랙이 몇 걸음 더 앞으로 나아가고 나서야 딜비쉬는 한숨을 내쉬었고, 기침을 하며 기지개를 켰다.

"좋았소." 블랙이 말했다. "아주 잘 했소."

딜비쉬는 스카프를 얼굴에 둘러 코와 입을 가렸고, 다시 한 번 블랙 옆으로 갔다. 그러면서도 연못과 블랙 사이에 자기 몸을 두는 것을 잊지 않았다. 블랙은 딜비쉬가 파 놓은 홈 끝까지 갔다.

"이제 어떻게 해야 하지?"

딜비쉬가 물었다.

"이제는 문제없소. 보고 있으시오."

블랙의 오른쪽 앞발이 앞을 향해 번득이자 번들거리는 경사면 표면에 커다란 구멍이 뚫렸다. 그대로 그곳에 발을 박은 채로 이번에는 왼발로 더 높은 곳을 때렸다. 상체를 위로 끌어올린 다음에는 다시 오른쪽 발로 경사면을 찍는다. 뒷발들도 곧 앞발이 남긴 구멍을 딛고 올라가기 시작했다.

"그건 그렇고, 고마웠소."

블랙은 끝이 갈라진 발굽을 다시 앞으로 내밀며 말했다.

딜비쉬는 블랙의 등에 오른손을 올려놓고 상대방의 느린 걸음걸이에 맞춰 움직였다.

"아래에서 시간을 보내고 있던 중에 하늘이 어두워진 것 같아."

딜비쉬가 말했다.

"힘의 방사는 매우 강력하오. 하지만 이쪽으로 몰려오는 변화의 물결은 하나도 없소."

"그게 무슨 의미인가?"

"어떤 의미도 될 수 있소."

그들이 경사면을 올라가는 동안, 점점 어두워지던 하늘은 이제는 거의 황혼을 연상시키는 깊은 색조를 띠기 시작했다. 몇 분 뒤에 머리 위에서 짧고 날카로운 비명이 울려 퍼졌다. 왼쪽 높은 곳에서 검은 형태가 분지 가장자리를 넘어 아래로 미끄러지기 시작했다.

"저건 인간이오!"

블랙이 외쳤다.

딜비쉬는 양손을 허리에 재빨리 갖다 대며 왼쪽으로 움직였다.

"여기요!"

뽑아 든 벨트를 양손으로 잡고 앞으로 던졌다. 벨트 끄트머리에 달린 육중한 버클은 미끄러져 내려오고 있는 사내 바로 앞으로 떨어졌다. 긴 지팡이가 덜그럭거리며 경사면을 굴러 내려왔고, 딜비쉬의 어깨를 거의 맞힐 뻔했다.

"이걸 잡아!"

딜비쉬는 외쳤다.

사내는 억지로 몸을 비틀며 헐떡였고, 왼손으로 버클 바로 위쪽을 움켜잡았다. 딜비쉬는 옆으로 미끄러져 내려가는 사내를 보며 다리에 힘을 넣었다.

"손을 놓지 마!"

사내는 오른손으로 왼손 바로 위쪽을 잡으며 외쳤고, 옆으로 몸을 굴렸다.

"멀쩡한 벨트 하나를 잃으면서까지 산酸이 가득 찬 연못에 사람이 빠지는 걸 보고 싶은 생각은 없어." 딜비쉬는 상대방의 체중을 몸으로 느끼며 악문 이 사이로 말했다. "어차피 그런 광경을 즐기기에는 너무 어두워지기도 했고 말이야."

이렇게 말하며 벨트를 잡아당겼고, 마침내 상대방의 손을 잡아 끌어올렸다.

아래쪽 연못에서 녹색을 띤 빛이 비쳐 오기 시작하더니 잠시 후 눈이 부실 정도의 불꽃이 분수처럼 솟구쳤다.

"내 지팡이!" 사내는 이렇게 외치며 어깨 너머로 뒤를 돌아보았다. "내 지팡이! 자넨 내가 저걸 만드는 데 도대체 얼마나 많은 노력이 들어갔는지 상상도 못할 거야. 저 안에 얼마나 많은 힘이 축적되어 있는지도 모를 거야!"

"자네 목숨이 저것보다 훨씬 더 중요하지 않겠나."

딜비쉬는 목에 벨트를 걸고 사내의 다른 쪽 손을 잡아끌며 말했다.

이제 녹색으로 변한 연못에서 거대한 거품이 생겨나면서, 아까보다 한층 더 고약한 냄새를 풍기는 증기를 뿜어 대기 시작했다.

사내는 어떻게든 미소를 지어 보였다.

"물론 자네 말이 옳겠지."

사내는 이렇게 말하며 일어서려고 하다가 다시 미끄러졌다. 그러자마자 사내는 심한 욕설을 잇달아 내뱉기 시작했다. 거의 심오한 경지에 도달했다는 느낌을 줄 정도로 지독한 욕설들이었다. 딜비쉬는 감탄한 표정으로 귀를 기울였다. 군인 시절에도 이 사내에 필적하는 욕쟁이를 찾기는 어려웠을 것이다.

"신관들조차도 잊어버린 신들을 일일이 모독했군." 사내가 잠시 숨을 돌리려다가 기침을 하기 시작하자 딜비쉬는 외경심이 깃든 목소리로 말했다. "방금 나열한 그 예술적인 욕들을 길이 보존하기 위해서라도 난 자네를 거기서 끌어내 줘야 할 의무가 있어. 억지로 일어서려고 하지는 말게. 저기 내 말이 기다리는 데까지 자네를 그냥 끌고 갈 테니까 말이야."

딜비쉬는 사내를 끌며 경사면을 올라갔고, 마침내 사내가 입은 노란색 튜닉의 한쪽 팔을 들어올려 자기 어깨에 걸치고, 사내가 다른 팔로 블랙의 등을 껴안는 것을 도와주었다. 배후의 교란된 연못 내부에서 잇달아 작은 폭발이 일어났다.

"억지로 발을 디디려고 하지는 마." 딜비쉬가 말했다. "우리가 위로 데려다 줄 테니 그냥 몸을 기대고 있어. 다리 힘을 빼고 그냥 질질 끌려가란 말일세."

사내는 블랙을 잠깐 보더니 고개를 끄덕였다.

딜비쉬와 블랙은 등반을 재개했다. 안개로 이루어진 촉수들이 어두워진 하늘을 뒤덮기 시작했다. 연못 안이 또다시 교란된 직후 경사면은 그들의 다리 밑에서 또다시 조금 흔들렸다. 블랙은 발을 딛던 도중에 동작을 멈추고 흔들림이 사라질 때까지 기다렸다.

"굉장한 지팡이였나 보군."

딜비쉬가 촌평했다.

사내는 이를 갈며 으르렁거리는 소리를 냈다. 블랙의 발굽이 번쩍거리는 표면을 관통하자 푹 하는 소리가 났다.

"믿을 만한 은행에 구좌를 개설한 것과 같았어." 마침내 사내는 운을 뗐다. "난 나중에 필요해질 때를 대비해서 몇 십 년 동안이나 그 지팡이 안에 힘을 비축해 두었지. 그것 없이 성을 탈취하려면 훨씬 힘들 거야."

"슬픈 일이로군." 딜비쉬는 대꾸했다. "왜 그렇게 저 성을 갖고 싶어 하는 건가?"

사내는 대답하는 대신 단지 딜비쉬를 쳐다보았을 뿐이었다.

일행은 아래쪽에서 간헐적으로 진동이 전해져 올 때마다 멈춰 서서 그것이 사라지기를 기다리는 일을 되풀이하며 분지 가장자리로 접근했다. 딜비쉬는 뒤를 돌아다보았지만, 단지 녹색 거품이 솟아나오며 분지 사면의 3분의 1까지 뒤덮은 광경을 볼 수 있었을 뿐이었다. 그러나 그들이 지금 있는 곳의 공기는 아까보다는 맑았다. 북서쪽에서 산들바람이 불어오는 덕택이다.

그들은 마지막으로 남은 거리를 꾸준히 올라갔고, 마침내 가장자리를 넘어섰다. 딜비쉬는 평지에 도달하자 얼굴 아래쪽을 가린 스카프를 목까지 내리고 벨트를 다시 허리에 찼다. 블랙이 푸르륵거리자 코에서 한 줄기의 연기가 흘러나왔다. 그들이 구출한 사내는 검은 가죽바지에 묻은 흙을 털고 있었다. 그들은 어둑어둑한 하늘을 배경으로 새까만 윤곽을 드러낸 성을 마주보았다. 태양은 천공 높은 곳에서 달만큼이나 창백한 빛을 발하고 있었다.

"내 플라스크들이 모두 깨지거나 없어지지 않았다면, 물을 섞은 포도주를 대접해 주지."

딜비쉬는 블랙 오른쪽으로 가며 말했다.

"좋군."

"내 이름은 딜비쉬야."

"나는 머케이브의 웰레안드라고 하네만, 아무래도 이 장소는 석연치가 않군."

"그게 무슨 뜻인가?"

"내가 이해하기로는 성 안쪽에 위치한 투알루아는 예의 주기적인 광기의 발작에 사로잡혀서…" 웰레안드는 크게 손짓해 보였다. "…억제되지 않은 에너지와 꿈을 발산함으로써 이런 사태를 야기했어."

"그런 것 같아 보이는군."

"그게 아냐."

"그럼 뭐지?"

"모든 꿈이 치명적인 건 아냐. 투알루아 일족의 꿈인 경우조차도 말이야. 그리고 그것들 모두가 미묘한 것도 아니지. 저 성을 에워싼 지대 전체는 방어를 위해 신중하게 계획된 일련의 치명적 함정처럼 보이는군. 머리가 나쁜 반신半神이 무작정 발산하는 성몽性夢이 아니라 말이야."

딜비쉬가 플라스크를 건네자 웰레안드는 포도주를 길게 들이켰다.

"왜? 또 어떻게 해서 그런 일이?"

딜비쉬는 물었다.

웰레안드는 플라스크를 아래로 내리고는 웃었다.

"그러니까 말일세, 친구. 이미 저 안의 누군가가 통제권을 확립했다는 뜻이야. 그런 다음 일부러 이런 현상을 일으켜서 외부에 있는 우리를 막고, 그 사이에 자기 힘을 강화할 작정인 거지."

딜비쉬는 미소 지었다.

"혹은 잃어버린 힘을 회복하려고 하는 건지도 모르지 않

나. 피폐하고 부상을 입은 젤레락이라면 적들을 막기 위해서 바로 그런 장애물을 만들어 냈을지도 몰라."

웰레안드는 다시 한 모금을 마시고는 플라스크를 되돌려 주었다. 손등으로 입을 닦고는 수염을 쓰다듬는다.

"자네 말이 맞을 수도 있어. 하지만……."

"하지만 뭐?"

"하지만 난 그렇게 생각 안 해. 이런 현상은 너무 원초적이야. 그 작자라면 이미 이 힘을 깊이 들이마시고 회복했을 거야. 그런 뒤에는 이런 멍청한 일을 지속시킬 필요가 없어."

딜비쉬는 플라스크에서 포도주를 한 모금 마시고는 천천히 고개를 끄덕였다.

"그것 또한 사실일 가능성이 있겠군. 그자가 극도로 쇠약해진 탓에 사태가 걷잡을 수 없이 확산되어 버린 것이 아니라면 말이야. 또 제자가 마스터에게 반기를 든다는 것도 흔히 볼 수 있는 일이야."

웰레안드는 성 쪽으로 몸을 돌리고 응시했다.

"내가 아는 한 저 안이 도대체 어떻게 되어 있는지를 확인하는 방법은 단 하나밖에는 없어."

잠시 후 웰레안드는 이렇게 말하고는 바지 호주머니에 양손을 찔러 넣고 성이 있는 쪽을 향해 어슬렁어슬렁 걸어가기 시작했다. 딜비쉬는 블랙에 올라타고 그 뒤를 천천히 따랐다. 딜비쉬는 앞으로 몸을 숙이고 한 마디, 이렇게 속삭였다.

"인상."

"저 사내의 경우는…" 블랙은 나직한 목소리로 말했다. "매우 강력한 백마법사가 불길한 인물처럼 위장하고 있을 수도 있소. 한편, 내 피부만큼이나 속이 검은 자일 가능성도 있소. 하지만 이 두 극단 사이의 어딘가에 해당하지 않는다는 사실만은 단언해도 좋소. 적어도 저자가 큰 힘을 가졌다는 사실만은 확실하오."

그들이 움직이면서 또다시 바람이 강해지며 지면에서 안개가 피어올랐다. 그들은 키가 크고 탈색된 것처럼 새하얀, 불규칙한 모양의 돌들로 이루어진 숲을 향해 가고 있었다. 그 안으로 들어가자 지면을 뒤덮은 활석滑石 가루 탓에 발소리가 거의 나지 않았다. 이따금 강풍이 불어오면 가루가 위로 날아올라 가며 소용돌이친다. 탑처럼 높게 솟은 바위들 사이로 불어오는 바람이 노래를 부르기 시작했다. 높고 떨리는 듯한 소리였다. 거석巨石의 그늘 안에서 유리로 된 꽃들이 딸랑거렸다. 웰레안드는 등을 구부정하게 구부린 자세로 터벅터벅 걸어갔다. 길게 꼬리를 끄는 엷은 안개가 첨탑 같은 바위들 사이를 누비며 흘러갔다. 백색과 주황색의 조그만 광점들이 나타나 공중에서 춤을 추거나 여기저기로 휙휙 날아다녔다. 이것을 본 딜비쉬는 최근에 북방에서 경험한 것들을 머리에 떠올렸지만, 기온이 낮아서 특별히 춥다거나 하는 느낌은 없었다. 20보쯤 앞을 나아가는 웰레안드의 망토가 펄럭거린다. 사내는 느닷없이 멈춰 서서 오른쪽을 가리키며 웃음을 터뜨렸다.

딜비쉬는 웰레안드 곁으로 와서 그쪽을 응시했다. 바위들 사이의 좁은 길 안쪽에, 바람에 날린 활석 가루에 부분적으로 묻힌 채로, 축축해 보이는 사람을 닮은 형태가 양쪽 무릎을 꿇고 오른손을 지면에 딛고 있었다. 왼손을 치켜들고 있었고,

위로 쳐든 얼굴을 보니 놀란 듯이 입을 커다랗게 벌리고 있었다. 가까이 다가간 딜비쉬는 축축해 보이는 느낌은 실제로는 푸르스름한 빛이 도는 유리의 광택이라는 사실을 깨달았다. 사내의 바지는 무릎까지 내려와 있었다.

딜비쉬는 몸을 숙이고 위로 쳐든 사내의 손을 만지며 말했다.

"큰 걸 보고 있는 중의 사내를 표현한 유리 조상彫像인가?"

웰레안드는 껄껄 웃었다.

"옛날부터 유리 조상彫像이었던 건 아냐. 이 표정을 좀 보게나! 조그만 놋쇠 판이라도 있다면 이런 명판銘板을 붙여 줄 텐데. '변신풍變身風이 불어왔을 때 바지를 내리고 있던 사내의 상', 뭐 이런 식으로 말이야."

"이런 현상에 관해 잘 알고 있나?"

딜비쉬가 물었다.

"배설 말인가 아니면 변신풍 말인가?"

"난 심각해! 도대체 여기서 무슨 일이 일어났던 거지?"

"투알루아나 그 주인이 변신풍의 목록에 좀 더 깨지기 쉬운 성질을 포함한 거야. 그런 바람은 세계가 아직 젊었던 시절에는 지금보다 훨씬 더 흔했다는 얘기가 있어. 만취한 신의 숨결이라고 해야 할까? 남쪽 사막에서는 이따금 그런 신기한 유물이 출토될 때가 있지. 때로는 상당히 재미있는 유물이 나오기도 하고. 지금 보이는 이것이나 쿠바다드의 하이엘모트 경의 수집품 속에 포함된 남녀의 상像처럼 말이야. 지금은 입수가 힘들어졌지만, 과거에 이런 것들의 목록을 나열한 책이 몇 권 출판된 적도……."

"됐네!" 딜비쉬가 말했다. "이 불쌍한 친구를 위해 해 줄 수 있는 일은 없나?"

"변신풍이 또 불어와서 다시 변성을 시키지 않는 이상 불가능해. 그리고 그럴 가능성은 거의 없어. 그러니까 기념품이 필요하다면 맘대로 하게나. 금세 부스러질 걸. 자, 내가 보여주지."

웰레안드는 조상彫像의 귀를 향해 손을 뻗었다. 딜비쉬는 그 손목을 잡았다.

"아니, 그냥 내버려 둬."

웰레안드는 어깨를 으쓱하고는 팔을 내렸다.

"이 모든 현상의 배후에 누가 있든 간에, 적어도 유머 감각이 있는 작자라는 사실을 알게 되어 기쁘군."

웰레안드는 이렇게 말하고는 몸을 돌렸고, 다시 양손을 호주머니에 쑤셔 넣고는 전진을 재개했다.

딜비쉬와 블랙은 또다시 뒤에서 따라가기 시작했다. 몇 분이 지나는 동안 광점들이 흘러갔고, 바람은 끊임없이 노래를 불렀고……

"블랙! 왼쪽으로 가!"

"뭐요?"

"그냥 가!"

블랙은 그 즉시 몸을 돌려 두 개의 희끄무레한 바위 첨탑 사이를 지났고, 세 번째 첨탑을 우회했다. 그러고는 멈췄다.

"어느 쪽이오?"

"왼쪽. 더 안쪽으로. 아까부터 보이는 그 조그만 광점 덕택에 보였어. 보였다고 생각해… 이제 똑바로 가서 오른쪽으로 가게. 저기 안쪽이야."

그들은 그림자 속에서 미끄러지듯이 나왔다가 다시 들어가는 일을 되풀이했다. 웰레안드는 시야에서 사라져 있었다. 광점 하나가 아래로 내려오더니 옆을 지나갔고, 그들이 지나치던 그로테스크한 바위 덩어리를 무엇인가 다른 것으로 변신시켰다. 반짝이고, 아름다운…….

"신들이여!" 딜비쉬는 외쳤고, 안장에서 미끄러져 내린 다음 그것을 향해 갔다. "설마 이건…….

딜비쉬는 그 물체에 상체를 바싹 갖다 대고, 이 상像을 감싸고 있는 어둠을 투시해 보려고 노력했다.

"설마…….

딜비쉬는 손을 뻗어 신중하게, 거의 섬세할 정도의 손길로 그 얼굴을 만졌고, 손가락으로 그 이목구비를 천천히 훑었다. 또 다른 광점이 불안정하게 움직이며 그들을 향해 다가왔고, 아래로 뚝 떨어졌다가 물러났고, 비틀거리듯이 나아갔다. 멈춰 서 있을 때는 언제나 거의 미동도 하지 않는 블랙은 한쪽 다리에서 다른 다리로 체중을 옮겼다.

광점이 안정되더니, 다시 전진하며 위로 올라갔다.

"…맞아!"

딜비쉬는 만지작거리던 얼굴 위로 빛이 떨어지자 속삭이듯이 말했다.

딜비쉬는 양 무릎을 푹 꺾고는 잠시 고개를 숙이고 있었다. 그러고는 다시 고개를 들었다. 미간에 주름이 잡히고, 눈이 가늘어져 있었다.

"하지만 어떻게 이곳에 와 있는 거지… 이토록 오랜 세월이 흐른 지금?"

블랙은 알아들을 수 없는 소리를 발하고는 앞으로 걸어나왔다.

"딜비쉬. 그건 뭐요? 무슨 일이 일어난 거요?"

"다른 인생에서, 내게 악운이 찾아오기 전에…" 딜비쉬는 대꾸했다. "아주 오래 전에, 나… 나는 엘프족 처녀와 사랑에 빠진 적이 있어. 미라타의 훼베라라는 이름이었지. 지금 우리 앞에 서 있는 건 바로 그 훼베라야. 하지만 어떻게 이런 일이? 그 이후 너무나도 긴 시간이 흘렀고, 이 변화의 땅은 최근이 되서야 생겨난 건데… 얼굴이 전혀 달라지지 않았어. 이… 이해가 되지 않는군. 도대체 어떤 미친 운명의 반전이 이런 일을 가능하게 한 걸까. 다시 볼 수 있을 거라는 희망은 이미 버린 지 오래 되었는데. 바로 여기서, 영원히 얼어붙은 채로 있는 그녀를 발견하다니? 다시 옛날 모습으로 되돌릴 수만 있다면 난 무엇이라도 내놓을 수 있어."

딜비쉬가 이렇게 말하는 사이에 흔들거리는 광점은 어딘가로 흘러갔지만, 달만큼이나 창백한 태양에서 내리쬐는 빛이 부근에 떨어지고 있었다. 다른 광점들이 흘러가고, 기묘한 그림자가 그들을 향해 다가온다.

"무엇이라도 내놓겠다? 지금 그렇게 말했나?"

이제는 귀에 익은 웰레안드의 굵직한 목소리가 말했다.

마법사는 희미한 햇살 속으로 걸어나왔다. 어떤 이유에선가 아까보다 더 키가 커진 것처럼 보였다. 웰레안드는 딜비쉬와 블랙과 조상彫像으로 이루어진 삼각형 안으로 들어왔다.

"이런 상태에 있을 때는 손쓸 도리가 없다고 아까 말하지 않았나."

딜비쉬가 말했다.

"통상적인 상황에서는 그렇지." 웰레안드는 이렇게 대꾸하며 손을 뻗어 조상彫像의 얼어붙은 어깨에 손을 갖다 댔다. 여자는 반짝이는 말에 달린 고삐를 잡고 위를 올려다보고 있었다. "하지만 방금 자네가 내 놓은 극히 이례적인 제안을 감안한다면……."

웰레안드는 느닷없이 왼손을 홱 올리더니 블랙의 목 위에 내려놓았다.

블랙은 긴 울음소리를 발하고는 뒷발로 일어섰다. 눈구멍속에서 불길이 춤추고 있다. 여전히 접촉을 유지하고 있는 웰레안드의 왼손이 블랙의 가슴으로 미끄러져 내려오더니 떨리는 앞발에 닿았다.

"네가 누군지 알아!"

블랙은 절규했다. 그와 동시에 블랙의 입 속에서 조그만 번개가 튀어나오더니 웰레안드를 맞추지 못하고 근처 지면만을 까맣게 태웠다.

다음 순간 블랙의 움직임이 멈췄고, 눈 속의 불길도 스러졌다. 번들거리는 광택이 블랙의 피부를 뒤덮기 시작했다. 젊은 여자는 한숨을 내쉬더니 말에 기대며 쓰러졌다. 말은 히히힝 하는 소리를 내며 발을 뒤척였다.

그러자마자 웰레안드는 블랙 앞으로 한 걸음 나아갔고, 몸을 돌려 눈앞의 광경을 보더니 한 손으로 입고 있는 망토 가장자리를 잡고 고개를 숙여 절했다.

"원하시던 대로 했습니다." 웰레안드는 미소 지으며 말했다. "한쪽이 다른 쪽을 대신할 수는 있습니다, 딜비쉬 경. 게다가 이번 경우에는 그 귀부인의 말까지 덤으로 붙였습니다. 따라서 귀공은 이득을 보았다고 할 수 있겠지요. 일생에 한 번은 선행을 베풀라는 속담이 있듯이……."

딜비쉬는 앞으로 돌진했지만, 웰레안드는 느닷없이 뒤를 향해 마치 노래하는 바람에 날리는 잎사귀처럼 날아올라 갔고, 돌로 된 첨탑들 사이에서 나선을 그리더니 — 등 뒤에서 거대한 날개처럼 검은 망토가 펼쳐진다 — 방향을 바꿔 북동쪽 하늘로 날아가다가 곧 딜비쉬의 시야에서 사라졌다.

딜비쉬는 몸을 돌려 블랙을 보았다. 뒷다리로 균형을 잡으며 우뚝 서 있는 블랙은 검은 얼음 조상彫像처럼 보였다. 딜비쉬는 손을 내밀었다. 블랙은 휘청하더니 쓰러지기 시작했다.

제4장

블랙월드의 바란은 작은 방 안에서 왔다 갔다 하고 있었다. 벽가의 탁자 위에는 몇 권의 오래된 책이 놓여 있었고, 바닥에는 소환 마법을 시행하기 위한 온갖 도구들이 널려 있었다. 바란은 발치를 보지도 않고 이것들 사이를 누비며 움직이고 있었다.

잿빛이 도는 유리를 끼운 키가 큰 거울이 정교하게 세공된 무쇠틀 안에 매달려 있었다. 세공은 주로 폭력적인 행위를 하고 있는 짐승과 인간을 묘사한 것이었다. 금빛을 띤 주황색의 길쭉한 물체가 거울 깊숙한 곳을 마치 어두운 물웅덩이 속의 물고기처럼 헤엄쳐 다니고 있었다. 방 내부에 있는 무엇인가를 반사한 像이 아니었다. 마법 도구들은 이미 사용된 후였다.

"그대에게 명하노니, 말하라." 바란은 나직한 목소리로 말했다. "거울의 작동 기구를 탐색할 시간은 이미 충분히 줬어.

그것에 관해 보고하도록."

거울 유리 부근에서 음악적이고 거의 명랑한 느낌을 주는 목소리가 울렸다.

"아주 복잡하오."

"그건 이미 나도 알아."

"거울이 어떻게 작동하는지를 볼 수는 있지만, 그런 효과가 어떻게 해서 생겨났는지를 이해하지 못한다는 뜻이오. 이것과 관련된 주문들은 믿기 힘들 정도로 미묘한 것들이오."

물체는 헤엄을 치며 거울 표면을 향해 다가오고 있는 것처럼 보였다. 점점 커지더니 방향을 틀었다. 반짝이고 홀쭉한 머리 부분에 가려진 탓에 동체는 잘 보이지 않았다. 머리가 앞으로 돌진해 오더니 거울 전체를 꽉 채웠다. 삼각형 눈이 달리고, 금빛 비늘로 뒤덮이고, 조그맣고 뾰족한 턱 위에 작은 입이 보인다. 이마는 넓고, 깃털이나 불길처럼 천천히 흔들리는 부드러운 갈기 속에서 세 개의 작은 뿔이 앞을 향해 튀어나와 있다.

"이제 해방해주시오." 생물은 간청했다. "이 거울은 다른 장소들과 왕래할 수 있는 문이오. 그 이상은 얘기해 주고 싶어도 얘기할 것이 없소."

바란은 멈춰 서서 고개를 들어올렸다. 뒷짐을 지고 있다. 바란은 생물을 바라보고 미소 지었다.

"노력해 봐. 그 방어 구조에 관해 묘사해 보란 말이야. 그 작동을 멈추기 위해 지금까지 내가 보냈던 감시자들은 며칠도 되지 않아 모두 사라져 버렸어. 왜 그런 거지?"

"나로서는 추측하기 힘든 일이오. 마법 주문들은 지금 모두 휴지休止 상태에 머물러 있고, 적절한 열쇠가 끼워지는 것을 기다리고 있소. 하지만 여기 깊숙한 곳에서 마치 무엇인가가 꿈틀거리고 있는 듯한 느낌이 있소. 만약 누군가가 통로를 막는다면… 뭔가 아주 차가운 것이 움직이며 공격을 가해오고, 방해물을 제거할 것이라는 느낌에 가깝소."

"너도 통로를 막을 수 있나?"

"있소."

"그 차가운 것이 공격해 오면 어떻게 할 건가?"

"나는 그 차가움을 좋아하지 않소."

"하지만 그럴 경우 어떤 일을 할 수 있지?"

"만약 내가 그런 상황에 처한다면, 나 자신의 불로 나를 보호하려고 할 것이오."

"그걸로 충분히 보호할 수 있겠나?"

"모르겠소."

"주문의 그 국면을 조사해 보고 그것을 무효화하는 방법을 알아낼 수는 없나?"

"아아! 하지만 그것은 너무나도 깊은 곳에 잠겨 있소."

"그대에게 명령하노니, 내가 그대를 여기로 소환한 모든 이름의 권능으로, 거울의 심연 속에 머물고 있으라. 누구든 혹은 무엇이든, 거울의 그 기능을 이용해서 이 장소를 왕래하려고 하는 것을 저지하라. 만약 차가운 것이 움직여 너를 멸하거나 추방하려고 한다면, 네 능력과 힘을 최대한 발휘해서 네 몸을 지키라."

"그럼 나를 해방해주지 않겠다는 말이오?"

"지금은 안 돼."

"부탁이니 제발 다시 생각해 주시오. 여기는 매우 위험한 곳이오. 다른 자들의 전철을 밟고 싶지는 않소. 이미 사라져 버린 그자들 말이오."

"거울을 오랫동안 차단해 놓을 수 없다고 말하고 싶은 건가?"

"유감이지만 그럴 것 같소."

"그렇다면 가르쳐 줘. 너는 현명하다는 평을 듣고 있으니까 말이야. 얼마 전에 '얼음탑'에서 리들리라고 불리는 자는 바로 이런 거울을 오랫동안 차단하는 데 성공했어. 그자는 어떻게 해서 거울의 방어를 극복할 수 있었던 거지?"

"모르겠소. 아마 나보다 더 강대한 감시인을 써서 거울의 기능을 억지로 바꿔 놓은 건지도 모르오."

"정말로 그랬을 것 같지는 않군. 그러기 위해서는 엄청난 마력, 그게 아니라면 믿을 수 없을 정도의 절묘한 기술이 필요했을 테니까 말이야."

"둘 중 하나 아니면 두 가지 모두 정말로 실행되었을 가능성은 있소. 나 자신의 영역에서조차도 그자의 소문을 들을 수 있을 정도였으니까 말이오."

바란은 고개를 가로저었다.

"그 친구가 그런 기술이나 마력을 손에 넣었다고는 생각하기 힘들군. 옛날에 난 리들리와 알고 지낸 적이 있어."

"나는 그자에 관해서 모르오."

바란은 어깨를 으쓱했다.

"내 명령은 들었겠지. 거울 안에 남아서 열쇠의 작동을 저지하도록. 만약 그 과정에서 네가 파멸한다면 네 후임자가 그 일을 계속하게 될 거야. 설령 내 기술이나 마력이 충분하지 않다 해도… 나는 너 같은 자를 무제한 조달할 수 있으니까 말이야."

"그럴 수는 없소!"

생물은 이렇게 외치고 흐느끼기 시작했다. 그 소리는 귀가 아플 정도로 높아지기 시작했다.

"조용히 해! 심연으로 돌아가서 내 명령을 실행에 옮겨!"

얼굴이 옆으로 홱 돌더니 점점 작아졌고, 사라지는가 싶더니 거울 안에서 휙휙 돌아다니는 작은 물체로 변했다. 바란은 마법 용구를 주워서 통과 옷장, 서랍에 넣기 시작했다.

방 안을 치운 다음 바란은 방에 하나 있는 창문 옆의 큰 옷장 안에서 바구니 한 개와 요강을 꺼냈다. 이것들을 거울 옆에 놓더니 작은 벤치를 발로 걷어차서 그 옆으로 밀어 놓았다. 그러고는 방을 가로질러 가서 문의 빗장을 풀었다.

"거기 너." 문을 열자마자 이렇게 말했다. "이리로 들어와."

빛바랜 웃옷과 가죽 바지, 샌들 차림의 젊은 남자 노예가 주뼛거리며 방 안으로 들어와서 불안한 표정으로 여기저기 시선을 움직였다.

바란이 손을 뻗어 어깨를 잡자 노예는 몸을 움츠렸다.

"네가 맡은바 임무에서 실패하지 않는 한 너에게 해를 입힐 생각은 없어. 자, 보라고. 네가 편하게 지낼 수 있도록 필요한 걸 모두 준비해 뒀잖아." 바란은 노예를 벤치로 이끌었다. "바구니 속에는 음식과 물이 있어. 요강까지 있는 건 어떤 상황에서도 너는 이 장소를 떠나면 안 되기 때문이야."

젊은 노예는 재빨리 고개를 끄덕였다.

"저 거울 안을 들여다보고 뭐가 보이는지 얘기해 봐."

"이… 이 방이 보입니다, 나리. 그리고 우리 두 사람의 모습이…….."

"더 깊이 들여다 봐. 이 방 안에 존재하지 않는 것 하나가 보일 거야."

"저 밝고 조그만 거 말씀이십니까? 훨씬 뒤쪽에서 움직이고 있는?"

"바로 그거야. 맞아. 넌 저걸 계속 주시하고 있어야 해. 만약 저것이 사라진다면 즉각 나한테 와서 보고하도록. 무슨 일이 있어도 자면 안 돼. 네가 지치기 전에 너와 교대할 다른 노예를 보내겠어. 무슨 말인지 알겠나?"

"예, 나리."

"뭔가 질문할 것이 있나?"

"부르러 갔는데 나리가 방에 안 계시다면 어떻게 해야 합니까?"

"내 하인이 있을 거야. 내가 어디로 가든 미리 얘기해 두고 가겠어. 또 질문이 있나?"

"없습니다, 나리."

바란은 옷장 쪽으로 돌아가서 빗자루와 넝마 한 줌을 꺼냈다. 다시 돌아와서는 노예 앞에 이것들을 던져 놓았다.

"자, 지금부터 내가 하는 말을 머릿속에 똑똑히 새겨 둬. 존경을 받을 만큼 오래 살다가 침대 위에서 죽고 싶다면 말이야. 여왕이 여기를 지나갈 가능성은 거의 없어. 하지만 만에 하나 그럴 경우에는 어떤 상황에서도 이번 일에 관해 발설하면 안 되고, 내가 시킨 일이라는 사실을 알려서도 안 돼. 방에 들어오면 재빨리 이 넝마와 빗자루를 집어들고 겸연쩍은 표정을 지으란 말이야. 여기를 청소하려는 명령을 받고 왔다고 말하는 거야. 여왕이 미심쩍어 하며 더 추궁을 하면 여기 있는 이 음식을 보고 배고픔을 참을 수가 없었다고 해. 무슨 말인지 알겠나?"

노예는 다시 고개를 끄덕였다.

"하지만 그런다면 저한테 벌을 내리시지 않겠습니까, 나리?"

"그럴지도 모르지. 하지만 만약 여왕에게 이 사실을 털어놓을 경우 네놈이 경험하게 될 끔찍한 고통에 비하면 아무 것도 아닐걸. 하지만 결연하게 그걸 견뎌낸다면 나중에 지금보다 나은 지위로 승격을 시켜 주지."

"고맙습니다, 나리!"

바란은 노예의 어깨를 잡았다.

"걱정하지 마. 여왕이 여기 올 가능성은 거의 없어."

바란은 탁자로 가서 열린 책들을 닫았고, 그것들을 겨드랑이에 낀 다음 휘파람을 불며 방에서 나갔다.

이 시대에서 '초시간성'의 성벽 바깥쪽 세계란 어떤 것일까 곰곰이 생각하면서 홀과 회랑을 정처없이 돌아다니던 세미라마는 문득 고개를 들었고, 어느새 자기 방으로 돌아왔다는 사실을 깨달았다. 한 무더기의 쿠션 위에 잔뜩 겹쳐 놓은 모피 위에 앉아, 커다란 방의 반대편 벽가에 세워진 흑단제 병풍의 정교한 세공에 천천히 눈의 초점을 맞췄다. 왼쪽에 놓인 향로 안에서 이름 모를 향기가 피어오르고 있었다. 벽 대부분은 궁정의 풍경과 수렵도 따위로 장식되어 있었다. 여섯 개 있는 창문은 모두 좁고 높았다. 판석을 깐 바닥 위에는 동물 가죽이 깔려 있었다. 천개天蓋가 달린 커다란 침대는 조각으로 뒤덮다시피 한 검은 목재로 만들어져 있었다. 세미라마는 목에 건 사슬을 만지작거리며 붉은 아랫입술을 핥았다. 샌들 소리가 들렸다. 흑단 병풍 뒤에 있는 방에서 누군가가 나오고 있는 듯했다.

머리가 반쯤 샌 튼튼하고 못생긴 중년 여자 하나가 병풍 오른쪽에서 방 안을 들여다보았다.

"마님?" 여자가 물었다. "들어오시는 소리를 들었습니다."

"그래 나야, 리샤."

"뭔가 가져다 드릴까요? 분부하실 일이라도?"

세미라마는 잠시 침묵하며 생각했다.

"그 황갈색 포도주를 작은 유리잔으로 한 잔 가져다 줘. 그… 빌데쉬였던가? 원산지가 어딘지는 생각이 안 나는군. 내가 좋아하는 그게 뭔지 알지."

리샤는 방으로 들어와 반대편 벽가에 있는 찬장을 향해 갔다. 유리가 딸그락거리는 소리가 들리더니 잠시 후 포도주 잔을 올려놓은 은쟁반을 들고 리샤가 돌아와서, 세미라마 오른쪽에 있는 작은 탁자 위에 내려놓았다.

"또 뭔가 필요하신 거라도?"

리샤는 물었다.

"아니, 이제 됐어." 세미라마는 잔을 들어올리고 포도주를 마셨다. "넌 한 번이라도 사랑에 빠져 본 적이 있어, 리샤?"

리샤는 얼굴을 붉히고는 다른 곳으로 눈을 돌렸다.

"아마 옛날에 한 번은 그랬던 것 같습니다. 아주 오래 전 일이지만."

"무슨 일이 일어났던 거지?"

"제 남자는 군인으로 끌려갔습니다, 마님. 첫 번째 전투에서 죽었죠."

"그래서 어떻게 했는데."

"많이 울었다는 기억이 있군요. 그러고는 나이를 먹었습니다."

"내가 아주 오래 전에 지금은 아예 존재하지도 않는 도시에서 여왕으로 군림했다는 걸 알아? 내 가문이 '오래된 자'들의 언어를 안다는 이유로 젤레락이 나를 망자의 땅에서 불러냈다는 건? 여기서 그에게 봉사하는 신이 기묘한 행동을 하기 시작했기 때문에 말이야."

"그렇다고 들었습니다. 마님이 이곳으로 소환되신 날 저도 이곳에 있었습니다. 그날 저녁에 처음으로 뵀죠. 몇 시간 뒤에 아직도 잠들어 계신 마님을 제게 데려와서 돌보라는 지시를 받았습니다. 마님의 눈이 초점을 맺고, 말을 하기 시작하신 것은 그로부터 사흘 후의 일이었습니다."

"그렇게 오래 걸렸어? 나는 전혀 모르고 있었어. 불쌍한 젤레락이 우리를 여기 그대로 놓아두고 떠나갔던 것은 그로부터 일주일 뒤의 일이었지만. 벌써 몇 달이나 되었구나……."

"'불쌍한' 젤레락이라고요?"

세미라마는 미간을 찌푸리고 하녀를 찬찬히 훑어보았다.

"너의 그런 반응이 이해가 안 되는구나. 이번이 처음도 아냐. 젤레락은 언제나 친절한 사내였어. 하지만 너는 마치 그렇지 않다는 듯이 행동하는군."

리샤는 허리띠를 만지작거리기 시작했다. 불안한 듯이 시선이 여기저기로 옮겨다니고 있었다.

"저는 단지 하녀에 불과합니다."

"하지만 왜 그토록 많은 사람들이 같은 반응을 보이는 거지? 이유를 얘기해 주겠어?"

"마… 마님이 말씀하신 것처럼 오래 전에는 그런 분이었다고 얘기를 들은 적이 있습니다……."

"하지만 지금은 더 이상 그렇지 않다?"

리샤는 고개를 끄덕였다.

"기묘하구나… 시간이 우리에게 끼치는 영향은." 세미라마는 상념에 잠겼다. "나도 그런 소문을 들은 적이 있어. 내가 이 세상을 뜨기 전에도 말이야. 하지만 난 그런 소문을 믿지 않았어. 다른 사람 생각에 더 정신이 팔려 있어서 사실 그런 일에는 신경을 쓸 겨를이 없었지. 내 남편은 애첩들과 놀아나느라 바빴고, 내 마음은 딴 남자에게 가 있었으니……."

리샤의 표정이 밝아졌다. 다시 주인을 바라본다.

"응……." 세미라마는 흑단 병풍에 조각된 무늬를 바라보며 유리잔을 들어 포도주를 한 모금 더 마셨다. "나는 엘프의 혈통을 이어받은 사내를 사랑했어. 쇼어던으로 가서 강대한 '제1세대'인 호호르가를 죽인 사내였지. 젤레락조차도 결국 이기지 못했던 그자를 말이야. 이름은 셀라였어. 호호르가를 죽인다는 위업을 이룩한 직후에 그도 살해당했지……."

"저도… 그분 얘기를 들은 적이 있습니다, 마님."

"나도 그때 목숨을 끊었어야 하는 건데. 하지만 난 그러지 않았어. 그러고서 몇 년을 더 살았지. 다른 애인들에게서 위안을 얻으면서 말이야. 나는 자다가 죽었어. 지금 와서 생각해 보니 틀림없이 어떤 음모 때문이었던 것 같아. 내 남편인 란델이 저지른 일이라고 생각해. 난 그때 약했으니까." 세미라마는 짧게 웃었다. "만약 내가 소생할 것을 알았더라면, 틀림없이 자살했겠지."

세미라마는 기지개를 켜고 한숨을 쉬었다.

"이제 가도 좋아, 리샤."

하녀는 움직이지 않았다.

"설마… 설마 지금 그런 일을 하시려는 생각은 아니시죠, 마님?"

세미라마는 미소 지었다.

"걱정해 줘서 고맙지만, 그럴 생각은 없어. 너무 오랜 시간이 흐른 탓에 지금 와서 그런 일을 해 보았자 무의미하니까 말이야. 난 더 이상 그 당시의 젊은 여자가 아냐. 다른 일들 때문에 조금 피곤한 탓에 어리석은 젊은 시절을 회상했던 것 같아. 이제 가 봐. 걱정 안 해도 되니까. 난 단지 누군가 내 얘기를 들어줄 사람이 필요했을 뿐이야."

리샤는 고개를 끄덕이고 몸을 돌렸다.

"뭔가 더 필요하신 것이 있으시다면 불러 주십시오."

"그럴게."

세미라마는 하녀가 병풍 뒤로 사라지는 것을 보고 있었다.

잠시 후 목에 건 사슬을 다시 집어들고는 푸르스름한 빛을 띤 금속으로 만들어진 8각형의 조그만 금합金盒을 들어올렸다. 거무스름한 은으로 상감 세공이 되어 있었다. 뚜껑을 열고 그 안에 조각된 얼굴을 바라본다.

젊은 사내의 얼굴을 정면에서 묘사한 것이었다. 긴 금발에 조금 예각적인 느낌을 주는 용모, 날카로운 눈초리, 짧은 턱수염, 힘과 결단력을 내포한 넓은 이마와 꽉 다문 입.

잠시 바라보다가 입술에 갖다 댄 다음 뚜껑을 닫았고, 손에서 떨어뜨렸다. 세미라마는 포도주를 마저 마셨다.

일어서서 방 안을 돌아다니며 작은 물건들을 집어올렸다가 다시 내려놓았다. 잠시 후 방을 가로질러 문으로 갔고, 어느새 홀로 다시 나와 있다는 사실을 깨달았다. 잠깐 주저하다가 다시 걷기 시작했다.

한 시간이 넘도록 회랑을 따라다니고 층계를 오르내리며 여러 방들을 돌아다녔지만 아무도 만나지 않았다. 이따금 자신이 맡고 있는 자의 덧없는 꿈과 조우했을 뿐이었다. 어떤 방은 바닷속 동굴로 변해 있었고, 어떤 방에서는 폭풍이 몰아닥쳐 왔으며, 얼음으로 완전히 막힌 복도도 있었고, 아무 곳으로도 통해 있지 않지만 나직하고 이국적인 음악이 흘러나오는 칠흑 같은 검은 구멍이 공중에 떠 있는 것도 보았다. 가는 앞길에 꽃이 흩뿌려져 있었을 때도 있었고, 두꺼비가 산재해 있었을 때도 있었다. 메인 홀 안에서는 폭풍우가 맹위를 떨치고 있었다. 그 옆 대기실에서는 파란 부슬비가 내리고 있었다.

어느새 자신이 방향을 조금씩 바꿔 '나락'이 있는 방을 향해 올라가고 있다는 사실을 깨달았다. 그러나 지금은 투알루아와 얘기를 나누고 싶은 기분이 아니었다. 설령 지나간 나날들을 회상하기 위해서라도 말이다. **나는 이 세상에서 그와 대화를 나눌 수 있는 마지막 인간인 것일까.**

세미라마는 투알루아의 방 밖에 있는 회랑으로 나아갔다. 창가에 멈춰 서서 아래쪽을 내려다본다. 오른쪽에 검은 부분이 하나 생겨나 있었다. 마치 멀리 보이는 저 바위투성이 지역만이 때 이른 밤의 둥근 돔으로 덮여 있는 듯한 느낌이었다. 왼쪽에서는 또다시 변화가 시작되고 있었다. 마치 열파를 통해 보는 것처럼 물결치고, 솟아오르며 색깔을 바꾸고 있다. 안개는 동쪽으로 후퇴해서 거대한 노란 장벽을 형성하고 있었다.

앞으로 나아가서 넓은 창턱에 올라가 앉았다. 등에는 쿠션을 댔다. 아래쪽 풍경 속에서 살아 있는 것은 아무 것도 없었다.

도시들은 지금 어떤 모습을 하고 있을까? 세미라마는 생각했다. **얼마나 변해 버린 걸까?**

기록을 하고 있던 멜리아쉬는 자기 이름을 부르는 소리를 듣는다기보다는 느꼈다. 필기도구를 옆에 밀어 놓고 쌈지를 뒤적거려 수정을 꺼냈다.

수정이 그 즉시 맑아지며 눈곱이 잔뜩 긴 눈을 깜박이는 로크의 얼굴이 그 안에 떠올랐다. 로크는 희미하게 웃었다.

"혹시 하던 일을 방해했나?"

노인이 물었다.

"아니."

"유감이로군. 흐음. 자네를 위한 정보를 좀 찾아냈네. 여기 도서관에 있는 '신호의 책'을 뒤져서 그 인식 수신호가 언제 것인지를 알아냈지. 2백 년보다 조금 더 된 것이더군. 같은 시기의 회원 기록을 조사해 보니 당시 '형제회'의 일원 중 딜비쉬라는 사내는 한 사람밖에 없었어. 반은 엘프이고, 셀라 가문 출신이야. 하급 마법사였고, 군인이었던 것 같더군. 옛날에 한 번 만나 본 것 같기도 해. 키가 큰 사내였지."

"그렇다면 본인이 맞는 것 같군. 그것 말고 또 뭔가 알아낸 건 없나?"

"몇 년 뒤에 명부에서 사라졌어. 따로 무슨 이유를 말하고 그런 것은 아니더군. 생각해 보니 그보다 더 복잡한 사정이 있었던 것 같아. 하지만 그게 뭔지 생각이 안 나는군."

"노력해 보게."

"노력해 봤어. 하지만 낸들 생각이 안 나는 걸 어쩌겠나."

"다른 한 명은 어때?"

"현재 명부에는 서쪽의 소도시인 머케이브 출신의 웰레안드라는 이름이 나와 있어. 하급 마법사이고, 아무 문제도 없어."

"어느 쪽이든 극단을 추구하는 경향은 없나?"

"없어. 회색이야."

"딜비쉬도?"

"응."

"이 두 사람에 관해서 그밖에 얘기할 건 없나?"

"내가 호기심을 느끼고 있다는 사실밖에는 없어. 도대체

이게 무엇 때문인지 얘기해 주지 않겠나?"

멜리아쉬는 몸을 뒤로 젖히고 마음속의 느낌과 인상과 생각을 정리하려고 해 보았다. 그러고는 천천히 말하기 시작했다.

"이번 임무에서는 기묘하다고 생각되는 일이 있으면 무엇이든 조사해 봐야 해. 현 사태의 중심에 있는 저 성의… 원래 주인에 관련되는 일이라면 말이야. 그리고 내가 있는 곳을 지나간 사람들 중에서 저 성 안에 있는 힘을 얻을 목적으로 가는 것이 아니라고 말한 사람은 이 딜비쉬라는 사내 한 사람밖에는 없어. 사실 여기로 온 유일한 목적은 저 성의… 예전 주인을 죽이기 위한 것이라고 공언하더군. 더 이상 자세하게 설명해 주지는 않았지만."

"그 작자에게 복수를 하고 싶어 하는 사람들은 많아."

"물론이지. 하지만 실제로 그러기 위해 온 자는 딜비쉬 한 사람이야. 게다가 '얼음탑'에서 벌어진 일에 관해서도 알고 있었고……."

"그건 협회원들 사이에서는 더 이상 비밀이 아니지 않나."

"그렇지. 하지만 최근 먼 북쪽에 가 있었다고 하더군."

로크는 생각에 잠긴 표정으로 수염을 씹었다.

"무슨 얘기를 하고 싶은 건지 모르겠군. 그 사태에 관여한 제3자가 있다는 얘기는 들어본 적이 없는데."

"나도 마찬가지야. 하지만 리들리에게는 누이동생이 있지 않았어?"

"응. 예쁜 아이이지. 리나라는 이름이야. 역시 협회의 일원이기도 하고."

"누군가의 도움을 받고 도망쳤다는 얘기를 들은 듯한데……."

"나도 들은 기억이 있네."

"그럼 그 일에 관해 더 자세히 알아볼 방법은 없나?"

"가능할지도 모르겠군. 그곳에서 벌어진 투쟁을 목격한 회원들은 많아. 자기 집에서 안전하게 구경했던 그들 중 몇몇은 더 많은 정보를 가지고 있을지도 몰라."

"그걸 좀 알아봐 주겠나?"

로크는 한숨을 쉬었다.

"그런다고 해서 무슨 증명을 해 보일 수 있는지 모르겠군."

"나도 몰라. 이 시점에서는 말이야. 하지만 틀림없이 뭔가가 있다는 생각이 들어."

"알았네. 몇 명한테 질문을 해 보고 자네에게 다시 연락해 주겠네. 하지만 웰레안드는 이번 일과 어떤 관련이 있는 거지?"

"나도 모르겠네. 먼저 여기로 와서 딜비쉬가 올 거라고 경고했어. 회색이 아닌 흑마법사이고, 신용하면 안 된다고 넌지시 얘기하더군."

"뭔가 개인적인 원한일 가능성이 가장 많군. 더 알아내면 다시 연락할게."

로크의 영상이 사라졌다.

멜리아쉬는 수정을 옷소매로 닦은 다음 원래 자리에 집어넣었다. 그런 다음 일어서서 변화의 땅 가장자리로 갔고, 뒷짐을 쥐고 남서쪽에 생겨난 검은 부분을 응시했다.

$$* \quad * \quad *$$

딜비쉬는 옆으로 달려가서 블랙이 쓰러지려는 것을 막기 위해 어깨를 들이밀었다.

"뭐죠? 무슨 일이 일어나고 있는 겁니까?"

나직하고 거의 귀에 익은 여자 목소리가 물었다.

"도와줘!"

딜비쉬는 다리에 힘을 넣으며 외쳤다. 선 채로 머리카락을 그러올리고 있는 여자 쪽은 바라보려고 하지도 않았다.

"절대로 쓰러지게 해서는 안 돼. 빨리!"

곧 여자는 딜비쉬 곁으로 와서 블랙의 왼쪽 옆구리에 등을 갖다 댔다.

"스톰버드, 여기로 와. 조심해서."

여자는 고高 엘프어로 명령했다.

백마가 그들을 향해 다가왔다.

"옆으로 돌아와."

여자는 턱으로 그쪽을 가리키며 옆걸음으로 딜비쉬에게 다가왔다.

백마는 뒤쪽을 향해 가더니 몸을 돌렸다.

"네 어깨를 지금 내가 대고 있던 곳에 대고 밀어!"

백마는 그 말에 따라 움직이며 블랙의 무게 일부를 자기 몸으로 떠받쳤다. 여자는 딜비쉬 쪽을 향해 몸을 돌리며 일반어로 말했다.

"이제 어떻게 해야 하죠?"

"지면을 향해 내려놓아야 해. 박살나지 않도록 최대한 신중하게."

딜비쉬도 고고高 엘프어로 대꾸했다. 이 언어를 쓰는 것은 실로 오래간만이었다.

여자는 딜비쉬의 얼굴을 찬찬히 훑어보고는 고개를 끄덕였다.

한 번 아찔했던 순간도 있었지만, 몇 분 후 블랙은 지면에 옆구리를 댄 자세로 가로누워 있었다.

"무슨 일이 일어나고 있는지 알 수가 없군요." 여자가 말했다. "아까만 해도 저기 서 있었는데, 지금은 밤인데다가 느닷없이 당신이 나타나서 조상彫像을 떠받치고 있으니… 이건 정확히 말해서 말이 아니죠. 그렇지 않나요?"

"아냐." 딜비쉬는 이렇게 대꾸하고 여자를 마주보았다. "아냐, 훼베라. 말이 아냐."

여자는 고개를 갸우뚱하고는 눈을 가늘게 떴다.

"당신은 누구죠?"

여자가 물었다.

"내가 누군지 모르겠어?"

"난 마린타의 아를라타예요. 그리고 훼베라는 우리 할머니 이름이에요."

"미라타 가문의?"

딜비쉬가 물었다.

"그래요. 당신은 누구죠?"

"훼베라는 아직 살아 있나?"

"그럴 가능성은 있어요. 할머니는 몇 년 전에 황혼의 나라로 떠나가셨으니까. 당신은 우리 가문과 아는 사이인 것 같기는 한데……."

"아, 실례를 했군. 나는 셀라 가의 딜비쉬야."

"당신이? 오래 전에 돌로 변해 버렸다던 그 사람?"

"응."

"사실인가요?"

"내가 돌이었던 것 말이야? 내 몸은 그랬지. 하지만 내 영혼은 다른 곳에 가 있었어. 그리고 얼마 전까지는 당신도 조상影像이었어. 돌은 아니었고, 뭔가 유리 같은 물질로 이루어진… 지금 내 말이 그런 것처럼 말이야."

"무슨 얘긴지 이해가 안 되는군요."

"나도 확실히는 몰라. 웰레안드라는 이름의 마법사가 조상影像의 효과를 어떤 식으로든 여기 있는 블랙에게 전이轉移시켰던 거야. 그자에 관해 들어본 적이 있나?"

"웰레안드 말인가요? 아뇨 들어본 적이 없어요. 내가 조상影像이었다고요?"

"당신과 당신의 말 모두 조상影像이었어. 저기 서 있더군." 딜비쉬는 손짓했다. "어떻게 그런 일이 일어났는지 전혀 기억이 없어?"

"전혀 없어요." 아를라타는 천천히 고개를 가로저었다. "마지막으로 기억하고 있는 건 더 나아가기 전에 조금 쉬려고 여기서 말에서 내렸다는 사실뿐이에요. 내리자마자 바람 소리가 기묘한 음색을 띠더니 다음 순간에는 마치 파도처럼 나를 강타했어요. 엄청나게 추웠다는 기억이 있군요. 그 다음에 당신 목소리가 들렸어요. 마치 기절했거나 선잠에 빠졌다가 깨어난 듯한 느낌이었어요. 내가 깨어나는 대가가 당신 말이었다니 유감이군요."

"당신에겐 선택의 여지가 거의 없었어."

"하지만 혹시 내가 할 수 있는 일이 있다면……."

"그런 말을 하지 마! 이런 일이 일어난 건 바로 내가 그와 비슷한 말을 입에 담았기 때문이었어. 당신까지 그렇게 얘기한다면, 웰레안드가 다시 나타나서 다시 조상彫像으로 돌려놓을지도 몰라."

딜비쉬는 하늘을 올려다보았다. 아를라타도 딜비쉬의 시선이 향한 곳을 보았다.

"이상하게 생긴 달이군요."

잠시 후 아를라타가 말했다.

"달이 아니고 해야."

"뭐라고요?"

"지금은 실제로는 밤이 아냐. 이 어둠은 인위적인 거야." 딜비쉬는 손짓했다. "그리고 성은 저쪽에 있지."

아를라타는 그쪽으로 몸을 돌렸다.

"안 보여요."

"내 말을 믿어도 좋아."

"그럼 이제는 어떻게 해야 하죠? 나는 마법을 연구했지만 이걸……." 아를라타는 블랙을 향해 고개를 까닥해 보았다. "…원 상태로 되돌리는 방법에 관해서는 전혀 몰라요. 정체가 뭐죠?"

"설명하자면 너무 길어." 딜비쉬는 대꾸했다. "그리고 엎질러진 물을 주워담을 수는 없어. 하지만 나도 어떻게 해야 할지 모르겠군. 그냥 이렇게 놓아둘 수는 없고, 그렇다고 당신 혼자 가도록 내버려 둘 수도 없고."

바로 그 순간, 블랙의 얼어붙은 목 속에서 단 한 마디의 단어가 울려 퍼졌다.

"가!"

블랙은 말했다.

딜비쉬는 몸을 돌리고 한쪽 무릎을 꿇고는 블랙의 머리에 자기 머리를 갖다 댔다.

"우리 목소리가 들리는 거군! 말을 할 수는 있는 거야!" 딜비쉬는 외쳤다. "내가 도와줄 수 있는 일이 있나?"

심장이 십여 번 맥박치는 동안 침묵이 흘렀다가, 또다시 블랙의 목소리가 울려 퍼졌다.

"가!"

딜비쉬는 일어서서 아를라타를 마주보았다.

"평소 이 친구가 말을 하면 진심인 경우가 대부분이야. 하지만 정말 참담한 기분이군. 이곳으로 또 어떤 불운이 몰려와서 블랙에게 해를 끼칠지 전혀 예상할 수 없으니까 말이야."

"하지만 이렇게 말을 하는 걸 보면 지능이 있다는 얘기이고, 이런 상황에서도 말을 할 수 있다는 건 우리가 가진 것 이상의 능력을 가지고 있는 것이 아닌가요."

"응. 두 가지 모두 맞아. 블랙은 마법적 존재야. 내가 모르는 일을 많이 알고 있지. 사실, 투알루아가 방사한 물결이 도착하기 전에 미리 감지할 수도 있어. 그리고 지금 블랙은 혹시 그걸 경고하려는 것이 아닌가 하는 생각이 드는군."

"그럼 어떻게 해야 하죠?"

"블랙이 하라는 대로 해야 할 것 같아. 여기서 빠져나가는 거지."

딜비쉬는 몸을 돌리고 손을 들어 가리켰다.

"말에 타고 성을 향해 가. 난 걸어서 당신 뒤를 따라가겠어."

"스톰버드에 두 사람 모두 타고 갈 수 있을 거예요." 아를라타가 나직이 중얼거리자 백마가 앞에 와서 섰다. "타세요!"

"내가 타면 속도가 느려질 텐데."

딜비쉬가 이렇게 말하자 아를라타는 고개를 가로저었다.

"함께 있는 편이 더 유리해요. 그렇게 확신하고 있어요. 그러니까 타요!"

딜비쉬는 이 말에 따랐고, 아를라타도 곧이어 안장 위에 올라탄 다음 스톰버드를 북서쪽으로 유도했다. 말이 출발할 때 딜비쉬는 뒤를 돌아다보았다. 지면에 얼음 덩어리처럼 꼼짝하지 않고 누워 있는 블랙의 모습이 눈에 들어왔다.

전진하면서 하늘이 어두워지기 시작했고, 서쪽으로 기운 창백한 해는 점점 더 희미해졌다. 몇 분 더 말을 달리며 반짝이는 인간 조각 두 개를 지나쳤지만 딜비쉬는 이것들이 웰레안드가 아니라는 사실을 확인하고는 더 이상 신경을 쓰지 않았다. 유령처럼 희뿌옇고 길쭉한 바위들 사이의 간격이 넓어지기 시작했다. 활석 가루의 층이 얇아지면서 스톰버드의 발굽 소리가 귀에 들리기 시작했다.

느닷없이 노래하는 바람이 멈추더니 시야가 트인 넓은 장소가 눈에 들어왔다. 그곳의 지면은 거무스름했고 약간 융기해 있었다. 스톰버드의 걸음이 빨라지고 나서 조금 후에 날카로운 진동이 느껴졌고, 연이어 머리 위에서 커다란 폭발음이 들렸다. 몇 초 동안 하늘이 밝아지더니 곧 다시 어두워졌다.

조금 더 나아가니 또다시 앞길이 밝아졌다. 이번에는 눈처럼 내리기 시작한 화염의 조그맣고 얇은 조각들 탓이었다.

처음에 불길은 전방 오른쪽에만 떨어졌지만 곧 그들의 머리 위로도 떨어지기 시작했다. 딜비쉬는 망토를 들어올려 아를라타와 자신의 몸을 덮었다. 스톰버드는 히히힝 하고 울며 귀를 머리 뒤로 바싹 붙였고, 마지막 첨탑들 너머를 향해 질주했다.

"저기 번득이는 것들이 있어!" 딜비쉬는 소리를 질렀다. "저건 물일까?"

이 물음에 설령 아를라타가 대답을 했다 하더라도, 바로 그때 배후의 상공 어딘가에서 잇달아 울려 퍼진 폭발 소리에 묻혀 딜비쉬의 귀에는 들리지 않았을 것이다. 하늘에서 떨어지는 불길의 크기가 커지고 수도 늘어났다.

"마지막으로 들린 그 폭음들은 마치 웃음소리처럼 들렸어요."

아를라타는 등 뒤의 딜비쉬를 향해 외쳤다.

딜비쉬는 불길에서 그들을 지켜 주는 망토가 벗겨지지 않도록 조심하며 상체를 비틀고 뒤를 돌아보았다. 그들이 방금 떠나온 희뿌연 바위땅 위에서 불로 이루어진 사람 모양을 하고, 활활 타오르는 갈기 같은 머리카락을 가진 형태가 우뚝 서 있는 것이 보였다. 실체를 반쯤 결여한 그 형태를 통해 아직도 바위들을 볼 수 있었다. 형태의 오른손은 상공 높은 곳까지 들려 있었고, 그 손은 불길이 이는 거대한 사발을 들고 있었다. 그것을 흔들 때마다 지면 위로 불길이 쏟아지는 것이다.

"당신 말이 맞아!" 딜비쉬는 외쳤다. "저건 정령이야. 내가 본 것 중 가장 큰!"

"뭔가 할 수 있는 일이 없어요?"

"옛날부터 정령 쪽은 신통치가 않았어. 이따금 땅의 정령에게 영향을 끼칠 수는 있었지만 말이야. 그건 그렇고 저기 앞에 보이는 건 물이 맞는가 보군."

"그러네요."

그들은 오른쪽으로 방향을 틀었다. 그 무렵 딜비쉬의 망토 십여 군데에서 연기가 피어오르고 있었다. 말의 털이 타는 냄새도 맡을 수 있었다. 스톰버드가 날카롭게 우는 소리를 내는 간격이 점점 더 짧아지기 시작했다.

"저 물 속에 무엇이 있는지는 오직 신들만이 알고 있을 거예요." 아를라타가 배후의 불길을 반사하며 검게 번득이는 연못에 도달했을 때 말했다. "하지만 산 채로 타 죽는 것보다는 낫겠죠."

딜비쉬는 대답하지 않았고, 단지 팔이 닿는 범위에 떨어지는 불길을 털어내는 데 전념했다. 머리 위에서 또다시 폭발하는 듯한 웃음소리가 들려왔다. 이번에는 훨씬 더 가까웠다. 딜비쉬는 또다시 위를 올려다보고 정령이 거의 머리 위까지 접근했다는 사실을 깨달았다. 그리고 딜비쉬가 바라보는 동안 사발을 완전히 뒤집었다. 폭포수 같은 불길이 반짝이는 꿀처럼 흘러내렸다.

"돌진해야 해! 불을 몽땅 쏟아 붓고 있어! 우리 머리 위로!"

딜비쉬는 외쳤다.

아를라타가 스톰버드를 향해 소리를 지르자 백마는 마지막 남은 힘까지 쥐어짜서 설원을 배회하는 거대한 백호처럼 긴 거리를 껑충껑충 도약하며 질주하기 시작했다. 불길이 거의 바로 뒤에 떨어지며 사방으로 튀었다. 딜비쉬는 자신의 긴 장갑을 꺼내들고 스톰버드의 꼬리를 마구 쳤다. 적어도 두 군데에 불이 붙어 있었던 것이다.

이윽고 주위에서 물이 철벅거리기 시작하자 백마의 걸음걸이가 느려졌고, 딜비쉬는 다리가 무릎까지 젖는 것을 느꼈다. 장갑을 다시 벨트에 끼우고, 앞으로 몸을 숙이고는 망토를 다시 어깨 뒤로 넘긴다. 불비가 멈췄기 때문이다.

철벅거리며 전방으로 나아가도 물은 더 깊어지지 않았다. 잠시 후에는 오히려 더 얕아지기까지 했다. 앞으로 나아갈수록 바닥은 더 질척거렸지만 말이다. 흐름은 전혀 없었고 물은 아주 차가웠다. 딜비쉬가 다시 뒤를 돌아다보자 정령은 돌로 이루어진 희뿌연 숲으로 돌아가고 있었고, 이제는 활활 타오르는 갈기와 불타는 양 어깨밖에는 보이지 않았다.

딱히 꼬집어 말할 수는 없지만 무엇인가 잘못되었다는 느낌을 받던 딜비쉬는 불길이 사라졌음에도 불구하고 주위가 예전처럼 어둡지 않다는 사실을 그제야 발견했다. 아니, 오히려 더 밝아진 듯한 느낌이었다. 딜비쉬는 하늘을 올려다보고, 달 같았던 해가 밝아졌음을 깨달았다. 전방은 한층 더 밝았고, 수면은 진주 빛을 띠고 있었다. 철벅거리며 힘겹게 박명薄明 너머로 나아갈 때마다 세계는 한 단계씩 밝아지는 듯한 느낌이었다. 느닷없이 '초시간성'의 흐릿한 윤곽이 눈앞에 출현했다. 바로 눈앞에, 커다랗게. 성의 창문들은 거대한 곤충의 검은 눈처럼 보였다.

"저기 기슭이 보여요!" 아를라타가 말했다. "그리 멀지도 않군요. 저기로 가면 스톰버드도 좀 쉴 수가……."

그제야 딜비쉬는 두 사람의 몸 여기저기가 서로 밀착해 있음을 의식했다.

"예전에는 군인이었다고 했죠?"

아를라타가 물었다.

"한동안은."

"옛날만 그랬던 것이 아니잖아요. 최근 몇 년 동안 전투가 벌어졌다는 풍문을 들었어요."

"응. 우리 편이 이겼고, 나는 할 일을 모두 했어. 마지막 전투가 있은 뒤에는 나 자신을 위한 탐색에 나섰지. 이따금 한 곳에 머물며 무슨 일이든지 해서 필요한 물건들을 보충하고 다시 떠나는 식으로 여행을 해 왔어."

"뭘 찾고 있는 건가요?"

"나를 돌로 만들어 놓고, '지옥'으로 보낸 자."

"그게 누구죠?"

딜비쉬는 웃었다.

"그러지 않았더라면 뭐가 좋아서 이런 악몽 같은 곳을 나아가고 있겠어? 물론 저 앞에 보이는 성의 주인이야."

"젤… 그 오래된 마법사? 그자는 죽었다는 소문을 들었어요."

"안 죽었어. 아직은."

"그럼 우리는 투알루아의 힘을 얻으려고 서로 경합하지 않아도 되는 건가요?"

"투알루아는 당신이 가져. 나한테는 그 주인만 넘겨주면
돼."

"그자를 죽일 작정인 거군요."

"물론이야."

"그럼 시간을 낭비하고 있는 건지도 몰라요. 이쪽으로 왔
을 때 문의를 해 보았는데, '습지'의 윗시라르의 말에 의하
면 그자는 여기 없다더군요. 이미 죽었을지도 모른다고 했어
요. 그래서 죽었다고 한 거예요."

"윗시라르는 아직도 살아 있나? 어렸을 적에 알고 지낸 친
구야. 아직도 벤—셀라에 살고 있어?"

"그래요. 오를레트 바르게쉬에 의해 합병된 이래 그 지역
은 더 이상 옛날 이름으로 불리고 있지는 않지만. 아… 당신
일족의 영지였던 곳이군요. 그렇죠?"

"응. 일단 이번 일이 끝나면 그 영지에 대한 정당한 권리
를 되찾을 작정이야. 만약 당신이 그 오를레트라는 친구를 만
난다면, 내가 그렇게 말했다고 전해 줘."

"딜비쉬. 만약 당신이 찾고 있는 자가 정말로 저 성 안에
있다면, 고향으로는 돌아가지 못할 거라는 예감이 있어요."

"아마 당신 말이 옳겠지. 하지만 함께 데리고 갈 수만 있
다면 나는 기꺼이 죽을 용의가 있어."

"강한 증오는 당사자를 파멸시킨다는 얘기를 자주 들었어
요. 이제는 그 말을 믿을 수 있어요."

"만약 내가 성공한다면 나뿐만 아니라 여러 사람들을 위해
좋은 일을 한다고 생각하고 싶군."

"만약 그렇지 않더라도 그럴 작정인가요?"

"그래."

"그렇군요."

기슭이 가까워 오자 스톰버드는 걸음걸이를 늦췄다.

"그만한 힘을 가진 마법사라면 한 번 노려보는 것만으로도 당신을 날려 보낼 수 있지 않을까요."

"그 부분에 관해서는 블랙이 나를 도와줄 예정이었어. '지옥'에서 만난 사이이지. 하지만 블랙이 없어도, 지금 젤레락이 일찍이 유례를 볼 수 없을 정도로 약해져 있다는 걸 알아. 그리고 난 끝장을 보고도 남을 정도의 무기를 지니고 있어."

스톰버드가 긴 울음소리를 발하고는 멈춰 섰다. 숨을 헐떡이고 있었다.

"지구력의 한계에 도달할 때까지 몰아온 탓이에요." 아를라타는 말에서 내리며 말했다. "기슭까지 고삐를 끌고 가기로 하죠."

"응." 딜비쉬는 이렇게 대답하고는 한쪽 발을 들어올려 안장에서 내렸다. "몸을 문질러 주고 내 외투로 덮어 줘야겠군. 여기서 잠시 쉬기로……"

울음소리는 계속되었다. 백마는 이제 몸부림치는 듯했고, 입에는 거품이 묻어 있었다.

"나는……"

딜비쉬는 진흙 수렁 속에 빠졌다. 억지로 발을 빼내려고 했지만 실패했다.

"아아 세상에! 이렇게 가까이 왔는데……."

아를라타는 이렇게 말하고는 앞을 바라보았다. 밝은 햇살이 내리쬐이는 말끔한 모래 기슭 너머로 풀이 흔들리고 있고, 빨갛고 파란 꽃들이 들판에서 흔들리고 있었다.

아를라타는 고개를 숙였다. 딜비쉬는 아를라타가 훌쩍이는 소리를 들었다.

"정말 너무해."

딜비쉬는 몸부림을 치다가 상체를 앞으로 수그리고 양팔로 아를라타를 껴안았다.

"뭘 하는 거죠?"

딜비쉬는 잡아당기고, 들어올렸다. 아를라타의 몸이 천천히 위로 올라가기 시작했다. 진흙이 떠오르며 주위의 수면이 흐려졌다. 수면에 거품이 떠올랐다. 딜비쉬에게 안긴 아를라타의 몸이 더 위로 올라왔고, 딜비쉬는 더 깊이 빠졌다.

"스톰버드에게 손을 뻗쳐." 딜비쉬는 몸을 비틀며 말했다. "그 위에 타는 거야."

아를라타는 양팔을 뻗었고, 왼손으로 백마의 갈기를 잡고 오른손으로는 그 등을 얼싸안았다. 계속 수렁에 빠져들고 있던 딜비쉬는 아를라타를 밀며 들어올렸다. 아를라타는 말 등에 기어오른 다음 젖고 진흙투성이가 된 다리를 걸치며 몸을 곧추세웠다.

"일단 쉬면서 힘을 되찾아. 그런 다음 기슭을 향해 헤엄쳐 가는 거야."

아를라타는 스톰버드에게 말을 걸고 그 몸을 쓰다듬었다. 백마는 몸부림치는 것을 멈추고 가만히 서 있었다. 그러자 아를라타는 한쪽으로 몸을 기울이고 딜비쉬에게 손을 뻗쳤다. 너무 멀었다.

"소용없어. 그런 식으로는 나를 도와줄 수 없어. 일단 기슭에 도달해야 해. 왼쪽에 나무들이 보이지… 검을 써서 긴 가지 하나를 잘라 내. 그걸 가져와서 내가 있는 쪽으로 뻗치는 거야."

"알았어요." 아를라타는 망토의 죔쇠를 풀며 말했다. 그러다가 동작을 멈추고 망토를 보았다. "내 망토 끝자락을 잡을 수 있으면 여기까지 잡아끌 수 있을지도 몰라요."

"그러다가는 다시 당신을 이쪽으로 잡아끌 수도 있어. 일단 기슭으로 가. 나는 안정되고 있는 것 같으니까 말이야."

"기다려요… 이 망토를 잘게 잘라서 긴 밧줄이 되도록 연결하면 어때요? 한쪽 끝을 잡고 겨드랑이 밑에 두르는 거예요. 난 다른 쪽 끄트머리를 잡고 기슭으로 헤엄쳐 가서, 발 디딜 곳을 찾자마자 당신을 거기서 끌어내 볼게요."

딜비쉬는 천천히 고개를 끄덕였다.

"그건 가능할지도 모르겠군."

아를라타는 검을 뽑아 긴 망토를 잘게 절단하기 시작했다.

"이제 당신 얘기가 생각나는군요." 아를라타는 이 작업을 하며 말했다. "오래 전에 살았던 사람이라고 했어요. 기묘한 느낌이군요. 여기서 당신을 보면서 당신이 옛날 내 할머니를 사랑했다는 사실을 머리에 떠올린다는 건."

"나에 관해서 무슨 얘기를 들었는데?"

"당신은 노래를 불렀고, 시를 썼고, 춤을 췄고, 사냥을 했어요. 설마 '동방 군세의 군령'이 될 것이라고는 상상하기 힘든 인물이었죠. 왜 고향을 떠나 그런 삶을 살기 시작한 건가요? 우리 할머니 때문인가요?

딜비쉬는 희미하게 웃었다.

"혹은 방랑하고 싶은 충동 때문에? 아니면 그 양쪽? 옛날 옛적 얘기야. 기억도 녹이 슬기 마련이지. 당신은 저 앞에 있는 색색가지 바위 덩어리 안에 존재하는 힘을 왜 손에 넣고 싶어 하는 거지?"

"그 힘이 있으면 여러 가지 좋은 일에 쓸 수 있어요. 이 세계는 바로잡을 필요가 있는 악으로 가득 차 있으니까요."

아를라타는 망토를 모두 잘라 내고는 검을 칼집에 집어넣었다. 그런 다음 잘라 낸 천들을 하나로 잇기 시작했다.

"나도 예전에는 그렇게 느끼던 시절이 있었어. 사실 그중 일부를 바로잡으려고 시도한 적조차도 있지. 하지만 지금 이 세계는 예전에 비해 거의 달라진 것이 없어."

"하지만 이번에 또 그런 시도를 하려고 온 거잖아요."

"아마 그럴지도 모르겠군… 하지만 나 자신을 속일 수는 없어. 내 감정이 순수하다고는 할 수 없거든. 세계에서 악을 제거하는 것만큼이나 복수도 중요한 거야."

"그러면 일석이조니까 한층 더 기분이 좋지 않나요."

딜비쉬는 거칠게 웃었다.

"아니. 내 감정은 그렇게 깔끔하지가 않아. 당신은 알고 싶지도 않을 걸. 내 말을 들어 봐. 만약 당신이 갈구하는 그 힘을 실제로 손에 넣고 그걸 쓰고 싶은 식으로 쓴다면, 그 힘은 당신을 바꿔 놓을 거야……"

"나도 그렇게 생각해요. 그랬으면 좋겠네요."

"하지만 꼭 당신이 예상하는 형태로만 그러는 것이 아냐. 선악을 구별하거나 아니면 그 둘을 떼어놓는 일이 언제나 쉬운 것은 아냐. 그러는 과정에서 틀림없이 잘못을 저지르는 걸 피할 수는 없어."

"당신은 자기 하는 일에 대해서 확신이 있잖아요."

"그건 달라. 또 나 자신이 그 사실에 대해 완전히 만족하고 있는 것도 아니고. 반드시 해야 할 일이라고 생각하기는 하지만, 그것 때문에 나 자신이 변하고 있다는 사실이 마음에 들지 않아. 아마 언젠가는 다시 춤을 추고 노래를 부르고 싶어 할지도 모르겠군. 이번 일이 해결된 다음에 말이야. 등을 돌리고 고향으로 가는 거야."

"나하고 함께 갈래요?"

딜비쉬는 고개를 돌렸다.

"그럴 수는 없어."

아를라타는 미소 지었고, 급조한 밧줄을 둥글게 말기 시작했다.

"자. 모두 이었어요. 던질 테니까 받아요."

아를라타가 밧줄을 던지자 딜비쉬는 그것을 움켜쥐었고, 양쪽 겨드랑이에 두른 다음 몸 앞에서 매듭을 지었다.

"됐군요." 아를라타는 반대쪽 끄트머리를 허리에 두른 다음 검대를 등에 맸다. "두 사람 모두 기슭에 간 다음에는 한 사람이 다시 여기로 헤엄쳐 와서 스톰버드에게 밧줄을 맬 수 있을 거예요. 그러고 나서 두 사람이 끌면 되겠죠."

"그럴 수 있으면 좋겠군."

아를라타는 상체를 수그리고 다시 백마에게 말을 걸며 목을 쓰다듬었다. 백마는 코를 푸르륵거리고 머리를 흔들었지만 몸부림치지는 않았다.

"됐어." 아를라타는 이렇게 말하고는 두 다리를 끌어올려 안장 위에서 웅크렸다. 한쪽 손은 균형을 잡기 위해 여전히 말갈기를 움켜쥐고 있었다.

손을 놓은 다음 양손을 뒤로 젖힌다.

"갈게요!"

양팔을 앞으로 뻗으며 발을 쭉 뻗는다. 힘차게 물에 뛰어 들었기 때문에 팔을 잡아당겨 헤엄을 한 번 치기도 전에 기슭 까지 거의 도달해 있었다.

그러고는 팔을 몇 번 움직인다. 고개를 들고 기슭에서 몸 을 일으켜 세우려던 순간, 아를라타는 비명을 올렸다.

"또 가라앉아요!"

딜비쉬는 쌍방을 잇고 있는 느슨한 밧줄을 잡아당겨 아를 라타를 다시 물속으로 끌어오려고 했다. 아를라타의 두 다리 는 표면이 모래로 덮인 진흙 수렁에 무릎까지 잠겨 있었고, 지금도 빠르게 빠져들고 있었다.

"억지로 빠져나오려고 하지 마." 딜비쉬는 마침내 밧줄이 팽팽해지는 것을 느끼며 말했다. "양손으로 밧줄을 잡아."

아를라타는 밧줄을 움켜쥐고 앞으로 몸을 수그렸다. 딜비 쉬는 천천히, 침착하게 밧줄을 잡아당기기 시작했다. 상체를 푹 수그린 아를라타는 더 이상 수렁에 빠져들고 있지 않았다.

다음 순간 날카로운 소리가 나며 밧줄 중간 부분이 끊어졌 고, 아를라타는 진흙에 얼굴을 박았다.

"아를라타!"

아를라타는 몸부림치며 상체를 일으켰다. 얼굴과 머리카락 이 진흙 투성이었다. 한 번 훌쩍이는 소리가 나는가 싶더니 아를라타가 또다시 수렁에 잠기기 시작하는 것을 딜비쉬는 보았다. 딜비쉬는 양손에 느슨해진 밧줄을 든 채로 나직하게 욕설을 내뱉었다.

제5장

"제 생각도 좀 해 주세요. 그렇게 자주 침대를 들락거리시면 잠이 다 달아나 버리잖아요?"

검은 눈을 가진 젊은 여자가 눈앞을 덮은 금발 너머로 말했다.

"미안해." 로크는 금발을 그러올리고 여자의 뺨을 쓰다듬으며 말했다. "그 빌어먹을 '협회'일 때문이야. 가서 알아봐야 하는 기록들 생각이 자꾸 머리에 떠올라서 그래. 결국 일어나서 기록을 뒤져보게 되지만 아무 것도 안 나오고, 다시 침대로 돌아오는 일을 반복하고 있어."

"무슨 문제가 있어서 그러는데요?"

"흐음. 네가 도와줄 수 있는 일이 아냐." 로크는 갈퀴처럼 길고 앙상한 손을 여자의 어깨 위에 올려놓았다. "그 딜비쉬라는 친구에 관해서 정보를 찾으려고 하는데, 신통한 결과가 안 나오는군."

"'해방자' 딜비쉬, 포타로이의 영웅 말인가요? 쇼어던의 사라진 군단을 소환해서 포타로이를 다시 한 번 구했던 그 사람?"

"뭐라고? 그게 무슨 소리지? 그런 일이 언제 일어났는데?"

"1년쯤 되었을 거예요. '저주받은 자 딜비쉬'라는 이름으로도 알려져 있고, 그런 제목의 인기있는 발라드도 있어요. 젤레락에 의해 2백 년 동안 석상이 되어 있었다는 사람이죠."

"신들이여!"

로크는 벌떡 몸을 일으켰다.

"이제 그 석상 얘기가 생각나는군. 자꾸 마음에 걸리던 건 바로 그거였어! 맞아, 바로 그거야……."

로크는 턱수염을 잡아당기며 이가 빠진 자리를 혀로 핥았다.

"세상에, 이런!" 이윽고 로크는 말했다. "이번 일은 내가 예상했던 것보다 훨씬 더 복잡했어. 그렇다면 그 웰레안드라는 친구는 그런 인물에게 무슨 원한이 있는 걸까. 접촉용 자료가 있으면 직접 물어보는 방법도 있겠군. 보고하기 전에 전체상을 파악해 놓는 것도 나쁘지 않을 거야."

로크는 몸을 수그리고 입술을 여자의 뺨에 가볍게 갖다 댔다.

"고마워, 내 작은 비둘기야."

다음 순간 로크는 침대에서 튀어나와 잠옷을 펄럭거리며 복도를 나아가고 있었다.

광대한 협회 도서관 내부를 가로질러 별다른 특징이 없는 커다란 가구 쪽으로 간 로크는 서랍 하나를 뒤지기 시작했다.

잠시 후 허리를 폈을 때는 '웰레안드'라고 쓰인 봉투를 하나 들고 있었다.

봉투를 열자 백발 몇 가닥을 빨간색 봉랍封蠟 한 방울로 고정해 놓은 것이 나왔다.

이것을 집어들고 도서실 구석에 있는 검은 천으로 덮인 탁자로 가서 그곳에 있는 노란 수정구 옆에 내려놓았다. 그런 다음 의자에 앉아 백발에 손을 갖다 대고는 전방을 응시한다. 입술이 움직이고 있었다.

잠시 후 수정구가 뿌옇게 변하더니 잠시 그 상태를 유지하고 있었다. 로크는 '웰레안드'라는 이름을 되풀이해 말하기 시작했다. 마침내 수정구가 맑아질 때가 왔다. 살찐 얼굴에 거의 대머리인 사내가 로크를 올려다보고 있었다. 숨을 헐떡이고 있는 듯했다.

"무슨 일이지?"

사내가 물었다.

"나는 협회의 기록 보관인인 로크라고 하네. 그렇게 힘든 과업을 수행하고 있는 중에 방해를 해 버려서 정말 미안하지만, 자네한테 직접 물어보고 확인하고 싶은 일이 하나 있어서."

사내의 미간에 주름이 잡혔다.

"힘든 과업이라고? 이건 단지 작은 주문에 불과……."

"그렇게 겸손해 할 필요는 없네."

"…해. 주로 수의獸醫 협회의 일원에게만 흥미가 있는 주문이지. 물론 나로서는 이것이 옴에 대해 끼치는 영향을 다소나마 자랑스럽게 여기고 있지만 말이야."

"옴?"

"옴."

"아… 그럼 자네는 칸나이스 산맥 기슭에 있는 '초시간성' 근처의 변화 지대에 가 있는 것이 아닌가?"

"난 여기 머케이브에 있는 마구간에서 아픈 말들을 치료하고 있어. 지금 농담하는 건가?"

"정말로 농담이라면 그 대상은 자네가 아니라 우리겠군. 그럼 쇠로 된 말을 타고 다니는 딜비쉬라는 사내에 관해서는 전혀 아는 바가 없나?"

"소문을 통해서만 알아. 얼마 전 국경에서 벌어진 전쟁에서 중요한 역할을 수행했다고 하더군. 포타로이였던 것 같아. 직접 만나 본 적은 없네."

"그럼 최근에 멜리아쉬라는 이름의 협회 대표자와 얘기를 나눈 적은 없다는 얘기로군?"

사내는 고개를 가로저었다.

"누군지는 알지만, 그 친구 또한 한 번도 만난 적이 없어."

"아, 그렇다면 속은 건 우리군. 누군가에 의해, 어떤 이유에서. 누가, 어떤 이유에서 그랬는지는 잘 모르겠지만 말일세. 시간을 내 줘서 고맙네. 바쁜데 방해해서 미안했어."

"잠깐 기다려! 적어도 무슨 일이 일어나고 있는지는 나도 알아야 하지 않겠나."

"나도 그러고 싶다네. 최근 누군가가 ― 동료 마법사 중 한 사람이 ― 자네 이름을 썼어. 남쪽에서. 그자는 역시 남쪽에 가 있는 딜비쉬에 대해 별로 호감을 가지고 있지 않은 것 같아. 이 모든 것이 무엇을 의미하는지는 나도 잘 모르겠네."

웰레안드는 고개를 설레설레 흔들었다.

"라이벌 관계일 가능성이 가장 높겠군. 그리고 나를 사칭하다니 보나마나 뭔가 나쁜 짓을 계획하고 있을 것이 틀림없어. 진상이 밝혀지면 내게 연락해 주지 않겠나? 난 평판이 좋기 때문에 오명을 뒤집어쓰고 싶지는 않아."

"그러겠네. 옴도 잘 치료했으면 좋겠군."

"고마워."

수정은 다시 뿌옇게 변했고, 로크는 그 속을 들여다보며 머릿속에 떠오른 생각들을 정리하려고 해 보았다. 이윽고 로크는 의자에서 일어나 침대로 돌아갔다.

지나간 세월을 꿈꾸고 그 너머에 있는 선명한 세계를 생각하며, 세미라마는 변화의 땅을 바라보았다. 또 다른 물결 — 엄청난 파괴력을 가진 — 이 그 위를 휩쓸 때가 다가오고 있었다. 세미라마는 미소 지었다. 모든 것이 계획에 따라 잘 진행되고 있었다. 일단 이곳 일이 해결된 뒤에는 밖으로 가서 현세를 즐길 수 있을 것이다. 요즘은 어떤 옷이 유행하고 있을까?

아래쪽을 보니 어두워진 지역에서 말을 탄 두 사람이 출현하는 것이 눈에 들어왔다. 위험천만한 연못의 잔잔한 수면을 철벅거리며 가로지르고 있다.

저들은 왜 계속 오는 것일까? 세미라마는 의아한 표정으로 생각했다. 성에서는 아무 변화가 없었으므로, 선임자들이 모두 실패했다는 사실을 저들도 알고 있을 것이다. 아마 탐욕과 우둔함 때문일 것이다. 고귀한 감정 따위는 그녀 자신의 시대와 함께 이미 사라져 버린 지 오래인 것이다. 그렇지만…….

저기!

말은 연못 기슭 근처에서 옴짝달싹도 못하고 있었다. 힘에 굶주린 투기꾼들 두 명이 소멸함으로써 이 세상을 조금 더 풍요로운 곳으로 만들어 주려는 참이다.

세미라마는 나른한 동작으로 몸을 수그리고는 창틀 한쪽을 쓰다듬으며 작동 주문을 중얼거렸다. 그 초점을 말에 탄 커플에 맞춘다.

그 광경이 눈앞에 튀어나오자 세미라마의 얼굴 표정이 빠르게 여러 번 변화했다. 다시 창틀을 만지고 주문을 외어 미세한 조정을 한다.

엘프 여자는 흔한 종류였다. 마린트나 미라트 계통의 호리호리한 금발이다. 하지만 저 사내는…….

"셀라!" 세미라마는 헐떡이며 손을 목에 갖다 대고, 눈을 크게 떴다. "셀라……."

여자는 말에서 내렸다. 남자는 그 뒤를 따르기 시작했다.

"안 돼!"

세미라마는 벌떡 일어섰다. 양쪽 손을 꼭 쥐고 있었다. 두 사람 모두 이제 물속에서 허우적거리고 있었다. 그리고 그것 말고 또 무엇인가가…….

변화의 물결! 물결이 시작되고 있다!

세미라마는 몸을 돌려 '나락의 방'으로 달려갔다. '오래된 자'들의 짧고 날카로운 언어가 입가까지 차오르고 있었다. 악취를 풍기는 방에 들어가자 바란이 아까 얌전하게 만들어 놓은 악마가 구석에 웅크리고 뼈를 갉아먹고 있었다.

악마를 향해 마브라호링으로 짧게 몇 마디 내뱉자 악마는 몸을 움츠렸다. 나락 가장자리로 가서 떨리는 음을 세 번 발했다. 잠시 후 다시 같은 일을 되풀이했다. 검은 무정형無定形의 물체가 어두운 수면을 뚫고 나와 천천히 꿈틀거렸다. 그러고는 음악적인 소리를 한 번 발했다. 세미라마가 복잡한 아리아로 대답하자 짧은 대답이 돌아왔다.

세미라마는 한숨을 쉬고는 미소 지었다. 그들 사이에서 몇 번 더 비슷한 소리로 대화가 이루어졌다. 이윽고 곁으로 촉수가 하나 올라오자 세미라마는 그것을 껴안았다. 오랫동안 꼼짝도 않고 안고 있자, 세미라마의 피부가 조금씩 희미한 빛을 발하기 시작한다.

작별을 고하는 소리와 함께 촉수를 놓고 몸을 돌리자 세미라마는 어떤 이유에선가 아까보다 더 몸집이 크고, 강하고, 야성적인 인상을 주었다. 구석에 있던 악마에게 다가가던 세미라마의 눈이 번득였다. 세미라마가 손가락으로 자신을 가리키자 악마는 갉아먹고 있던 뼈를 떨어뜨렸다. 각각 색깔이 다른 눈을 불안한 듯이 굴리며 여기저기를 바라본다.

"저기야." 세미라마는 아까 나왔던 회랑을 가리키며 말했다. "나를 따라와."

악마가 이 명령에 따르는가 싶더니, 회랑으로 나오자마자 느닷없이 절뚝거리는 다리로 도망치기 시작했다. 세미라마가 또다시 손가락을 치켜들자 이번에는 마치 불길처럼 보이는 것이 손가락 끄트머리에서 쏟아져 나오며 악마를 에워쌌다. 이런 일이 일어나면서 세미라마의 기묘한 오라aura가 조금 약해지는 것처럼 보였다.

악마는 그 자리에 멈춰 서서 비명을 지르기 시작했다. 손가락을 구부리자 불길은 사라졌다.

"자, 이제 내가 명령하는 대로 해야 해." 세미라마는 악마에게 다가가며 말했다. "무슨 얘긴지 알겠어?"

악마는 세미라마 앞에 넙죽 엎드리고는 세미라마의 오른쪽 발목을 살짝 집어들고 발을 자기 머리 위에 올려놓았다.

"아주 좋아. 역시 처음부터 이렇게 관계를 명확하게 해 놓아야 한다니깐." 발을 바닥에 내려놓는다. "일어나. 저기 창문까지 나를 따라와. 네게 보여 줄 것이 있으니까."

아까 앉아서 밖을 바라보던 장소로 돌아가서 아래를 내려다보았다. 여자는 이제 연못 기슭에서 버둥거리고 있었고 사내는 아직도 물속에서 말 곁에 있었다. 어깨 가까이까지 물에 잠겨 있다. 여자는 허리 조금 위까지 가라앉아 있었다.

"저기 말 옆에 있는 스카프를 두른 사내가 보여?" 세미라마는 물었다. 악마가 끙 하는 소리로 긍정하자 세미라마는 말을 이었다. "가서 저자를 데려와."

세미라마는 손을 뻗어 악마 머리 위에 얹었다.

"지금 너에게 이런 기아스geas를 부과하노라. 저 사내를 물에서 꺼내 다치지 않은 멀쩡한 상태로 내게 데려올 때까지 너는 결코 안식을 찾지 못할 것이다."

악마는 몸을 움찔했다.

"하지만— 저도— 물에— 빠질— 겁니다." 악마는 우르릉거리는 목소리로 떠듬떠듬 말했다. 몸을 떨면서 이렇게 덧붙인다. "그리고— 저는— 물이— 싫습니다."

세미라마는 웃음을 터뜨렸다.

"동정은 해 줄게. 그게 무슨 소용이 있는지는 모르겠지만. 하지만 단순한 명령보다는 조금 더 확실한 보장이 필요했어."

세미라마는 마구간에서 가져온 물질을 실은 외바퀴 손수레와 수레 따위가 바쁘게 왕래하고 있는 회랑 중앙을 향해 몸을 돌렸다. 홀 좌우를 훑어본 다음 손수레에서 떨어진 흙이 가장 두껍게 덮여 있는 곳으로 갔다. 손수건을 꺼내서 흔든 다음 몸을 숙이고 바닥에 펼쳐 놓았고, 가루 같은 흙을 손으로 떠내기 시작했다. 손수건 한복판에 흙이 수북이 쌓이자 그 위에 손가락을 갖다 댔다. 유령 같이 희미한 빛이 세미라마의 몸에서 더 빠져나가는 것처럼 보였다. 세미라마는 아까보다 더 작아 보였고, 정령精靈 같은 인상도 많이 줄어들었으며, 또다시 인간적으로 보였다. 그러나 모래 피라미드 쪽은 이제 희미한 빛을 발하고 있었다.

세미라마는 손수건 끄트머리들을 서로 묶은 다음 몸을 돌려 악마 앞에서 그것을 들어 보인다.

"내 말을 똑똑히 들어. 이것을 함께 가져가. 몸이 잠기는 모래가 시작되는 곳에 도달하면 여기 든 것을 네 앞에 조금 뿌려. 그러면 모래는 깊은 곳까지 얼어붙을 테니까 그 위로 걸어갈 수 있을 거야. 물에 뿌리면 얼음으로 된 다리가 생기니까 그 위를 지나가도 돼. 빨리 뿌리기만 하면 손으로 만져도 괜찮아. 살아 있는 것들에 대해서는 효력이 떨어지니까 말이야. 그래도 만일의 경우를 위해 이렇게 싸서 가져가는 편이 낫겠지. 자, 받아!"

갈퀴 같은 손톱이 달린 손이 매듭진 손수건을 받아 쥐었다.

"만약 저 사내가 반항하고 너와 함께 오려고 하지 않거든, 여기 귀 뒤에 있는 이 뼈를 한 번 날카롭게 때려서 기절시켜도 좋아. 하지만 두개골이 박살날 정도로 세게 때리면 안 돼. 다치지 않게 산 채로 데려와야 한다는 걸 잊지 마."

세미라마는 몸을 돌렸다.

"이제 나를 따라와. 메인 홀 옆에 있는 작은 거실에서 밖으로 나가야 해. 이 시간에는 아무도 없을 테니까. 빨리 와!"

성 내부나 그 주위에서 기묘한 일은 전혀 일어나고 있지 않았다. 세미라마가 발하던 빛도 사라져 있었다.

바란은 자기 방에 음식을 잔뜩 차려놓으라고 명령한 다음 식사가 준비되는 동안 어슬렁거리며 밖으로 나갔다. 다시 세미라마 생각을 했지만, 이번에는 장래의 애인이 아니라 젤레락의 옛 시절에 관해 얘기해 줄 수 있는 정보원情報源으로서였다. 3층으로 올라가서 세미라마의 방문 밖에 멈춰 섰고, 복장을 가다듬은 다음 노크했다.

곧 리샤가 문을 열었다.

"안에 계시나?"

바란이 이렇게 묻자 리샤는 고개를 가로질렀다.

"아까 나가셨습니다. 어디로 가셨는지, 또 언제 돌아오실지는 모릅니다."

바란은 고개를 끄덕였다.

"돌아오시면 아까 하던 토론을 계속하려고 들렀다고 전해줘. 여전히 서로에게 유익한 토론이 될 수 있을 거라고 생각하고 있다고 말이야."

"그러겠습니다, 나리."

바란은 몸을 돌렸다. 음식이 준비되려면 아직 조금 더 기다려야 할 것이다.

층계를 더 올라가서 다른 방의 문을 열었다. 거울 앞에 앉아 있던 노예가 상체를 곧추세웠다.

"뭔가 변화가 있나?"

"없습니다, 나리. 아직도 안에 있습니다."

"좋아."

바란은 문을 닫고 층계를 내려가기 시작했다. 잠시 혼자서 웃다가, 미간을 찌푸렸다.

만약 내가 투알루아에 대한 통제력을 얻을 때까지 그 빌어먹을 옛 주인이 돌아오는 것을 막을 수 있다면, 곧 안으로 들여보내서 도전할 거야. 일단 그 작자만 제거하면 '협회' 조차 내 그림자도 밟지 않기 위해 조심하게 되겠지. 그 작자들을 박살낼 수도 있겠지. 아니, 안 그러는 편이 나을지도⋯ 젤레락조차도 그런 시도는 하지 않았으니까 말이야. 한편으로는 그 작자들도 쓸모가 없는 것이 아니니까. 아마 그래서 그랬던 것 같군. 그자들 위에 선다면 어떻게 이끌까?

바란은 멈춰 서서 난간에 몸을 기대고 깊고 천장이 높은 방을 둘러보았다. 벽에는 그 어느 곳으로도 이어져 있지 않은, 높이가 들쭉날쭉한 문들이 나 있었다. 허공에서 끊어지는 계단이 하나 있고, 방 한복판에는 물이 말라 버린 분수대가 하나 있었다. 이 성 내부의 수많은 다른 물건들과 마찬가지로, 바란은 이 분수의 기능이 도대체 무엇인지를 끝내 알아내지 못했다. 젤레락은 그런 기능에 덧붙여 바란은 영원히 알지 못할 일들에 대해 숙지하고 있으리라는 생각이 그제야 머리에 떠올랐다. 그 순간 바란은 두려움을 느꼈고, 갑작스레 몰려온 현기증 탓에 난간에서 뒤로 물러났다.

만약 세미라마가 알고 있다면? 이미 열쇠를, 힘을 가지고 있고, 나하고는 단지 장난을 치고 있는 것에 불과하다면? 단지 외부와 연락이 두절되었다는 시늉만 하고 있는 것이라면?

바란은 다시 층계를 내려가기 시작했다. 벽에 손을 짚고, 얼굴을 돌려 난간 쪽을 외면하고 있었다.

누가 그런 걸 알 수 있겠나? 그 언어를 말할 줄 아는 사람은 전세계에서 그 여자 단 한 명밖에는 없어. 젤레락조차도 거의 모르잖아. 그럴 필요가 없었기 때문이기는 하지만. 마법의 주문으로 투알루아를 지배할 수 있었으니까. 그러다가 말을 안 듣게 된 거지. 그 언어를 이해하고, 그것과 의사소통을 할 수 있었더라면 그렇게 거대하고 복잡한 의식儀式을 써서 세미라마를 데려오지는 않았을 거야. 똥통 속에서 헤엄치는 그 추하고 미끌미끌한 괴물과 말을 나눌 목적으로 말이야. 아마 그걸 먹기도 하겠지, 해! 한 가문에만 전해 내려오는 기술이라지. '오래된 자'의 제관과 여제관들이 속한 가문의. 그자들은 우리가 모르는 일들을 많이 알고 있을 거야. 마법사들조차도 모르는 일을. 아마 자신들이 맡고 있는 신과 마찬가지로 교활하고 성격이 더럽겠지. 힘도 가지고 있어. 확신이 없다면 결코 그 여자를 화나게 해서는 안 돼. 그러다가 나를 그놈의 먹이로 던져 줄 수도 있으니까.

바란은 벽가에 더 몸을 바싹 갖다 댔다.

하지만 그 여자가 알고 있고, 그걸 지배하고 있다면, 도대체 뭘 기다리고 있는 걸까? 사실이라면 정말 속을 들여다보기 힘든 게임이라고 해야겠군. 그 여자는 자기 가문의 마지막 후예인 걸까? 자료를 찾아봐야겠군. 묘한 생각이 떠오르는군……. 그 가계家系에서 마음내키는 대로 아무나 소생시킬 수 있었는데 하필이면 젤레락은 왜 그 여자를 택한 거지? 아, 옛날 알고 지내던 사이라고 했었지. 얼마나 잘 알고 지냈던 걸까? 그 늙은 꼰대가 빗자루 이외의 것에 올라탔다고는 상상도 해본 적이 없지만, 그 작자에게도 젊은 시절이 있었을 테니까… 들어갈 곳은 들어가고 나올 곳은 나온 여자라는 건 틀림없어. 그 여자도 여왕이었던 시절엔 호색녀로 유명했던 걸로 아는데. 내 '손'으로 언젠가 깜짝 놀라게 해 주고 싶군… 혹시 젤레락과 그 여자는 그렇고 그런 사이였던 걸까. 그래서 그 여자가……?

층계참에 도달한 바란은 방향을 틀었고, 멈춰 서서 몸을 떨었다.

정말 가파른 층계로군. 게다가 어두워. 여기 온 건 정말 오래간만이군…….

바란은 가장 위에 있는 계단에 앉아 양쪽 발을 내렸고, 두 번째 계단에 엉덩이를 대고 다음 단에 발을 디뎠다. 얼굴이 땀에 젖어 있고, 이를 악물고 있었다.

어렸을 때 나무에서 떨어진 이후로는 처음이야, 어머니! 하필이면 왜 이럴 때? 정말 오래 전의 일이야… 지금 누가 와서 이런 내 꼴을 보면 절대로 안 돼… 맙소사!

바란은 앉은 자세에서 조금씩 층계를 내려가기 시작했다.

뭔가 다른 생각을 해. 다른 데 정신이 팔리면 좀 나아질 테니까…….

바란은 발을 움직였고, 손을 움직였고, 엉덩이를 다음 단에 갖다 댔다. 다시 한 번…….

만약 내 추측이 맞는다면? 실은 그 여자는 모든 걸 충분히 장악하고 있고, 단지 옛 애인이 돌아오는 걸 기다리고 있는 것이라면? 그 모든… 효과가… 겉만 번드레한 볼거리에 불과했다면? 나를 속이기 위한? 매일 나는 조금씩 더 위험한 시도를 하고 있어. 그럼 그 여자는 미소 짓고 고개를 끄덕이며 나를 부추기지. 그러다가 젤레락이 돌아온다면, 난 특별한 '지옥'으로 쫓겨나서 비명을 지르는 꼴이 날 수도 있어… 이건 추측에 불과하지만…….

다시 한 계단. 잠시 멈춰 서서 손바닥을 옷소매에 대고 문지른다.

추측이야. 단순한 추측에 불과하지만… 만약 이 모든 추측이 옳다면, 나는 어떻게 행동해야 할까?

또 한 계단. 한 계단 더. 바란은 벽에 뺨을 갖다 댔다. 격한 숨을 몰아쉬고 있었다.

내가 강해질 때까지는 그 작자를 성 안에 들이면 안 돼. 어떻게? 거울 안의 감시인들을 두 배로 늘일까? 함정을 만들어 놓고 감시인들을 없앨까? 거울을 통과시킨 즉시 없애 버릴까? 문제는 그렇게 되지 못할 가능성이 있다는 점이야. 그런 식으로 하다가는 내가 지고 말아. 뭔가 다른 방법이 있을 거야… 하필이면 이럴 때를 골라 발광을 하다니! 오랫동안 없었던 일이었는데…….

바란은 다시 아래를 향한 전진을 개시했다. 다음 층계참이 시야에 들어와 있었다.

물론 정말로 그랬을 가능성이 그렇게 높은 건 아냐. 사실 그건 억측에 불과해. 젤레락은 '지옥'의 여왕들 중에서 원하는 여자를 마음내키는 대로 고를 수 있었어. 아마 그렇게 해서 고른 거겠지… 한편으로, 그 여자는 지금까지 몇 번인가 나한테 물을 먹인 적이 있었지. 젤레락에게 충성심을 가지고 있는 것이 아니라면, 그런 짓을 할 이유가 전혀 없잖아?

바란은 재빨리 계단 세 개를 내려간 다음 다시 동작을 멈추고 휴식을 취했다.

만약 그 여자에게 쥐어짤 만한 비밀이 있다는 걸 확신할 수만 있다면 난 그렇게 할 용의가 있어. 그렇다면 모든 것은 내 차지가 되겠지… 기묘하군. 여긴 왜 이렇게 조용한 걸까? 방금 깨달았는데… 무엇 때문이지?

바란은 마지막 남은 계단들을 퉁퉁거리며 재빨리 미끄러져 내려간 다음 일어섰다. 난간에 몸을 기대고 몸의 균형을 잡는다. 마침내 이런 생각이 떠올랐다.

가서 나락 속에 있는 그 추악한 놈을 봐야겠군. 모든 것의 중심에는 그놈이 있는 것 같아.

바란은 난간을 밀고 회랑을 향해 비틀거리며 걸어갔다.

그런 다음 맛있는 저녁을 먹으면 모두 해결될 거야.

멜리아쉬는 야영지에서 조금 떨어진 언덕 위에 앉아서 풍경 전체를 관찰하고 있었다. 변화의 땅은 변화를 멈추고 있었다. 안개는 흩어졌고, 바람도 스러졌고, 모든 것이 미동도 않고 가라앉은 상태였다. 이제는 광대한 황야의 많은 부분을 볼 수 있었다. 일그러진 형태로 얼어붙고, 1리그 이상이나 성을 향해 이어지고 있다. 성은 석양을 배경으로 뚜렷한 윤곽을 드러내고 있었다. 성 내부에 어떤 움직임이 없는지 유심히 보았지만 아무 것도 보이지 않았다.

아무래도 이번 일에서 자신의 상사에 해당하는 인물 — 홀룬 — 에게 보고를 해야 할 듯했다. 만약 홀룬과 연락이 닿지 않는다면, '위원회'의 다른 멤버에게라도. 그렇지만 혼돈이 멈췄다는 단순한 사실 이외에 뭔가 보고할 일이 더 있으면 좋을 텐데. 저렇게 완전히 정지해 버린 이유를 알아낼 수 있는 수단이 있었다면……

몸소 전방을 향해 나아가는 것은 마음이 내키지 않았다. 언제 느닷없이 활동이 재개될지 모르기 때문이다. 이것은 비겁함이나 분별의 문제가 아니었다. 심약한 자에게 이런 임무를 맡기는 것은 애당초 논외였고, 충동적이거나 과도하게 신중한 인물도 걸맞지 않았다. 이 감시소를 유지하는 것이야말로 최우선 과제였다. 적절한 마법사가 여기서 대비를 하고 있을 경우에는, 설령 내부에서 일어난 최악의 격변이 야기한 여파가 '협회'에서 그 주위에 설정한 경계선을 넘더라도 충분히 막아낼 수가 있는 것이다. 감시인들은 강한 의무감과 매우 곤란해질 수도 있는 임무에 대한 헌신도를 기준으로 선정되었다. 그래서 멜리아쉬는 검은 지팡이를 땅에 박아 넣은 지점에서 너무 멀리 떨어지고 싶지 않았던 것이다.

멜리아쉬는 한숨을 쉬고는 수정을 꺼냈다. 어차피 홀룬에게 지금 일어나고 있는 일을 보고할 시간이었다. 혹시 홀룬은 뭔가 유용한 제안을 해 줄지도 모른다. '협회'조차도 어떤 차원을 통해서든 저 성으로 침입해서 재빨리 정찰을 하자는 결론을 내릴지도 모르는 것이다. 그러나 당장 그럴 것 같지는 않았다. 젤레락에 조금이라도 관련이 있어 보이는 일에는 아직도 극도로 예민한 반응을 보이기 때문이다.

수정을 옷소매에 대고 문지르며 자신과 여기서 만난 다음 저 안쪽으로 들어갔던 모든 사람들의 운명은 어떻게 되었을까 하는 의문이 머리에 떠올랐다. 그들 중 하나가 실제로 침입에 성공해서 어떤 식으로든 이… 정적을 야기했는지도 모르는 일이다.

멜리아쉬는 호박색 수정구를 무릎 위에 올려놓고 내려다보았다. 수정구 내부에는 이미 뿌연 기운이 서려 있었다. 머릿속을 비우고 외부를 향해 정신을 뻗쳐 보려고 했지만 쉽지가 않았다. 머리가 아파오기 시작했다. 결국 접촉하려는 시도를 포기했다. 그러자마자 수정이 맑아지더니 늙은 로크의 얼굴이 멜리아쉬를 향해 히죽거리고 있었다.

"어디 아픈 것 같은 표정이군. 뭔가 문제라도 있나?"

"그럴지도 모르겠군. 적어도 수정이 왜 그랬는지는 알겠어. 뭔가 새로운 정보라도 알아냈나?"

"아무래도 그런 것 같군. 내 애인께서 방금 나를 침대에서 쫓아내면서 자네에게 가서 말하라고 명하셨으니까 말이야. 난 도대체 왜 이런 일을 참고 지내는 걸까?"

"현명한 남자라면 자명한 일도 뒤집을 수가 있는 법이 아니었나. 안 그럴지도 모르지만 말이야. 그래서 뭐라고 하던가?"

"우선 웰레안드라는 이름을 대고 자네의 감시소를 지나갔던 그 사내는 거짓말을 하고 있다고 하더군. 나도 아까 진짜 웰레안드와 얘기를 나눴어. 머케이브에 있는 마구간에서 아픈 말들을 돌보고 있더군. 두 번째로, 자네가 말한 그 딜비쉬는 젤레락이 그 친구를 돌로 만들었을 무렵 우리 옛 명부에서 사라진 그 딜비쉬일 가능성이 있어. 그 딜비쉬는 최근 소생해서 포타로이에서 벌어진 국경 분쟁에서 명성을 드높였다는군. 쇼어던의 군단을 소환해서 그 도시를 지켜냄으로써 말이야. 그걸 묘사한 노래조차 있을 정도야. 나를 침대 밖으로 쫓아내기 전에 그 노래를 불러 주더군. 그 노래는 블랙이라는 이름을 가진 금속 말에 관해 언급하고 있고, 딜비쉬 그 친구가 젤레락과 계속 반목하고 있다는 점을 암시하고 있어."

"그 부인 말에 귀를 기울여 줘서 정말 기쁘군."

"사실 듣고 있으면 왠지 흥분되는 노래였어. 자, 이제 할 말도 다 했으니 실례하겠……."

"기다려. 자네 의견은 어떤가?"

"오. 아마 내 애인 말이 맞을 거야. 걔가 하는 얘기는 보통 그렇지. 하지만 그 다음에 한 추측은 너무 멜로드라마틱하다고나 할까."

"그래도 얘기해 줘."

로크는 손으로 입가에 조금 묻은 침을 닦았다.

"흐음, 적어도 실컷 웃을 수는 있을 거야. 나도 그랬으니까. 걔가 추측한 바에 의하면 자네가 만난 웰레안드는 실은 변장을 하고 자기 자신의 성으로 침입하던 젤레락이었다는군. 최근 북쪽에서 입은 부상으로 너무 쇠약해져 있기 때문에, 평소에 쓰던 강력한 마법을 쓰지 못했을 거라나."

"북쪽에서 일어난 일을 자네 애인이 어떻게 알고 있나?"

"난 잠꼬대를 하는 버릇이 있어서. 하여튼 간에, 젤레락은 그 딜비쉬라는 친구가 자기를 쫓아오는 걸 알고 있기 때문에 자네한테 그런 말을 했다는 거야. 자네가 자기 적의 추격을 조금 지연시켜 줄 걸 기대하고 말이야. 이런 말을 하는 여자를 도대체 어떻게 해야 하지?"

"자네 일을 대신 맡아 달라고 부탁해."

멜리아쉬가 말했다.

"그럼 이 얘기엔 뭔가가 있단 말인가?"

"그럴 가능성을 무시할 수는 없어. 만약 그 얘기가 조금이라도 진상에 가깝다면, 우리는… 흐음, 알게 뭔가? 나 대신 고맙다는 말을 전해 주게. 자네도 도와줘서 고마워."

"도움이 됐다니 기쁘군. 그건 그렇고……."

"뭔데?"

"만약 그 딜비쉬라는 친구를 만나거든, 회비를 체납하고 있다고 전해 주게나."

로크는 통신을 끊었고, 멜리아쉬는 '초시간성'의 탑을 향해 시선을 돌렸다. 저 장소에 관해서도 뭔가 정보를 얻을 수 있으면 좋겠군. 하지만 지금은 그럴 시간이 없어.

멜브리니오논사드사쩨르스텔드레간딧쉬휄트셀리오르 Melbriniononsadsazzersteldregandishfeltselior는 지상의 마법사들에 의해 착취당한 적이 거의 없었다. 왜냐하면 악마를 구속해서 노예처럼 부리기 위한 마법 의식에서는 해당 악마의 이름을 발음할 필요가 있기 때문이다. 단 한 음절이라도 깜빡

빼놓는다면, 미소 지으며 마법의 원 안에서 걸어나온 소환술사는 악마도 자기처럼 미소 짓고 있다는 사실을 깨닫게 되는 것이다.

실제로 그런 일이 일어날 경우에 악마는 갈기갈기 찢긴 마법사의 유해를 소환 의식이 행해졌던 장소 주위에 그럴듯하게 배치해 놓은 다음 지옥의 영역으로 돌아간다. 아마 이 즐거운 막간 에피소드를 기념할 수 있는 선물 따위를 하나 지니고 말이다.

그러나 '제3의 손' 바란이 블랙월드 출신이라는 사실은 멜브리니오논사드사쩨르스텔드레간덧쉬휄트셀리오르에게는 불운으로 작용했다. 블랙월드의 주민은 복잡한 교착 언어[1]를 사용하기 때문이다. 이런 연유로 그는 '초시간성' — 시간적 구축물을 위험천만하게 계류해 놓은 것이고, 악마가 자기 고향에서 두려워하는 것들 대다수보다 이쪽이 훨씬 더 소름끼쳤다 — 에 사는 주민들에게 봉사하는 신세가 되었다. 그리고 바로 그런 연유로 지금 그는 붕괴한 풍경 속 사면을 힘겹게 내려가고 있었다. 지금까지는 그럭저럭 피해 왔던 저 끈적끈적한 장소를 향해서 말이다. 이런 명령을 내린 사람은 그가 이 차원次元에 있는 그 누구보다도 더 두려워하는 여자이므로 할 수 없는 일이었다. 그 여자의 동반자가 무섭기 때문이다. 실패가 두려운 나머지 짝이 맞지 않는 다리 — 그가 원래 살던 특이한 장소의 기괴한 환경에는 최적화된 다리였지만 —

---

1 교착 언어膠着 言語, Agglutinative Language : 각기 단일한 문법 범주만을 나타내는 형태소morpheme들의 연결로 단어가 구성되는 언어. 고대 수메르어나 한국어, 터키어, 핀란드어, 일본어 등이 이에 해당한다.

에서 힘이 빠지고, 아픔을 느끼면서도 계속 전진하는 것도 바로 그런 이유에서였다.

악마가 욕설을 내뱉으면 마치 가장 독실한 인간의 경건한 발언을 마브라호링으로 번역한 듯한 느낌이 된다. 그리고 지금 그는 바위투성이의 가파른 사면을 힘겹게 내려가며 욕설을 내뱉고 있었다. 보따리처럼 묶은 손수건을 꽉 쥐고, 아까 들었던 지시를 머릿속에서 되풀이하며 이제는 잔잔해진 연못을 향해 나아간다. 아직 인간들의 몸과 말의 일부가 물 위로 튀어나와 있는 탓에 파란 탁자 위에 놓인 체스 말처럼 보인다.

인간들 중 하나를 데려오라는 명령을 받고 있었다. 그렇다, 저 사내이다. 더 멀리 있는 쪽……

나무가 모여 있는 장소를 지나고, 연못 기슭이 시작되는 지점을 지나 그 가장자리를 따라 움직인다. 연못 안에서 꼼짝도 못하는 인간들 반대편으로 온 다음 멈춰 서서 손수건을 풀었다. 그의 모습을 눈치챈 인간들은 서로를 향해 소리를 질러대고 있었다. 안 데리고 가도 좋은 인간이나 말은 먹어도 되는지 궁금했다. 그러나 세미라마의 절박한 어조를 생각해 내고는 아무리 그러고 싶어도 안 그러는 편이 낫다고 판단했다.

얼음처럼 차가운 흙을 한 움큼 집어들고 눈앞의 연못 기슭에 뿌렸다. 모래에 주름이 잡히고 금이 가는 것이 보인다. 발을 살짝 디뎌 보고 체중을 받쳐 준다는 사실을 확인하고는 앞으로 나아가기 시작했다.

다가가면서 여자를 향해 히죽거리다가 곧 멈춰 섰다. 여자 옆을 지나갈 수가 없었다. 마치 눈에 보이지 않는 벽이 앞을 가로막고 있는 듯한 느낌이었다. 감각기感覺器를 인접한 몇몇 차원에 뻗쳐 본 후에야 여자는 반경 6피트가 조금 넘는 방호 주문에 의해 보호받고 다는 사실을 알아차렸다. 악마는 마브 라호링으로 욕설을 내뱉고는 흙을 더 움켜잡고 우회하기 시작했다. 단지 오른쪽 어깨살을 한 입만 꽉 뜯어먹고 싶었을 뿐인데.

악마는 앞쪽에 흙을 뿌리며 여자가 있는 곳을 우회했다. 흙을 수면에 더 뿌리고 얼음으로 된 다리가 눈앞에 빠르게 생기며 나는 탁탁 하는 소리에 귀를 기울였다. 악마는 갑자기 멈춰 서서 다시 감각을 뻗어 보았다. 사내의 어깨 모양 어딘가가 자꾸 마음에 걸렸던 것이다. 그럴 리가 없었지만 사내의 얼굴도 어딘가 낯이 익어 보였다……

아하! 악마는 금속을 감지했다. 사내는 칼집에서 뽑은 칼을 수면 아래서 쥐고 있었던 것이다.

악마는 흙을 한 움큼 더 움켜쥐고는 망설였다. 만약 저 위치에서 사내를 얼린다면 나중에 얼음을 깨고 꺼내야 한다. 그럴 수는 없는 일이었다. 여왕님은 가급적 빨리 데려오라고 명령했던 것이다.

악마는 반짝이는 흙을 왼쪽으로 던져 사내 주위를 우회하듯이 호를 그렸다. 아슬아슬하게도 사내가 검을 쥔 손을 쭉 뻗어도 닿지 않는 곳이다. 악마는 수면이 얼어붙자마자 춤추는 듯한 동작으로 그 길을 따라 움직였다. 사내의 등 뒤로 계속 호를 그린다. 자신을 바라보는 눈을 바라보는 사내의 얼굴은……

"웃고 싶으면 웃어라, 이 하이에나 같은 놈." 사내는 완벽한 마브라호링으로 말했다. "터벅터벅 걸어오란 말이야. 난 거의 네놈한테 잡힌 것이나 마찬가지이지만, 아직은 아냐. 더 다가와야 할걸. 조금이라도 미끄러진다면 네놈을 당장 고향으로 보내 주지. 아래를 봐! 얼음이 깨지고 있어!"

악마는 팔을 마구 휘두르며 휘청하다가 앞으로 넘어졌고, 한쪽 손을 뻗어서 겨우 자세를 가다듬었다. 다시 일어나기 전에 사내를 노려보았다.

"괜찮은 술수였어." 악마는 시인했다. "정말 네놈의 심장을 먹어보고 싶군. 게다가 우리말도 잘 하는군. 텔 탈리오니스를 알고 있나?"

"알아."

"한층 더 유감이군. 너와 말을 나누면 정말 즐거울 텐데."

이렇게 말하는 것과 동시에 악마는 사내의 배후로 이어지는 얼음으로 된 다리 끄트머리를 향해 도약했고, 지시받은 대로 각질角質로 뒤덮인 주먹으로 사내의 귀 바로 뒤의 뼈를 강타했다.

앞으로 쓰러지려는 사내의 머리카락을 움켜쥔 악마는 양쪽 겨드랑이 밑에 손을 넣어서 위로 끌어올리기 시작했다. 완전히 끌어올리자 수면이 검게 변하며 거품이 올라왔다. 악마는 사내를 등에 걸머지고는 몸을 돌려 기슭을 향해 나아가기 시작했다. 여전히 히죽거리고 있었다.

여자는 그를 향해 엘프어의 간원이나 욕설을 외치고 있었다. 그 옆을 지나가면서 아쉬운 듯이 그 어깨를 흘낏 보았다. 이렇게 가까우면서도, 이렇게 멀다니⋯⋯.

　세미라마는 명령을 받은 악마가 방에서 나간 직후 종을 울려 하인들을 불렀다. 하인 하나가 메인 홀과 맞닿은 작은 방에 나타나자 옷과 물을 담은 대야, 타월, 음식, 포도주, 마른 로브robe, 냉습포에 쓰기 위한 약 따위를 서둘러 남의 눈에 띄지 않도록 가져오라는 명령했고, 나중에 대령한 다른 하인들에게도 역시 같은 심부름을 시켰다.

　이런 물건들이 모두 도착해서 엷은 색깔의 동방산 비단으로 덮인 소파 주위에 놓였을 무렵, 한쪽 어깨에 딜비쉬를 걸머줜 악마가 휘적거리며 방으로 들어왔다. 하인들은 깜짝 놀라며 뒤로 몸을 뺐다.

　"침상 위에 내려놓아." 세미라마는 이렇게 명령한 후 하인들에게 고개를 돌렸다. "거기 너, 이 남자의 장화와 바지에 묻은 흙을 닦아 내. 거기 너는 습포를 가져와. 그리고 너는 포도주 마개를 따."

악마는 소파 위에 딜비쉬를 내려놓은 다음 방을 가로질러 반대편 벽가에 가서 섰다. 세미라마는 사내의 얼굴을 내려다보다가, 그 옆에 천천히 앉은 다음 사내의 머리를 자기 무릎 위에 올려놓았다. 시선을 떼지 않은 채로 오른손을 뻗고 "젖은 천을 가져와"라고 말했다.

그러자마자 하인이 천을 건넸다. 세미라마는 그것으로 사내의 얼굴을 닦기 시작했다. 그러고는 사내의 이마와 뺨, 턱을 손가락으로 어루만졌다.

"다시는 보지 못할 줄 알았어." 나직한 목소리였다. "하지만 이렇게 돌아와 줬군."

"습포."

세미라마는 젖은 천을 바닥에 떨어뜨리며 조금 더 큰 소리로 말했다.

하인 하나가 습포를 건넸다.

딜비쉬의 머리를 한쪽으로 젖히고 얻어맞은 장소를 찾아냈고, 다시 한 번 악마를 노려본다. 톡 쏘는 냄새를 풍기는 습포를 펴고 다시 접은 다음 귀 뒤쪽에 갖다 댔다.

"거기 너, 그 칼집하고 벨트 버클을 닦아. 너는 깨끗한 천에 포도주를 조금 축여서 가져와."

바란이 방으로 들어왔을 때 세미라마는 포도주를 축인 천으로 딜비쉬의 입술을 닦고 있었다.

"이건 도대체 뭡니까?" 바란은 힐문했다. "그 사내는 누구입니까?"

세미라마는 고개를 홱 들어올리고 눈을 크게 떴다. 하인들은 뒤로 물러났다. 멜브리니오논사드사쩨르스텔드레간딧쉬휄트셀리오르는 바란의 언어 구사 능력에 외경심畏敬心을 느끼며 방구석에서 웅크렸다.

"그러니까… 이곳으로 온 사내들 중 하나예요." 세미라마는 대답했다. "아마 이 장소의 힘을 얻으려고 온 거겠지요."

바란은 거칠게 웃고는 벨트에 찬 짧은 검 자루로 손을 가져가며 앞으로 걸어나왔다.

"흐음… 그럼 지금 숨통을 끊어 놓음으로써 우리의 힘을 보여주고, 골칫거리 하나를 제거하기로 하죠."

"산 채로 여기 도착했어요." 세미라마는 침착하게 말했다. "당신의 마스터가 결정을 내릴 때까지는 살려 둬야 해요."

바란은 예전에 했던 생각을 다시 머리에 떠올리며 멈춰 섰다. 그러나 곧 또다시 웃음을 터뜨렸다.

"하지만 지금 그 악마가 먹게 놓아두어도 괜찮지 않습니까? 독방으로 그 불쌍한 녀석을 억지로 걸어가게 하는 것보다는 그쪽이 차라리 낫지 않을까요?"

"그게 무슨 뜻이죠?"

세미라마는 반문했다.

"설마 놈들이 항상 입에 물고 다니는 맛있는 음식을 도대체 어디서 손에 넣는지 모른다고는 말하지 않으시겠죠?"

세미라마는 한 손을 입에 갖다 댔다.

"그런 생각은 하지 않았어요. 또 포로들을……."

"그렇습니다."

"그러면 안 돼요. 우린 간수 노릇을 해야 하는 것이 아니던가요."

바란은 어깨를 으쓱해 보였다.

"이곳은 거칠고 냉혹한 세계 한복판에 있는 커다란 성입니다."

"그놈들은 당신의 악마예요. 다시 주의를 줘요."

바란은 다시 웃음을 터뜨리려고 하다가 세미라마의 눈빛을 보았고, 자신도 이해할 수 없는 힘의 일부를 감지했다. 다시 세미라마와 젤레락 사이의 일을 생각하자, 예전에 느꼈던 현기증이 한순간 되돌아왔다.

"그러겠습니다."

이렇게 말하고는 고개를 숙여 소파 위의 사내를 찬찬히 훑어본다.

"내가 왜 여기 왔는지 아십니까? 그 회랑을 걷고 있던 중이었습니다. 창문의 초점을 그대로 그 연못에 맞춰 두었더군요. 이 사내는 살렸으면서 왜 여자는 그냥 두고 왔는지 궁금합니다. 자세히 보니 잘 생겼군요. 안 그렇습니까?"

몇 십 세기만인지는 알 수 없었지만, 세미라마의 얼굴이 발그레하게 물들었다. 그것을 보고 바란은 미소 지었다.

"그런 사내를 그냥 내버려둔다는 건 낭비겠지요."

이렇게 덧붙인 후 악마를 향해 몸을 돌렸다.

"그 연못으로 돌아가." 바란은 마브라호링으로 명령했다. "그 여자를 데리고 돌아와. 나도 조금은 기분전환이 필요하군."

악마는 손으로 자기 가슴을 치고는 바닥에 닿을 때까지 고개를 숙였다.

"주인님, 그 여자는 저 같은 존재를 막기 위한 주문으로 방호되고 있습니다. 그래서 가까이 갈 수가 없습니다."

바란은 얼굴을 찌푸렸다. 아를라타의 옆얼굴을 본 기억이 처음으로 뇌리에 되살아났다.

"좋아. 그럼 내가 직접 가겠어."

바란은 방을 가로질러 가서 문을 활짝 열었다. 일곱 개의 나직한 계단 너머로 보도步道가 보였다. 재빨리 계단을 내려갔고, 금세 보도를 가로질러 악마가 아까 내려왔던 사면 가장자리를 향해 갔다.

서쪽으로 기운 해는 이미 성 뒤로 넘어가 있었다. 바란의 눈앞에서 긴 그림자들이 하나로 녹아들며 황혼의 망토 앞자락을 가파른 바위투성이 길에 떨어뜨리고 있다. 바란은 앞으로 몇 걸음 걸어나가서 사면이 아래로 뚝 떨어지는 곳까지 갔다.

커다란 바위 그늘까지 가서 바위에 등을 대고 아래를 내려다본다. 마치 최면에 걸린 듯한 눈초리였다. 주문을 하나 외웠지만 아무 효과도 없었다. 눈앞의 풍경은 흔들리고 있는 것처럼 보였다.

"그리 좋은 생각은 아니었군." 바란은 격한 숨을 몰아쉬며 중얼거렸다. "…아냐. 여자는 될 대로 되라지. 그럴 만한 가치는 없어."

그러나 바란은 마치 바위에 접착이라도 된 듯이 여전히 그 자리에서 꼼짝도 하지 않았다. 눈앞의 바위들은 아까 보았던 것보다 더 날카로워진 듯한 느낌이었고, 마치 그를 향해 다가오고 있는 듯했다.

난 여기서 뭘 기다리고 있는 거지? 그냥 성 안으로 돌아가서, 그럴 만한 가치가 없다고 얘기하면 되지 않나…….

오른쪽 발이 움찔했다. 눈을 감고 심호흡을 했다. 욕정과 분노는 사라져 있었다. 다시 한 번 아래쪽에서 꼼짝도 못하고 있는 여자 생각을 했다. 그 얼굴이 마음에 걸렸다. 단지 아름다웠기 때문이 아니었다…….

본인에게 물었다면 옛날부터 아예 존재하지 않았다고 — 아니면 적어도 오래 전에 이미 완전히 소멸시켰다고 — 맹세했을 고결한 마음의 극히 작은 일부가 바란의 가슴 속에서 번득였다. 바란은 눈을 떴고, 다시 아래를 내려다보며 몸을 떨었다.

"알았어, 빌어먹을! 가면 되잖아."

바란은 보도에서 나와 걷기 시작했다.

실제로 보는 것만큼 나쁘지는 않아. 그렇다고는 해도…….

40피트쯤 내려가자 길이 꺾였다. 멈춰 서서, 왼쪽에 있던 나지막한 바위에 몸을 기대고 아래쪽을 내려다보았다. 이 위치에서라면 연못을 뚜렷하게 볼 수 있다.

그쪽을 잠시 응시하다가 마침내 깨달았다.

여자는 사라져 있었다. 말도 마찬가지였다.

바란은 웃기 시작했다. 그러다가 갑자기 웃음을 멈췄다.

"흐음… 흠, 흠……."

바란은 언덕의 사면을 되돌아가기 시작했다.

"…어떻게 되든 내가 알게 뭔가."

거실로 돌아와 보니 달라진 점은 거의 없었다. 사내는 여전히 의식을 잃고 있었지만, 아까보다는 혈색이 돌아와 있었다.

세미라마는 고개를 돌리고 미소 지었다.

"이렇게 빨리 돌아왔어요, 바란?"

바란은 고개를 끄덕였다.

"이미 늦어 있었습니다. 여자는 없었습니다. 그러고 보니 말도 없더군요……."

"여자 노예를 하나 골라 즐기지 그래요."

바란은 침상으로 다가갔다.

"여기 이 친구는 이제 독방으로 가야 합니다. 당신 말이 옳습니다. 마스터가 결정을 내릴 때까지 가둬 둬야 합니다."

"우선 이자가 회복하는 것을 확인한 다음에 그러겠어요."

세미라마가 이렇게 말한 순간 딜비쉬는 나직한 신음소리를 냈다.

"자, 방금 확인하지 않았습니까." 바란은 미소 지으며 말했다. "멀쩡하게 살아 있습니다. 자, 거기 있는 멍청이들. 두 명이 함께 이자를 부축하고 나를 따라와."

세미라마는 일어서서 평소의 그녀답지 않게 바란에게 바싹 다가갔다.

"바란. 잠깐 더 기다리는 편이 더 나을 거라고 생각하지 않나요."

바란은 세미라마의 가슴 부근으로 손을 올리려다가, 갑자기 손가락으로 딱 하는 소리를 냈다.

"누구를 위해서? 그건 안 됩니다. 저자는 다른 자들과 똑같은 포로입니다. 우리 의무를 다하기 위해서라도 안전한 곳에 가둬야 합니다. 당신 덕택에 새삼 깨달은 사실입니다."

바란은 딜비쉬의 팔을 양쪽에서 붙들고 일으켜 세운 두 사람의 노예 쪽으로 몸을 돌렸다. 딜비쉬는 고개를 떨어뜨리고 축 늘어져 있었다.

"이쪽으로 와." 바란은 문을 향해 걸어가며 말했다. "내가 직접 안내해 주지."

세미라마도 그 뒤를 따랐다.

"나도 그냥 따라가겠어요. 회복한 걸 확인해야 하니까."

"도저히 눈을 뗄 수 없는 것 같군요, 에?"

세미라마는 대꾸하지 않고, 일행을 따라 방에서 나가 거대한 홀을 가로지르기 시작했다. 홀 전체에 독특하기 그지없는 분위기를 부여하고 있는 기묘한 장식과 가구 따위가 눈에 들어오자, 또다시 기이한 느낌에 사로잡혔다. 천장에 거꾸로 매달려 있는 거대한 유리 나무, 백발을 뒤로 꽉 묶어서 마치 일종의 머리 장식처럼 보이도록 만든 태피스트리 속의 젊은 사내들, 믿을 수 없을 정도로 높다랗게 솟은 머리 모양을 하고 엄청나게 부푼 치마를 입은 귀부인들, 정교한 조각과 상감 세공으로 장식된 탁자, 곡선으로만 이루어져 있고 형형색색의 원형 무늬가 아로새겨진 천을 부분적으로만 덧씌운 조각 의자, 길쭉한 거울, 기묘하게 배열된 바닥의 타일, 길고 육중한 장막, 건반을 누르면 음악적인 소리가 흘러나오는 기괴한 가구.

그들이 지금 있는 곳은 이토록 부자연스러운 장소 안에서도 한층 더 부자연스럽게 보이는 곳이었다. 이따금 이곳을 지나가면서 세미라마는 거울 깊숙한 곳에서 이곳에 없는 사람들이나 물체들 — 도망치듯이 움직이고, 사라지는 — 을 보곤 했지만, 너무나도 순간적이기 때문에 정확히 무엇을 보았는지는 알 수가 없었다. 어떤 밤에는 커다란 음악소리와 웃음 소리, 그리고 이해할 수 없는 외국어로 잡담하는 소리가 홀에 서 새어나온 적이 있었다. 파티에 참석하든가 아니면 똑바로 뻗친 두 개의 손가락으로 초자연적인 침입자들을 날려 버릴 작정으로, 세미라마는 층계를 내려와 회랑을 가로질러 이 홀 에 들어왔다. 그러자마자 음악은 멈췄다. 방은 텅 비어 있었 다. 그러나 거울 속을 보니, 갖가지 옷을 차려입은 아름다운 사람들이 동작을 멈추고 우뚝 선 채로 고개를 돌려 세미라마 를 응시하고 있었다. 그리고 그들 사이에 있던, 키가 크고 거 의 낯이 익어 보이는 사내 — 흰색 제복처럼 보이는 옷을 입 고 밝은 색상의 리본을 가슴에 비스듬히 두르고 있었다 — 는 함께 있던 파트너에게서 고개를 돌리고 세미라마를 바라보며 미소 지었다. 세미라마는 잠시 주저하다가 거울 속의 사내와 합류하기 위해 앞으로 나아갔다. 그러자 이 모든 광경은 눈 깜짝할 새에 사라졌고, 그 뒤에는 홀 전체와 세미라마의 팔, 마법사의 양심만큼이나 텅 빈 거울이 남았을 뿐이었다.

이 일에 관해 투알루아에게 물어 보았지만 아예 모르거나 아니면 전혀 개의치 않는 것처럼 보였다. 악취를 내뿜는 물웅 덩이 속에서 나른하게 꿈틀거리며 투알루아는 이 성은 과거 에 언제나 존재했고, 또 앞으로도 언제나 존재할 것이라고 말 했다. 이 성에는 기괴한 것들이 많고, 또 기괴한 것들이 언제 나 통과하고 있다. 이것들 모두 투알루아에게는 그다지 의미 가 없었다.

거대한 홀에서 거의 나왔을 때 어떤 이유에선가 건반이 달 린 가구에서 네 음정이 울려 퍼졌다. 그 근처는 사람이 없었는데도 말이다. 바란은 멈춰 서서 뒤를 돌아보았고, 그 가구를 보았고, 세미라마를 보더니 어깨를 으쓱하고는 다시 앞으로 나아가기 시작했다.

세미라마는 그들을 따라 홀 뒤쪽으로 갔다. 의식을 잃은 사내가 또다시 신음소리를 흘리자 세미라마는 손을 뻗어 사내의 손목을 잡았고, 맥박이 뚜렷한 것을 확인하고 만족했다.

"손도 뗄 수가 없는 모양이군요."

이 동작을 본 바란이 말했다.

그들 뒤에서 따라오던 멜브리니오논사드사쩨르스텔드레간딧쉬휄트셀리오르가 비명을 지르고 다른 문을 향해 후다닥 달려갔다. 거울 속에서 무엇인가를 보고 두려움에 질린 듯했다.

일행은 성 지하의 독방으로 통하는 계단통을 향해 갔다. 계단통 바로 위에서 바란은 각등角燈의 심지를 깎고 근처에 있던 향로의 불을 옮겨 붙였다. 그런 다음 각등을 높이 들어 올리고 어두컴컴한 지하로 내려갔다. 현기증을 유발하는 깊은 구멍 따위에는 전혀 개의치 않는 듯한 기색이었다.

아래로 내려가던 중에 포로가 고개를 움직이고, 발을 디디려는 기색을 보였다. 의식이 돌아오고 있는 듯했다. 세미라마는 손을 뻗어 사내의 뺨을 만졌다.

"괜찮을 거야, 셀라. 걱정하지 않아도 돼."

바란이 쿡쿡거리며 웃었다.

"나중에 어떻게 감당하려고 그런 약속을 하는 겁니까?"

혹시 셀라는 정신을 잃은 척하고 있는 것일까? 이미 회복한 상태에서 힘을 모으고, 팔을 뿌리치고 어둠 속으로 도망칠 작정인 걸까? 바란은 힘이 센데다가 무장하고 있는 데 비해, 셀라는 지금 자기가 어디 있는지도 모르는 것이다. 만약 지금 도망친다면 바란은 추적을 개시할 것이고, 셀라는 결국 죽게 될 것이다. 그렇다면 그냥 정신을 잃은 시늉을 계속하면서 한동안 포로로 남아 있으라는 메시지를 전하려면 어떻게 해야 할까?

계단통 끝에 도달한 일행은 방향을 바꿔 왼쪽을 향해 가기 시작했다. 짙은 어둠은 냉기와 축축한 습기를 머금고 있었다. 왼쪽에 보이는 잿빛 돌로 이루어진 벽이 각등의 빛을 받고 번들거렸고, 물방울을 뚝뚝 흘렸다.

세미라마의 시대에는 코르브라이언트와 타이셀드의 이야기가 인기가 있었다. 아버지가 자신의 연인을 죽이는 것을 막기 위해 연인의 간수가 된 처녀 이야기이다. 세미라마는 이 이야기가 지금도 알려져 있는지 궁금했다. 바란은 들어본 적이 있을까. 이것은 엘프족의 이야기였다. 바란은 고高 엘프어를 이해할까? 이것은 어려운 언어이고, 세미라마가 말할 수 있거나 그 존재를 알고 있는 그 어떤 언어와도 달랐다.

세미라마는 손을 뻗어 포로의 오른쪽 팔을 잡았다. 딜비쉬의 팔이 긴장했다.

"코르브라이언트의 이야기를 알고 있나요?"

세미라마는 고高 엘프어로 재빨리 나직하게 말했다.

긴 침묵이 흘렀다.

잠시 후 포로는 "압니다"라고 대답했다.

"나도 그런 입장이에요."

세미라마는 말했다.

그러자 사내의 팔에서 긴장이 빠져나갔다. 세미라마는 상대가 발걸음 수를 세고, 여기까지 오면서 길이 몇 번 꺾였는지를 기억하고 있기를 희망했다. 팔을 살짝 잡았다가 다시 놓았다.

일행은 통로가 교차하는 지점을 잇달아 지나갔다. 그것들 중 일부에서는 빠르게 쩔걱거리는 소리와 꿀꿀거리는 소리가 울려 퍼졌다. 또 다른 교차점에 접근했을 때 오른쪽에서 그런 소리가 빠르게 접근하는 느낌을 받았다. 바란은 손을 들어올리며 멈춰 섰고, 각등을 아래로 내렸다.

너무나도 빠르게 일어난 일이었기 때문에 세미라마는 실제로 무슨 일이 일어났는지 알아차리지 못할 뻔했다. 코가 튀어나온 돼지를 닮은, 몸집이 큰 생물의 무리가 뒷다리로 달리며, 쿵쿵거리고, 헉헉거리면서 그들 앞을 맹렬하게 가로질렀던 것이다. 생물들 중 일부는 쿠션이나 토기 항아리를 들고 있는 듯했다. 이들이 먼 곳으로 사라지면서 마치 영송詠誦하는 듯한 소리가 들려왔다.

"저 자식들 살판났군." 바란이 말했다. "내가 도서실에 가 있을 때마다 꼭 몇 마리가 위로 올라와서 귀찮게 굴어."

"나는 한 번도 방해받은 적이 없었어요." 세미라마가 말했다. "하지만 난 내 방에서 책을 읽으니까. 정말 추악한 생물이군요."

"틀림없이 먹어 보면 맛이 좋을 겁니다. 먹는 얘기가 나와서 말인데, 내 저녁식사가 식고 있겠군요. 빨리 갑시다."

바란은 전진을 재개했고, 마침내 커다란 방에 도달했다. 횃불 하나가 타오르고, 다른 하나는 거의 불이 꺼져 가고 있으며, 나머지 두 개는 벽의 횃불꽂이 안에서 재로 변해 있었다. 바란은 벽가에 놓여 있던 불을 붙이지 않은 횃불 더미에서 새것 두 개를 꺼낸 다음 아직 불타오르고 있는 것을 써서 불을 붙였고, 벽의 횃불꽂이에 끼웠다. 바란은 왼쪽으로 세 번째에 있는 문이 달리지 않은 입구를 향해 갔다.

"쇠사슬을 가져 와."

바란이 말했다.

자물쇠들이 놓인 선반과 쇠사슬들이 걸린 틀이 선반장의 횃불 더미 부근에 놓여 있었다. 딜비쉬의 왼팔을 부축하고 있던 노예가 손을 뻗쳐 쇠사슬 한 쌍을 집어들었다. 세미라마는 노예 곁으로 가서 자물쇠 두 개를 직접 골랐다.

"내가 가지고 가겠어. 넌 쇠사슬을 드는 것만으로도 손이 찼으니."

노예는 고개를 끄덕이고는 왼팔에 걸치고 다시 딜비쉬를 잡고 앞으로 나아가기 시작했다. 세미라마는 그 뒤를 따라 호지슨, 더콘, 오딜, 베인, 갈트, 로르만이 곡선을 그리고 있는 벽에 쇠사슬로 묶여 있는 방으로 들어갔다. 한 명이 모자라지 않나 하는 생각이 들었다.

바란은 각등을 들어올리고 피가 튀긴 벽에 걸린 빈 쇠사슬 쪽을 턱으로 가리켜 보였다. 악마가 지금 소화하고 있는 살찐 마법사가 매달려 있던 곳이다.

"저기야. 저기 고리에 매달아."

다른 포로들은 완전히 침묵한 채로 이 광경을 바라보고 있었다. 바란이 독방에 들어오자마자 모두가 각자 위치에서 꼼짝도 하고 있었다.

노예들은 딜비쉬를 반은 떠메고, 반은 억지로 걷게 하면서 위치로 데려갔고 벽에 박힌 거대한 고리에 두 개의 쇠사슬을 집어넣었다. 축축한 벽에 힘없이 늘어져 있던 원래 주인의 쇠사슬은 무시했다.

"자, 이제 이 작자가 필요해지면 언제든지 만날 수 있을 겁니다." 바란이 말했다. "다른 작자들과 함께 있는 것에 개의치 않는다면 말이지만."

세미라마는 고개를 돌리고 바란을 위아래로 한 번 훑어보았다.

"당신 농담은 이미 오래 전에 재미가 없어졌어요. 이제는 단지 저질스럽다는 생각밖에는 안 드는군요. 추잡하다고나 할까."

세미라마는 몸을 돌려 노예들이 딜비쉬의 팔다리에 쇠사슬을 두르고 있는 곳으로 갔다. 세미라마가 자물쇠를 건네자 노예들은 딜비쉬를 벽에 결박했다. 그럴 때마다 세미라마는 일일이 자물쇠를 잠갔다. 바란은 그 뒤를 따르며 자물쇠가 단단히 잠겼는지를 확인했다.

마지막 자물쇠를 검사한 다음 바란은 만족했다는 듯이 끙하는 소리를 냈다. 몸을 곧추세우며 쇠사슬을 쩔렁쩔렁 흔들었고, 세미라마를 곁눈질하더니 교활한 웃음을 지었다.

"상당히 시끄럽군요. 당신이 여기 온다면 성 전체에서 당신이 뭘 하고 있는지 알 겁니다."

세미라마는 입을 가리고 하품을 했다.

"생각만 해도 숨이 가쁜 모양이군요, 에?"

세미라마는 미소 짓고는 딜비쉬를 향해 몸을 돌렸다.

"이걸 보고 싶었던 건가요?"

세미라마는 바란에게 말했다.

그러고는 딜비쉬를 껴안고 몸 전체를 밀착시키며 입을 맞췄다.

몇 초가 그런 식으로 흘러가자 바란은 불안한 듯이 몸을 움직였다. 노예들은 고개를 돌려 다른 곳을 보았다.

한참 후에야 세미라마는 몸을 뒤로 빼며 웃었다.

"물론 난 우리의 것을 훔치러 이곳에 침입한 이 낯선 사내에 대한 정열에 불타고 있죠."

그러더니 갑자기 몸을 돌려 딜비쉬의 뺨을 때렸다.

"이 개 같은 무례한 놈!"

세미라마는 분노에 찬 형상으로 내뱉었다.

그러고는 뒤를 돌아다보지도 않고 성큼성큼 방에서 나갔다.

바란은 딜비쉬를 흘낏 보고는 씩 웃었다. 그런 다음 선반 위에 올려놓았던 각등을 다시 집어들고 노예들을 데리고 방에서 나갔다.

밖에 나가자 세미라마는 그들이 지나왔던 복도 입구에서 서성거리고 있었다.

"빛이 필요해서 기다리고 있을 줄 알았습니다."

바란은 다가가며 말했다.

세미라마는 대답하지 않았다.

"다른 사람들에겐 얼마나 기이하게 보였는지 모를 겁니다."

세미라마와 나란히 걷기 시작한 바란이 말했다.

"아까 그 키스 말인가요?" 세미라마는 전혀 이해가 안 된다는 표정으로 말했다. "아니, 바란……."

"처음에 그 녀석을 그렇게 살갑게 간호했던 것 말입니다."

"죽는 걸 원하지 않기 때문이에요."

"지금 죽든, 나중에 죽든 상관없지 않습니까?"

"흥미가 있었어요… 이 성까지 온 첫 번째 엘프니까요. 기묘한 종족이죠. 보통 자기들끼리만 모여 살고. 혹자는 '오만'하다고도 하지만. 그자가 여기 온 이유에 관해 당신 마스터도 흥미를 느낄 거라고 생각했어요."

"혹자는 '불길'하다고도 하지요." 바란이 말했다. "엘프는 위험한 존재가 될 수도 있습니다."

"나도 그 얘긴 들은 적이 있어요. 흐음, 어쨌든 그자는 단단히 묶여 있으니까."

"당신이 거기서 침입자를 그렇게 간호하는 것을 보았을 때는… 물론 당혹스러웠습니다."

"아까 그 못된 농담들을 한 걸 사과하고 있는 건가요?"

바란은 복도로 성큼성큼 걸어들어갔다. 각등 불빛을 받고 그림자가 꿈틀거린다.

"예."

앞쪽에서 바란의 목소리가 들려왔다.

"좋아요." 세미라마는 바란 뒤를 따르며 말했다. "여왕에게 걸맞을 정도로 정중하지는 않지만, 당신한테서 받을 수 있는 최대한의 사과겠죠."

바란은 끙 하는 소리로 내고 계속 나아갔다. 설령 바란이 방금 한 사과에 다른 말을 덧붙일 작정이었다고 해도, 결국 이 말은 결코 입 밖에 나오지 않았다. 갑자기 멈춰 섰기 때문이다. 꿍 하는 소리는 그보다 더 큰 소음 속에 묻혀 버렸다.

바란은 각등을 아래로 내리고 벽에 등을 바싹 갖다 댔다. 세미라마와 다른 노예들도 바란의 예를 따랐다. 복도가 교차하는 곳에서 소음이 한층 더 커졌다.

느닷없이 돼지를 닮은 생물 열한 마리가 나타나더니 아까 동료들이 갔던 쪽을 향해 달려갔다. 튀어나온 엄니를 그림자 속에서 번득이며, 어둠 속으로 질주한다. 각자 기묘한 숫자가 쓰인 튜닉과 비슷한 긴팔 웃옷을 입고 있었고, 그중 한 마리는 왼쪽 앞발에 인간의 두개골을 들고 있었다.

"저녁식사가 다 식어 버렸겠군." 바란은 각등을 들어올리며 말했다. "빨리 갑시다."

몇 분 후 일행은 긴 계단을 오르고 있었다. 계단 꼭대기 부근까지 가자 거무스름한 사람 그림자가 눈에 들어왔다. 바란은 각등을 들어올렸다.

얼굴을 알아보자마자 바란은 큰 소리로 말했다.

"거울을 감시하고 있으라고 하지 않았나. 여기서 뭘 하고 있지?"

"다른 하인에게 아래로 내려가셨다는 얘기를 들었습니다, 나리. 저더러 보고 있으라고 명하신 그 빛이 사라졌습니다!"

"뭐라고? 벌써? 그럼 당장 그걸 대신할 것을 소환해야겠군. 좋아. 넌 이제 가도 좋아."

"기다려!"

세미라마가 명령했다.

노예가 세미라마를 쳐다보자 바란은 심장에 차가운 두려움이 스며드는 것을 느꼈다.

"무슨 거울 얘기를 하고 있는 거지?" 세미라마는 남은 몇 단을 오르며 힐문했다. "설마 위층 북쪽 방에 있는 거울 얘기를 하고 있는 건 아니겠지. 쇠틀에 끼워져 있는 것 말이야."

노예의 얼굴에서 핏기가 가셨다.

"예, 폐하. 바로 그 거울입니다."

바란은 이미 각등의 불을 끄고 선반 위에 올려놓고 있었다. 이제는 세미라마를 돌아보며 자신 없는 미소를 짓는다. 세미라마는 갑자기 등을 빳빳이 곧추세웠다. 눈이 날카롭게 번득였다. 바란은 세미라마의 왼손이 움직이며 불가해한 손짓을 하는 것을 보았다. 세미라마가 이토록 강력한 힘을 가지고 있다니 예상 밖이었다.

"기다려 주십시오, 폐하! 참으십시오!" 바란은 외쳤다. "오해입니다! 제게 설명할 시간을 주십시오!"

이렇게 말하면서 바란은 상대방이 손짓을 모두 마치기 전에 '제3의 손'을 불러낼 수 있을까 하고 생각하고 있었다.

세미라마는 동작을 멈췄다.

"그럼 설명해 봐요."

바란은 한숨을 쉬었다.

"막혀 버린 거울을 수리하기 위해 그 안으로 정령을 보내서 다른 아스트랄적인 문제가 있는지 알아보게 한 겁니다. 잠시 후에 그 정령과 협의하면서 장애 규모가 얼마나 되는지 알아볼 작정이었습니다. 이자한테 감시를 맡긴 건 뭔가 비정상적인 사태가 일어날 때에 대비하기 위해서입니다. 방금 이자의 보고를 듣지 않았습니까? 지금 당장 가서 무슨 일이 일어났는지를 확인해 볼 생각입니다. 거울을 다시 열기 위한 실마리를 찾아낼 수 있을지도 모르니까요."

세미라마는 손을 내렸다.

"그래요. 가보는 게 낫겠군요. 나중에 뭘 알아냈는지 얘기해 줘요."

"그러겠습니다. 반드시."

바란은 몸을 돌려 뛰어가기 시작했다.

세미라마는 딜비쉬를 부축해서 감방으로 데려갔던 두 사람의 노예와 방금 바란에게 소식을 전한 노예를 쳐다보았다.

"거기서 뭘 그렇게 멀뚱히 서 있는 거지? 하던 일에 복귀하거나 아니면 자기 방에 돌아가."

노예들은 재빨리 그 자리를 떠났다. 세미라마는 그들이 사라질 때까지 보고 있었다. 그런 다음에야 몸을 돌려 거대한 홀을 나아가기 시작했다. 남서쪽 회랑으로 통하는 문으로 간다.

홀은 아까보다 더 어두웠다. 해가 지고 있는데다가 창문이 서쪽 벽 높은 곳에 나 있는 탓이다. 홀 안에서 동쪽을 향해 걷고 있었을 때 왼쪽에서 무엇인가 슬쩍 움직이는 기색이 느껴졌다. 거울 속에 밝은 빛깔의 머리를 가진 사내가 서 있었다. 사내는 홀 안에 없었고, 사내 옆에 보이는 흰 기둥 역시 홀 안에는 없었다. 세미라마는 발을 멈추고 그쪽을 응시했다.

눈에 보이지 않는 파티를 목격했던 그날 밤에 본 바로 그 사내였다. 지금은 혼자였다. 녹색 옷을 입고, 미소 짓고 있다. 그날 밤에 보았을 때는 이 사내가 얼마나 잘 생겼는지를 깨닫지 못했다. 또 사내가 얼마나 그를 닮았는지를······.

사내는 손을 들고 들어오라는 시늉을 했다. 거울 유리 속의 장소가 희미하게 반짝거리기 시작했고, 세미라마는 이 시점에서 거울을 그대로 통과해서 사내와 합류할 수 있을 것 같다는 느낌을 받았다.

세미라마는 어깨를 으쓱하고는 고개를 가로저으며 사내를 향해 미소 지었다. 하필이면 이럴 때 급한 용무가 있다니 운이라고 밖에는 할 수 없다……

홀에서 나온 세미라마는 재빨리 회랑을 나아갔다. 이따금 벽가에 달린 촛대나 키가 큰 촛대에 끼운 양초에 불을 붙이고 있는 하인들을 지나친다. 마침내 그림자 속에 잠긴 성의 중심부에 도달해서, 그 정면을 따라 계속되는 회랑으로 왔다. '나락의 방'으로 이어지는 회랑이다. 잠깐 멈춰 서서 창문 너머로 처음 그를 보았던 지점을 바라보았다.

연못은 여전히 바로 눈앞에서 보는 것처럼 뚜렷하게 보였다. 그 젊은 여자와 백마는 정말로 사라져 있었다. 그 여자는 그이와 도대체 무슨 관계였을까? 세미라마는 초점을 맺는 주문을 해제하려고 손을 뻗쳤다.

연못은 산과 성의 일부, 그리고 석양을 반사하고 있었다. 그 앞의 가느다란 기슭은 희고 매끄럽게 반짝이고 있었다. 사면에 이따금 보이는 바위들은 검은 장애물처럼 보였다.

한순간 아래에서 오른쪽으로 한참 간 곳에서 무엇인가가 재빨리 움직이는 것을 본 듯했다.

세미라마는 잠시 주저하다가 창문의 초점을 바꿨고, 방향을 바꿔 사면의 그 지점을 확대해 보았다. 몇 분 동안 그쪽을 자세히 관찰했지만 그런 움직임이 다시 눈에 띄지는 않았다.

엄청난 마력을 꿈꾸고 성까지 접근한 또 다른 마법사를 우

연히 발견한 것이 아니었다는 사실에 안도하며 세미라마는
희미하게 웃었다. 그러나 그 탓에 당면한 문제를 서둘러 해결
할 필요가 있다는 사실을 다시금 깨달았다. 창문 유리의 주문
을 해제하자 그곳에 떠올라 있던 풍경이 멀어져 갔다.

창문 앞을 떠나 서둘러 회랑을 나아가는 세미라마의 샌들
아래에서 모래가 버스럭거렸다. 이 장소 특유의 냄새가 코를
간질였다. 방으로 들어가자 나락의 축축한 온기가 몰려왔다.

세미라마는 나락으로 다가가서 가장자리에 걸터앉았고, 소
환의 음성을 발했다. 그렇게 몇 분 동안이나 같은 음성을 발
했음에도 불구하고 대답이 없었다. 특별히 깜짝 놀랄 만한 일
은 아니었다. 투알루아는 이따금 명상을 하며 의식意識 대부
분을 세계와 단절시키는 경우가 있기 때문이다. 그러나 이것
이 주기적으로 빠지곤 하는 휴면 상태가 아니기를 세미라마
는 빌었다. 지금 그런다면 실로 최악의 타이밍이라고 밖에는
할 수 없었기 때문이다.

또다시 음성을 발했다. 반응이 없는 것에 관해서는 또 다
른 식으로 설명하는 가능했지만, 세미라마는 일부러 그런 생
각을 하고 싶지는 않았다. 나락을 향해 조금 더 몸을 내밀고
긴박한 어조를 덧붙였다.

그러자 마음속에 그의 존재가 느껴졌다. 접근하면서 힘을
모으고 있지만, 막연하게 동요하고 있는 듯한 느낌. 세미라
마는 순수하게 정신적인 의사소통에 대비하기 위해 마음을
단단히 먹었다. 그러나 그런 일은 일어나지 않았다. 그러는
대신 수면이 소용돌이치기 시작했다. 세미라마는 기다렸지만
한참이 지나도 여전히 투알루아는 모습을 드러내지 않았다.

여러 감정이 세미라마를 향해 파도처럼 몰려왔지만 — 어둡고 악의를 가진 것들이 박쥐처럼 나락에서 올라오는 듯한 느낌이다 — 평소에 이 장소를 지배하고 있는 장난스러움과 호기심은 아주 이따금, 그것도 피상적으로만 느껴질 뿐이었다.

"뭐가 문제인가요?"

세미라마는 이곳에서 쓰는 찍찍거리는 듯한 언어를 써서 물었다.

여전히 대답은 없었지만 느낌과 감정의 파도가 한층 더 강하게 몰려왔다. 방 안의 분위기가 음울하고 불길한 것으로 변했다. 그러다가 갑자기 이런 분위기가 무너지더니 그 사이로 승리감이 깃든, 거의 쾌활할 정도의 감정이 솟구쳤다. 이것은 점점 더 강해지면서 다른 감정들을 휩쓸어 배경으로 밀어넣었다. 수면이 또다시 교란되더니 무정형無定形한 검은 형태의 일부가 수면을 뚫고 올라왔다. 그 주위에 보이는 막연한 진줏빛 오라는 그 안쪽에서 끊임없이 움직이는 패턴을 흐릿하게 만들며, 아래쪽에서 움직이는 거체巨體의 모습을 왜곡하고 있었다.

"누이이자 연인이자 여제관인 그대여, 내가 사는 여러 장소에서 그대에게 인사말을 보낸다."

같은 언어로 격식을 갖춘 인사말이 들려왔다.

"이 장소에 있는 바로 그 인물이 '장로신'들의 친족인 투알루아에게 인사말을 보냅니다. 동요하고 있군요. 그 이유가 무엇인지 얘기해 주십시오."

"이 장소의 여왕인 세미라마여, 이것은 내 종족의 고통스러운 성장 주기의 일부라오. 어둠과 빛 양쪽의 친족인 탓에 나는 이 두 성질을 모두 가지고 있소."

"우리 인간도 그렇습니다, 투알루아."

"아. 하지만 인간은 짧은 일생 동안 그것들을 섞으며 살아갈 수 있소. 그렇게 할 수만 있다면 삶도 참 간결해질 텐데."

"인간에게도 나름대로 문제가 있습니다."

"하지만 우리 삶의 경우에는 영겁보다 더 오랜 세월 동안 계속되는 반발의 악순환을 감수해야 하는 것이오. 새로운 주기가 올 때마다, 반대 성질의 지배를 받고 있던 그 전의 주기에 반발하게 된다는 뜻이오. 꿈에 그리지만 결코 올 것 같지는 않은 그 불가능한 날 이 두 성질이 마침내 융합하고, 이 양극성兩極性의 지옥 너머에 있는 우리 일족의 장소로 갈 자격이 생길 때까지 말이오."

거의 견디기 힘든 슬픔의 파도가 몰려오자 세미라마는 참지 못하고 울음을 터뜨렸다. 그러자 촉수 하나가 거의 수줍은 듯한 동작으로 위로 올라오더니 끄트머리를 세미라마의 발에 살짝 댔다.

"나를 위해 슬퍼하지는 마시오, 어린 그대여. 그러는 대신 인류를 위해 흐느끼는 편이 낫소. 왜냐하면 어둠의 의지가 나를 뒤덮으며 내가 지내 온 나날들의 과오를 뉘우치게 된다면, 내 힘은 대지를 가로지를 것이고 모든 인간은 고통을 겪게 될 테니까 말이오. 물론 그대는 예외요. 나에게 봉사하는 그대는 샛별처럼 강하고, 밝고, 단단하고, 차가워질 것이기 때문이오. 그리고 나는 유례가 없는 강력한 힘을 가지게 될 것이고, 대지가 아직 젊었던 시절, 내 일족에 속한 분열된 주기를 가진 자들이 인간 영혼을 쟁탈하기 위해 전쟁을 벌였을 때와 마찬가지로 전세계는 그 기반부터 흔들리게 될 것이오."

"그렇다면 뭔가 할 수 있는 일은 없습니까?"

"아직은 그것을 억누를 수가 있고, 가능한 한 오래 그럴 작정이오."

"선한 마법사 젤레락과 그대의 종족 전원이 그에게 지고 있는 옛 부채는 어떻게 됩니까?"

"그 어떤 부채가 있었다고 해도 이미 오래 전에 갚았으니 그대가 신경을 쓸 필요는 없소, 세미라마. 그리고 젤레락 자신도 이제는 그대가 예전에 알고 지내던 사내가 아니오."

"그게 무슨 뜻입니까?"

"그는 변했소. 아마 그도 빛과 어둠의 성질을 함께 가지고 있는 것인지도 모르오."

"최근에 여러 소문을 듣기는 했지만 아직도 믿기 어렵습니다. 옛날 제가 마지막으로 기억하는 젤레락은 오랫동안 병을 앓고 있었습니다. 아마 몇 년 동안이나. 호호르가가 몰락한 뒤에 말입니다."

"그렇다면 젤레락은 결국 완전히 회복하지 못했다고 하는 것이 가장 친절한 말일 것이오."

"저를 소생시켰을 때, 젤레락은 저를 아주 친절하게 대해 주었습니다."

"물론 그랬을 것이오. 그대가 필요했으니까. 그대는 지극히 특수한 기능을 가지고 있소. 인간 치고는. 그리고 그것 말고도 또 다른 이유가⋯⋯."

"내가 가장 유감스럽게 생각하는 것은…" 투알루아는 말을 이었다. "곧 젤레락과 나는 많은 공통점을 가지게 될 것이라는 사실이오."

"방금 하신 말씀 탓에 제 세계가 완전히 뒤집혀져 버렸습니다."

"미안하오. 하지만 나도 그런 변화가 언제 나를 엄습할지를 전혀 예측할 수가 없다오. 그래도 그대가 원하는 것이 있으면 무엇이든 찾아 주고, 어떤 방법으로든 돕겠소. 내가 그럴 수 있을 때까지."

세미라미스는 손을 뻗어 촉수를 만졌다.

"혹시 제가 도와드릴 수 있는 일이 조금이라도 있다면……."

"없소. 유한한 생명을 가진 인간은 그 누구도 나를 도울 수 없소. 아이러니하게도 이행기移行期 동안 나는 진정한 광기에 빠질 것이오. 그것에 휩쓸리기 전, 나는 시간과 공간 너머에 당신을 위해 특별히 마련한 장소로 그대를 보내 주겠소. 그대가 크나큰 기쁨을 맛볼 수 있는 장소로. 나의 다른 자아도 그대의 봉사가 필요해질 때는 틀림없이 그대를 기억할 것이오."

"그런 얘기를 들으니 정말 슬퍼집니다."

"그런 얘기를 하는 나도 슬퍼하고 있소. 그러니 이런 얘기를 하는 대신 그대가 지금 왜 여기로 왔는지 말해 보시오."

"방금 해주신 얘기 때문에 그 문제도 한층 더 혼란스러워졌습니다. 바란은 거울을 가지고 무슨 일을 하고 있습니다. 그 안에 적어도 정령 하나를 집어넣었던 겁니다. 아마 지금 이 순간에도 또 하나를 집어넣고 있을……."

"그대가 지적하는 일들을 제외하면 나는 그런 인간끼리의 일에는 거의 주의를 기울이지 않았소. 그러니 이 바란이라는 자가 누구인지, 또 그자가 거울을 가지고 하는 일이 왜 그대에게 영향을 끼치는지를 우선 말해 보시오."

"바란은 이따금 저를 따라 이곳에 오는 육중한 몸집을 한 가무잡잡한 사내입니다."

"손 기술을 쓰는 그자 말이오?"

"예. 그자는 이 장소에서 젤레락의 집사 역할을 맡고 있습니다. 거울은 북쪽 탑을 반쯤 올라간 곳에 있는 방에 놓여 있고, 젤레락이 여러 개 있는 성들 사이를 이동할 때 쓰는 수단입니다. 젤레락은 얼마 전에 마법 결투에서 부상을 입었기 때문에 제가 당신의 힘을 빌려 그를 치유할 수 있는 이곳으로 올지도 모른다는 것이 저와 바란의 생각이었습니다. 젤레락이 도착하는 것을 기다리고 있는 사이에 그가 죽었거나 아니면 쇠약해졌다고 생각한 다른 마법사들은 이 장소로 침입을 시도했습니다. 당신을 구속해서 자기들의 목적에 이용할 작정으로 말입니다."

재미있어 하는 느낌이 파도처럼 세미라마를 휩쓸고 지나갔다.

"그제야 저도 젤레락이 저를 소생시킨 이유가 무엇인지를 생각해 보았습니다. 지난여름에 당신이 앓았을 때 당신을 돕기 위해서……."

"몇 세기만에 처음으로 나를 찾아온 광기였지. 그 전까지만 해도 나는 젤레락이 원하는 힘이라면 무엇이든지 내려 주고 있었소. 방금 그대가 언급한 옛 은혜에 보답하기 위해서 말이오. 그는 무슨 일이 일어나고 있는지를 몰랐소. 당시에는 나도 몰랐지만."

"물론 저도 마찬가지입니다. 물론 아주 오래된 암흑의 비전秘傳에서 읽은 것을 생각해 냈을지도 모르지만, 실제로 그런 상태를 목격한 적은 한 번도 없었으니까요. 하지만 침입자들이 나타나기 시작했을 때, 당신이 완전한 의식을 갖춘 상태에서 저 땅 위에 같은 영향을 끼치도록 부탁하면 좋지 않을까 하는 생각을 했던 것입니다. 그자들의 접근을 막기 위해서 말입니다. 그런다고 해서 젤레락에게 장애가 되지는 않을 것이라는 사실을 알고 있었습니다. 평소 때처럼 거울을 써서 이곳으로 오면 되니까요. 바란에게도 이 계략에 관해 얘기할 작정이었지만, 자꾸 저를 귀찮게 굴어서. 그래서 지난여름 때처럼 힘든 상황이 다시 생겨났고, 그것에 효과적으로 대처할 수 있는 사람이 저 하나뿐이라고 믿게 하는 편이 낫다고 생각했습니다. 그런 식으로 현혹한 덕택에 그자에 대한 지배력을 더 강화할 수 있었습니다. 하지만 그러는 동안 저는 거울이 제대로 작동하고 있다고 믿어 의심치 않았습니다. 하지만 지금은 그런 확신이 없습니다. 그자는 지금까지 줄곧 거울을 차단하고 있었던 것이 아닌가 하는 생각이 듭니다."

"왜 그자는 그런 행동에 나선 것이오?"

"당신이 바깥쪽의 땅을 혼돈 속으로 빠뜨렸을 때 이 성으로 쉽게 들어오는 방법은 거울을 제외하면 모두 사라졌습니다. 만약 바란이 거울을 차단하는 방법을 발견했다는 것이 사실이라면 우리는 이 성 안에서 완전히 고립되어 버렸고, 젤레락은 그가 원하는 재생을 위해 이곳으로 돌아올 수가 없는 겁니다. 따라서 바란 자신도 침입자들과 같은 입장에 있다고 생각합니다. 이 장소를 자기 것으로 만들고, 그동안 당신을 통제하는 수단을 찾을 작정이었던 겁니다."

"그렇다면 내가 젤레락에게 한 봉사가 강제적이 아니라 자발적이었다는 사실을 모르고 있단 말이오? 기나긴 세월이 흐르는 동안 인간들의 동향 따위는 내게는 거의 아무런 의미도 가지지 않았다는 사실을?"

"예. 저도 가르쳐주지 않았습니다. 모르면 모를수록 좋으니까요."

"그렇다면 문제는 무엇이오?"

"이제는 확신이 없다는 점입니다. 원래는 당신에게 거울을 열어 달라고, 앞으로 그자가 그것을 차단하려는 어떤 시도를 하던 간에 계속 열린 상태를 유지해달라고 부탁할 작정이었습니다. 그런다면 젤레락은 이곳으로 돌아와서 재생을 하고 원하는 대로 바란을 처리할 수가 있을 테니까요. 하지만 젤레락에 관한 당신의 의견을 들은 지금은 무슨 부탁을 해야 할지 모르겠습니다."

"거울을 여는 것은 간단한 일이지만, 또 다른 광기가 나를 엄습했을 때도 계속 그럴 수 있다는 보장은 없소."

"…그런 다음에는 또다시 힘을 방사放射해서 바깥의 땅을 혼돈에 빠뜨려 달라고 부탁할 생각이었습니다. 초대받지 않은 침입자들을 막고, 젤레락에게 거울을 통과할 수 있는 기회를 주기 위해서 말입니다. 그럼으로써 바란으로 하여금 당신이 여전히 제어 불가능하다고 믿게 만들 생각이었습니다. 그런다면 그자의 헛된 노력에 저를 공범으로 끌어들이려는 시도로 귀찮게 하지 않을 테니까요."

"그렇다면 지금은?"

"이제는 어느 쪽의 악을 선택하느냐 하는 문제가 되어 버렸습니다. 저도 잘 모르겠습니다. 바란은 젤레락만큼 현명하지는 않고, 저를 좋아합니다. 따라서 쉽게 조종할 수 있다고 생각합니다. 하지만 저는 젤레락에 대해 여전히 약간의 충의 忠義를 느끼고 있습니다. 당신이 한 얘기와는 상관없이 지금까지 언제나 저를 잘 대해 주었기 때문입니다."

"상황이 어떻게 돌아가든지 간에 그것에 의존하면 될 것이오."

"물론 제 신분에 대한 존경심이겠지요. 젤레락은 잔다르의 궁정을 자주 방문하곤 했으니까."

"그럴 수도 있고, 안 그럴 수도 있지만… 내가 지적하려던 것은 그보다 더 개인적인 감정이었소."

세미라마는 움찔했다. 그러고는 웃음을 터뜨렸다.

"아니, 그 말만은 믿을 수가 없습니다. 젤레락? 예전부터 젤레락은 거의 수도승처럼 행동해 왔습니다. 젤레락이 관심을 가지는 것은 오로지 마법뿐입니다."

"단순히 나와 얘기를 나누고 싶었다면, 그대의 저명한 일족 중 누구든 불러낼 수 있지 않았겠소."

"사실입니다."

"젤레락의 주된 흥미는 힘을 얻고 인간 정신을 지배하는 일이오. 하지만 그런 그도 인간적인 애착 두 가지와 완전히 결별하지는 못했소. 바브리고어의 제관들에 대해 느끼고 있는 약간의 우애, 그리고 바로 그대를 사모하는 감정이오. 그대는 언제나 결코 손이 닿지 않는 곳에 있는 여왕이자 여제관이었으므로."

"그렇다면 아주 잘 감추고 있었다고 해야 하겠군요."

"그러나 이 투알루아에게서는 감출 수 없소. 나는 젤레락의 가슴과 그 속에 있는 모든 것을 꿰뚫어 보았으므로. 그 자신조차도 모르는 일들을 포함해서 말이오. 그러나 지금 이런 이야기를 그대에게 하는 것은 그럴 만한 이유가 있기 때문이오. 나의 의지는 무너져가고 있고, 그것이 완전히 산산조각이 나기 전에 나의 가족만은 미리 돌봐 주고 싶소. 지금 이렇게 얘기를 나누고 있는 중에도 나는 미래의 시간선을 주시하고 있소. 전방에 나도 꿰뚫어 볼 수 없는 검은 점이 보이오. 아마 젤레락은 어떤 식으로든 저 지점 너머에서 사건에 관여하고 있는 것 같소. 내 마음에 처음 떠오른 생각은 그대를 지키기 위해 내가 특별히 마련한 장소로 그대를 보내는 것이었소."

세미라마의 상념은 쇠사슬에 묶인 그 사내를 향해 되돌아 갔다.

"그럴 생각은 없습니다."

세미라마는 선언했다.

"그러는 것도 보였소. 그래서 방금 당신에게 그 마법사가 그대에 대해 가지고 있는 인간적인 약점 얘기를 한 것이오. 그렇다고는 해도 아주 작은 약점에 불과하고, 본인도 부분적으로밖에는 의식하지 못하는데다가 완전히 이해하지도 못하는 감정에 불과하오. 따라서 그런 감정에 의존하지 말라고 경고하고 싶소. 그러나 이런 지식은 어둠의 시간이 오면 어떤 식으로든 그대에게 도움이 될 수도 있을 것이오."

세미라마는 촉수를 껴안았다.

"투알루아! 투알루아! 당신은 당신이 생각하는 것보다 더 강할지도 모릅니다. 혹시 어두운 의지와 맞서 싸워서 극복할 수는 없습니까?"

세미라마가 이렇게 말하는 동안에도 주위의 분위기가 무거 워지며 암울해지는 느낌이 왔다.

"내가 이해하는 한." 잠시 후 투알루아는 대답했다. "그것 은 우리 종족의 패턴이 아니오. 물론 그걸 시도하고는 있고, 앞으로도 그럴 작정이오. 그러나 내가 저항하면 할수록 그것 을 더 강하게 단련하는 것이 아닌가 하는 의구심을 느끼고 있 소."

"포기하지 마십시오. 가능한 한 오랫동안 견디는 겁니다. 필요하다면 당신의 친족인 '장로신'들에게 도움을 요청하십 시오!"

웃음소리 같은 것이 아치형 천장을 뒤흔들었다.

"나의 영예로운 일속은 이미 오래 전에 내가 지금 갇혀 있 는 차원을 떠나갔소. 그들이 거주하는 높은 곳에서는 내 목소 리를 듣지 못할 거요. 아니, 그러는 대신 우리는 앞으로 다가 올 시련에 대비해야 하오. 그리고 나는 다시 한 번 인간사에 관여해야 하오. 나 자신의 운명과 얽혀 있는 것이 보이니까 말이오. 이제 내가 하는 말에 귀를 기울이시오. 또다시 광기 가 차오르는 것이 느껴지기 때문에……."

선명한 타일로 장식된 욕장에 가득 찬 김을 내뿜는 뜨거운 물은 홀룬의 어깨 바로 위까지 올라와 있었다. 주위에는 이국적인 향이 내뿜는 향기가 가득하다. 홀룬의 이목구비는 예각적이었으며, 검은 두 눈 — 지금은 반쯤 감겨 있다 — 은 호기심 어린 표정으로 쉴 새 없이 여기저기로 향하는 경향이 있었다. 입가에는 지금처럼 휴식을 취하고 있을 때조차도 조금 비틀린 듯한, 약간 불길한 느낌을 주는 미소가 떠올라 있었다. 지금은 조금 상체를 수그린 자세로, 등 뒤에서 무릎을 꿇고 물에 잠긴 홀룬의 양 어깨를 마사지하고 있는 애첩에게 몸을 맡기고 있었다. 또 다른 애첩이 조각으로 장식된, 지금은 이미 멸종된 육식 동물의 구부러진 이빨로 만든 잔에 담긴 차가운 음료를 홀룬에게 건넸다. 홀룬은 그것을 한 모금 마시고는 되돌려 주었고, 뒤로 물러나는 여자의 팔을 손가락 끝으로 훑었다.

수정의 호출을 받자 홀룬은 나직하게 욕설을 내뱉었다. 숱이 많고 헝클어진 갈색 머리를 손으로 그러올리며 어깨를 움츠려 등 뒤에서 마사지를 하고 있는 여자의 손에서 벗어난다. 벽에 박혀 있는 커다란 수정구 쪽으로 몸을 돌렸다. 수정구 주위에는 섬세한 타일이 거대한 눈 모양으로 배열되어 있었다. 수정구에 의식을 집중하자 멜리아쉬의 모습이 동공 안에 떠올랐다.

"방해해서 미안하군."

멜리아쉬는 운을 뗐다.

"괜찮아. 자네가 '협의회'의 가장 젊은 멤버일 때는 어쩔 수 없는 일이지. 사실 어떤 일이든 실행에 옮길 생각이 있다면 좋은 일이라고 할 수도 있어. 그 붕대도 안 푼 미라 같은 늙은이들은 볼일을 볼까 말까 결정하는데도 한없이 시간을 끄니까 말이야. 때로는 누군가가 불에 달군 부지깽이를 가지고 그 작자들을 몰아갈 필요가 있고, 난 바로 그런 역할을 하기 위해 선출되었어. 상가리스는 지금 어떤가? 내가 듣기로는……."

"칸나이스야."

"아, 그래. 칸나이스였지. 자네처럼 밖에 나가 있을 수 있다는 걸 내가 정말로 부러워하고 있다는 걸 아나? 이런 행정직에 파묻혀 있으면… 흐음, 어쨌든 누군가가 처리할 필요는 있으니까."

홀룬은 느닷없이 입을 다물고는 상대방을 응시하며 미소 지었다.

"알아." 멜리아쉬는 말했다. "최근 이곳에서 변화가 좀 있었고, 나는 그걸 '협의회'에 보고해야 할 필요가 있다고 판단했다네. 또 매우 흥미로운 정보도 얻을 수가 있었어. 사실, 드디어 '협의회'가 행동을 일으킬 때가 왔다는 것이 내 판단이야. 이번 건에 직접적으로 관련된 인물이 젤……."

"천천히! 천천히!" 홀룬은 손바닥을 위로 올리며 느닷없이 일어섰다. 어깨를 마사지하고 있던 여자가 서둘러 홀룬의 어깨에 가운을 걸친다. "가끔 에테르ether에는 여러 기관器官과 더불어 귀도 달려 있는 것이 아닌가 하는 생각이 들 때가 있어. 그러니까 내가 가진 다른 수정을 써서 말을 나누기로 하지. 거기엔 믿기 힘들 정도로 안전한 보안 주문이 걸려 있어. 조금 있다가 이쪽에서 걸겠네."

홀룬이 손을 흔들자 멜리아쉬의 모습이 사라졌다.

홀룬은 성큼성큼 욕장 밖으로 나가서 샌들을 꿰어 신었다.

석굴에 등을 돌리고 경사진 터널을 나아가면서 입에 손가락 두 개를 갖다 대고 커다랗고 날카로운 휘파람 소리를 냈다. 터널 양쪽 벽에 긴 띠 모양으로 박혀 있는 하얀 돌의 내부가 빛을 발하기 시작한다.

홀룬은 씩 웃고는 터널 모퉁이를 돌아 바위를 2층이 되도록 뚫어 만든 기역자 모양의 방으로 들어갔다. 손가락으로 딱 하는 소리를 내자 앞쪽 벽에 난 움푹한 난로 속의 통나무들이 활활 타오르기 시작했다. 그곳에서 나는 연기가 오렌지색 종유석으로 가려진 삐뚤삐뚤한 균열을 따라 올라갔다. 종유석 주위로 길게 올라가는 인체 조상彫像들은 커다란 나선을 그리며 에로틱한 충동을 불러일으킨다. 높은 촛대에 꽂혀 있는 두꺼운 양초들이 깜박거리며 살아나면서 잘 정돈되어 있지만 무려 30개를 넘는 나라나 부족들이 사용하는 거의 모든 종류의 마법 도구들로 가득 찬 방이 드러났다. 방바닥뿐만 아니라 아치형 천장과 원통형 벽의 모든 부분이 비술秘術 상징으로 뒤덮여 있었다.

홀룬은 그 즉시 왼쪽에 있는 선반으로 가서 조그만 담황색 나무 상자를 꺼내 벽난로 근처 구석에 놓인 작은 단 위로 가져갔다. 한쪽 발을 뻗어 기하학 무늬가 있는 양탄자 위로 잿빛 모피에 덮인 낮은 걸상을 끌어당긴다. 상자를 열고 거무칙칙한, 거의 검정색에 가까운 수정을 꺼내서 단 위에 내려놓았다. 그런 다음 걸상에 앉아 깊이 숨을 들이쉰 다음 내뱉고는 이렇게 말했다.

"멜리아쉬!"

수정이 아주 조금만 맑아지며 그 속에 멜리아쉬의 모습이 희미하게 떠올랐다.

"어떤가?"

홀룬이 말했다.

"정말로 멀리서 얘기하는 것처럼 들리는데."

아주 작은 소리가 삑삑거리며 대답했다.

"그건 어쩔 수 없어. 우리 주위를 보호 주문들이 마치 장례식에 모인 빚쟁이들처럼 에워싸고 있으니까 말이야. 하지만 이제는 마음껏 말해도 돼. 젤레락과 관련된 일로 '협의회'에 경고해야 할 일이 도대체 뭐지?"

"젤레락은 오늘 아침 변장을 하고 이곳을 지나갔고, 지금쯤이면 성으로 들어가려고 하고 있……."

"아니 그게 어때서? 자기 집이잖아? 그 작자가 최근 저지르는 악행이 기껏해야 자기 집에 돌아가는 것 정도라면, 도대체 뭐가 문제인지……."

"그런 뜻이 아니었어. 우리가 기억하는 한 그자가 이토록 쇠약해진 것은 이번이 처음이야. 자기 성으로 돌아가는 건 그곳에 있는 주요한 마력의 원천 중 하나를 이용해서 회복하기 위해서라는 확신이 있어. 그리고 그자가 그 일에 성공할 가능성은 그리 높지 않아. 투알루아가 그 일족에서 흔히 볼 수 있는 주기적인 광기의 발작에 사로잡혔을 경우에는 말이야. 그리고 나는 그렇게 되었다고 생각해. 게다가……."

홀룬은 손을 흔들었다.

"기다려. 매우 흥미롭기는 하지만, 지금 무슨 얘기를 하려는지 모르겠군. 설령 쇠약해졌다고는 해도 젤레락은 여전히 얕잡아 볼 수 없는 강적이야. 만약 그자와 충돌했을 경우 일어날 수 있는 결과에 관한 비밀 연구나 점괘가 잔뜩 있지 않나."

"그런 것들이 어떤 의미가 있는지는 자네도 잘 알고 있지 않나." 멜리아쉬가 말했다. "늦든 빠르든 그 사내는 우리 조직 전체를 파괴하거나 아니면 전복시킬 거야. 지금까지 개개의 멤버들에 대해 그래 왔던 것처럼 말이야. 게다가 협회원들 사이에 젤레락을 따르는 추종자들이 한 무더기 있다는 것은 주지의 사실 아닌가. 늦든 빠르든 우리는 그자와의 문제를 해결해야 하고, 난 이번 사태가 우리에게 유례를 볼 수 없을 정도로 유리한 기회를 제공해주고 있다고 생각해. 자네도 자기 입으로 자기 생전에 그걸 보고 싶다고 하지 않았나."

"이봐, 내가 그랬다는 걸 부정하지는 않겠네. 하지만 그 발언은 비공식적으로 친구들 사이에서 한 것이었어. 알다시피 '협의회'는 보수적인 집단이야. 그래서 그렇게 오랫동안 불간섭 정책을 유지해오지 않았나."

"그것 말고도 다른 정보가 있어."

멜리아쉬가 말했다.

"말해 보게나."

"오늘 아침 한 사내가 젤레락을 죽이겠다고 공언하고 그리로 갔어."

홀룬은 콧방귀를 뀌었다.

"그게 다야? 지금까지 얼마나 많은 사람이 그런 시도를 했는지 아나? 그리고 거의 성공할 뻔 한 사람의 수가 얼마나 적은지도? 그런 걸로는 안 돼. 어떻게 일이 굴러가든 별 의미가 없는 일이야."

"그 사내의 이름은 딜비쉬였고, 금속 말을 타고 있었네. 방금 그 사내의 정체를 알아냈어."

"'저주받은 자' 딜비쉬 말인가? 거기 가 있다고? 정말이야? 엘프 혈통의? 키가 크고? 밝은 색깔의 머리를 가진? 초록색 장화를 신고 있었나?"

"응. 그리고 그 친구는 과거에 '협회'의 일원이었던 적도 있었고……."

"알아, 나도 아네! 딜비쉬라니! 신들이여! 그토록 목적 가까이까지 가서 실패하는 걸 보고 싶지는 않군. 딜비쉬는 내가 어렸을 무렵 숭배하던 영웅 중 한 사람이었다네. '동방의 군령' 말이야. 그리고 그가 '지옥'에서 돌아왔을 때… 딜비쉬라면 성공할지도 모른다는 걸 아나? 만약 나 자신이 암살자를 골라야 한다면, 난 주저 없이 그 친구를 고를 거야. 딜비쉬라……."

"그래서 이런 생각을 했던 거야. 만약 '협회'가 젤레락과의 직접적인 대결을 회피하고 싶어 한다면, 그 대신 어떻게든 그 친구를 도와주는 방법을 생각해내면 어떨까 하고 말이야. 그러면 직접 관여하지 않아도 되잖나."

홀룬은 멜리아쉬가 아니라 허공을 바라보고 있었다.

"어때?"

멜리아쉬가 물었다.

"자네가 있는 곳에 관해 말해 줘. 상황이 어떤가?"

"교란은 멈췄어. 이제 성 주위는 조용해졌네. 멀리 성이 보이는군. 성 안에 불이 들어와 있는 것도 보여. 고문서 보관소에는 성 내부의 지도가 있을지도 몰라. 로크한테 물어볼 걸 그랬군. 저곳에서 젤레락의 집사 노릇을 하고 있는 마법사는 블랙월드의 바란이야. 그럭저럭 유능한 마법사이고……."

"그 장소 자체에 뭔가 특이한 점은 없나? 대다수의 고성에는 내력이 있지 않나."

"이 성에 관해서는 전설 시대까지 거슬러 올라갈 수 있어. 전세계에서 가장 오래된 건물이고, 인류가 출현하기 전부터 존재했다고 하더군. 온갖 것들이 출몰한다는 소문도 있고. 또 '장로신'들과도 뭔가 관련이 있는 것 같아."

"아, 그런 곳이었군? 좋아, 내 말을 들어 봐. 자네 말을 듣고 흥미를 느꼈어. 그러니까 모든 건 자네만 알고 있고 섣부른 행동에는 나서지 말게. 지금 당장 '협의회'의 비상회의를 소집할 테니까 말이야. 난 협회의 방침을 바꾸자고 주장할 작정이야. 하지만 너무 기대는 하지 말게. 대다수는 절호의 기회가 몸소 나타나서 자기 엉덩이를 물어뜯어도 알아차리지 못할 작자들이니까 말이야. 하지만 뭔가 진전이 있는 즉시 자네에게 다시 연락하겠네. 그런 다음에 어떤 행동에 나설지 함께 결정해 보는 거야."

홀룬은 접촉을 끊고 일어서서 잠깐 불길을 들여다보고는 미소 지었고, 방을 가로질렀다.

"세상에!"

손가락으로 딱 하는 소리를 내자 불이 모두 꺼졌다.

  딜비쉬는 사내들이 웃으며 농담하는 소리를 들었다. 주로 '죽음의 입맞춤' 이라는 표현이 가장 많이 쓰이고 있었다. 그러나 딜비쉬는 이런 소리 대부분에는 거의 신경을 쓰지 않고 쇠사슬에 매달린 채 몸을 떨고 있었다. 머릿속은 되살아난 과거의 기억들 탓에 혼돈에 빠져 있었다. 두통은 사라져 있었다. 그 여자의 치료가 어떤 것이었든 간에 그 효험만은 놀랄 정도로 신속했다. 지금 딜비쉬가 느끼고 있는 고통은 정신적인 것이었고, 악마와의 거친 접촉에 의해 야기된 것이었다. 딜비쉬는 일시적으로 '고통의 집'으로 되돌아갔고, 그 과정에서 봉인해 놓은 기억들이 용암처럼 분출되며 그를 괴롭혔던 것이다.

  잠시 후 자신이 지금 어디에 있고, 왜 와 있는지를 자각할 수 있게 되자 고통보다 더 강한 증오가 확고하게 자리 잡았다. 딜비쉬는 마음의 초점을 다시 맺어 보려고 시도했고, 성공했다. 사람들의 목소리가 귀에 들려오기 시작했다.

"…악마용 함정을 수리해야 해. 저 친구를 질질 끌고 왔을 때 상당 부분이 지워졌어."

"저 친구가 맡을 부분까지 발이 닿나? 한동안은 전혀 도움이 되어 줄 것 같지 않군."

"해 봐야 알겠지."

"오딜, 자네가 또 몸을 뻗어야 할 것 같군."

딜비쉬는 실눈을 뜨고 여섯 명의 동료 수인들을 관찰했다. 모두 낯선 얼굴들이었지만, 서로 잡담하는 소리와 그들이 지금 힘을 합쳐 그리고 있는 패턴을 보고는 이내 모두 마법사라는 결론을 내렸다. 겉모습을 보아 하니 상당 기간을 여기서 이렇게 갇혀 지낸 듯했다.

눈을 완전히 떴다. 지금 하는 일에 완전히 정신이 팔린 나머지, 이 사실을 눈치챈 사람은 아무도 없는 듯했다. 딜비쉬는 방바닥의 패턴을 좀 더 자세히 관찰했다. 대다수의 견습 마법사가 일 년차일 때 배우는 극히 기본적인 패턴의 단순한 변형임을 알 수 있었다. 딜비쉬는 충동적으로 초록색 장화 끝을 내밀어 자기 몸에 가장 가까운 곳에 있는 부분을 완성시켰다.

"이봐! 여자들한테 인기 만점인 저 친구가 깨어났어!" 한 사내가 큰 소리로 말했다. 다른 사람들이 일제히 딜비쉬 쪽으로 고개를 돌리기 시작했을 때 사내는 말했다. "나는 갈트이고, 여기 이 친구는 베인이야."

딜비쉬가 고개를 끄덕이자 다른 사내들도 자기 이름을 댔다.

"…호지슨이야."

"…더콘." 왼쪽에 있는 사내가 말했다.

"…로르만." 오른쪽에 있는 사내였다.

"…오딜."

"나는 딜비쉬라고 하네."

더콘은 또다시 딜비쉬를 향해 고개를 홱 돌렸고, 그의 눈을 똑바로 보았다.

"동방의 군령軍領 딜비쉬? 포타로이에 있던?"

더콘이 물었다.

"그렇다네."

"나도 거기 있었어."

"미안하지만 얼굴이 기억나지 않는군……."

더콘은 웃음을 터뜨렸다.

"내가 속해 있던 곳은 반대 진영이었어. '마법사 부대'에서 자네가 실패하도록 강한 주문을 거는 임무를 맡고 있었지. 하지만 무엄하게도 자넨 전투에서 승리해 버렸고, 결국 나는 실직하게 됐지."

"유감이라고 말하기는 좀 뭐하군. 왜 방바닥 전체에 악마용 함정을 그리고 있는 건가?"

"그 자식들은 이 저주받은 장소가 무슨 식료품 창고라도 되는 줄 알아. 이따금 들러서 우리를 잡아먹거든."

"훌륭한 이유로군. 그럼 모두 같은 목적으로 여기 온 건가?"

"응."

더콘이 말했다.

"아니."

호지슨이 말했다.

딜비쉬는 한쪽 눈썹을 치켜세웠다.

"저 친군 단지 형이상학적인 차이를 지적하고 있을 뿐이야."

더콘이 설명했다.

"윤리적인 차이야." 호지슨이 정정했다. "각자 다른 이유로 이 장소에 내포된 힘을 얻기를 원했던 거야."

"하지만 우리 모두가 그 힘을 얻기를 원했다는 사실은 바뀌지 않아." 더콘은 미소 지으며 말했다. "우리들 모두 이 성 안에 침입할 수 있을 정도로 실력이 좋거나, 운이 좋았던 작자들이야. 결국 여기서 이런 꼴이 되고 말았지만." 더콘은 극적인 효과를 내려는 듯 쇠사슬을 쩔렁쩔렁 흔들며 손짓을 해 보였다. "내 주문이 엉망진창이 된 다음, 나는 바란과 일대일로 대결했어. 하지만 그 자식이 '제3의 손'을 쓴 탓에 허를 찔렸어."

"제3의 손?"

"응. 다른 차원에서 자기 몸에 여분의 손을 자라나게 했던 거야. 필요할 때마다 불러오는 거지. 만에 하나 자네가 이곳에서 나가 그 작자와 마주치는 일이 있으면, 그 손이 눈으로 볼 수 없을 정도로 번개처럼 움직인다는 사실을 명심하게."

"명심하겠네."

"자네의 그 철마는 어디 있나?"

딜비쉬는 슬픈 표정을 지었다.

"유감스럽게도 내가 예전에 감수해야 했던 운명을 맛보고 있다네. 조상彫像이 되어 버렸어." 딜비쉬는 모호한 손짓을 해 보였다. "저기 밖에서 말이야."

호지슨은 헛기침을 하고 이렇게 물었다.

"마법을 배우는 입장에서 자네는 양 극단 중 어느 쪽을 선호하나?"

"최근에는 마법에 대해 최소한의 흥미밖에는 갖고 있지 않았고, 그 흥미도 기술적인 것보다는 실용적인 것에 집중해 있어."

딜비쉬가 이렇게 대답하자 호지슨은 쿡쿡거리며 웃었다.

"자네가 만약 '오래된 자'를 지배해서 그 힘을 쓸 수 있게 된다면, 어떤 목적을 위해 그것을 쓸 건지 물어봐도 좋을까?"

"난 힘을 얻으러 이곳에 온 것이 아니라네."

딜비쉬는 말했다.

"그럼 뭘 얻으려고 왔나?"

로르만이 반문했다.

"단지 육체를 가진 젤레락 그리고 그자와 그 육체와의 관계를 끊어주기 위한 몇 분만 주어진다면 난 만족할 거야."

방 여기저기에서 놀라 훅 하고 숨을 들이키는 소리가 들려왔다.

"정말?"

더콘이 되묻자 딜비쉬는 고개를 끄덕였다.

"용감하거나, 어리석거나 아니면 둘 다겠군. 황당무계하고 무익한 시도에는 언제나 좀 매력적인 데가 있어. 박수갈채를 보내겠네. 자네에게 결코 그럴 기회가 주어지지 않으리라는 점이 유감이지만."

"그건 두고 봐야 알겠지."

딜비쉬는 대꾸했다.

"하지만 마법에서 자네가 가장 강한 분야가 어딘지를 얘기해 줘." 호지슨은 끈질기게 물었다. "설마 찌푸린 표정과 검한 자루로 강력한 마법에 대항할 수는 없는 일 아닌가. 자네의 주요 마력은 어떤 색깔인가?"

딜비쉬는 '외포畏怖의 주문'을 머리에 떠올렸다. 아마 이 지상에서는 오직 그만이 알고 있는 주문을.

"그 마력을 손에 넣은 나락奈落만큼이나 새까맣다고 해야겠지."

딜비쉬가 이렇게 대답하자 더콘과 로르만은 껄껄 웃었다.

"그렇다면 우리 일곱 명 중 세 명이 그렇고, 회색은 두 명이라는 얘기가 돼." 더콘이 말했다. "나쁘지 않군."

"실은 난 나 자신이 마법사라고는 생각하지 않아."

이번에는 모두가 웃었다.

"약간만 죽었든지, 약간만 임신했다는 소리와 똑같이 들리는군. 안 그런가?"

"쇼어던의 군단을 소환한 사람이 누구였더라?"

"그 철마를 자넨 어디서 얻었나?"

"어떻게 이 성까지 올 수 있었지?"

"엘프 장화는 마법 아냐?"

"악마용 함정을 만드는 걸 도와줘서 고마워."

딜비쉬는 곤혹스러운 표정을 지었다.

"지금까지 그렇게 생각해 본 적은 한 번도 없었어. 아마자네들 말에도 일리가 있는 건지도 모르겠군……."

또다시 웃음이 터졌다.

"자넨 정말 희한한 친구로군." 이윽고 더콘이 말했다. "그건 그렇고, 아까 그 말은 어느 정도 수긍할 수 있군. 흑마법과 싸우려면 그보다 더한 흑마법을 쓰는 수밖엔 없지 않겠나?"

"백마법이 있어!"

호지슨이 말했다.

회색 마법사들은 양쪽 모두를 보고 웃었다.

"난 가능하다면 물리적인 무기를 쓰는 편을 선호해."

이번에는 모두가 웃었다.

"그자를 상대로?"

"가까이 가지도 못할걸."

"취향도 방편 나름이라고 하지 않나."

"파리가 말에게 덤비는 꼴이군……."

"대사막에 떨어진 물 한 방울……."

"…간단히 자네를 처치할 거야."

"그럴지도 모르지." 딜비쉬는 대꾸했다. "안 그럴지도 모르지만 말이야."

"하여튼." 더콘이 말했다. "자넨 우리가 포로가 된 이래 처음으로 즐거운 화젯거리를 제공해 줬어. 보나마나 이번 논쟁도 다른 것들과 마찬가지로 탁상공론으로 끝나겠지만 말이야."

"그럼 그 선에서 토론을 해 보기로 하지." 딜비쉬가 말했다. "여기서 빠져나간다면 자네들은 어떻게 할 계획인가?"

"우리가 계획이 있는지 없는지를 어떻게 알아?"

갈트가 이렇게 묻자 베인이 "쉿!" 하고 제지했다.

"내가 갇힌 적이 있던 모든 감옥에서는 언제나 계획이 존재했어."

딜비쉬는 대꾸했다.

"자네가 변장한 젤레락이고, 우리를 가지고 놀 작정이 아니라는 보장이 어디 있나?"

"이 방에만 해도 여섯 명이나 되는 마법사, 그것도 갖가지 색의 마법사들이 있는데, 내가 변신 주문을 쓰고 있는지 없는지도 알아내지 못한단 말인가?"

"이 장소에서 우리 주문은 아무 소용도 없어. 따지고 보면 굳이 마법을 쓰지 않더라도 단순 변장을 할 수도 있지 않나."

"다투지 말게!" 더콘이 외쳤다. "여기 이 친구는 젤레락이 아냐."

"그걸 어떻게 알아?"

오딜이 물었다.

"왜냐하면 난 젤레락을 만난 적이 있고, 보통 변장 정도로는 이렇게까지는 변할 수 없기 때문이야. 마법을 쓴 변신의 경우에도 바꾸려야 바꿀 수가 없는 부분이 있어. 나는 마법사인 동시에 감응感應 능력자이고, 난 이 친구가 마음에 들어. 젤레락은 결코 좋아할 수가 없더군."

"단순한 느낌에 입각해서 판단하는 건가?"

"감응 능력자는 자기 느낌을 신뢰한다네."

"젤레락은 자네와 마찬가지로 흑마법을 구사하는 자야." 호지슨이 말했다. "그런데도 좋아하지 않는다는 거야?"

"필기사는 다른 필기사를 무조건 좋아하나? 군인은 다른 군인을 좋아해야 해? 제관도? 자네는 백마법사라면 모두 좋나? 그런 경우와 전혀 다르지 않아. 난 그자의 재능과 일부 업적을 존중하기는 하지만, 개인적으로 좋아하지는 않아."

"어떤 면에서?"

"그자를 만나기 전에는 악을 단지 악이라는 이유만으로 사랑하는 인간이 있다고는 상상도 못했어."

"자네 같은 사람의 입에서 그런 기이한 비난이 나오다니 의외로군."

"내게 마법은 수단이지 목적이 아니라네. 난 어디까지나 나야."

"하지만 언젠가는 자네도 거기에 물들걸."

"그렇다면 그건 나만의 문제야. 딜비쉬는 질문을 했어. 누군가 대답해 줄 사람은 없나?"

"내가 대답하지." 호지슨이 말했다. "여기서 빠져 나가기 위한 제대로 된 계획 따위는 없어. 하지만 만약 그 일에 성공한다면 하려고 합의한 일이 하나 있네. 방사의 영향을 받고 있지 않은 장소로 가서 각자의 힘을 합쳐 투알루아의 방사를 한 방향으로 유도하고, 그걸로 이 장소를 유지하고 있는 마법을 깨뜨릴 작정이야. 자네도 참가하겠다면 환영하겠네."

"그런다면 무슨 일이 일어나지?"

딜비쉬가 물었다.

"우리도 확실하게는 몰라. 이 장소 전체가 분해되고, 우리는 그 혼란을 틈타 도망칠 수 있지 않을까."

"돌 위에 쌓은 돌들은 그 형태를 유지하려고 하는 법이지." 딜비쉬가 말했다. "유지 마법의 영향에서 벗어난다면 이 장소에서는 단지 자연스러운 노후화 과정이 시작될 가능성이 더 높을 것 같군. 자네의 제안은 사양하겠네. 여기를 나가자마자 처리해야 할 다른 일들이 있어서 말이야."

갈트는 콧방귀를 뀌었다.

"그럼 곧 나가겠다는 건가?"

"응. 하지만 일단 자네들 중 젤레락을 본 사람이 있는지 없는지부터 확인해야겠군. 이곳에 와 있나? 그자의 방이 어디 있는지 아나?"

대답은 없었다. 딜비쉬는 방 주위를 둘러보았다. 사내들은 한 사람씩 고개를 가로저었다.

"만약 여기 와 있다면…" 오딜이 말했다. "우린 이미 죽어 있을 걸. 아니면 그보다 더 나쁜 일을 당했거나."

"그자의 방이 어디인가 하는 질문에도 대답해 줄 수가 없군." 갈트가 말했다. "우린 이 장소에 관해 한정된 지식밖에는 가지고 있지 않아."

"나를 여기 데려온 그 여자는 누군가?"

딜비쉬가 이렇게 묻자 또다시 웃음이 터졌다.

"그럼 그 여자가 누군지도 모르고 있었단 말이야?"

베인이 반문했다.

"고대 잔다르를 통치하던 세미라마 여왕이야." 호지슨이 말했다. "젤레락에 의해 먼지로부터 소환되었고, 여기서 그자에게 봉사하고 있지."

"세미라마 여왕의 미모와 책략에 관한 발라드나 옛날 얘기를 들은 적이 있어……." 딜비쉬는 말했다. "그런 인물이, 젤레락의 마력에 의해서 정말로 이 장소에서 살아 움직이고 있다니 믿기지가 않는군. 우리 조상 중 한 사람이 세미라마의 애인 중 하나였다는 얘기를 들은 적도 있어."

"그게 누군데?"

호지슨이 물었다.

"셸라 본인이야."

그 순간 로르만이 울부짖으며 쇠사슬을 쩔렁쩔렁 흔들기 시작했다.

"아아! 아아! 지금 다시 시작되었는데, 난 그게 끝났는지도 모르고 있었어! 세상에 이런 악운이 겹치다니… 이런 절호의 기회를 얻고서도 그냥 지나치다니! 아아!"

"뭐야! 뭐가 문제지?"

호지슨이 물었다.

"우린 실패했어! 끝장이야! 정말로 쉬웠을 텐데!"

"뭐야? 뭐지?"

그러나 고령의 마법사는 다시 울부짖었을 뿐이고, 울부짖음은 곧 욕설로 변했다. 그들 머리 위 높은 곳의 어둑어둑한 공간에 구름이 하나 생겨나더니 파르스름한 눈을 뿌리기 시작했다.

"도대체 왜 저러는 건지 아는 사람이 있어?"

사내들은 모두 고개를 가로저었다.

그러자 로르만은 뼈처럼 앙상한 손가락을 하나 들어 부자연스러운 눈보라를 가리켰다.

"저거! 저거야!" 로르만은 외쳤다. "방금 막 시작된 거야! 난 힘의 방사放射가 시작되는 걸 느꼈어. 얼마 전에 방사가 멎어 있었는데, 우린 전혀 주의를 기울이지 않았던 거야! 그

동안 우리 마법은 효력이 있었는데도 말이야! 우린 여기서 빠져나갈 수가 있었어!"

로르만은 얼마 남지도 않은 이를 북북 갈기 시작했다.

메인 홀 옆에 위치한 거실의 문이 어슴푸레한 세상을 향해 천천히 열렸다. 검은 곱슬머리로 뒤덮인 커다란 머리가 고개를 슬쩍 숙이고 문틀 아래를 통과했다. 거실로 들어온 것은 근골이 늠름한 거구의 사내였다. 상반신은 나체였고, 파란색과 검정색의 짧은 요포腰布는 폭넓은 가죽 띠로 죄어져 있었다. 띠에는 거대한 칼집이 매달려 있었다. 사내는 천천히 고개를 돌리며 얼굴을 들었고, 콧구멍을 벌름거렸다. 반장화를 신은 발을 소리 없이 움직여 진흙으로 더럽혀진 소파 쪽으로 갔다가, 반대편 방구석으로 갔다. 사내의 눈은 당장이라도 광채를 내뿜을 것처럼 새파랬다. 얼굴 하반부를 뒤덮다시피한 수염은 머리카락만큼이나 곱슬거렸다.

방을 가로질러 오른쪽에 있는 문으로 가서 천천히 밀었다. 그 틈새 사이로 홀을 관찰했다. 천장에 거꾸로 매달려 있는 유리 나무는 불이 아닌 모종의 빛으로 불타오르고 있었다. 바닥은 잔잔한 연못 수면처럼 매끄럽게 반짝이고 있다. 어딘가에서 재깍거리는 소리가 들려왔다. 사내가 퀴퀴한 공기 내음을 맡으며 앞으로 걸어나가자 벽을 뒤덮은 거울들은 무한히 반사했다. 사내 말고는 아무도 없었다.

앞으로 나아가자 왼쪽에서 맑은 종소리가 한 번 울렸다. 사내는 거구에 걸맞지 않은 번개 같은 동작으로 몸을 돌렸고, 칼집에서 검을 반쯤 뽑으며 소리가 들려온 쪽을 향해 성큼성큼 나아갔다.

또다시 종이 울렸다. 방금 지나온 문 오른쪽에 위치한 벽 감 안에 꼿꼿이 서 있는 키가 크고 폭이 좁은 상자의 내부에서 들려온 듯했다. 상자 상단에 가까운 지점에는 둥근 문자반이 하나 달려 있었다. 문자반에는 열두 개의 숫자가 각인되어 있었고, 화살표 두 개가 문자반 전체를 가로지르는 형태로 서로 반대 방향을 가리키고 있었다. 종소리가 계속 울렸다. 사내는 상자 앞으로 다가가서 장식이 된 유리 패널 너머로 보이는 기계 장치를 관찰했고, 종소리가 몇 번 나는지를 세어 보았다. 사내의 커다란 입에 웃음기가 감돌기 시작했다. 종은 일곱 번 울린 다음 멈췄다. 재깍거리는 소리의 원천은 바로 이것이었다. 사내는 작은 화살표가 일곱 번째 숫자를 가리키고 있다는 사실을 깨달았다. 문자반 위에 각인되고 그려진 해와 달의 모습과 그 모든 상相들을 바라본다. 사내는 갑자기 이것의 기능을 이해했고, 그 단순함과 우아함에 감탄했던 나머지 무심코 기쁜 웃음소리가 터져 나오려는 것을 억눌렀다. 반쯤 뽑은 검을 소리 없이 칼집에 집어넣고 몸을 돌린다.

홀의 모습이 달라져 있었다. 아니, 단지 조명이 바뀌었기 때문일까? 이제는 아까보다 더 어스레하고 어딘가 위협적인 느낌이다. 사내는 반들반들하게 연마된 홀 바닥을 가로지르는 자신의 모습을 눈에 보이지 않는 눈이 어딘가에서 감시하고 있는 듯한 느낌을 받았다. 아까 그 거실에서 처음으로 포착한 냄새는 여전히 사내를 극도로 불안하게 만든 다른 냄새와 뒤섞여 있었다.

머리 위의 거대한 불빛 아래를 지나자 조명은 탁탁 튀는 듯한 소리를 내며 깜박였다. 사내 주위와 거울들 내부에서 그림자가 획획 돌아다닌다……

거울들. 사내는 손등이 털로 뒤덮인 커다란 손을 자기 눈앞에서 천천히 흔들어 보았다. 한순간에 불과했지만, 오른쪽에 있는 거울이 이 홀에는 없는, 사내 이외의 어떤 물체를 비췄다. 커다란, 기묘한 모양을 한 암흑의 일부라고나 할까. 이제는 사라졌지만 사내는 앞으로 나아가면서 그것이 있었던 장소에 주의를 기울이고 있었다.

그가 추적해 오던 냄새들 중에서 잘못된 냄새가 더 강해졌다……

성 전체가 사내 주위에서 다시 한 번 가볍게 흔들리는 듯한 느낌이 왔다……

머리 위의 조명이 흔들리고, 그림자들이 또다시 춤춘다……

느닷없이 홀 반대편 벽가에 놓인 기묘한 모양의 작은 가구에서 음악이 흘러나오기 시작했다……

예의 암흑이 되돌아왔다. 기둥 뒤에 반쯤 숨어 있지만, 거울 이쪽에서는 아무 것도 숨어 있지 않다……

사내는 냄새 이외의 모든 것을 무시하고 집요하게 전진했다.

(전방 모퉁이 오른쪽에 걸려 있는 태피스트리가 방금 살짝 흔들리지 않았을까?)

검은 물체는 거울에 비친 기둥 뒤에서 미끄러지듯이 나왔다. 사내는 멈춰 서서 그것을 응시했다.

거대한, 말을 닮은 금속 짐승이었다. 껑충거리며 앞으로 나오더니 고개를 뒤로 홱 젖히고 사내를 바라본다. 마치 사내를 보며 웃고 있는 듯한 느낌이었다.

사내는 응시를 계속했다. 그것이 자신을 향해 똑바로 다가오는 것을 본 사내 얼굴에 당혹감과 아연실색한 표정이 떠올랐다. 그러자 그것은 갑자기 방향을 바꾸더니 사내가 홀로 들어왔을 때의 움직임을 그대로 흉내 냈다. 벽감 안에 들어 있는 시계의 이미지 앞에 잠시 멈춰 서서 쳐다보는 동작까지 똑같았다. 사내 곁으로 온 그것은 멈춰 서서 사내와 눈을 마주쳤다.

느닷없이 그것의 눈이 명멸하며 빛을 발하더니, 콧구멍에서 연기가 한 줄 피어올랐다.

그것은 고개를 숙이고 앞으로 몸을 내밀었다. 입에서 불길이 솟구치더니 홀 전체로 퍼지면서 거울로 이루어진 벽 전체를 뒤덮었다.

사내는 손을 들어올리고는 몸을 돌렸다.

반대편 벽의 거울들 속도 역시 불바다였다. 불길은 눈이 부실 정도로 밝아졌다. 그럼에도 불구하고 아무런 열도 느껴지지 않고, 아무 소리도 나지 않는다……

검은 짐승은 불길의 벽 뒤로 사라졌지만, 사내는 당장이라도 거울이 깨지며 금속 짐승이 나타나 자신을 향해 돌진해 올지도 모른다는 기묘한 예감에 사로잡혔다.

사방팔방이 고대 마법의 위압적인 분위기로 가득 차 있었다. 이 장소 내부 어딘가에 있는 '오래된 자'가 발산하는 것인지 아니면 이 성의 구조 자체가 그런 인상을 주는 것인지는 확실히 알 수 없었지만 말이다.

벽가에서 억지로 시선을 떼어내고는 전진을 재개했다. 태피스트리가 또다시 흔들리기 시작한다. 그 뒤에 커다란 무엇인가가 숨어 있다는 추측은 이제는 확신으로 바뀌어 있었다. 사내는 똑바로 그쪽을 향해 갔다.

그러나 그곳에 도달하기 전에 태피스트리가 옆으로 홱 젖혀지더니 좌우 색깔이 다른 악마의 눈이 나타나 그를 응시했다.

"불길을 보고 이제 고향으로 돌려보내려는 건가 생각했어." 악마는 중얼거렸다. "하지만 와서 보니 보통 인간 하나밖에는 없으니. 게다가 내가 해를 끼치면 안 되는 인간도 아니로군."

악마는 끝이 갈라진 긴 혀를 내밀어 입술을 핥았다.

"저녁거리였어!"

악마는 결론을 내렸다.

사내는 멈춰 서서 양손을 허리의 벨트에 갖다 댔다.

"틀렸어." 사내는 악마가 쓴 것과 같은 언어로 대꾸했다. "멜브리니오논사드사쩨르스텔드레간딧쉬휄트셀리오르. 그리고 불길은 네놈이 부화한 날에 이미 저지당했어."

"이건 또 뭔가. 원숭이 친척이여, 너는 내 이름을 아는데 나는 왜 네 이름을 모르는 거지?"

"틀렸어." 사내는 같은 말을 되풀이했다. "넌 고향으로 되돌려 보내질 거야. 그리고 네가 가기 전에 네가 방금 한 질문에 대한 대답을 네 귀에 대고 속삭여 주지. 그럼 내가 누군지 알게 될 걸."

사내는 벨트를 끌러 아래로 내렸고, 칼집에 든 육중한 장검과 함께 바닥에 내려놓았다.

악마가 사내를 향해 다가오자 음악이 한층 더 격렬해지고 불길은 계속 춤을 췄다. 사내는 입가에 냉혹한 미소를 띠고 상대방을 맞이하기 위해 나아갔다.

"자기가 얼마나 주제넘은지를 모르는 인간이여."

악마는 이렇게 말하며 껑충 달려들었다.

"틀렸어."

사내는 철컥하는 소리를 내며 닫힌 상대방의 날카로운 이빨을 피하고 칼처럼 후려친 상대방의 손톱을 막으면서 대꾸했다. 악마의 몸을 움켜잡는다.

그러자마자 그들은 뒤죽박죽으로 얽힌 채로 바닥에 쓰러져 구르기 시작했다. 불길 속에서 눈이 뜨이며 그들을 바라보는 듯했다.

홀룬은 책상과 난로 사이의 빈 벽에 거울을 걸어 놓았다. 거울의 표면은 예순 하고도 여덟 개나 되는 흥미로운 룬 문자와 심벌로 뒤덮여 있었다. 그 앞에 쌓아 놓은 쿠션 더미에 기대고 앉은 자세로 물 담배를 빨며 어떤 접근법을 택할지 생각해 본다. 홀룬은 심장 박동을 느리게 하고, 이곳저곳의 근육을 긴장시키거나 이완시켰다. 잠시 뒤에는 물 담배 부리를 옆에 내려놓았지만, 여전히 '협의회' 모임에서 알아낸 정보에 관해 생각하고 있었다. 그들은 육체를 이탈한 상태로 칸나이스 산맥 상공에서 부유浮遊하며 '초시간성'을 관찰했던 것이다. 젤레락은 자신의 성채들 사이를 자유롭게 왕래하기 위한 방책으로 여러 개의 거울을 쓰고 있었다. 젤레락처럼 자유자

재로 거울을 사용하려면 거울 하나와 물리적으로 직접 접촉
해야 할뿐만 아니라 제어 주문에 관한 완전한 지식을 가지고
있을 필요가 있었다. 성 자체는 그 어떤 심령적인 침투도 튕
겨 내는 견고하고 검은 영기靈氣로 완전히 둘러싸여 있었다.
오지에 있기 때문에 짧은 시간 안에 직접 접근하는 것은 불가
능했고, 성 주위의 땅도 또 언제 그 미친 춤을 추기 시작할지
몰랐다. 홀룬은 성의 겉모습과 그 느낌을 기억에 새겼다. 방
에 두고 온 자기 육체로 돌아온 다음, 방대한 장서량을 자랑
하는 자신의 도서관으로 가서 혹시 거울에 관해 언급한 책이
없는지를 찾아보았다.

　이제 홀룬은 또다시 자신의 영혼을 육체로부터 해방해서
아까 갔던 곳으로 되돌아갔다. 이윽고 거대하고 불길한 '초
시간성'의 모습이 아래쪽에서 깜박이며 그 모습을 드러냈다.
심령적 장벽은 여전히 유지되고 있었지만, 이 우주에는 모든
장소를 초월한 곳에 있는 장소, 현실이 단순한 비전[幻影]으
로 환원된 차원들이 존재한다……

　홀룬은 순수한 에너지로 이루어진 차원으로 전이轉移했고,
그곳에서도 앞길이 가로막혀 있음을 깨달았다. 순수한 형태
로만 이루어진 원형元型의 세계로도 가 보았지만 역시 들어갈
수가 없었다. 지금까지 경주한 것보다 훨씬 더 많은 노력을
쏟아 부은 끝에 홀룬은 본질의 세계로 이동했다.

　아……

　성 전체의 패턴은 기괴하다고밖에 할 수 없었다. 지금까지
홀룬이 목격한 가장 기이한 것들 중 하나였다. 그러나 홀룬은
놀라운 점들을 일일이 확인하는 데 시간을 낭비하지는 않았

다. 이미 거울의 소재를 파악하는 일에 의지력을 집중하고 있었으므로, 금세 찾을 수가 있었다. 현세에서라면 북쪽 탑에 해당하는 장소이다.

홀룬은 탑 주변에 비정상적인 본질이 없는지 주의하며 조심스럽게 접근했다.

탑 안에는 사내 한 명이 있었고, 지금 홀룬이 있는 차원에서는 하나 더 달린 손의 본질essence을 볼 수 있었다. 그렇다면 저 사내는 바란이로군. 흐음…….

주문이 눈에 들어오자 홀룬은 구조構造의 차원으로 전이했다. 이쪽이 더 편안했다. 주문은 서로 연결된 색색가지 선들의 집합이 되었다. 이것들 모두가 맥동하고, 에너지의 구슬들이 일견 무작위하게 접합점에서 접합점으로 이동하고 있는 것이 보인다.

흥미롭군. 무엇인가 다른 존재도 이 주문을 관찰하고 있었다. 에너지의 차원에서, 주문에 더 가깝게 접근한 위치에서.

조금 뒤로 후퇴해서 관찰자 자신을 관찰해 보았다. 만약 저 존재가 홀룬을 대신해서 개시점開始點을 찾아 준다면, 많은 시간과 에너지 ─ 위험에 관해서는 말할 나위도 없다 ─ 를 절약할 수 있을 것이다. 한쪽 구석에서 흐릿하게 똬리를 틀고 있는 파란 나선 모양의 것은 마음에 들지 않았다. 주의 깊게 관찰해 보니, 맞닿아 있기는 하지만 고정되어 있는 것 같지는 않다…….

홀룬을 대신해서 주문을 조사해 보고 있는 존재는 더 가까이서 보니 지구와 달 사이의 공간에 모호한 형태로 존재하는 정령의 일원인 것처럼 보였다. 인간의 차원으로 이끌려 왔을 때는 무정형無定形의 불타오르는 듯한 상相을 취하는 것이 보통이었지만, 이곳에서는 탐색하는 갈고리 모양을 하고 있었고, 붉게 맥박치고 있었다. 정령은 주문 주위를 빠르게 몇 번 돌며 훑었지만 선으로 이루어진 그물에 직접 접촉하지는 않았다. 그러나 예각을 이루고 있는 어떤 모퉁이 앞을 지날 때마다 움직임이 조금 느려지는 것처럼 보였다.

지금 홀룬이 보고 있는 선들은 각각 말 혹은 몸짓으로 이루어진 주문의 한 단위를 나타내고 있었다. 이 선들을 가득 채우고 있는 힘은 물론 젤레락이 마법 의식을 통해 젤레락 본인 또는 산 제물을 원천으로 해서 끌어낸 것이었다. 홀룬이 해야 할 일은 그 자신의 세계에서 이 구조가 어떤 순서로 만들어졌는지를 알아내는 것이다. 어려운 작업이었다. 초보 마법사나 비밀을 그리 중시하지 않는 중급 마법사가 만들어 낸 것과는 달리, 주문의 발단發端은 당장 눈에 띄지 않았기 때문이다. 기가 막히게 정교한 작품이었고, 이것을 만들어 낸 인물의 탁월한 능력에 본의 아니게 감탄할 수밖에 없었다.

갈고리는 다른 지점에서 또 속도를 늦췄고 — 낮은 위치에 있는 모퉁이였고, 마치 그곳에 있는 무엇인가를 보고 갑작스레 흥미를 느낀 듯했다 — 그곳을 지나 예각을 이루는 모퉁이 앞에서 또 멈췄다. 홀룬은 수동적인 차폐막을 계속 유지했다. 설령 눈앞의 주문이 활성화되더라도 아직은 도망칠 수 있었다. 상황이 위험스러워지는 것은 조금 더 뒤의 일이다. 지금 같은 예비 단계에서 위험을 무릅쓰는 일은 저 정령에게 맡겨 놓으면 된다.

정령이 또다시 예의 낮은 모퉁이 앞에서 속도를 늦추면서 거의 정지하려는 듯한 움직임을 보이자 홀룬은 그 지점에 모든 주의력을 집중했다.

그렇다. 주문 전체의 맥동이 약해진 순간, 홀룬은 바로 그 지점에서 거미줄처럼 가느다란 극미極微의 지각적知覺的 쐐기를 박아 넣을 수 있는 부자연스러운 접합점을 보았음을 확신했다. 그러나 정령이 그 사실을 알아차린 것 같지는 않았다. 다시 예각적인 모퉁이로 되돌아가서 정지했기 때문이다.

홀룬은 그 광경을 지켜보았다. 앞으로 무슨 일이 일어날지를 확신하고 있었다.

갈고리는 날카로운 끄트머리를 연장시켜서 우리와 접촉했고, 접촉점에 심령적인 압력을 가했다. 그러자마자 차갑고 파란 방어자는 압축이 풀린 스프링처럼 재빠르게 인접한 모퉁이로 돌진했다. 갈고리는 몸부림치며 빠져나오려고 하다가 움직임을 멈췄다. 갈고리의 크기가 점점 줄어들더니 잠시 후에는 완전히 흡수되며 사라졌다.

파란 나선은 그곳에서 떨어져 나가며 동작을 멈췄다. 아까보다 더 밝게 맥동하고 있는 것을 알 수 있었다. 몇 번 더 그렇게 맥동하더니 이번에는 다른 모퉁이에 접촉했다. 그러자 방금 획득한 여분의 밝기가 주문 구조물 속으로 흡수되는 것이 보였다. 나선은 구르듯이 그 장소에서 떨어져 나가서 정지했고, 또다시 흐릿한 파란 존재로 되돌아갔다.

홀룬은 더 가까이 접근했다. 이제는 아까 그 정령이 주문을 관찰하는 동시에 차단하고 있었다는 사실을 알 수 있었다. 처음 보았을 때는 구조의 일부라고 생각했던 부분들이 깜박거리며 스러져가고 있다. 이 주문이 효력을 발휘하기 위해서는 닫혀야 하는 빈 공간들 사이에 쐐기를 박아 놓았던 것이다. 쐐기들이 사라지는 것을 바라보면서, 홀룬은 이곳으로 정령을 불러낸 인물에 관해 생각했다. 방금 정령이 사라진 것을 알아차린다고 해도 관찰과 차단을 당장 속개할 목적으로 또 다른 정령을 소환하기 위한 조건을 갖추려면 시간이 걸릴 것이다. 그리고 정령에게 그런 임무를 맡기는 일에도 시간이 걸린다. 따라서 홀룬에게는 방해를 받지 않고 해야 할 일을 할 수 있는 시간이 주어졌다는 얘기가 된다.

물론 홀룬이 그런 일을 하고 있는 사이에 누군가가 주문을 작동시키지 않는다면 말이다. 그런다면 홀룬은 파괴당할 것이다.

홀룬은 낮은 곳에 있는 모퉁이를 향해 전진했다. 이제 마지막으로 남은 문제는 주문이 어떤 방향으로 흐르는지를 확인하는 일이었다. 홀룬에게는 두 가지 선택지가 있었다. 만약 그중 하나를 잘못 선택해서 주문 내부를 거꾸로 통과한다면 주문 자체가 해체되어 버린다.

선 하나가 인접한 다른 선보다 더 가느다란 것은 그때 마법사가 발한 목소리의 음정 쪽이 더 높았다는 뜻이다. 주문이 시작될 때의 음정은 끝날 때보다 더 낮은 것이 보통이지만 언제나 그런 것은 아니었다. 사실 이 두 선 모두가 예비적인 몸짓을 나타내고 있을 수도 있었다. 홀룬은 더 가까이 다가가서 두꺼운 쪽의 선과 한순간 접촉했다.

파란 나선이 번개처럼 다가왔지만 그것이 도착했을 무렵 홀룬은 이미 뒤로 물러난 후였다. 정보 하나를 가지고 말이다. 접촉했을 때 선은 메아리쳤다! 따라서 저것은 입으로 말한 단어이지 몸짓은 아니라는 얘기가 된다.

홀룬은 나선이 복귀할 때까지 관찰하며 기다렸다. 나선은 아까만큼 재빨리 제자리로 돌아가지는 않았고, 그 자리에서 천천히 떨어져 나가며 큰 모퉁이들을 조사하고 있는 듯했다.

앞뒤 끄트머리 어느 쪽을 통해서든 일단 주문 본체에 들어가기만 하면 저 나선의 간섭을 걱정할 필요가 없어진다. 구조물이 실제로 작동하는 동안 나선은 일시적으로 휴지기에 들어갈 것이기 때문이다. 유일한 위험이 있다면 홀룬이 주문을 따라가는 동안에 누군가에 의해 주문이 쓰이는 경우일 것이다.

나선이 완전히 제자리로 돌아가자 홀룬은 가느다란 선 쪽을 울려 보고는 즉시 후퇴했다.

홀룬은 예상대로 반응을 보인 나선을 무시하고 방금 얻은 여분의 정보를 소화하는 데 주력했다. 또다시 메아리가 돌아왔다. 따라서 주문은 하나의 단어로 시작되고 하나의 단어로 끝난다는 얘기가 된다.

낮은 음정의 단어가 주문의 발단일 가능성이 있다는 가정을 제외하면, 예의 모퉁이를 이루는 어느 쪽 선이 시작이고 어느 쪽이 끝인지를 확실하게 알 수 있는 방법은 여전히 없었다. 홀룬은 뒤로 물러나 주문 전체를 다시 한 번 바라보며 눈에 보이는 패턴의 전체적인 인상을 파악해 보려고 노력했다. 기억을 뒤져 이와 비슷한 것들을 찾아내서 비교해 본다. 궁극적으로는 아까부터 마음속에서 계속 자라나고 있던 완전히 주관적인 느낌을 신뢰하는 수밖에 없다는 결론이 나왔다.

홀룬은 앞으로 돌진해서 가느다란 선 *끄트머리*를 뚫고 들어갔다. 차갑고 파란 존재의 공격은 이제 홀룬의 지각 너머에 있었다. 그것이 도착했을 때는 이미 주문 시스템 내부를 이동하고 있었기 때문이다.

홀룬은 사방팔방에서 울려 퍼지는 첫 번째 단어 — 상당히 표준적인 개시음開始音 — 를 듣고 자신의 추측이 옳았음을 깨달았다. 주문 속을 전진하며 각 몸짓의 인상을 흡수하고, 각 단어의 내부에서 그것을 실감하고, 이것들 모두를 뇌리에 확실하게 새긴다. 주문 끝에 도달하자 간극을 뛰어넘어 두 번째 순회를 시작했다. 이번에는 각론을 복습한다기보다는 전체적인 인상을 얻기 위한 것이었다. 다시 한 번…….

홀룬은 이 주문의 교묘하기 이를 데 없는 설계에 혀를 내둘렀다. 홀룬 자신도 언젠가는 반드시 이와 비슷한 이동 장치를 손에 넣을 것이다. 요즘은 어디를 가도 이토록 뛰어난 주문 실력을 볼 수가 없다…….

다시 한 번.

이제는 예전보다 더 비평적인 눈으로 관찰하며 움직였고, 공격에 가장 적합한 지점을 찾아서…….

"아하!"

일곱 번째 단어는 경자음硬子音으로 끝났고, 여덟 번째는 경자음으로 시작되고 있었다. 스물세 번째와 스물네 번째 단어의 경우도 마찬가지였다. 홀룬은 또다시 그곳을 지나가 보았다. 7—8의 조합 쪽 휴지休止 간격이 약간 더 길었다.

다음에 지나갔을 때 그 간극에 연음軟音의 t를 넣어 보았다. 설령 젤레락이 자기 자신의 주문을 감사監査하더라도 두 개의 자음 사이에 끼어 있기 때문에 알아차리지 못할 것이다.

그런 다음 이 특별한 요소로부터 떨어져 나와 단순한 부副 주문 시스템을 만들어 냈다. 이 시스템의 선들은 모두 기존의 주문 요소들과 평행한 형태로 그 위에 겹쳐져 있었다. 이 작업이 끝나자 또다시 주문 본체를 통과해 보았지만, 그 어떤 것도 삭제하지는 않았다. 다음번에 통과했을 때는 t를 활성화 시키고 자기 자신의 시스템 속으로 파고 들어갔다. 완벽했다. 이 부 주문은 젤레락 자신의 시스템 심장부를 실제로 사용하고 있었지만, 연결 고리 자체는……

홀룬은 자신의 존재로부터 이끌어 낸 에너지를 그가 만든 시스템 안으로 조금씩 흘려 넣음으로써 시스템을 활성화시켰다. 구조 전체가 사라지더니, 홀룬은 자신의 거울 속에서 누워 있는 자기 모습을 바라보고 있었다. 마음속으로 차갑고 파란 존재를 향해 조롱하듯이 혀를 내밀어 보인다.

거울에서 나와 진동율을 낮춘 다음 눈을 떴다. 기지개를 켜고 미소 짓는다. 성공이었다. 발자국도 전혀 남기지 않았다.

일어나서 또다시 기지개를 켜고 이마와 관자놀이를 주물렀고, 눈을 문질렀다. 검은 수정을 꺼내 와 준비하면서 잇달아 하품을 하기 시작했다. 그러나 홀룬은 힘을 모아 정신을 집중했고 멜리아쉬의 이름을 불렀다.

멜리아쉬의 상像이 나타났다.

"여어." 홀룬은 말했다. "상황은 어떤가?"

"홀룬! 무슨 일이 일어난 거지? 왜 그렇게 오랫동안 연락이 없었던 거야?"

"골치 아픈 문제와 씨름하고 있었어. 실은 젤레락의 거울에 관해 자네에게 할 얘기가……"

"이동용 거울 말이야?"

"바로 그거야. 방금 그 성에 있는 이동용 거울의 주문에 조금 장난을 쳐 놓았지."

"장난을 쳐 놓았다고?"

"그래. 얼어 죽을 정령들이 방해만 않는다면, 그 거울은 젤레락이 원할 때마다 그 작자가 원하는 대로 작동할 거야. 내가 그 주문과 거울과 성에 마음대로 드나들 수 있다는 사실을 까맣게 모르는 채로 말이야."

"그런 일이 가능하다는 얘긴 들어본 적도 없군."

"내가 직접 개발한 교묘한 테크닉을 썼지."

"그럼 그걸 가지고 어떻게 할 작정인가?"

홀룬은 하품을 했다.

"잠에서 깬 다음에 결정해야겠지. 지금은 일단 뜨거운 물로 목욕을 하고 낮잠을 자야 해. 죽었다 깨어난 기분이군."

"하지만 자네가 그런 일을 했다는 건 '협의회'를 설득해서 어떤 행동에 나서도록 했다는 얘기 아닌가."

"어이, 멜리아쉬! 자네도 잘 알지 않나. 내가 그 작자들로부터 ― 그것도 우발적으로 ― 얻어낼 수 있었던 건 그런 거울들이 존재한다는 정보뿐이었어. 매사냥할 때 쓰는 장갑을 끼더라도 젤레락에게는 손을 댈 생각이 없는 작자들이지."

"그럼 누구 허락을 받고 그 주문에 손을 댔던 거지?"

"아무 허락도 받지 않았어. 내가 자발적으로 한 거야."

"협의회에서 알게 된다면 자네 입장이 곤란해지지 않을까?"

"일개 시민 자격으로 그랬을 경우에는 상관없지. 회의가 끝났을 때 나는 항의의 표시로 '협의회'에서 사임했거든."

"아, 그건 유감이군."

"오. 사임한 건 이번이 처음이 아냐. 무슨 일을 하려면 이제 좀 쉬어야겠어. 그때까지 잘 있게나."

홀룬은 수정을 공백으로 만들고 케이스에 집어넣은 다음 문을 향해 걸어갔다. 방에서 나가면서 손으로 딱 하는 소리를 냈지만 뒤를 돌아다보지는 않았다.

처음에는 문을 두드리는 소리를 무시했다. 그러나 그 소리가 계속되는데도 불구하고 리샤가 응대를 하지 않는 것처럼 생각되자, 세미라마는 모피와 쿠션 더미에서 일어나서 방을 가로질렀다.

"누구?"

문을 살짝 열어도 아무도 보이지 않았기 때문에 활짝 열어젖혔다.

회랑은 텅 비어 있었다.

세미라마는 문을 닫고 부드러운 쿠션과 향, 오래된 포도주와 기억의 장소로 되돌아왔다. 한순간 공기가 반짝거리는 듯하더니, 태피스트리와 휘장이 마치 닫힌 방 안을 스치고 지나간 산들바람에 휘날리듯이 펄럭거렸다.

"세미라마님. 여왕이시여, 제가 왔습니다."

주위를 둘러보았지만 아무도 보이지 않았다.

"여기입니다."

노란색 상의와 가죽 바지를 입은 흑발의 사내가 침대 발치에서 고개를 숙이고 세미라마의 오른쪽을 바라보고 있었다.

사내는 고개를 들고 미소 지었다.

"누, 누구?"

세미라마는 말했다.

"당신의 종복인 젤레락입니다. 이곳에 오기 위해 변장할 필요가 있었습니다. 이 모습이 재미있어서 그대로 놓아두고 있습니다. 당신의 마음에도 들면 좋겠군요."

"물론 마음에 듭니다." 세미라마는 서둘러 웃음을 지으며 말했다. "언제 도착하셨습니까?"

"아까 막 도착했습니다. 그러자마자 곧장 여기로 온 겁니다. 인사를 드리고, 우리의 '오래된 자'가 어떤 문제를 야기하고 있는지를 알기 위해서."

"지금 우리가 당면한 문제는 그가 깊은 광기에 빠져 있다는 점입니다."

"아. 그럼 그 상태는 얼마나 오랫동안 지속되고 있었습니까?"

젤레락은 세미라마를 뚫어지게 바라보며 물었다.

"반시간 정도입니다. 그걸 미리 예상하고 제게 얘기해 주더군요. 광기가 시작되었을 때는 함께 있었습니다."

"그렇군요. 그렇지만 성 주위의 땅은 그보다는 조금 더 긴 시간 동안 교란 상태에 빠져 있었습니다. 그점은 어떻게 설명될 수 있을까요?"

"오." 세미라마는 잔을 들어올리고 포도주를 한 모금 마시고는 주류 캐비닛을 손짓해 보였다. "원하신다면 한 잔 하시지요."

"감사하지만 저는 거의 그런 습관이 없어서."

이 사실을 이미 알고 있던 세미라마는 고개를 끄덕였다.

"제 지시에 따라 그랬던 겁니다."

"그걸로 제가 본 그 패턴을 설명할 수 있겠군요. 저도 인간의 마음이 관여하고 있다는 인상을 받았으니까요. 그 이유를 설명해 주시겠습니까?"

"당신이 이곳에 없을 때를 틈타서 이곳으로 침입하려던 모험자들을 막기 위해서였습니다. 점점 골칫거리가 되어 가고 있던 참이라서요."

"그 탓에 저도 들어오기가 힘들었습니다."

"하지만 당신에게는 거울이 있지 않습니까."

"거울은 작동하고 있지 않았습니다."

"저도 오늘 저녁에서야 그런 것이 아닌가 의심하기 시작했습니다. 바란이 했던 어떤 말이 마음에 걸리더군요. 그래서 저는 투알루아에게 명해서 거울을 가로막고 있던 장애물을 광기가 시작되기 전에 배제했습니다. 거울을 통해서 이렇게 오신 것이 아닙니까?"

젤레락은 고개를 가로젓고 또다시 미소 지었다.

"그보다 힘든 방법을 써야 했습니다. 그렇다면 바란이 제 이익에 반하는 모종의 일을 획책하고 있다고 말씀하고 싶으신 겁니까?"

"확신은 없습니다. 당신을 위해 거울을 수리하려고 했을지도 모릅니다. 그 작동을 방해하고 있는 것을 제거하는 방법으로."

"두고 보면 알겠지요. 투알루아가 직면한 문제는 제가 생각하고 있는 바로 그 문제입니까?"

"암흑면의 성질이 솟구쳐 올라오면서 그것에 저항하고 있는 중입니다."

"흐음. 불행한 일이군요. 그럴 경우에는 한층 더 다루기 힘들어질 테니까 말입니다. 그 자체로서는 칭찬할 만한 성질이긴 하지만 그만큼 이기적이 되는 경향이 있으니. 그렇다면 우선 투알루아를 제정신으로 돌아오게 만들어서 저를 이 가벼운 쇠약 상태에서 회복시키도록 하는 것이 급선무인 듯하군요."

"투알루아를 도와줄 수는 없습니까? 일시적으로 완화시키는 것 이상으로?"

"유감이지만 불가능합니다. 그 누가 자기 자신의 어두운 성질을 극복할 수 있겠습니까? 그건 그렇고⋯ 혹시 어디로 가면 쉽게 처녀를 구할 수 있는지 알고 계십니까?"

"모르겠습니다. 아마 젊은 하녀들 중에서 하나를 고르면⋯⋯. 무슨 일로 필요한 것인지요?"

"오, 우리의 '오래된 자'를 제정신으로 되돌리기 위해서는 지루하기 짝이 없는 인신 공양이 필요하기 때문입니다. 제가 지금보다 더 나은 상태라면 그런 것은 필요 없겠지만, 현재는 그럴 수밖에 없습니다. 사실 지금 당장 그래야 좋을 것 같군요. 그러니까 이제 가 봐야 하겠습니다, 여왕님."

"아듀, 젤레락."

"나중에 통역을 위해 당신의 도움이 필요해질지도 모르겠습니다."

"여기서 기다리고 있겠습니다."

"좋습니다."

젤레락은 방을 가로지른 다음 문을 열었고, 뒤를 돌아다보
며 언뜻 미소를 짓고 고개를 끄덕이고는 밖으로 나갔다.

세미라마는 잔을 만지작거리며 거울을 이제 쓸 수 있을지,
또 거울이 한 명 내지는 그 이상의 사람을 얼마나 멀리까지
보내 줄 수 있을지를 생각했다.

딜비쉬는 사내들을 바라보았고, 로르만의 흐느낌이 잦아들
자 이렇게 질문했다.

"내가 여길 나간 다음에는 어디서 무기를 손에 넣을 수 있
을지 아는 사람이 있나?"

몇몇 사내는 쿡쿡거리며 웃기만 했지만, 호지슨은 고개를
가로저었다.

"몰라. 무기고의 위치에 관해서는 전혀 아는 바가 없어."

"돌아다니면서 직접 찾아보는 수밖에 없을 거야." 더콘이
말했다. "행운을 비네. 그건 그렇고… 여기서 어떻게 탈출할
작정인지 물어봐도 될까?"

딜비쉬는 입에 손을 집어넣고 뺐다. 그러고는 자물통 하나
에 갖다 댔다. 무엇인가가 서로 맞닿아 끼익 거리더니 찰칵
하는 소리가 났다.

"열쇠잖아!" 갈트가 외쳤다. "저 친구 열쇠를 가지고 있
어!"

"목소리를 낮춰! 성 전체에 다 들리겠다!" 호지슨이 말했
다. "그걸 어디서 손에 넣었나, 딜비쉬?"

"귀부인한테서 선사받았다네." 딜비쉬는 이렇게 대답하며
두 번째 자물통을 열고 몸을 흔들어 쇠사슬을 떨어뜨렸다.

"지금까지 경험한 것 중 가장 기억에 남을 만한 입맞춤을 통해서 말이야."

"혹시 그 열쇠로 다른 사람들 자물통을 열 수 있을 것 같나?"

더콘이 물었다.

"글쎄."

딜비쉬는 허리를 숙이고 발에 찬 족쇄를 풀며 말했다.

허리를 펴고 쇠사슬을 걷어차고는 손을 내밀었다.

"자, 시험해 보게."

더콘은 열쇠를 낚아챈 다음 자기 자물통에 꽂아 보았다.

"이건 아냐, 빌어먹을! 아마 이쪽 자물통이라면……."

"나한테 줘 봐, 더콘! 혹시 내 것에 맞을지도 몰라!"

"여기로 보내!"

"내 걸 열어볼게!"

딜비쉬가 손목과 발목을 문지르고 옷의 먼지를 터는 동안 더콘은 자기 자물통을 잇달아 시험해 보았다. 마침내 더콘은 불만스럽게 으르렁거리며 호지슨에게 열쇠를 넘겼다.

"바깥에 있는 선반 위에 열쇠가 여러 개 있었네."

딜비쉬는 말을 듣지 않는 자물통에 꽂은 열쇠를 비틀고 있는 호지슨을 향해 이렇게 말하고는 몸을 돌려 문간으로 갔다.

"기다려! 기다려!"

"가지 마!"

"열쇠를 가져와!"

"열쇠를 가져와!"

딜비쉬는 밖으로 나갔다. 등 뒤에서 들려오던 고함소리는 욕설로 바뀌었다.

노르스름한 회오리바람이 독방 한복판에 느닷없이 출현하더니 온갖 이국적인 향기가 방 안을 가득 채웠다. 허공에서 개구리들이 잔뜩 나타나서 짚이 널린 독방 바닥에 떨어졌다. 개구리들은 여기저기로 튀기 시작했다. 바람은 방을 가로질러 문간에서 정지했다.

잠시 후 문간 뒤에서 사람 하나가 나타나더니 열쇠가 잔뜩 달린 고리를 회오리바람 너머로 던졌다. 열쇠고리는 베인과 갈트 사이에 있는 돌턱 위에 떨어졌다. 짧은 침묵이 흐른 후 사내들은 일제히 날카로운 어조로 속삭이기 시작했다. 열쇠를 던진 사내는 뒤로 물러났다. 회오리바람은 초록색으로 변했다. 개구리들이 울기 시작했다.

딜비쉬는 벽의 까치발에서 횃불을 뽑아 들고 자신이 끌려온 길을 되돌아가기 시작했다. 교차하는 터널이 나왔을 때 안쪽에서 무엇인가가 후다닥 달려가는 흥미로운 소리가 들려왔고, 또 그런 터널 깊숙한 곳에서 딜비쉬 자신의 이름을 부르는 낮고 윙윙거리는 목소리가 들려온 적도 있었지만 무시했다. 마침내 올바른 모퉁이라고 생각되는 지점에 도달한 딜비쉬는 왼쪽으로 돌았다. 횃불이 깜박거리고, 벽에서는 물방울이 뚝뚝 떨어지고, 천장에서 튀어나온 육중한 피질皮質의 물체는 마치 숨을 쉬듯이 조금씩 맥박치고 있었다. 오른쪽으로 굽어지는 모퉁이를 다시 돌았다. 다음 순간에는 또 다른 십자로에 서 있었다. 몸을 돌려 각 방향을 한 번씩 마주본다. 예전에도 이런 교차로가 있었을까?

지금까지는 제대로 길을 찾아온 것 같았지만, 부축을 받으며 층계를 내려오고, 그 후로 잠시 더 끌려오는 동안에는 반쯤 정신을 잃고 있었다……

딜비쉬는 왼쪽 집게손가락을 입에 넣어 침을 묻히고 횃불을 든 손을 등 뒤로 한껏 뻗었다.

손가락을 들어올리자 왼쪽에서 오른쪽으로 흐르는 공기의 차가운 흐름이 느껴졌다. 횃불을 들어올리고 그쪽을 향해 가기 시작한다.

잠시 후 층계의 최하단이 나타났다. 그렇다. 여기를 통해 온 것이다.

그쪽을 향해 갔다.

어둠 속을 천천히 올라가자 불이 켜진 문간이 위쪽에 나타났다. 딜비쉬의 왼쪽에는 벽이 있었고, 오른쪽은 아무 것도 없는 빈 공간이었다.

층계 정상에 도달하기 전에 횃불을 벽에 문질러 끄고 떨어뜨렸다. 문간 너머의 홀은 밝게 조명되어 있었기 때문이다. 오른쪽에 보이는 모퉁이에서 희미한 음악소리가 흘러나왔다.

천천히 나아가서 모퉁이 너머를 슬쩍 보았다. 아무도 보이지 않는다. 그러나……

무엇인가가 있었다. 찢겨 나간 태피스트리 부근에 쓰러져 있는 그것 주위의 바닥 타일이 검게 젖어 번들거리고 있다.

벽의 눈에 보이는 부분에 혹시 전시된 무기가 하나라도 없을까 둘러보았다.

바닥에 쓰러져 있는 물체는 꼼짝도 하지 않았다. 그 주위의 젖은 부분은 아까보다 더 넓어진 것처럼 보였다.

딜비쉬는 검은 물체를 향해 소리 없이 나아갔다. 반쯤 나

아갔다가 얼어붙었다. 악마, 그가 연못의 수렁 속에서 꼼짝
도 못하고 있었을 때 다가왔던 바로 그 악마였다. 마치 눌러
으깬 과일처럼 비비 꼬이고 박살이 나 있다.

딜비쉬는 더 이상 다가가지 않고 그냥 그 자리에 서서 악마
를 바라보며 생각에 잠겼다. 곧 뒤로 물러났다. 악마가 흘린
체액 냄새가 코를 찔렀기 때문이다. 어깨 너머로 뒤를 돌아보
고, 홀 전체를 조감했다. 왼쪽 벽을 따라 한참을 간 곳에 넓
은 입구가 하나 보이고, 오른쪽에는 작은 문이, 반대편 벽에
는 양쪽으로 여닫는 거대한 문이 하나 나 있다. 마음속에서
매우 불편한 느낌이 끓어올랐다. 이 홀을 지나갈 생각은 전혀
없었다.

지옥 주민의 유해 너머에 걸려 있는 태피스트러 왼쪽의 벽
감壁龕 내부에 반쯤 열린 문이 보였다. 박살난 시체를 가급적
멀리 우회해서 그 방향으로 갔다.

문 너머는 조용하고 어둑어둑했다. 몸이 빠져나갈 정도로
만 문을 밀고 지나간 뒤에 손을 놓자 문은 원래 위치로 천천
히 되돌아갔다. 문은 앞뒤로 움직이며 조금 삐걱거리는 소리
를 냈다.

좁은 복도를 지나가자 유리로 만든 풍경風磬이 내는 듯한
소리와 풀을 깎은 들판에서 나는 듯한 냄새를 동반한 엷은 보
랏빛 안개가 옆으로 흘러갔다. 그릇 씻는 곳, 식료품 저장실,
작은 침실, 별 모양을 한 분홍색 석판 위의 허공에서 파란 불
이 타오르고 있는 팔각형 방을 지나친다. 방들은 모두 인기척
이 없었다.

마침내 좌우로 이어지는 넓은 복도에 도달했다. 어딘가 왼

쪽에서 목소리가 들려왔기 때문에 멈춰 서서 귀를 기울였다. 알아들을 수 없을 정도로 먼 곳에서 웅얼거리는 소리인 듯했기 때문에 모퉁이에서 고개를 내밀고 슬쩍 엿보았다.

아무도 없었다. 목소리는 회랑을 따라 난 몇 개의 열린 문들 중 하나에서 들려오는 듯했다.

벽가에 바싹 붙어 그 방향으로 움직이며 누군가가 갑자기 회랑으로 나올 경우 몸을 숨길 수 있는 물체나 벽감 따위를 찾아보았다. 그런 것은 없었지만, 그 무렵 목소리는 상당히 뚜렷해져 있었다. 딜비쉬는 이곳이 하인들이 거주하는 장소라는 인상을 받았다.

그러나 조금이라도 딜비쉬의 흥미를 끈 말이 들려올 때까지는 몇 분을 더 기다려야 했다.

"…돌아온 게 틀림없어."

무뚝뚝한 남자 목소리가 말했다.

"간섭이 잠시 멈췄다고 그러는 거야?"

여자 목소리가 대꾸했다.

"바로 그거야. 여기로 들어올 수 있도록 멈췄던 거야."

"그럼 왜 아직도 본 사람이 없지?"

"왜 우리 같은 작자들 앞에 모습을 드러내야 한다는 거지? 보나마나 바란이나 여왕 아니면 그 두 사람 하고 같이 위에 있을 거야."

딜비쉬는 그로부터 몇 분이나 더 귀를 기울이고 있었지만 들을 가치가 있는 정보는 더 이상 엿듣지 못했다. 그러나 성으로 돌아왔다는 인물이 젤레락이라는 점은 명백했고, '위'라는 표현은 위층을 가리키고 있는 것인지도 모른다. 딜비쉬는 옆걸음질을 치며 물러선 다음 몸을 돌려 반대 방향으로 가기 시작했다.

　15분쯤 신중하게 여기저기를 돌아다니다가 층계가 시작되는 곳으로 왔다. 층계 아래에서 귀를 기울이며 한참을 기다렸다가 재빨리 뛰어 올라갔다.

　층계 위의 공간은 단순한 복도보다 훨씬 더 넓었다. 바닥에는 융단이 깔려 있었고, 벽에는 호화로운 태피스트리가 걸려 있었다. 딜비쉬는 벽을 따라 움직이며 무기를 찾아보았다.

　노란 안개가 성 밖을 흘러가며 달빛과 간헐적으로 솟구치는 불길 아래의 혼란된 풍경을 드러냈다가 감추는 일을 되풀이했다. 하늘에서는 푸르고 희게 반짝이는 마름모꼴 물체들이 날개도, 기타 별다른 특징도 없는 새처럼 기류를 타고 부유하며 급강하하고 있었다. 검고 육중한 돌출부가 몇 번 눈을 깜빡이는 사이에 자라나고, 다른 돌출부들은 그에 못지않은 빠른 속도로 내려앉는다. 이따금 번개가 치며 천둥소리가 울려 퍼졌다. 성을 둘러싼 땅의 상태는 딜비쉬가 지나왔을 때보다 오히려 더 나빠진 것처럼 보였다. 블랙과 아를라타, 그리고 마법사 웰레안드 생각이 머리에 떠올랐다. 이들 중 살아남은 사람은 그 비열한 마법사뿐인 듯 했다.

　딜비쉬는 잇달아 섬광을 발하며 몸을 떠는 세계의 풍경으로부터 눈을 돌리고 회랑을 나아가는 일에 전념했다. 마침내 융단이 깔린 넓은 층계가 또 나왔다. 아래층에서 올라오는 이 층계는 방향을 틀어 위층으로 이어지고 있었다. 층계참 위의 벽에 커다란 도끼창 한 쌍이 걸려 있었다. 그쪽으로 가서 가까운 곳에 있는 도끼창 자루를 양손으로 쥐고 들어올려 본다.

안 되겠다는 듯이 고개를 가로젓고는 신중한 동작으로 처음 걸려 있던 걸이못 위에 다시 걸어 놓았다. 너무 무거웠다. 이렇게 큰 물건을 끌고 다니다가는 힘이 다 빠져 버릴 것이다.

계속 나아가자 따뜻한 바람이 불어오더니 벽이 너울거리는 것처럼 보였다. 철벅거리는 급류가 전방에 보이는 모퉁이를 돌더니 물의 벽으로 변해서 그가 있는 쪽으로 몰려왔다. 몸을 돌려 후퇴하려고 했지만, 급류는 그와 접촉하기 전에 사라졌다. 회랑 끝에 도달했을 때 벽과 바닥은 말라 있었고, 단지 물고기 몇 마리만이 파닥거리고 있을 뿐이었다.

그러나 회랑 모퉁이를 돌자 군데군데 물웅덩이가 생겨 있었다. 물웅덩이 하나에서 유령처럼 어렴풋한 팔이 위를 향해 쑥 올라왔다. 검을 쥐고 있었다. 딜비쉬는 앞으로 성큼성큼 걸어가서 검을 홱 낚아챘다. 팔이 사라지더니 그 즉시 검이 녹기 시작했다. 얼음으로 된 검이었다. 웅덩이 위에 그것을 떨어뜨리고 그 장소를 떠났다.

회랑을 따라 여러 개의 문이 나 있었고, 그중 일부는 반쯤 열려 있었고, 나머지는 닫혀 있었다. 닫힌 문이 나올 때마다 그 앞에 멈춰 서서 귀를 기울였지만 아무 소리도 들리지 않았다. 열린 문일 경우에는 안을 들여다보았다. 그러고는 처음 마주친 닫힌 문으로 되돌아가서 밀어 보았다. 잠겨 있다. 두 번째도 잠겨 있었고, 세 번째도 마찬가지였다.

회랑 끄트머리까지 가자 비스듬하게 왼쪽을 향하고 있는 낮은 층계가 있었다. 재빨리 올라간다. 천장은 아까보다 더 낮았지만 융단과 벽걸이들은 더 호화로웠다. 좁은 창문을 통해 성 본체의 일부가 보였다. 위쪽 흉벽胸壁을 따라 유령 같은 물체들이 움직이고 있는 것이 보인다. 이번 회랑에 난 문들 역시 꿈쩍도 하지 않았다. 서둘러 전진한 다음 왼쪽을 향하고 있는 또 다른 낮은 층계를 올라갔다. 층계는 높은 천장을 가진 회랑으로 이어지고 있었다. 조명도 밝았고, 지금까지 보거나 가로지른 그 어떤 회랑보다도 호화롭게 장식되어 있었다.

오른쪽에 난 첫 번째 문은 잠겨 있었지만 두 번째는 그렇지 않았다. 밀어 보니 아주 조금 열리는 것을 깨닫고 딜비쉬는 잠시 망설였다. 이 문 너머의 방에는 사람이 있다는 사실을 직감했기 때문이다.

스스로의 결의를 점검해 보고, 그것이 전혀 흔들리지 않았다는 사실을 확인했다. 만약 젤레락이 이 방 안에 있고, 다른 수가 효력을 발휘하지 못한다면, 여전히 최후의 수단에 해당하는 무기를 쓸 결심이 서 있었다. '외포畏怖의 주문'은 성과 그 내부에 있는 모든 것들 — 딜비쉬 자신을 포함해서 — 을 완전히 파괴할 것이다. 주문의 범위 내에 있는 모든 물체가 가루와 재가 될 때까지 결코 끌 수가 없는 않는 화염으로.

문을 밀어 재치고 성큼성큼 앞으로 걸어나갔다.

"셀라! 와 췄군요!"

세미라마는 이렇게 외쳤고, 다음 순간에는 딜비쉬의 품에 안겨 있었다.

제8장

　곱슬곱슬한 머리카락과 수염을 가진 거구의 사내는 한손에
거대한 검을 쥐고 '초시간성'의 지하 터널을 성큼성큼 나아
갔다. 왼쪽 어깨와 왼쪽 가슴을 가로질러 갈비뼈로까지 이어
지는 긴 열상裂傷은 아직 딱지가 앉지도 않았다. 조금 전에는
어떤 통로 위쪽에서 그를 덮친, 피질皮質의 몸을 가진 이름
모를 괴물과 어둠 속에서 싸웠다. 여전히 어둠 속을 나아가고
있는 사내의 동공은 비정상적으로 확대되어 있었다. 사내가
내뱉는 욕설은 멜브리니오논사드사쩨르스텔드레간딧쉬휄트
셀리오르의 그것을 기묘할 정도로 닮아 있었다. 위쪽 홀에서
이 악마와 조우했을 때는 훨씬 더 시끄러운 소음을 냈지만 악
마의 말로는 아까 처치한 그 괴물과 같았다. 사내가 욕설을
내뱉은 것은 방금 지나온 터널의 어떤 지점을 돼지를 닮은 괴
물이 떼를 지어 우르르 통과하면서 지금까지만 해도 성공적
으로 추적해 올 수 있었던 냄새를 뒤죽박죽으로 만들어 버렸

기 때문이었다. 이제는 자신이 어디 있는지도 알 수 없었고, 또다시 그 냄새를 찾기 전에는 정처없이 터널 안을 헤매는 수밖에 없었다.

그러나 그 무엇보다도 분통이 치미는 것은 얼마 전 찾고 있던 인물을 눈으로 보았으면서도 놓쳤다는 사실이었다. 옆길 하나를 달려가는 것을 두 눈으로 똑똑하게 보았다는 확신이 있었다. 큰 소리로 그 이름을 외치기까지 했지만 아무 대답도 돌아오지 않았다. 그 지점에 도달했을 때 문제의 인물은 이미 사라져 있었다. 그래도 한동안은 그 냄새를 성공적으로 추적할 수 있었지만, 그 저주받을 돼지 냄새가 풍겨 온 다음부터는 뒤죽박죽이 되었다가 급기야 사라져 버리고 말았던 것이다.

또다시 터널이 교차하는 지점에 도달한 사내는 왼쪽으로 돌았고, 다음 교차점에서도 또 왼쪽으로 돌았다. 어느 길을 택하든 그리 중요한 것 같지는 않았다. 유일하게 중요한 것은 끊임없이 움직이는 일이다. 그런다면 늦든 빠르든 간에······.

목소리가 들린다!

사내는 뒤를 돌아다보았다. 아니다. 뒤가 아니라 어딘가 앞쪽이다.

빠른 걸음으로 전진하자 목소리는 점점 더 커졌다. 앞쪽에 교차점이 보이자 사내는 달려가서 교차점 한복판에 섰다. 천천히 몸을 돌리다가, 마침내 오른쪽으로 이어지는 터널을 마주보았다.

저기가 맞다.

길이 구부러지는 곳, 꺾이는 곳이 있었다. 그 너머 어딘가에서 사람들이 움직이며 대화를 나누고 있었다. 사내는 그쪽을 향해 나아갔지만 서두르고 있지는 않았다. 이미 어렴풋한 빛이 사내가 있는 곳으로 반쯤 비쳐 오고 있었다.

모퉁이를 돌자 다른 사내들의 모습이 보였다. 또 다른 교차점에서 오른쪽에서 왼쪽으로 이동하는 중이었다. 선두에 선 사내는 횃불을 높게 치켜들고 있다. 노인 한 명을 포함해서 여섯 명쯤 되어 보였다. 뭐라고 말하고 있는지를 알아들을 수는 없었지만 기쁜 듯한 어조였다. 잘 보니 누더기를 걸치고 있었다. 가까이 다가가면서 사내는 이들의 체취가 아주 강하다는 사실을 깨달았다. 마치 위생 설비가 전무한 장소에 오랫동안 갇혀 있었던 듯한 냄새였다.

사내는 어둠 속에 서서 일행이 지나가는 것을 바라보았다. 잠시 후에는 그들이 지나간 터널 안으로 가서 서 있었다. 곧 그들이 왔던 방향으로 몸을 돌려 전진하기 시작한다.

잠시 후 커다란 방이 나타났다. 까치발에 끼워진 횃불이 거의 타들어 가고 있었다. 왼쪽에는 쇠사슬과 자물통 따위가 놓인 선반이 있었다. 방구석 여기저기에 먼지를 뒤덮어 쓴 고문 기구 몇 개가 널려 있었다.

냄새는 방을 가로질러 열린 문간을 향하고 있었다. 그가 찾고 있는 냄새 또한 이곳 냄새와 뒤섞여 있었다. 사실 조금 전에 이 방향을 향해 오기 시작했을 때부터 그 사실을 깨닫고 있었다. 그리고 이 방에서 그 냄새는 한층 더 강해지고 있었고, 저 문간 너머로는……

사내는 문지방 위에 멈춰 서서 안을 들여다보았다. 독방은 텅 비어 있었다. 횃불은 여전히 그 안에서 타오르고 있다. 벽 여기저기에 박힌 고리에는 주인 없는 쇠사슬이 매달려 있었다. 자물통은 모두 독방 바닥에 널려 있었다.

사내는 앞으로 움직이려다가 다시 멈춰 섰다.

독방 바닥에……

손에 쥔 검을 뻗어 골풀과 지푸라기 더미를 옆으로 밀어 놓자 그 아래의 지면에 무엇인가가 길게 뻗어 있었다. 어딘가 눈에 익은……

갑자기 훅 하고 숨을 들이키고는 충격을 받은 듯이 뒤로 물러섰다. 이마에서 식은땀이 배어 나오고, 입에서는 저주가 흘러나온다.

사내는 검을 뒤로 홱 잡아 빼고는 칼집에 넣었다.

그런 다음 뒤돌아서서, 다시 온 길을 따라 회랑을 나아가기 시작했다. 다른 사내들이 남긴 강한 인간의 체취는 쉽게 따라갈 수 있었다. 그 돼지를 닮은 것들조차도 이 냄새를 완전히 지울 수 있을 것 같지는 않았다.

젤레락은 삼각대에 올려놓은 작은 놋쇠 종지 앞에 서 있었다. 조금씩 차이가 있기는 하지만 공통적으로 불쾌감을 유발하는 물질들이 그 안에서 타오르고 있었다. 톡 쏘는 자극적인 연기가 젤레락 앞에서 피어오르며 소용돌이치고 있었지만, 냄새 자체는 꼭 불쾌하지만은 않았다. 젤레락은 주문을 외우고, 점점 더 빠른 어조로 그것을 되풀이하기 시작했다. 종지 속에서 작은 파열음이 잇달아 들려왔고, 이따금 불꽃이 튕겼다.

연결고리가 생겨나고, 젤레락과 그가 주의를 기울이고 있는 대상 내부에서 미묘한 심령적인 압력이 쌓이기 시작한다.

또다시 주문이 끝나자 이번에는 한층 더 큰 목소리로, 한층 더 빠르게 영창詠唱을 재개했다. 종지 속에 든 혼합물은 이제 계속 탁탁거리며 불똥을 튀기고 있었다. 주문이 끝나갈 무렵 젤레락은 양팔을 크게 벌렸고, 꼼짝도 하지 않은 상태에서 고함에 가까운 소리로 마지막 주문을 내뱉었다.

연기가 한순간 소용돌이치더니, 지속적으로 버찌색 광채를 발하고 있던 종지 속의 물질이 눈부시게 타오르면서 맥동치는 빛을 뿜어냈다. 빛은 종지 위의 빈 공간으로 올라가 부유하면서 진홍색의 글자 모양을 갖추기 시작했다. 룬 문자로 '처녀'를 의미하는 단어의 머리글자였다.

이 글자가 안정된 후 젤레락이 짧은 명령을 발하자 반짝이는 기호는 천천히 그에게서 떨어져 나가기 시작했다. 양팔을 내리자 몸의 긴장이 빠져나간다. 종지에 덮개를 덮은 다음 자신이 만들어 낸 글자 뒤를 따라 아치문을 지났고, 회랑으로 나갔다.

눈높이에서 흐르듯이 움직이는 글자는 불안정한 산들바람에 실린 밝은 광선이 장밋빛 햇살에 물든 채로 검은 바다 위를 나아가는 돛을 연상시킨다. 젤레락은 왼쪽 입가에 희미한 웃음을 머금고 그 뒤를 따라 천천히 걸어갔다.

글자는 미로 같은 회랑을 누비며 대략 남쪽을 향해 움직였고, 처음 마주친 계단통 아래로 쑥 내려갔다. 젤레락은 양손을 바지 호주머니에 찔러 넣고 잰 걸음으로 글자 뒤를 따라갔고, 지상층까지 내려갔다. 글자는 주저하지 않고 왼쪽으로 돌았고, 젤레락도 그 뒤를 쫓았다.

어둠 속에서 고립된 채로 유독 빛을 발하고 있는 장소를 지나간다. 불타오르는 촛불 옆을 지나는 젤레락의 그림자가 커졌다가 작아졌고, 두 배로 늘어났다가 일그러졌다. 마치 거인에서 뿔이 난 난쟁이 사이를 왕복하는 듯한 광경이었다. 작게 하품을 하고는 꿈틀거리는 관목 — 오래 전에 그가 변신시킨 다음 진드기를 잔뜩 선사한 라이벌 마법사였다 — 옆을 지나가며 잎사귀를 하나 뜯었다. 줄기에 피가 한 방울 맺혔다.

박쥐가 날개를 펄럭거리며 지나가다가 젤레락의 곁에 한 번 살짝 내려오며 인사를 했다. 거미들이 선반 위에서 춤추고, 쥐들이 곁으로 달려온다.

마침내 글자는 아치문 아래를 지나 메인 홀로 들어갔고, 거울의 반사광 속에 휩싸였지만, 젤레락이 따라 들어가자 거울들은 모두 검게 변했다.

글자는 방을 가로질러 홀 앞쪽으로 젤레락을 이끌었고, 마침내 거대한 정문 앞의 공간에서 정지했다. 젤레락의 이마에 주름이 잡혔다. 한순간 글자 뒤에서 멈춰 섰다가 안내 주문을 중얼거렸다. 그러자 글자는 오른쪽으로 미끄러지듯이 움직이더니 옆방으로 통하는 문을 통과했다. 그 뒤를 따르는 젤레락 주위에서 거대한 시계가 똑딱거리는 소리가 커다랗게 울려 퍼졌다.

글자는 그림자에 뒤덮인 방을 가로질러 벽의 앞쪽에 난 작은 문 앞에서 정지했다.

젤레락은 여전히 양미간을 찌푸린 채로 문을 열었고, 밖으로 흘러 나가는 글자 너머를 바라보았다. 성에 인접한 지역은 안정되어 있었지만, 아래쪽에 위치한 지점부터는 상하로 요동치며 일그러지고 있었다. 격렬한 폭발이 잇달아 일어나고, 사악해 보이는 불길이 유황 냄새를 풍기는 안개 속을 떠다니고 있는 것이 보인다. 달은 이미 높았고, 황옥黃玉으로 된 가면을 쓰고 있는 것처럼 보였다. 밤하늘 전체를 수놓은 별들은 흐릿해지고, 더 멀어진 것처럼 보인다……

젤레락은 글자 뒤를 따라 성 밖으로 나갔다. 발밑의 지면이 조금 떨리고 있었다. 글자는 이제 바위들 사이를 지나는 거친 길을 닮은 공간을 따라 움직이고 있었다. 예전에는 연못이 있었지만 지금은 작은 산이 우뚝 서 있는 장소를 향해. 바위들 사이의 좁은 길을 민첩하게 내려가자 차가운 바람이 불어와 망토를 펄럭거리게 만들었다.

사면 중간까지 내려갔을 때 글자는 오른쪽 위를 향해 움직이며 울퉁불퉁하고 삐죽빼죽한 사면을 가로질렀다. 젤레락은 잠깐 주저하다가 그 뒤를 따라 오르기 시작했다.

글자는 지면 가까운 곳에서 부유하며 계속 남쪽으로 흘러갔다. 그러더니 갑자기 사라졌다.

젤레락은 글자가 다시 시야에 들어올 때까지 빠르게 걸어갔다. 글자는 커다란 바위를 우회한 다음 바위 사이에 난 균열 앞에 떠 있었다. 균열에서는 희미한 빛이 비치고 있었다.

더 가까이 가자 빛은 더 밝아졌다. 마침내 그 앞에 서자 살벌한 느낌을 주는 눈부신 불빛이 보였다. 밝게 반짝이는 룬 문자는 마치 눈앞의 불빛을 통과하는 것을 주저하듯이 좌우로 흔들거리고 있었다. 그러나 젤레락이 다른 단어를 발하자 글자는 균열 속으로 들어갔다.

젤레락이 그 뒤를 따라 들어가자 글자는 왼쪽에 보이는 모퉁이 너머로 다시 사라졌다. 젤레락도 모퉁이를 돌았다. 그곳에서 멈춰 서서 앞을 응시한다.

불로 이루어진 벽이 젤레락의 앞을 완전히 가로막고 있었다. 진홍색의, 거의 기름진 느낌을 주는 불길은 서로 합쳐졌다가 떨어지는 일을 반복하고 있었다. 탈 만한 것이 없는데도 소리 없이 활활 불타오르는 불길에서 희미한 유황 냄새가 풍겼다. 룬 문자는 불길에서 몇 걸음 떨어진 공간에서 또다시 정지한 상태였다.

젤레락은 매우 느린 걸음으로 걸어나갔다. 손바닥을 좌우로 향하고 양손을 위로 들어올린 자세였다. 불의 장막에서 1피트쯤 떨어진 곳에 멈춰 선 다음, 양손으로 각각 작은 원을 그리기 시작한다.

"이것은 '오래된 자'의 것이 아니다. 내 귀여운 존재여." 젤레락은 글자를 향해 말했다. "방사放射가 아니라 진정한 주문이야. 지극히 특이한 것이기는 하지만… 모든 것에는 약점이 있기 마련이지. 안 그런가?" 젤레락은 이렇게 말을 끝맺고는 갑자기 손가락을 구부려 양손을 앞으로 내밀었다.

그러자마자 양손을 좌우로 펼쳤다. 불길은 장막이 갈라지듯이 반으로 갈라졌다. 젤레락은 양손을 차례로 움직이며 손짓을 했다. 손목을 회전시키며, 손가락으로 딱 하는 소리를 낸다.

불길은 갈라진 위치에서 멈춰 섰다. 글자는 젤레락 곁을 획 지나갔다.

앞으로 걸어나가며 젤레락은 함께 잠든 백마와 젊은 금발 여자를 바라보았다. 유리 같은 조각으로 변해 있던 이들을 딜비쉬의 요청으로 구출한 사람은 젤레락 자신이었다. 글자는 여자의 이마에 들러붙어 있었고, 이제 사라지고 있었다.

젤레락은 한쪽 무릎을 꿇고 고개를 숙여 여자의 얼굴을 더 가까이서 관찰했다. 손을 들어올려 여자의 뺨을 때린다.

여자는 번쩍 눈을 떴다.

"뭐지……? 누구……?"

다음 순간 여자는 젤레락의 응시를 받고 얼어붙었다.

"내 질문에 대답해." 젤레락이 말했다. "내가 너를 마지막으로 본 건 반짝이는 탑 사이에서 딜비쉬라는 사내와 함께 있었을 때야. 그런데 어떻게 여기로 온 거지?"

"난 어디 있습니까?"

여자가 대꾸했다.

"성에 인접한 경사면의 동굴 안이야. 이곳으로 오는 길은 아주 흥미로운 방어 주문으로 차폐되어 있더군. 누가 만들어놓은 거지?"

"모릅니다. 그리고 여기에 어떻게 왔는지도 전혀 아는 바가 없습니다."

젤레락은 여자의 눈을 한층 더 깊숙이 들여다보았다.

"깨어나기 전에 마지막으로 기억하는 것이 뭔가?"

"우리는 가라앉고 있었습니다. 진흙 수렁 속으로. 연못 기슭에서."

"우리라고? 너 말고 또 누가 거기 있었지?"

"내 말, 스톰버드가."

여자는 이렇게 말하며 손을 뻗어 잠든 백마의 목을 어루만졌다.

"딜비쉬는 어떻게 되었나?"

"우리와 함께 연못을 가로지르다가 그곳에서 함께 옴짝달싹도 할 수 없게 되었습니다. 하지만 악마 한 마리가 다가오더니 딜비쉬를 끌어내서 언덕을 올라갔습니다."

"그럼 딜비쉬를 마지막으로 본 건 그때인가?"

"그렇습니다."

"성 안으로 딜비쉬가 운반되었는지, 안 되었는지 아나?"

여자는 고개를 가로저었다.

"그것까지는 보지 못했습니다."

"그럼 무슨 일이 일어났던 거지?"

"모르겠습니다. 여기서 깨어났습니다. 방금."

"갈수록 따분해지는군." 젤레락은 일어서며 말했다. "일어서서 나를 따라와."

"당신은 누구입니까?"

젤레락은 웃었다.

"너에게서 특별한 봉사를 필요로 하는 사람이지. 이쪽으로 와!"

젤레락은 자신이 왔던 쪽을 손짓해 보였다. 여자는 입가에 굳은 표정을 짓고 일어났다.

"싫습니다. 당신이 누구이고 또 내게서 무엇을 원하는지를 가르쳐 주지 않는 이상 그럴 생각은 없습니다."

"이젠 싫증이 났어."

젤레락은 이렇게 말하며 한손을 들어올렸다.

젤레락이 이러는 것과 거의 동시에 여자는 그와 거의 똑같은 동작으로 손을 들어올렸다.

"아하! 마법을 **조금은** 아는 모양이군."

"웬만한 마법사들 못지않게 준비가 되어 있다는 걸 알게 될 겁니다."

"잠들라!" 젤레락이 느닷없이 이렇게 말하자 여자의 눈이 감겼다. 여자의 몸이 휘청했다. "눈을 뜨고 지금부터 내가 하라는 대로 하도록. 내 뒤를 따르라."

몸을 돌리며 "민주주의라도 신봉하는 줄 알았나!"라고 덧붙인다. 여자는 젤레락의 뒤를 따라왔다.

젤레락은 여자를 이끌고 밤의 어둠 속으로 나갔고, 변화의 땅이 발하는 빛을 조명 삼아 사면으로 이어지는 가파른 길을 올라갔다.

그들은 로르만을 따라갔고, 로르만은 힘의 방사放射를 따라갔다. 어둑어둑한 층계를 올라간 다음 홀 안쪽을 가로지른다. 잠깐 멈춰 선 것은 과거에 그들을 고통에 빠뜨렸던 악마의 무참한 잔해를 발견하고 낙담과 기쁨이 뒤섞인 표정으로 바라보았을 때뿐이었다. 그들은 좁은 통로를 지났고, 통로 끝에서 오른쪽으로 돌았다.

층계를 지나 계속 전진했고, 건물 정면을 향해 북쪽으로 이동했다.

"느낌이 오기 시작했어."

더콘은 호지슨에게 속삭였다.

"무슨?"

호지슨이 물었다.

"거대한, 미친 존재가 있다는 느낌 말이야. 그 존재로부터 엄청난 힘이 쏟아져 나오면서 성 밖의 땅을 온통 뒤흔들고 있어. 이건… 두려워 몸이 떨릴 지경이군."

"적어도 두렵다는 점에서는 나도 동감이야."

오딜은 아무 말도 하지 않았다. 갈트와 베인은 손을 맞잡고 후미를 맡고 있었다. 벽이 가물거리며 여기저기에서 투명하게 변했고, 그 안쪽에서는 유령 같은 형태들이 춤을 추기 시작했다. 뭉게뭉게 피어오른 초록색 연기가 그들 곁을 흘러가며 숨을 막히게 만들었다. 천장에 난 구멍 안에서 거대한 털북숭이 얼굴이 엄숙한 표정으로 그들을 응시했다. 다음 순간 불이 번쩍 하더니 홍소哄笑가 울려 퍼지면서 얼굴은 사라졌다.

그들이 지나쳤던 첫 번째 창문을 통해 성 밖에 가로놓인 변화의 땅을 볼 수 있었다. 해골 말을 탄 해골 기수들이 하늘에서 소용돌이치는 연기를 뚫고 질주한다.

"더 가까워지고 있어!"

로르만은 쉰 목소리로 외쳤다. 다른 사람들에게는 너무 크게 들렸다.

마침내 낮은 창문들이 늘어선 회랑에 도달하자, 변화하는 풍경을 수없이 많은 각도에서 볼 수 있었다. 회랑 자체는 텅 비어 있었고 조용했으며, 여기까지 한참을 걸어오는 동안 볼 수 있었던 부자연스러운 교란도 없었다. 회랑에 발을 들여놓은 순간 아까 더콘이 경험했던 감각이 모든 사내를 엄습했다.

"바로 여기로군, 안 그런가?"

더콘이 물었다.

"아냐." 로르만이 대구했다. "조금 더 가야 해. 미친 투알루아가 꿈을 꾸면서 세계를 황폐하게 만드는 악몽을 쏟아 내고 있는 장소로 가려면 말이야. 이곳 말고도 서로 연결된 회랑이 두 개 더 있는 것 같군. 우리 계획을 실행에 옮기려면 북쪽 *끄트머리*에 있는 회랑이 가장 좋을 거야. 그러기 위해서는 투알루아가 있는 방을 지나야 하지만 말이야. 하지만 일단 거길 지나가면 우리 앞길을 막는 것은 없어."

"만약 우리가 성공해서 살아남는다면……." 오딜이 물었다. "그 직후에 일어날 교란을 틈타서 **정말로** 투알루아를 죽이려고 할 거야?"

"그 많은 힘을 버린다는 건 아깝다는 생각이 드는군……." 베인이 말했다.

"…그걸 위해서 이토록 힘든 일을 겪은 걸 생각하면 말이야."

갈트가 덧붙였다.

"아까 맹세를 한 탓에 모두 정직하게 행동하는 수밖에 없지 않나?"

로르만은 킥킥 웃으며 말했다.

"물론 그렇지."

더콘이 이렇게 말하자 호지슨이 고개를 끄덕였다.

"내게 발언권이 있는 한 그 힘 일부는 적절한 용도로 사용될 거야."

"알았어."

오딜이 대꾸했다. 떨리는 목소리였다.

그들은 회랑을 나아갔고, 창가 옆을 지났을 때는 불로 점철된 혼란스런 풍경을 바라보기 위해 잠시 발걸음을 늦췄다.

마침내 '나락의 방'에 도달한 그들은 벽가를 따라 이동했다. 나락 깊숙한 곳에서는 이따금 철퍽거리는 소리가 들려왔다.

서로의 얼굴을 흘끗흘끗 보면서 벽을 등지고 옆걸음을 걷는다. 말하는 사람은 아무도 없었다. 방을 완전히 가로질러 반대편 회랑으로 통하는 입구에 도달했을 때가 되서야 그들 중 몇몇은 자신들이 무의식중에 숨을 멈추고 있었다는 사실을 깨달았다.

회랑을 재빨리 나아가서 처음 나타난 모퉁이를 돌아 '나락의 방'에서 안 보이는 곳으로 갔다. 그러자 어둑어둑한 큰 방이 나왔다. 반대편에는 또 다른 창문들이 늘어서 있었고, 그곳을 통해서 더 낮은 곳에 위치한, 용암으로 가득 찬 변화의 땅 일부가 보였다.

"좋아." 로르만은 방 안을 돌아다니며 말했다. "여기는 방사가 강하군. 우리는 둥글게 원을 이루고 있어야 해. 일단은 초점을 맞추는 단순한 작업이 될 테고, 그걸 어느 방향으로 보낼지는 내가 알아서 하지. 아냐. 이봐, 호지슨. 이리로 오게. '해체'의 마지막 주문은 자네가 말하는 것이 낫겠군. 그 작업에는 백마법사가 가장 적합하니까. 더론, 자넨 저기로 가게! 각자 이 작업을 분담해야 해. 이제부터 그걸 할당하겠네. 우리 모두가 렌즈가 되는 거야. 저쪽이야, 오딜."

불타오르는 땅이 발하는 눈부신 빛을 받으며 여섯 명의 마법사들은 각자 위치에 가서 섰다. 머리가 없는 망령과 그 뒤를 따르는, 몸 어딘가를 결여한 다섯 명의 흉조凶兆가 창문 밖을 지나갔다. 마지막 인물은 아래쪽 땅의 분화에 맞춰 북을 치고 있었다.

"저건 좋은 징조일까 아니면 나쁜 징조일까?"

갈트가 베인에게 물었다.

"대다수의 징조와 마찬가지로 진상을 깨달았을 때는 이미 때가 늦었을 가능성이 많아."

베인이 대꾸했다.

"아무래도 그런 대답이 돌아올 것 같았어."

"이제부터 내 말에 귀를 기울여." 로르만이 말했다. "자네들이 분담할 일은 이렇다네……."

딜비쉬는 한쪽 팔꿈치를 괴고 윗몸을 일으키고 있었다. 세미라마는 딜비쉬를 올려다보며 미소 지었다.

"셀라의 아들이여. 앞으로 무슨 일이 일어나든, 그이를 이렇게도 닮은 그대를 만나 알게 된 것만으로도 충분히 가치가 있었습니다." 세미라마는 침대보의 주름을 편 다음 말을 이었다. "내가 이제 젤레락에 관해 믿게 된 일을 믿는 것은 여전히 마음이 내키지 않는군요. 젤레락은 언제나 친구였으니까요. 하지만 당신이 도착하기 전에도 이미 대부분 추측을 통해 알고 있었습니다. 그래요. 잔혹함은 나의 시대에서도 흔했고, 나 자신 이미 그런 일들에 익숙해져 있었으니까요. 그리고 이 시대와 장소에서는 달리 의리를 지킬 상대도 없었고……."

"하지만……." 세미라마는 상체를 일으켜 앉았다. "이제는 그런 것을 떠나 젤레락을 포기할 때가 온 것 같군요. '오래된 자'조차도 그리 오래지 않아 젤레락과 적대할 것입니다. 그렇게 된다면 거기에 대처하느라고 정신이 팔려서 우리를 쫓아올 생각은 못 하겠죠. 이동용 거울은 원상 복구되었으니 그걸 통해 나와 함께 도망쳐요. 당신의 검과 내가 지배하는 마력을 합친다면 우리는 곧 왕국을 손에 넣을 수 있을 거예요."

딜비쉬는 천천히 고개를 가로저었다.

"이 장소를 떠나기 전에 젤레락과 반드시 결판을 보아야 합니다. 검 얘기가 나왔으니 말인데, 어디 한 자루 없습니까."

세미라마는 몸을 수그리고 딜비쉬를 껴안았다.

"왜 당신은 당신 조상과 그리도 똑같죠? 나는 셸라에게 쇼어던으로 가지 말라고 경고 했어요. 무슨 일이 일어날지를 알고 있었으니까요. 방금 만난 당신도 그이와 똑같은 식으로 파멸을 향해 돌진하려고 하다니… 당신의 혈통 자체가 저주받은 건가요. 아니면 저주받은 사람은 나 혼자인가요?"

딜비쉬는 상대를 껴안고 말했다.

"가야 합니다."

"셸라도 지금과 매우 비슷한 상황에서 내게 그렇게 말했어요. 아주 오래된 책을 다시 읽는 듯한 기분이 드는군요."

"그렇다면 새로운 판본에서는 조금은 개선된 결말이 기다리고 있기를 희망합니다. 제가 맡은 배역을 필요 이상으로 힘들게 하지는 말아 주십시오."

"그 부분은 아무 문제도 없어요." 세미라마는 미소 지으며 말했다. "우리가 함께 있다면 말예요. 만약 당신이 그 일을 시도해서 성공한다면… 나를 데려가 주겠어요?"

딜비쉬는 배후의 창을 통해 비쳐 오고 있는 기묘한 빛 아래에서 세미라마를 바라보고는 까마득한 옛날 자신의 조상이 그랬던 것처럼 "예"라고 말했다.

잠시 후 세미라마는 침대에서 일어나 복장을 가다듬고, 리샤에게 무기를 찾도록 지시하고는 딜비쉬와 포도주를 한 잔씩 마셨다. 세미라마의 마음은 또다시 젤레락을 향했다.

"젤레락은 추락했어요. 높은 곳에서 말예요. 당신더러 용서할 수 없는 일을 용서하라고 부탁할 생각은 없지만, 젤레락은 언제나 지금 같지는 않았다는 사실은 기억해 줘요. 한동안 셀라와는 친구 사이이기까지 했으니까."

"한동안은?"

"나중에 다퉜어요. 무엇을 가지고 그랬는지는 결코 알아내지 못했지만. 하지만 한때 친구 사이였다는 건 사실이에요."

딜비쉬는 침대 기둥에 기대고 앉은 자세로 유리잔 속을 응시했다.

"그 얘기를 들으니 기묘한 생각이 떠오르는군요."

"무슨 생각?"

"젤레락과 처음 만났을 때 그자는 단지 저를 일축할 수도 있었습니다. 그 자리에서 죽이든지, 잠재우든지… 마치 젤레락 자신이 그 자리에 없는 것처럼 느끼도록 제 주의를 다른 곳으로 돌리든지 해서 말입니다. 그렇지만 그자는……. 혹시 제가 셀라를 닮은 탓에 평소보다 더 잔혹하게 행동했던 것일까요?"

세미라마는 고개를 가로저었다.

"그걸 누가 알겠어요? 젤레락 본인조차도 자신이 하는 모든 일의 이유를 알고 있을지는 의문이에요."

세미라마는 포도주를 한 모금 마시고 입 안에서 굴렸다.

"당신은 어때요?"

포도주를 들이키며 이렇게 덧붙인다.

딜비쉬는 미소 지었다.

"그런 사람이 있을까요? 저는 당면한 과제에 대한 제 판단의 옳고 그름을 가릴 정도는 알고 있습니다. 완벽한 지식 따위는 신들에게나 걸맞은 것이겠지요."

"여유로운 태도로군요."

문을 살짝 두드리는 소리가 들렸다.

"누구지?"

세미라마가 물었다.

"접니다. 리샤입니다."

"들어와."

여자는 초록색 숄로 싼 무엇인가를 들고 방으로 들어왔다.

"찾았어?"

"여러 개를 찾았습니다. 다른 사람이 안내해 준 위층 방에서."

여자는 숄을 풀고 세 자루의 검을 보여 주었다.

딜비쉬는 포도주를 마저 마시고 잔을 내려놓았다. 앞으로 걸어나가서 한 자루씩 들고 가늠해 본다.

"이건 장식용이야."

그 검을 내려놓았다.

"이 검에는 좋은 가드가 달려 있지만, 이쪽이 조금 더 무겁고 촉도 더 낫군. 날은 이쪽이 더 서 있지만……."

양쪽 모두를 휘둘러보고, 자신의 칼집에 넣어 본 다음 두 번째 검을 골랐다. 그런 다음 몸을 돌려 세미라마를 포옹했다.

"여기서 기다리십시오. 빠른 여행을 위한 물건들을 준비해 두고 말입니다. 이 모든 일이 어떻게 끝날지 알게 됩니까?"

딜비쉬는 세미라마에게 입을 맞추고 방문을 향해 성큼성큼 걸어갔다.

"안녕히."

세미라마가 말했다.

회랑을 따라 걸어가자 기묘한 느낌이 그를 엄습했다. 전에 이곳에서 들었던 삐걱거리는 소리나 긁는 소리는 이제는 완전히 사라져 있었다. 부자연스러울 정도의 정적이 이 장소를 뒤덮고 있는 듯한 느낌이다. 이것은 긴장과 흥분에 가득 찬 정적이었다. 낭랑하게 울려 퍼진 종이 다시 울리기 직전의 고요함이라고나 할까. 절박한⋯ 무엇인가가 임박한 듯한 느낌이 마치 전기로 이루어진 생물처럼 그를 스치고 지나갔다. 그 뒤로는 공황이 찾아왔다. 딜비쉬는 사태를 미처 파악하지도 못한 상태에서 이 감정과 싸웠다. 새로 입수한 검을 반쯤 잡아 뺀 손의 관절이 새하얗게 변할 정도로.

바란은 일곱 번째로 욕설을 내뱉고 방바닥에 널린 자신의 잡동사니 한복판에 주저앉았다. 좌절의 눈물이 솟구쳤고, 코 양쪽을 흘러내리다가 콧수염 사이로 사라졌다.

오늘은 그 어떤 일도 제대로 할 수가 없는 것일까? 지금까지 정령을 일곱 번 불러내서 명령을 내린 다음 젤레락의 거울 안으로 보냈다. 그러면 정령들은 거의 즉각적으로 사라져 버렸다. 그리고 이제는 무엇인가가 거울을 열어 놓고 있었다.

혹시 젤레락 본인이 귀환할 준비를 하고 있는 것일까? 혹시 젤레락은 당장이라도 저 거울 속에서 걸어나와 긴 연월을 살아온 두 눈으로 뚫어지게 바란의 눈을 응시하고, 바란의 영혼 속에 묻혀 있는 모든 비밀을 마치 이마에 써 있다는 듯이 읽어 내리지는 않을까?

바란은 흐느꼈다. 이것은 공평하지 못하다. 배신행위를 제대로 수행하기도 전에 발각되어 버리다니. 그자는 지금 당장이라도…….

그러나 젤레락은 거울 뒤에 모습을 드러내지는 않았다. 아직 세계가 파멸한 것은 아니었다. 바란이 불러낸 정령들을 파괴한 것은 다른 힘의 짓일 가능성조차도 있었다.

그렇다면… 이제 어떻게 해야 할까?

바란은 마음속에 솟구치는 감정들을 털어 냈고, 생각하는 일에 온정신을 집중했다. 만약 젤레락이 하지 않았다면, 누군가 다른 자의 짓일 것이다. 누구일까?

물론 다른 마법사이다. 그것도 강력한. 이 장소로 들어와서 사태를 장악할 때가 되었다고 판단한 것이다…….

그러나 그 누구의 얼굴도 거울유리 속에서 바란을 바라보고 있지는 않았다. 그렇다면 그자는 도대체 무엇을 기다리고 있는 것일까?

당혹스럽고, 짜증이 난다. 만약 상대방이 낯선 자라면 바란은 협상을 할 수 있을까? 곰곰이 생각해 보았다. 바란은 이 장소에 관해 많은 것을 알고 있었다. 바란 본인도 유능한 마법사인 것이다… 그런데 왜 아무 일도 일어나지 않는 것일까?

바란은 눈을 문지르고 벌떡 일어섰다. 오늘은 정말 일진이 안 좋은 날이었다.

방을 가로질러 벽에 난 작은 창으로 가서 밖을 내다보았다. 뭔가 이상하다는 사실을 깨닫기까지는 몇 초가 걸렸고, 그것이 무엇인지를 알아차린 것은 또 몇 초가 흐른 뒤의 일이었다.

변화의 땅은 또다시 변화를 멈추고 있었다. 지면에서는 연기가 피어오르고 있었지만 빠르게 움직이는 달 아래의 땅은 고즈넉했다. 이런 일이 언제 일어났던 것일까? 그리 오래되었을 리가 없다……

이 휴지休止는 투알루아의 의식이 또 소강상태로 진입했음을 가리키고 있었다. 지금이야말로 그곳으로 가서 지배력을 획득할 기회인지도 모른다. 아래층으로 내려가서 그 여왕이라는 년을 붙잡아 '나락'으로 끌고 가는 것이다. 누군가가 저 거울에서 나와 선수를 치기 전에 말이다. 바란은 서둘러 방을 가로지르며 미리 상정해 둔 구속拘束의 주문을 복습해 보았다.

방문에 도달했을 때 기묘한 긴장감이 바란을 엄습했고, 그와 함께 일찍이 한 번도 경험해 본 적이 없는 느낌의 현기증이 되돌아왔다.

안 돼! 지금은 안 돼! 안 돼!

그러나 문을 활짝 열어젖히고 층계를 향해 달려가면서도 바란은 이번만은 전과 다르다는 사실을 알고 있었다. 단지 옛날부터 가지고 있던 모든 두려움이 되살아난 것이 아니라, 그 이상의 무엇인가가 개재介在되어 있었다. 마치 전조와도 같고, 그때까지 바란이 사용한 주문들조차도 그 밑거름에 불과했을지도 모른다는 느낌. 어떤 의미에서는 마치 이 성 전체가 숨을 죽이고 앞으로 일어날 엄청난 사건을 기다리고 있는 듯했다. 그리고 그 순간은 임박해 있었다. 마치 이… 예감이 강대한 투알루아에게도 어느 정도 전해지면서, 그 충격으로 일시적인 휴지 상태에 돌입한 듯한 느낌이라고나 할까. 이건 마치…….

바란은 층계 위쪽으로 와서 아래를 내려다보고 몸을 떨었다. 존재 자체가 갈가리 찢긴 듯한 기분이었다.

이를 악물고 한손을 내민 다음 첫 번째 걸음을 걷기 시작한다…….

상상을 초월할 정도로 오래되고 위압적인 건조물이 인간의 손으로 만들어지는 일은 전무하며, '초시간성' 또한 예외가 아니다. 대다수의 유서 깊은 고도古都는 그 기원까지 거슬러 올라가면 신과 반신들의 건축 계획으로까지 이어지며, 이런 도시들보다 한층 더 오래된 칸나이스 산맥의 중후한 구조 또한 그런 계획에 따른 산물이다. 영겁에 가까운 세월이 흐르는 동안 '초시간성'은 왕궁에서 감옥, 창관娼館에서 대학, 수도원에서 식인귀 소굴을 망라하는 온갖 역할을 수행해 왔으며, 전해 오는 바에 따르면 스스로의 형태조차도 사용자의 욕구에 부응하는 모양으로 바꿔 왔고, 따라서 이 장소는 모든 세월의 메아리로 가득 차 있으며, 혹자가 (시선을 다른 데로 돌리고 액을 막는 손짓을 하며) 은밀히 속삭이는 얘기에 따르면 '장로신'들이 이 지상을 활보하던 시절의 유적이며, 그들과 현세를 잇는 접촉점이며, 장난감, 기계 혹은 인류를 초월하는 견식을 가진 고차의 존재들 — 이들로부터 축복인지 저주인지 모를 자의식의 불꽃과 첨예한 호기심을 부여받고 초기 단계의 영혼을 발달시킨 인류가 때로는 그 친족으로 간주하는 털북숭이 수상樹上 생활자들의 견식을 초월했듯이 — 에 의해 창조된 기이한 생명체일 가능성조차 있으며, 유일하게 그 목적을 잘 아는 예의 반짝이는 존재들을 위해 어딘가에서, 어떤 식으로든 모종의 차원간次元間 집회소로서 기능했지만, 반짝이는 존재들은 그들의 간섭이 만들어 낸 설익은 과실 — 그들만 아니었더라면 유인원으로서의 삶에 만족하며 살아갈 수 있었던 인류 — 을 뒤에 남겨 두고 고차의 지복至福을 향해 지상을 떠나갔다고 한다. 일부 형이상학자의 의견에 따르면 '초시간성'은 심령적인 소재를 써서 시간이 없는 차원에 만들어진 존재이고, 따라서 지금 와 있는 이 조잡한 세계에 속한 것이 아니며, 동등한 양의 선과 악, 그 상대물이자 그보다 더 흥미로운 사랑과 증오에 아름다움을 섞어 만든 존재이며, 따라서 불길한 동시에 환희에 차 있고, 심령적인 해면과 맞먹는 흡수력을 가진 영기靈氣와 그에 상응하는 변별력을 가지고 있으며, 뇌 우반구의 일부만이 기능하고 있는 인간이 살아 있다는 맥락에서는 살아 있다고 할 수 있고, 분단된 고로 불완전한, 그러나 범용한 현세의 변천을 능가하는 온갖 비현세적인 이유 — 형이상학자들조차도 두 번 다시 되풀이하고 싶어 하지 않을 정도로 복잡한 — 에 뒷받침된 의지의 행위에 의해 시간과 공간에 계류되어 있다고 한다.

물론 이것들은 모두 틀린 얘기이다. 좀 더 실제적인 경향을 가진 이론가들의 주장에 의하면 말이다. 오래된 건물들은 아무리 잘 만들어진 것조차도 사용자들의 흔적을 획득하기 마련이고, 그 내부에서 받게 되는 물리적 혹은 심령적인 인상은 분위기를 많이 타는 법이다. 특히 기상의 변동 폭이 큰 산악 지대에 위치해 있을 경우에는 말이다. 그렇다. 아까 언급된 사람들이 살고 있었을 무렵 이 건물은 바깥세상과 마찬가지로 그들의 기대에 거의 완전히 부응하는 형태로 기능했다. 그 정도로 민감한 것이다.

'오래된 자'의 거처이자 마법사와 악마들로 가득 찬 이 건물은 또다시 변화했고, 그 본질의 다른 국면이 소환되었다.

이 장소의 진정한 본질이 시험받는 것은 물론 이것이 근거하고 있는 불완전한 의지가 도전받을 때이다. 악이나 선의 증명이 당사자의 행동으로 판단되는 경우와 마찬가지로 말이다.

제9장

젤레락은 작게 콧노래를 부르며 몸을 푹 수그렸고, 운반중
인 인물이 밖으로 튕겨 나가지 않도록 낮고 편평한 곳을 골라
외바퀴 손수레를 밀었다. 손수레 위에는 마린타의 아를라타
가 큰대자로 여전히 실신한 채 누워 있었다. 양쪽 다리는 수
레 손잡이에 결박되고, 아래로 늘어뜨린 양팔은 바퀴 근처의
견인용 줄에 묶여 있다. 흉곽이 충분히 펴져 있을 수 있도록
어깨가 닿는 부분 아래에는 여러 장의 삼베 자루를 미리 덧대
놓고 있었다. 앞섬을 풀어헤친 웃옷 사이로는 흉골 아래쪽 상
복부上腹部를 양분하는 형태로 그려진 빨간 점선이 보인다.
아랫배 위에 올려놓은 자루 속에서 모종의 기구들이 덜그럭
거렸다.

동서를 관통하는 회랑을 지나 '나락의 방'으로 다가가는
그의 뒤를 해수害獸의 무리가 기쁜 듯이 찍찍거리며 뒤따랐
다. 앞으로 가면 갈수록 공기는 더 덥고 축축해졌다. 나락의

악취가 이미 강하게 풍기고 있었다. 젤레락은 미소 띤 얼굴로 손수레를 밀며 몇 피트 남은 그늘을 통과했고, 낮은 아치문 아래를 지나 방 안으로 들어갔다.

말뚝이 널린 바닥을 가로질러 그대로 나락의 동쪽 가장자리에서 조심스럽게 수레를 세웠다. 허리를 편 다음 기지개를 켜고, 한숨을 쉬고, 하품을 했다. 그러고는 부대를 열고 세 개의 긴 쇠꼬챙이와 고정구를 꺼내 재빨리 삼각대를 조립했다. 수레 손잡이 사이의 바닥에 삼각대를 내려놓은 다음 가장 좋아하는 놋쇠 화로를 그 위에 얹었다. 수레의 오른쪽 손잡이에 걸려 있던, 구멍이 숭숭 뚫린 양동이를 기울여 연기를 내며 타고 있는 목탄을 화로 안에 집어넣는다. 목탄이 빨갛게 타오를 때까지 입으로 불고 있다가 작은 부대 몇 개에서 꺼낸 분말과 약초를 화로에 집어넣었다. 그러자 역겨운 느낌을 주는 진한 연기가 잔뜩 피어올랐다. 연기가 천천히 똬리를 틀자 달콤한 냄새가 사방에 풍겼다.

젤레락이 다시 콧노래를 부르며 부대에서 짧고 폭이 넓은 삼각형 날이 달린 단검을 꺼내자 은신처에서 나온 쥐들이 판석 바닥 위에 서서 빙빙 돌며 춤추기 시작했다. 젤레락은 엄지손가락을 단검 끄트머리와 날에 대 보고 날이 서 있음을 확인했다. 칼날 끝을 아를라타의 버찌 빛 젖꼭지 사이에서 시작되는 선 꼭대기에 잠깐 대 보고는 미소 지으며 고개를 끄덕였고, 나중에 쓰기 위해 여자의 배 위에 단검을 올려놓았다. 그런 다음 붓과 봉인된 작은 단지 몇 개를 꺼냈고, 부대를 털어 옆의 바닥에 내려놓은 다음 단지 하나를 열고 무릎을 꿇었다.

젤레락이 붓을 든 손을 내렸다가 여기저기로 움직이며 숙련된 동작으로 빨간색 무늬를 그리기 시작하자, 부근에서 날 아다니던 박쥐가 아래로 내려왔다가 여기저기로 움직였다.

이런 작업을 하고 있던 중에 갑자기 서늘한 냉기가 그를 엄습했다. 쥐들도 춤을 멈추고 있었다. 끽끽거리고 찍찍거리는 소리가 멈추자 한순간 깊은 정적이 찾아왔고, 그와 동시에 엄청난 긴장이 몰려 왔다. 마치 가청역可聽域보다 훨씬 더 높은 곳에 위치한 소리가 천천히 음정을 낮춰 가다가 이내 견딜 수 없을 정도로 날카로운 절규로 변하는 시점이 점점 다가오고 있는 듯한 느낌이었다.

젤레락은 고개를 갸우뚱했다. 마치 귀를 기울이는 듯한 표정으로 나락 쪽을 바라본다. 이 또한 '오래된 자'가 일으키는 부자연스러운 소란이다. 물론 이 여자의 가슴을 찢고 심장을 꺼내서 그 생명력을 거친 바다 같은 '오래된 자'의 마음 위에 기름처럼 뿌리면 이런 상태는 곧 시정될 것이다. 적어도 당분간은 말이다. 그런다면 적어도 젤레락 자신이 '오래된 자'로부터 필요한 원조와 지향성 에너지를 획득할 만큼의 시간 여유는 있다. 그 다음에는⋯⋯.

저런 생물은 어떻게 죽는 것인지 궁금했다. 그런 상태를 성립시키려면 실로 엄청난 노력이 필요할 것이다. 그러나 투알루아는 머지않아 위험해질 것이다. 전세계뿐만 아니라 특히 젤레락 본인에게. 젤레락은 언젠가 가까운 시일에 일어날 신화적인 전투를 마음속에서 그리며 입술을 핥았다. 그 과정에서 젤레락 자신도 다치는 것을 피할 수는 없겠지만, '오래된 자'의 생명력을 완전히 흡수할 수만 있다면 그의 힘은 일찍이 경험한 적이 없을 정도로 높은 곳에 도달할 것이다. 인간보다는 신에 가까운, 호호르가 본인에도 필적하는 힘을……

과거에 적이었고, 나중에는 자신의 주인이 된 인물에 관해 생각하자 젤레락의 얼굴은 검붉게 물들었다. 언뜻 셀라 — 자신의 목숨을 내던져 그 강대한 자를 죽였던 셀라 생각이 뇌리에 떠올랐다. 셀라의 이목구비가 세월을 뛰어넘어, 젤레락 자신이 '지옥'으로 보냈던 그 사내, 그 더러운 장소에서 어떤 식으로든 되돌아와서, 마치 오래 전 셀라 — 당시 세미라마의 총애를 받고 있던 — 가 '눈겐 심연'에서 젤레락을 끌어내 주었듯이 변화의 땅에서 그의 목숨을 구해 준 그 사내의 얼굴에 반영되다니 실로 기묘한 일이 아닐 수 없다……. 그리고 딜비쉬는 여전히 살아 돌아다니고 있고, 어딘가 가까운 곳에 있을 가능성조차 있었다. 젤레락이 완전한 힘을 빨리 필요로 하는 것은 바로 그 때문이었다. 그자는 신을 살해한 자의 혈통을 이어받고 있다. 젤레락은 처음으로 가슴이 뜨끔해지는 듯한 두려움을 맛보았다.

젤레락은 마법 의식을 위한 도형을 계속 그렸고, 도료가 든 단지가 모두 비자 다음 단지의 뚜껑을 뜯어냈다. 더 이상 콧노래를 부르고 있지는 않았다.

다음 순간, 부자연스러운 정적 속을 우연히 파고 들어온 기류에 실려 희미한 소리가 들려왔다. 남자들 목에서 흘러나오는, 어딘가 귀에 익은 느낌을 주는 영창詠唱과도 같은 소리였다. 도형을 그리던 손을 멈추고, 영창의 패턴을 잡아내는 데 정신을 집중했다. 개개의 단어를 알아들을 수 없다면, 전체상을 파악만 해도 좋았다.

집속集束 주문이다. 그것도 지극히 표준적인……

하지만 누가 저러고 있는 것일까? 그리고 무엇을 집속하려하고 있는가?

거의 완성된 도형을 내려다보았다. 같은 지역 안에서 너무 많은 마법 의식이 진행되는 것은 바람직하지 않다. 그러면 이따금 서로 간섭하는 경우가 있는 것이다. 그러나 작업이 거의 끝나 가는 상태에서 하던 일을 포기하고 싶지는 않았다. 정신적·심령적인 상황을 재빨리 가늠해보고, 간섭할 가능성이 있는 것들과 힘의 평형을 계산해 보았다.

별다른 문제는 되지 않을 것이다. 이곳에서 쏟아 부을 예정인 에너지의 양은 너무나도 방대한 탓에 이 작업의 균형이 깨지는 일은 없을 것이다. 아무리 가까운 곳이라고 해도 말이다. 젤레락은 분노에 찬 표정으로 입을 꽉 다물고 다시 도형을 그리기 시작했다. 이 작업이 끝나자마자 저 빌어먹을 합창단은 죽음보다도 더한 운명이 무엇인지를 좀 알게 될 것이다. 젤레락은 마지막 구획을 그리면서 그런 운명 몇 가지를 머릿속에서 떠올리자 침착함을 되찾고는 즐거움을 느꼈다. 곧 일어서서 완성된 도형을 둘러보고 문제가 없다는 것을 확인한다.

뒤로 물러나 도형을 그리기 위한 도구들을 옆에 내려놓고 이번에는 정식으로 패턴 안에 들어가서 외바퀴 수레의 남쪽 — 아를라타 쪽에서 보면 오른쪽 — 에 섰다. 놋쇠 화로는 오른쪽에서 연기와 김을 내뿜고 있다. 머릿속을 맑게 한 다음 힘을 가진 단어 몇 개를 발하고, 아래로 손을 뻗어 희생 의식용 단검을 집어올린다.

젤레락이 주문의 형태를 결정할 명령의 도입부와 칼날에 생명을 불어넣을 정화淨化 의식에 착수하자 박쥐와 쥐들은 또다시 퍼덕거리고, 여기저기로 후다닥 달려가기 시작했다. 방 안 여기저기에서 무엇인가가 충돌하는 소리가 울려 퍼지고, 긁는 듯한 소리가 천장 전체를 가로질렀다. 젤레락은 칼을 들어올렸고, 자신의 주문 소리로 멀리서 들려오는 영창을 묻어 버렸다. 아니, 이미 자발적으로 그만둔 것일까? 길게 꼬리를 끌던 연기가 아래로 눌려 내려오며 호기심 많은 뱀처럼 그가 그린 패턴을 가로질렀다. 사방의 벽 내부 여기저기에서 삐거덕거리는 소리가 들려오기 시작했다.

아까 느꼈던 청각을 초월한 급박한 소리가 당장이라도 목소리로 변해 터져 나올 듯한 느낌이 왔다. 젤레락은 칼을 고쳐 쥐고 낭랑한 미성美聲으로 열한 개의 단어를 발음했다.

그러고는 얼어붙었고, 몸을 떨었다. 고개를 숙이고 아치문 아래를 지나 나락의 방으로 들어온 곱슬거리는 수염을 가진 사내가 그의 이름을 불렀기 때문이다.

"거기 있었군, 젤레락. 보나마나 이런 짓을 하고 있을 거라고 생각하고 있었어. 두꺼비, 박쥐, 뱀, 거미, 쥐, 그리고 고약한 악취에 둘러싸인 채로… 커다란 똥구덩이 옆에 서서 젊은 여자의 심장을 도려내고 있을 거라고 말이야!"

젤레락은 칼을 든 손을 아래로 내렸다.

"내가 좋아하는 것들이지." 젤레락은 미소 지으며 말했다. "그리고 거기 너, 이 깡패 자식! 넌 거기 포함 안 돼!"

칼끝으로 문간에 선 거인을 가리키자 칼날은 소름끼치는 빛을 발하며 치직거리기 시작했다.

다음 순간 칼날에 일던 불길이 스러지더니, 방 안의 모든 불빛이 어두워졌다. 비명이 가청역에 도달했던 것이다. 귀청을 뚫을 듯한, 끝나지도 않고 영원히 계속되는 이 비명은 두 사내를 바닥에 쓰러뜨렸고, 강대한 투알루아조차 나락 안에서 몸부림치기 시작했다. 계속 올라가던 비명은 마침내 그것을 듣는 자 모두를 귀머거리로 만들어 버리고, 의식을 잃게 만들었다.

이윽고 어렴풋한 빛이 조용해진 방 안에 출현했다. 빛은 점점 더 밝아지더니, 조금씩 스러지다가 곧 사라졌다.

그리고 또다시 비명이 시작되었다······.

호지슨은 지독한 두통을 느끼며 깨어났다. 잠시 동안 그냥 그 자리에 누운 채로 두통을 없앨 주문을 생각해 보려고 했다. 그러나 사고思考 기구가 말을 듣지 않았다. 이윽고 신음 소리와 나직한 흐느낌이 들려왔다. 호지슨은 눈을 떴다.

희미한 빛이 작은 방을 가득 채우고 있었다. 빛은 그가 주위를 둘러보는 사이에도 확연하게 느낄 수 있을 정도로 밝아졌다. 나이든 로르만이 근처에 쓰러져 있었다. 고개를 옆으로 돌리고, 벌린 입 아래에는 피가 고여 있다. 숨을 쉬고 있지 않았다. 더콘은 조금 떨어진 곳에서 큰대자로 뻗어 있었다. 호지슨이 방금 들은 신음소리는 그가 내는 것이었다. 오딜도 숨을 쉬고는 있었지만 여전히 의식이 없는 상태였다.

호지슨은 좌우로 고개를 돌리며 흐느끼는 소리가 어디서 들려오는지를 확인하려고 했다.

베인이 갈트의 머리를 무릎에 얹고 벽에 등을 기댄 자세로 앉아 있었다. 갈트의 얼굴은 단말마의 고뇌를 담은 채로 얼어붙어 있었다. 힘없이 축 늘어진 갈트의 사지는 얼마 전 죽은 사람의 그것이었다. 가슴도 상하로 움직이고 있지 않았다. 베인은 자기 무릎을 내려다보며 몸을 앞뒤로 흔들고 있었다. 호흡은 빠르고, 눈가가 젖어 있다.

불빛은 대낮처럼 밝아졌다.

로르만이나 갈트를 위해서 해 줄 수 있는 일은 아무 것도 없었으므로, 호지슨은 기어서 더콘 옆으로 갔다. 상대방의 머리에 어디 찢어진 곳이 없는지 찾아보니 이마 왼쪽 높은 곳이 붉게 부어올라 있었다.

이윽고 조촐한 치유治癒 주문 하나가 생각났다. 동료를 향해 그 주문을 세 번 되풀이하자 신음은 멈췄다. 그러는 중에 호지슨 자신의 두통도 사라지기 시작했다. 그 무렵에는 불빛도 눈에 띌 정도로 어두워지고 있었다.

더콘이 눈을 떴다.

"성공했나?"

그가 물었다.

"모르겠어. 그 효과가 어떤 것인지 확실히 모르거든."

"난 조금은 알아." 더콘은 상체를 일으키고 앉아 머리와 목을 문지르다가 곧 일어섰다. "곧 그걸 확인할 수 있을 거야."

더콘은 주위를 둘러보다가 쓰러진 동료들 사이로 가서 오딜 옆구리를 걷어찼다.

엎드려 있던 오딜은 몸을 돌려 더콘을 올려다보았다.

"그럴 여유가 있을 때 정신을 차리는 편이 나을 거야."

더콘이 말했다.

"무슨… 무슨 일이 일어난 거지?"

"모르겠어. 하지만 갈트와 로르만은 죽었어." 더콘은 창문을 잠시 빤하게 바라보고 있다가 그쪽으로 재빨리 걸어갔다. "여기로 와 봐!" 더콘은 외쳤다.

호지슨은 그 뒤를 따라갔다. 오딜은 아직도 상체를 일으키는 중이었다.

호지슨이 창문 밖을 바라본 순간 서쪽 산 너머로 해가 쑥 넘어갔다. 하늘은 회전하는 광점光點으로 가득 차 있었다.

"이렇게 빠른 일몰은 처음 보는군." 더콘이 말했다. "하늘 전체가 회전하고 있는 것 같아. 별들을 보라고."

더콘은 창틀에 바싹 몸을 갖다 댔다.

"성 주위의 대지는 조용해진 것 같군."

부스러진 흰 구球가 하늘에서 산 뒤로 굴러 떨어졌다.

"지금 내가 본 건 설마……?"

"달처럼 보였어."

호지슨이 대꾸했다.

"세상에!" 가까스로 몸을 일으켜 창가에 몸을 기댄 오딜이 말했다. 바로 그 순간 희미한 빛이 하늘 전체를 가득 채우고 별들이 사라졌다. "몸이 안 좋아."

"그런 것 같군." 더콘이 대꾸했다. "여기까지 걸어오는데 한 밤이 걸렸으니."

"무슨 뜻인지 모르겠어."

"보라고." 더콘이 창밖을 향해 손짓했다. 그림자가 풍경의 모든 부분을 춤추듯이 훑고 지나가고, 구름이 뭉게뭉게 피어나더니 금세 산산조각이 났다.

황금색으로 불타오르는 구球가 하늘 전체를 혜성처럼 가로질렀다.

"속도가 빨라지고 있다는 건가?"

호지슨이 물었다.

"그런 것 같아. 그래. 빨라지고 있는 것이 맞아."

태양이 산 너머로 넘어가면서 또다시 어둠이 찾아왔다.

"여기 하루종일 서 있을 참인가."

호지슨이 오딜을 보며 말했다.

"신들이여! 우린 무슨 짓을 한 거지?"

오딜은 회전하는 하늘에서 눈을 떼지 못한 채로 물었다.

"우리는 '초시간성'의 유지 주문을 깨뜨렸어." 호지슨이 대꾸했다. "이제는 그 주문이 무엇을 유지하고 있었는지 알겠군."

"그리고 왜 이 장소가 '초시간성'이라고 불리고 있는지도 말이야."

더콘이 덧붙였다.

"이젠 어떻게 해야 하지? 다시 묶어 봐야 할까?"

"그건 나중 일이야. 우선 뭔가 먹을 것을 찾아봐야겠어." 더콘은 창가를 떠나며 말했다. "굶은 지 벌써 며칠 째야……."

잠시 후 다른 사내들도 몸을 돌려 더콘 뒤를 따라갔다. 베인은 여전히 천천히 몸을 흔들며 갈트의 이마를 쓰다듬었다. 또다시 밤이 끝났다.

*　　*　　*

딜비쉬는 선명한 무늬가 있는 두터운 융단 위에서 깨어났다. 오른손으로 여전히 검을 꽉 쥐고 있었다. 손을 펴는 일은 쉽지 않았다. 검을 칼집에 집어넣고 손을 문지르며, 무슨 일이 일어났는지를 생각해 보려고 했다.

비명을 들었다. 그렇다. 고통과 분노에 찬 긴 절규였다. 어떤 방 — 이 방일까? — 의 반쯤 열린 문 앞에서 멈춰 섰을 때 비명이 들려왔던 것이다.

상체를 일으키고 앉자 열린 문을 통해 회랑의 서쪽 창문이 보였다. 반대편 벽의 동쪽 창문, 그가 앉아 있는 곳에서는 오른쪽에 위치한 창문도 함께 볼 수 있었다. 다음 순간 기묘한 현상이 일어났다. 우선 오른쪽 창문이 백열한 빛을 발했다. 왼쪽 창문은 여전히 어두웠는데도 말이다. 그리고는 오른쪽 창문이 어두워지면서 이번에는 왼쪽 창문이 밝아졌다. 그리고는 왼쪽 창문이 또 어두워졌다. 잠시 후 오른쪽 창문이 또 밝아지면서 같은 일이 되풀이되었다. 이런 일이 몇 번 일어나는 동안 딜비쉬는 손을 쥐었다 폈다 하는 일을 제외하고는 꼼짝도 않은 채로 앉아 있었다.

마침내 일어서서 동쪽 창문으로 가자, 셀 수 없이 많은 빛나는 동심원이 새겨진 하늘이 눈에 들어왔다. 다음 순간 동심원들은 동쪽에서 생겨나 중천을 향해 솟구친 불의 탑에 쫓겨 도망쳤다.

딜비쉬는 머리를 세게 흔들었다. 성 주위의 대지 자체는 안정되어 있는 듯했다. 도대체 어떤 새로운 장치를 쓴 것일까? 적의 짓일까? 그게 아니라면 다른 무엇일까?

몸을 돌려 문을 지나 다시 회랑으로 나갔다. 왼쪽 벽에 늘어선 창문 너머에서는 빛과 어둠이 연이어 계속되고 있다. 뒤를 흘낏 돌아다보자 방금 지나온 문 대신 텅 빈 벽만이 남아 있었다.

지금 지나가고 있는 회랑에서 직각으로 뻗어 나가는 통로라고 생각되는 곳을 나아갔다. 그러자 다른 회랑이 나오는 대신 짙은 포도주 빛의 융단으로 뒤덮인 층계 윗단이 나왔다. 층계 양쪽에는 목제 난간이 달려 있었다.

천천히 층계를 내려갔다. 아래쪽 방 여기저기에는 가죽을 댄 가구가 놓여 있었고, 벽에는 폭이 넓고 장식적인 금박 틀에 끼워진, 그가 지금까지 한 번도 본 적이 없는 종류의 그림들이 걸려 있었다.

방 안으로 들어갔다. 의자 등에 손을 올려놓자 먼지가 잔뜩 일었다.

오른쪽으로 몸을 돌려 목제 아치문 아래를 지나갔다. 옆방은 작았고, 패널 벽으로 에워싸여 있었으며, 아까처럼 가구가 여기저기에 놓여 있었다. 방에 들어간 순간 딜비쉬는 쉬익하는 소리를 들었다.

작은 벽난로에 방금 불이 들어온 참이었다. 포도주 한 병과 쐐기 모양의 치즈 한 덩어리, 작은 빵조각 하나, 그리고 과일이 담긴 바구니가 난로 부근에 있는 낮고 둥근 탁자 위에 놓여 있었다. 탁자 옆의 의자는 편안해 보였다. 혹시 음식에 독이 들어 있지는 않을까? 그를 기만하기 위한 적의 술수인가?

탁자로 다가가서 치즈를 한 조각 떼어낸 다음 냄새를 맡고, 맛을 보았다. 그러고는 의자에 앉아 음식을 먹기 시작했다.

먹으면서도 머리와 눈을 움직이며 여기저기를 보고 있었지만 문제가 될 만한 사람이나 물체는 눈에 띄지 않았다. 그러나 이 방 안에 그를 지켜 주고 돌봐 주는 어떤 호의적인 존재가 함께 있다는 느낌은 사라지지 않았다. 이 느낌이 너무나도 강해진 나머지 딜비쉬는 입 안의 음식을 모두 삼키고 나서 "고마워"라고 중얼거렸을 정도였다. 그러자마자 불길이 위로 치솟아 오르고 딱딱거리는 소리가 났다. 기분 좋은 따스함이 파도처럼 몰려왔다.

마침내 일어서서 뒤를 돌아다보고는 이 방에 들어왔을 때의 입구가 사라져 있다는 사실을 깨닫고 좌절감을 맛보았다. 입구가 있던 벽은 이제 나무 패널로 뒤덮여 있었고, 아까 보았던 그 기묘한 그림 하나가 걸려 있었다. 햇살이 가득 내리쪼이는 풍경을 기이한 붓질로 묘사한 이 그림의 세부는 중후한 물감을 써서 흐릿하게 그려져 있었다.

"알았어." 딜비쉬는 말했다. "당신이 누구든 간에 나에 대해 호의적이라는 사실은 이해했어. 당신은 방금 내게 음식을 먹였고, 또 어떤 장소로 나를 보내고 싶은 모양이군. 이 건물 내부에서는 모든 것을 의심해야 하겠지만, 그래도 당신은 신뢰하는 편이 낫겠다는 생각이 들어. 하나밖에 없는 문을 통해 나가기로 하지. 나를 유도해 주면 그 길을 따라가겠어."

딜비쉬는 방을 가로질러 문으로 갔다. 밖으로 나오니 길고 천장이 높은 어둑어둑한 회랑이었다. 여기저기에 어딘가로 통하는 입구가 보였지만 부드러운 불빛이 새 나오는 입구는 단 하나였다. 딜비쉬가 그쪽으로 가자 빛은 후퇴했다. 짧은 복도를 지나자 처음 마주쳤던 것과 비슷한 회랑이 나왔다. 이번에는 불빛이 왼쪽 끄트머리에 있는 입구에 출현했다. 회랑을 비스듬히 가로질러 그쪽으로 갔다.

입구를 지나자 좌우로 이어지는 복도였다. 빛은 왼쪽으로 한참 간 어딘가에서 비쳐 오고 있었다. 그쪽을 향해 간다.

몇 번 모퉁이를 돌자 길이 넓어지며 폭이 넓고 천장이 낮은 회랑이 나왔다. 가까운 쪽의 벽에는 이미 여러 번 본 적이 있는 좁다란 창문이 늘어서 있었다. 좌우를 보며 잠시 주저했다.

그러자 희미한 빛이 눈앞에 나타나 오른쪽을 향해 갔다. 딜비쉬가 그쪽으로 돌아가자 불빛은 거의 동시에 시야에서 사라졌다. 그 뒤를 추적했다. 그러자마자 불빛은 완전히 사라졌다.

창문 밖을 보니 공중을 부유하는 구름은 윤곽이 희미해졌고 하늘은 초록색 빛을 띠고 있었다. 밝은 노란색의 좁다란 띠가 마치 불타오르는 바구니 손잡이처럼 지평선에서 지평선으로 호를 그리고 있었다.

딜비쉬는 잰걸음으로 전진했다. 창밖의 빛은 그가 지나가자 희미하게 맥박쳤을 뿐이었다.

긴 회랑이었지만 마침내 다른 회랑이 나왔다. 왼쪽 벽에는 폭넓은 창이 늘어서 있었기 때문에 기묘한 하늘과 그 아래의 풍경이 더 잘 보였다. 하루종일 계속되었음이 틀림없는 폭풍우가 눈 깜짝할 새에 지나가고, 나무는 녹색, 황금색, 그리고 뼈처럼 흰색으로 맥박치며, 여기저기서 초록색 구역이 깜박이는 지면은 흑백으로 변화를 거듭했다. 대지는 또다시 변화의 땅이 되어 있었지만, 예전의 변화와는 극단적으로 다른 방

식으로 변하고 있었다. 예전의 변화가 거의 들리지도 않을 정도의 삐걱거림에 불과했다면, 지금은 끊임없이 윙윙거리는 듯한 느낌이다.

야외 변소의 악취를 맡은 딜비쉬는 회랑 바닥 한복판을 지나가는 더러운 자국은 무엇일까 하는 생각을 했다. 전방에 보이는 넓고 천장이 높은 방으로 다가가면서 딜비쉬는 무의식 중에 걸음걸이를 늦추고 있었다. 불길한 예감이 딜비쉬의 마음을 가득 채웠다. 마치 검고 사악한 영기靈氣가 방을 뒤덮고 있는 듯한 느낌이었다. 생각에 잠긴, 불길하고 — 어떤 이유에선가 — 좌절감에 시달리는 존재가 방 안에 있고, 누가 오기만을 기다리고 있다. 특유의 악의를 발산할 기회를 기다리고 있는 것이다. 딜비쉬는 몸을 떨고 칼자루에 손을 갖다 댔다. 방으로 통하는 아치문으로 접근하는 발걸음이 한층 더 느려진다.

어느새 왼쪽을 향해 가고 있었다. 벽과 마주치자 등을 바싹 대고 옆걸음을 쳤다. 그러자 입구 바로 앞에서 어둑어둑한 모퉁이가 나타났다.

검을 뽑아 들고 슬금슬금 앞으로 나아가서 방 안을 들여다 보았다. 처음에는 어두워서 아무 것도 보이지 않았지만, 내부 밝기에 눈이 익숙해지자 방 중앙에 깊이 팬 거대한 부분이 있다는 사실을 알 수 있었다. 무엇인가가 그 왼쪽 가장자리에 서서 이곳에서는 무엇인지 잘 알아볼 수 없는 작은 물체를 들고 있었다. 지금까지 그가 따라왔던 불빛이 한순간 그 물체를 비췄지만, 그러자마자 다른 곳으로 흘러간 탓에 불빛이 무엇을 비춰 주었는지를 여전히 확인할 수가 없었다. 불빛의 지시 자체는 명쾌하고 급박하게 느껴졌지만 말이다.

그러나 딜비쉬가 여전히 주저하고 있던 사이에 가느다란 촉수 하나가 검은 나락에서 올라와 구멍 가장자리를 더듬기 시작했다. 딜비쉬가 바라보고 있는 물체 바로 옆이었다. 다음 순간, 갑자기 흐르는 땀에 젖은 몸을 억지로 움직여 안으로 들어갔다. 녹색 장화는 판석 위를 밟아도 아무 소리도 내지 않았다.

바란은 머리를 세게 흔들고 깨진 이빨을 뱉어냈고, 침을 삼켰다. 침에서는 피맛이 났다. 몇 번 더 침을 뱉은 다음 기침을 하기 시작했다. 왼쪽 눈은 반쯤 감긴 상태로 감을 수도 뜰 수도 없었다. 손으로 그 눈을 문지르자 검게 말라붙어 있던 물질이 갈라지면서 바닥에 너풀너풀 떨어졌다. 손을 들여다보았다. 말라붙은 피였다. 그렇다면 이 둔하게 지끈거리는, 반쯤 감각이 없는 곳은……

이마의 한 지점에 손가락을 대 보았다. 그러자 고통이 찾아왔다. 고개를 이쪽저쪽으로 돌려보았다. 바란은 층계 아래쪽에 옆으로 누워 있었다. 그렇다면 그것이 마침내 그를 엄습했을 때 이렇게 된 것이다……

일어서기 위한 준비 단계로 육중한 몸을 움직여 보고, 왼팔과 왼쪽 다리에서 통증을 느끼자마자 몸을 움츠렸다. 빌어먹을! 설마 부러지지는 않았겠지! 난 부러진 뼈를 고치는 주문 따위는 몰라……

또다시 몸을 움직인 바란은 오른팔만을 써서 몸을 굴려 바닥에 앉았다. 발을 앞으로 쭉 뻗은 자세였다. 좋아, 좋아……

　조심스럽게 왼쪽 다리를 굽히며 손으로 만져 보았다. 고통은 줄어들지 않았지만, 부러진 곳은 없는 듯했다. 그런 다음에야 바란은 다리를 향해 자신의 마법을 발휘하기 시작했다. 발을 몇 번 움직여 보자 날카로운 고통은 사라지기 시작했고, 마지막에 약간 걸리는 듯한 느낌을 받았을 뿐이었다. 바란은 자신의 두피頭皮 쪽으로 주의를 돌려 같은 일을 되풀이했고, 같은 결과를 얻었다.

　그러고는 팔 전체를 만져 보았다. 왼쪽 팔뚝을 쥐자 백열한 고통이 전신을 꿰뚫고 지나갔다.

　그렇군.

　조심스럽게, 아주 조심스럽게, 왼손을 폭이 넓은 벨트와 넓은 배 사이에 끼운다. 그러고는 고통을 없애 주는 절차를 또다시 되풀이했다. 이 일이 끝나자 조심스럽게 일어섰고, 안 다친 쪽의 손을 벽에 갖다 대고 몸을 지탱했다. 그러고는 고개를 숙인 채 1분 동안 격한 숨을 몰아쉬고 있었다.

　마침내 허리를 펴고 앞으로 몇 걸음 걸어나갔고, 멈춰 서서 주위를 둘러보았다. 무엇인가가 크게 잘못되어 있었다. 왼쪽에 있어야 하는 것은 벽이었지 지금처럼 대리석 난간이 아니었다. 난간을 훑어보니 그가 있는 곳에서 8보 내지는 10보쯤 떨어진 곳까지 계속되다가 넓은 층계 꼭대기에서 끝나고 있었다. 그곳에서 한참 더 간 곳에서 난간은 또다시 시작되고 있었다.

　난간 너머를 바라보았다. 거대하고 긴 방이 보였다. 사방이 돌벽인 이 방 여기저기에는 그늘이 져 있었고, 벽 윗부분에는 정교한 코니스cornice가 둘러져 있고, 세로 홈이 새겨진 벽기둥 꼭대기에는 조각이 된 기둥머리가 얹혀 있었다. 방 군데군데에는 가구가 놓여 있었고, 검고 길고 좁은 융단이 방 한가운데를 가로지르고 있었다.

앞으로 가서 난간에 몸을 기댔다. 예전에 느꼈던 고소공포증은 씻은 듯이 사라져 있었다. 아마 층계에서 굴러 떨어졌을 때 치유된 것인지도 모른다. 혹은 그 자체가 추락의 예감이었던 것일까…….

기묘하다. 정말 기묘하다……. 바란은 눈동자를 움직였다. 이런 방은 예전에는 존재하지 않았다. '초시간성'에서든, 다른 어디에서든 이런 방은 한 번도 본 적이 없었다. 무슨 일이 일어났던 걸까?

시선이 왼쪽 끝에 있는 모퉁이에 닿은 순간 바란은 얼어붙었다. 높은 등이 달린 의자 여러 개 뒤에 거의 어둠에 잠기다시피 한 부분에서 무엇인가 매우 크고 매우 검은 것이 미동도 않고 서서 바란을 응시하고 있었다. 바란이 이 사실을 알아차린 것은 이 물체의 눈이 어둠 속에서 빨갛게 빛나고 있기 때문이었다. 빨간 눈은 방을 가로질러 바란의 눈을 똑바로 쳐다보았다. 눈 하나 깜짝하지 않고.

바란은 목이 턱 막히는 느낌을 받으며 그냥 놓아두면 히스테리로 발전할 위험성이 있는 비명이 나오려는 것을 억지로 억눌렀다. 저것의 정체가 무엇이든 간에, 저것이 상대하고 있는 나는 마스터급 마법사인 것이다.

바란은 한쪽 손을 들어올리고 폭풍을 해방하기에 앞서 필요한 마음의 평정을 불러냈다.

마음속으로 주문에서 가장 중요한 단어들만 미리 되뇌자 손가락 끝에서 희미한 빛이 너울거리기 시작했다. 손가락들을 모두 한데 모으니 바란의 손은 자체적으로 발하는 빛에 의해 원추형의 양초를 닮은 모양이 되었다. 손가락들을 떼어내자 손가락 사이에 아래쪽을 향해 구부러진 빛이 남았다. 빛은 계속 위로 올라가더니 호를 그리기 시작했고, 처음 생겨난 곳으로 되돌아와서 눈부신 백색의 광구光球를 형성했다. 바란은 광구를 향해 유도 단어를 발한 다음 그늘에 숨어 있는 존재를 향해 직접 내던졌다.

불타오르는 광구는 불꽃을 뒤로 남기며 목표물을 향해 천천히 날아갔다. 거의 둥둥 떠가는 듯한 느낌이었다.

광구가 다가와도 어둠에 잠긴 존재는 미동조차도 하지 않았다. 광구는 목표물에 닿기 직전에 산산조각나며 꺼졌다. 그러자 실제보다 훨씬 더 가까운 곳에서 들려오는 듯한 매력적인 목소리가 말했다. "아주 비우호적이로군. 아주 비우호적이야." 그러더니 물체는 몸을 홱 돌려 옆에 있던 입구를 지나 사라졌다. 빠른 발굽 소리를 남기고.

바란은 천천히 손을 내렸다가, 다시 입가에 갖다 대고는 기침을 하기 시작했다. 얼어 죽을 망령 놈! 도대체 누가 저런 걸 소환한 걸까? 혹시 젤레락이 돌아온 것은 아닐까?

바란은 난간에서 몸을 떼고 층계를 향해 갔다.

층계를 내려가서 방구석을 조사해 보았다. 엷게 앉은 먼지 위에는 둘로 갈라진 발굽 자국이 나 있었다.

홀룬은 욕설을 내뱉으며 엎드렸고, 머리 위로 베개를 끌어올려 손으로 힘껏 눌렀다.

"아냐!" 홀룬은 외쳤다. "난 여기 없어! 다른 데로 가 봐!"

맥박이 빠르게 여러 번 치는 동안 꼼작도 않고 누워 있었다. 그러자 천천히 몸의 긴장이 풀렸다. 베개를 누르던 손이 아래로 내려갔다. 숨소리가 고르게 변했다.

느닷없이 다시 몸이 뻣뻣해졌다.

"안 돼!" 홀룬은 외쳤다. "난 단지 잠을 좀 자려는 불쌍한 마법사 나부랭이일 뿐이야! 그러니까 제발 그냥 놓아 둬. 빌어먹을!"

이 고함소리에 이어 그르렁거리는 소리와 이를 딱딱 마주치는 소리가 났다. 마침내 홀룬은 왼손을 쑥 내밀어 침대 머리맡에 있는, 상아로 상감세공이 된 서랍을 잡아당겼다. 서랍 속으로 손을 쑤셔 넣고 잠시 더듬거리다가 작은 수정구를 꺼냈다.

침대에 등을 대고 누운 다음 뒤통수에 베개를 끼워 넣고 몸을 움츠려 상체를 반쯤 일으켜 앉은 자세를 취했다. 배 위에 반짝이는 수정구를 아슬아슬하게 올려놓고, 수면부족 탓에 퉁퉁 부은 눈을 반쯤 뜨고 내려다보았다. 수정구 안에서 사람 얼굴이 형태를 갖추는 데는 오랜 시간이 걸렸다.

"충분히 중요한 용건이어야 할 거야." 홀룬은 중얼거렸다. "충분하지 못한다면 소름끼치는 병을 가진 하등 생물로 변신하게 될 운명에 있으니까 말이야. 간지러워 미칠 듯한 치질에, 무도병舞蹈病에 시달리는 생물로 말이야. 충분하지 못한다면 악마에게 고문을 당하고, 메뚜기 떼에 뒤덮이고, 상처에 소금이 뿌려지는 고통을 겪게 될 걸. 그러니까……."

"홀룬." 멜리아쉬가 말했다. "중요한 용건이야."

"그러는 편이 나을 걸. 난 혁명군과 맞닥뜨린 왕의 갈보만큼이나 피곤하니까 말이야. 뭘 원하나?"

"사라졌네."

"좋아. 애당초 그걸 원한 사람은 아무도 없잖아?"

홀룬은 접촉을 끊기 위해 손을 움직이려고 하다가 동작을 멈췄다.

"뭐가 사라졌어?"

홀룬이 물었다.

"성이."

"성이? 그 얼어 죽을 성 전체가?"

"응."

홀룬은 한동안 침묵하고 있다가, 몸을 더 곧추세우고는 눈을 문질렀고, 손가락으로 머리카락을 그러올렸다.

"설명해 줘." 잠시 후 홀룬은 말했다. "가급적 알기 쉬운 단어를 써서."

"변화의 땅은 잠시 변화를 멈추고 있었어. 그러더니 다시 변화하기 시작했던 거야. 일찍이 본 적도 없을 정도로 격렬하게. 나는 관찰하기 좋은 지점에서 그걸 볼 수가 있었지. 한동안 그러다가 다시 멈추더군. 성이 사라져 있었어. 이젠 모든 것이 쥐 죽은 듯이 고요하고, 언덕 위는 텅 비어 있어. 무슨 일이 일어났는지 모르겠어. 어떻게 그런 일이 일어날 수 있었는지도. 그게 다야."

"혹시 젤… 그자가 성을 움직이는 데 성공했다고는 생각하지 않나? 그게 사실이라면, 왜? 혹은 '오래된 자'가 움직였다거나?"

멜리아쉬는 고개를 가로저었다.

"다시 로크와 연락을 해 보았어. 관련 정보를 더 찾아냈더
군. 옛 전언前言에 따르면 그 성은 시간을 초월한 존재이고,
시간의 흐름에 그냥 닻을 내리고 함께 흘러가고 있다고 하더
군. 만약 그 닻을 어떤 식으로든 끌어올린다면 성은 영겁의
강에서 표류하게 될 거라나……."

"열라 시적이긴 하지만, 도대체 그게 무슨 뜻이지?"

"나도 모르겠어."

"실제로 그런 일이 일어났다고 생각해?"

"모르겠어. 아마 그럴지도 모르겠군."

"제기랄!"

홀룬은 양쪽 관자놀이를 주무르다가 한숨을 내쉬었고, 수
정구를 집어들고 침대 너머로 발을 홱 내렸다.

"알았어. 알았다니까. 아무래도 직접 조사해 봐야 할 것
같군. 이만큼 노력을 했으니. 하지만 우선 몸을 씻고 뭔가를
먹어야 해. 다른 감시인들과는 얘기를 해봤나?"

"응. 방금 내가 한 얘기에 따로 덧붙일 만한 것은 없어."

"알았어. 성이 있던 장소를 계속 감시하고 있게. 만약 뭔
가 새로운 사태가 벌어진다면 그 즉시 연락해 주고."

"물론 그러겠네. '협의회'에게 이 사실을 통고할 작정인
가?"

홀룬은 얼굴을 찡그리고 접촉을 끊었다. 혹시 '협의회'의
닻을 끌어올려 영겁 속에서 표류하게 만들 수는 없는 것일까.

베인은 흐느낌을 멈추고 오랫동안 깊은 생각에 잠긴 채로
앉아 있었다. 갈트를 바라보는 대신 창문 밖에서 빛과 어둠이
교대로 나타나는 광경을 응시하고 있다가, 마침내 몸을 움직
였다.

갈트의 유해를 바닥에 살짝 내려놓고 일어섰다. 허리를 굽
혀 동료의 꼼짝도 않는 몸을 자기 어깨에 걸머졌다.

전진을 시작한 베인은 벽감에서 나와 오른쪽을 보았고, 몸
을 움찔하고는 왼쪽으로 몸을 돌렸다. 회랑을 따라 천천히 나
아가다가 왼쪽을 향해 올라가는 낮은 층계와 마주쳤다. 층계
너머에 열린 문 몇 개가 있는 짧은 복도가 보이는 것을 흘낏
보고는 층계를 올라가기 시작했다.

아까보다 더 천천히, 신중하게 이동하면서 방들을 조사해
보았다. 모두 비어 있었다. 두 번째와 세 번째 방은 침실이었
고, 첫 번째 방은 거실이었다.

세 번째 방으로 들어가서 허리를 굽히고 한손으로 침대
시트를 잡아당겼다. 갈트를 침대 위에 올려놓고 손발을 단
정하게 모아 놓았다. 몸을 수그리고 입을 맞춘 다음 시트로
덮었다.

몸을 돌리고는 뒤를 돌아다보지 않고 방에서 나와 등 뒤에
서 문을 닫았다.

오른쪽으로 가자 복도가 끝나며 오른쪽으로 통하는 낮은
아치문이 나왔다. 아치문은 아래층으로 내려가는 좁다란 층
계로 이어지고 있었다.

층계를 내려가자 연회용 식당이 눈에 들어왔다. 긴 식탁
끝에는 네 사람 분의 자리가 준비되어 있었다. 식탁 윗자리에

는 빵이 담긴 바구니가 놓여 있었다. 빵을 움켜쥐고 먹기 시작했다. 냅킨으로 덮은 접시에는 얇게 자른 고기가 담겨 있었다. 베인은 이것도 허겁지겁 먹기 시작했다. 그 옆에 놓인 토기로 만든 단지에는 적포도주가 담겨 있었다. 베인은 단지에 직접 입을 대고 포도주를 꿀꺽꿀꺽 마셨다. 식탁 주위를 돌며 이렇게 먹고 마시는 동안 어느새 아까 자신이 왔던 방향을 마주보고 있었다.

층계는 사라져 있었다. 그가 들어왔던 지점에는 이제 딱딱한 벽이 자리 잡고 있었다. 여전히 열심히 음식을 씹으면서 방을 가로질러 벽을 두들겨 보았다. 소리를 들으니 속이 빈 벽 같지는 않았다. 베인은 몸을 떨고 뒤로 물러났다. 이 장소는……

몸을 돌려 방 너머에 있는 양쪽으로 여닫는 식의 문으로 가서 도망치듯이 밖으로 나왔다. 회랑은 회랑으로 내려오는 층계와 마찬가지로 넓었다. 벽은 비단천과 강철 무기 따위로 장식되어 있었고, 바닥의 일부는 초록색 융단으로 덮여 있었다. 벽에 걸린 무기 중 가장 쓸모 있어 보이는 것을 향해 손을 뻗쳤다. 짧고 약간 무거운 양날 검이었고, 단순한 모양의 칼자루가 달려 있었다. 양손에 검을 쥐고, 검을 휘두를 때의 느낌이 어떤지를 알아보려고 몸을 돌리자 방금 식당에서 나왔을 때 지나온 문은 사라져 있고, 그 자리에는 진주 빛을 띤 부드러운 광선이 흘러나오는 창문이 나 있었다.

베인은 왔던 길을 되돌아가서 창문 너머를 내다보았다. 아까는 산이 없었던 곳에서 산맥이 아래로 가라앉고 있었다. 하늘 전체가 이제는 둔한 백색이었고, 태양도 별도 보이지 않았다. 마치 여러 단계의 세기를 가진 광원光源들이 머리 위에서 균일하게 뒤섞여 버린 듯한 느낌이었다. 은빛 물질이 앞으로 돌진하다가 멈췄고, 다시 움직이기 시작했다. 그것이 자신이 있는 창문을 향해 조금씩 다가오고 있는 물이라는 사실을 깨닫는 데는 조금 시간이 걸렸다. 창가에서 떨어져 나와 층계 쪽으로 갔다.

베인은 마음속에 뿌리를 내린 두려움을 필사적으로 억누르고, 이 성과 그 내부의 모든 것들을 향한 증오로 대체했다. 층계 아랫단 쪽에 도달한 다음, 건축 양식에 관해서는 풍부한 지식을 가지고 있다고 자부하는 그조차도 알아볼 수 없는 낯선 양식으로 정교하게 장식된 대기실을 지나갔다. 베인은 메인 홀로 이어지는 문간 위에서 멈춰 섰다.

홀에는 아무도 없었다. 아래쪽 사면에서 이 성의 노예들에게 생포당해 압송되었을 때 지나왔던 곳이라서 낯이 익었다. 베인과 갈트는 성의 집사인 바란 앞으로 끌려왔고, 판에 박은 듯한 매도를 당한 후 지하에 유폐되었던 것이다. 그날을 기억하자 칼자루를 쥔 손에 힘이 들어갔다. 곧 베인은 거대한 문을 지나 성큼성큼 홀을 가로지르기 시작했고, 외부로 통하는 작은 문이 있는 응접실을 향해 갔다.

응접실에 다가갔을 때 베인은 당혹한 표정으로 발걸음을 늦췄다. 나무로 만든, 키가 큰 물체 앞면에 달린 둥근 문자반이 날카롭게 윙윙거리고 있었다. 더 가까이 다가가서 자세히 들여다보니 원형의 진동하는 영역이 문자반 바로 위에 떠 있는 것을 알 수 있었다. 그 성질이나 원인을 짐작할 수는 없었지만, 그다지 위협적으로는 보이지 않았다. 베인은 미지의 마법에는 간섭하지 않기로 하고 그 옆을 그냥 지나 응접실로 들어갔다.

응접실을 재빨리 가로질러 현관문에 손을 댔다가 잠시 주저했다. 성 밖에서는 기묘한 일들이 일어나고 있다. 그러나 그것은 성 안도 마찬가지가 아니던가.

걸쇠를 풀고 문을 열었다.

엄청난 강풍의 포효를 닮은 절규가 베인의 고막을 울렸다. 시야가 닿는 모든 곳이 온통 물로 뒤덮여 있었다. 그러나 이 토록 광막한 수면에 당연히 존재해야 할 파도라든지 파문波紋 따위가 보이지 않았다. 물 위를 뒤덮다시피 한 안개 내지는 물보라 때문인 것일까……

검을 앞으로 내밀어 축축한 안개 속으로 밀어 넣어 보았다. 다음 순간 베인은 검을 홱 잡아 빼고 있었다.

검 끄트머리는 녹이 슬어 완전히 사라져 버린 상태였다. 검 끄트머리에 아직도 들러붙은 산화된 부분을 만지자 손가락 밑에서 가루로 변해 아래로 떨어졌다. 귀청이 떨어져 나갈 듯한 날카로운 소리가 계속 들려왔다. 하늘은 여전히 이음매를 찾아볼 수 없는 진주 빛의 광막한 공간이었다.

문을 닫고 빗장을 지른 다음 등을 갖다 대고 섰다. 베인은 몸을 떨기 시작했다.

보석과 옷을 작은 꾸러미에 집어넣고 침대 옆에 둔 세미라마는 가져갈 가치가 있는 것이 또 있을까 생각하며 방 안을 왔다 갔다 하고 있었다. 화장품을 가져갈까?

문을 두드리는 소리가 들렸다. 근처에 있던 세미라마는 직접 문을 열었다.

젤레락이 미소 지으며 세미라마를 바라보고 있었다.

"오!"

세미라마의 얼굴이 붉어졌다.

"당신의 언어 능력이 필요해졌습니다."

젤레락은 장밋빛 렌즈를 끼운 고글goggle을 목에 걸고 있었다. 허리에 찬 길고 가느다란 칼집에서는 진홍색 지팡이의 자루 부분이 튀어나와 있었다. 젤레락은 허리를 굽혀 절하고 세미라마 왼편의 회랑을 가리켰다.

"저와 함께 가 주십시오."

"예, 물론입니다."

세미라마는 밖으로 나가 젤레락과 나란히 서서 걷기 시작했다. 창밖을 흘깃 보니 끝없이 펼쳐지는 바다와 그 위의 진주 빛 하늘이 눈에 들어왔다.

"뭔가 문제가 있습니까?"

이윽고 세미라마가 물었다.

"예. 실은… 간섭이 있었습니다."

젤레락이 대답했다.

느닷없이 머리 위에서 말발굽 소리를 연상시키는, 무엇인가가 돌진하는 소음이 들려왔다.

"거구의 검은 머리 사내가 작업 중인 저를 방해했습니다."

젤레락이 설명했다.

"그럼 그 때문에 그… 경련이 일어난 건가요? 그리고 이런 효과들도 모두?"

젤레락은 고개를 가로저었다.

"아닙니다. 누군가가 유지 주문을 해제했기 때문입니다. 이제 우리는 정상적인 시간의 흐름 속에 있지 않습니다."

"혹시 투알루아가 그랬다고 생각하시는 건가요? 아니면 그 낯선 사내가?"

젤레락은 다른 창문 앞에 멈춰 서서 밖을 내다보았다. 바다는 이제 거의 뒤로 물러나 있었고, 이제는 육안으로도 산맥이 융기하고 있는 것을 볼 수 있었다.

"투알루아가 그런 일을 할 수 있는 상태라고는 생각하지 않습니다. 아까 그 낯선 사내도 그걸 보고 저만큼이나 깜짝 놀랐을 겁니다. 그렇지만 의식을 잃기 직전에 저는 그 사내의 영혼을 흘깃 보았습니다. 그자는 일종의 정령 내지는 악마적인 존재였고, 일시적으로 인간 모습을 하고 있었을 뿐입니다. 그래서 저는 의식을 되찾자마자 이쪽으로 도망쳐 왔던 겁니다. 제가 모아 놓은 모종의 도구들을 꺼내기 위해서 말입니다." 젤레락은 엄지손가락으로 지팡이 위쪽을 어루만졌다. "이것은 그런 종류의 존재를 처리하기 위한 제 무기입니다. 틀림없이 당신도 본 기억이 있을 겁니다. 오래 전에……."

세미라마는 훅하고 숨을 들이켰다. 하늘 전체가 새빨간 빛으로 타오르더니 눈이 멀 듯한 흰 광채를 발했기 때문이다. 눈을 가리고 고개를 돌렸지만, 백색광은 이미 스러지고 있었다.

"저건… 저건 뭔가요?"

젤레락은 눈가에서 손을 내렸다.

"아마 세계의 종말이었겠지요."

하늘이 점점 어두워지다가 마침내 뿌옇고 노리끼리한 색깔로 변하는 것을 그들은 지켜보았다. 이 상태는 지속적이었다. 이윽고 젤레락은 창가에서 몸을 돌렸다.

"어쨌든 간에, 그 존재는 투알루아를 진정시키기 위해 제가 쓸 작정이었던 본래의 수단을 무용지물로 만들어 놓았습니다. 그래서…" 여기서 젤레락은 고글에 손을 댔다. "이것을 가져온 것입니다. 과거에는 제 눈과 목소리만으로도 투알루아를 매료할 수 있는 시절이 있었지만, 이제는 제 안력眼力을 강화해야 할 필요가 있습니다. 일단 투알루아를 불러내서 위로 올라오게 해 주십시오. 저와 투알루아가 잠깐 서로를 바라볼 수 있도록."

"그런 다음에는?"

"유지 주문을 원상 복구시켜야 합니다."

"무엇이, 누가 그 주문을 부순 겁니까?"

"일단 제 완전한 힘을 되찾은 다음 그 인물을 찾아내서 처리해야 합니다."

젤레락은 다시 걷기 시작했다. 세미라마도 옆에서 함께 걷기 시작했다.

"그렇다면 우리는 정말로 궁지에 몰려 있는 거군요. 설령 당신이 지금 말한 일들을 실행에 옮긴다고 해도, 그 다음에는 어디로 가게 되는 겁니까?"

젤레락은 거친 웃음소리를 냈다.

"제 지식조차도 한계에 다다를 때가 있습니다. 반면, 발명 능력에도 한계란 것이 없지만 말입니다. 두고 봐야 할 겁니다."

그들은 전진을 계속했고, 층계를 지나 모퉁이를 돌았다.

"젤레락, 이 장소는 어디서 온 것인가요?"

"그것에 관해서도 알아낼 수 있을지도 모릅니다. 아직 확실하지는 않지만, 저는 이 장소가 ─ 어떤 식으로든 ─ 살아 있다는 사실을 믿기 시작하고 있습니다."

세미라마는 고개를 끄덕였다.

"저도 그런 기묘한 느낌을 받고 있었어요. 그게 사실이라면, 그것은 누구 편에 서 있는 걸까요?"

"아마 자기편일 겁니다."

"강대한 힘을 가지고 있지 않나요?"

"어느 창문이든 골라 밖을 내다보십시오. 그렇습니다. 이 장소에서는 너무나도 많은 강력한 것들이 작용하고 있습니다. 저는 그것이 마음에 들지 않습니다. 저는 과거에 제 의지를 저보다 더 강력한 힘에 의해 예속隷屬당한 적이 있고……."

"저도 아닙니다."

"…그리고 또다시 그런 일이 일어나는 것을 방관할 생각은 없습니다. 그런다면 우리 두 사람 모두, 그리고 기타 많은 일들이 종말을 맞이할 것입니다."

"무슨 뜻인지 모르겠습니다."

"만약 제 의지가 무너진다면, 당신의 살은 제가 당신을 소환하기 전의 티끌로 다시 돌아갈 것입니다. 그리고 제 의지에 의존하고 있는 다른 것들도 사라지게 됩니다."

세미라마는 젤레락의 팔을 잡았다.

"조심하셔야 합니다."

젤레락은 또다시 웃었다.

"전투는 방금 시작되었을 뿐입니다."

젤레락의 팔을 잡는 세미라마의 손에 힘이 들어갔다.

"하지만 여정은 이제 끝나 가고 있는 것인지도 모릅니다. 보십시오!"

세미라마는 전방의 창문을 가리켰다. 박명이 깃든 하늘에 극히 희미한 태양의 호弧가 생겨나 있었다.

젤레락이 긴장하는 것을 느낄 수 있었다.

"서두르십시오!"

젤레락이 말했다.

다음 모퉁이에서 세미라마가 뒤를 흘낏 돌아다보자, 텅 빈 벽이 있을 뿐이었다.

제10장

딜비쉬가 방의 북동쪽 가장자리를 슬금슬금 나아가자 방 안의 광경이 점점 더 뚜렷해졌다. 뒤집혀진 화로, 검은 도형, 여기저기를 더듬는 촉수, 손수레 위에 누워 있는 반라의 젊은 여자, 희미한 빛을 발하는 끝이 둘로 갈라진 발굽 자국…….

가급적 조용하게 검을 칼집에 집어넣었다. 저런 촉수를 가진 존재에 대해서 검은 별반 쓸모가 없을 것이라고 느꼈기 때문이다. 차라리 양손을 쓸 수 있는 편이 낫다. 재빨리 앞으로 나아가서 외바퀴 손수레의 좌우 손잡이를 잡았다. 그와 거의 동시에 촉수 끝이 수레바퀴에 닿았다. 딜비쉬는 손수레를 들어올리고 뒤로 잡아당겼다. 촉수가 미끄러지며 바퀴에서 떨어져 나갔다. 아래쪽 수중에서 철퍽거리며 몸부림을 치는 소리가 들렸다. 딜비쉬는 계속 뒤로 물러났다.

느닷없이 나락 가장자리에서 촉수가 솟구치며 딜비쉬 키의 족히 두 배는 되는 높이까지 올라왔다. 딜비쉬는 뒤로 물러나며 왼쪽으로 홱 방향을 틀었다. 촉수는 딜비쉬가 곧바로 후퇴했다면 있었을 장소 위에 철썩 떨어졌다. 촉수는 여기저기를 마구 더듬기 시작했다. 그러나 딜비쉬는 곧 촉수가 닿지 않는 곳까지 후퇴했다. 동쪽 통로의 입구 근처였다. 손수레를 반대 방향으로 돌려 통로를 올라가기 시작한다. 뒤에서는 계속 철퍽거리는 소리가 들려왔다.

서둘러 앞으로 나아가면서 처음으로 손수레 안에 있는 사람이 누구인지를 확인할 여유가 생겼다. 딜비쉬는 날카롭게 숨을 들이키며 멈춰 섰고, 손수레를 내려놓고는 그 주위를 돌아 앞쪽으로 갔다. 아를라타의 가슴은 여전히 상하로 천천히 움직이고 있었다. 웃옷을 여며 주고 얼굴을 찬찬히 뜯어보았다.

"아를라타?"

아를라타는 꼼짝도 하지 않았다. 더 큰 소리로 이름을 불러 보았지만 반응이 없었다. 뺨을 가볍게 때려 보았다. 머리가 힘없이 한쪽을 향하더니 움직이지 않는다.

다시 손수레 뒤로 가서 밀기 시작했다. 그렇게 해서 처음 들어간 방은 도구로 가득 찬 창고였다. 계속 나아가며 다른 방들을 살펴보았다. 네 번째 방은 천이나 아마포亞麻布 따위를 놓아둔 곳이었고, 접어놓은 커튼과 담요, 침대시트, 양탄자, 타월 따위가 가득 쌓여 있었다. 수레를 밀고 이 방으로 들어가서 아를라타를 묶은 줄을 풀고 있었을 때, 하나뿐인 작은 창문에서 붉은 빛이 번득였다가 사라지는 것이 보였다. 아마포 무더기 위에 아를라타를 내려놓고 펼친 담요로 덮는다.

손을 뒤로 돌려 문을 닫은 후 회랑을 나아가던 딜비쉬는 앞쪽을 빤히 바라보았다. 회랑이 딜비쉬의 눈앞에서 아까보다 더 밝아지고 있었다. 모든 빛은 작은 창문 몇 개를 통해 들어오는 것이 전부였다. 빛의 양이 증가하자 또다시 끝이 갈라진 발굽 자국이 눈에 들어왔다. 딜비쉬는 발굽 자국을 따라 나아갔지만, 융단이 깔린 복도에서 발굽 자국은 사라졌다. 마음을 정하지 못하고 잠깐 그 자리에 서 있다가 어깨를 으쓱하고는 왼쪽을 향해 가기 시작한다. 밝고 일직선으로 길게 뻗어 나가는 회랑이었지만, 잠시 후 기묘한 일이 일어났다. 여섯 걸음쯤 앞으로 간 곳에 있는 빈 공간이 가물가물한 빛을 발하더니 어두워졌던 것이다. 공간은 연기처럼 소용돌이치며 응축凝縮되었다. 다음 순간에 딜비쉬는 돌벽을 마주 보고 있었다.

딜비쉬는 웃었다.

"알았어."

딜비쉬는 뒤로 돌아서 회랑의 남은 부분을 향해 갔다. 그러면서 칼집 안의 검이 조금 뽑혀 있는지를 확인했다.

오딜과 호지슨과 더콘은 얼마 전 찾아낸 식료품 저장고에서 실컷 배를 채우고 있었다.

"도대체 저건 뭐지?"

더콘은 구운 양다리를 쥔 손으로 갑작스레 불타는 듯이 새빨간 빛을 발하기 시작한 작은 천창天窓을 가리켰다.

다른 사람들도 그쪽을 보았고, 이내 고개를 돌려 외면했다. 붉은 빛이 사라지고 점점 더 밝은 빛이 비쳐 오기 시작했기 때문이다.

"불이라도 난 건가?"

오딜이 의아한 어조로 말했다. 그러자 빛이 스러지면서 천창은 다시 어두워졌다.

"그보다는 더 일반적인 것 같아."

호지슨이 대꾸했다.

"무슨 얘긴지 모르겠군."

오딜이 말했다.

"밖에서 일어나고 있는 모든 일이 정상적인 경우와는 비교도 안 될 정도로 빠르게 진행되고 있는 것 같다는 뜻이야."

"그럼 어떤 식으로든 우리가 그랬다고… 우리가 유지 주문을 깼을 때 저렇게 된 거라고 말하고 싶은 건가?"

"아무래도 그런 것 같군."

"그러면 그냥 벽이 무너진다든가 그런 일만 일어날 줄 알았어?"

더콘은 오딜을 보며 웃음을 터뜨렸다.

"그럼 지금 이 장소에서 밖으로 나가면 죽는다는 얘기잖아! 황야에 남겨지거나, 괴물들과 맞닥뜨리거나 아니면 그보다 더 나쁜……."

더콘은 또 웃고는 오딜에게 술병을 슬쩍 던졌다.

"받아. 한 잔 하는 편이 나을 거야. 자네도 이제 상황을 파악하기 시작한 모양이군."

오딜은 마개를 열고 포도주를 꿀꺽 들이켰다.

그러고는 "이제 어떻게 해야 하지?"라고 물었다. "만약 우리가 여기서 나갈 수 없다면……."

"바로 그거야. 대안이 뭐였지? 우리가 처음에 뭘 하려고 했던지 기억나나?"

한 모금 더 마시려고 술병을 기울이던 오딜은 병을 내리고 눈을 크게 떴다.

"가서 놈을 구속해 보겠다는 얘기야? 우리 세 명이서만? 지금 같은 상태에서?"

호지슨은 고개를 끄덕였다.

"베인이 제정신을 찾도록 하거나, 딜비쉬를 찾아내지 않는 이상 우리 세 사람의 힘만으로 그래 봐야 해."

"설령 성공한다고 해도 그게 우리한테 무슨 소용이 있다는 거지?"

호지슨은 눈을 내리깔았다. 더콘은 으르렁거리는 듯한 소리를 냈다.

"아마 아무 소용도 없겠지." 더콘이 말했다. "하지만 지금 일어나고 있는 일을 역전시키거나 아니면 우리를 원래 왔던 곳으로 되돌려 보낼 만한 능력을 가진 존재는 여기서 '오래된 자' 밖에 없어."

"어떻게 할 작정인데?"

더콘은 어깨를 으쓱하고는 조언을 구하는 듯한 표정으로 호지슨을 보았다. 호지슨이 아무 말도 하지 않자 더콘은 운을 뗐다.

"흐음. 내가 알고 있는 가장 강력한 구속 주문들 몇 개를 수정하고, 결합해서……."

"그렇지만 그것들은 악마용이잖아. 안 그래?" 오딜이 되물었다. "저기 저놈은 악마가 아냐."

"그래. 하지만 뭘 구속할 때의 원칙은 어떤 경우든 같아."

"그건 사실이야. 하지만 통상적인 '힘을 가진 이름' 가지고서는 '오래된 자' 같은 존재를 아마 통제할 수는 없을 거야. 그런데 필요한 이름을 얻기 위해서는 '장로신'들까지 거슬러 올라가야 해."

더콘은 손바닥으로 자기 허벅지를 철썩 때렸다.

"좋아! 그걸 고민하고 있으라고! 자네가 적절한 '이름' 목록을 만들고 있으면 나는 그걸 어떻게 수정할지 생각해 볼게. 그 방에 도착한 다음 그것들을 조합해서 그 녀석을 꽁꽁 묶는 거야!"

오딜은 고개를 가로저었다.

"그렇게 쉬운 일이 아냐⋯⋯."

"그래도 해 봐!"

"나도 도와줄게." 오딜이 자신 없는 표정을 짓자 호지슨이 말했다. "그것 말고는 나도 다른 방법이 생각나지 않거든."

세 사람은 이런 얘기를 하며 식사를 마쳤다. 더콘이 주문을 조합한 다음 "더 기다릴 것도 없잖아?"라고 말하자 오딜과 호지슨은 고개를 끄덕였다.

그들은 식료품 저장고를 나와 멈춰 섰다.

"우린 저쪽에서 왔어." 호지슨은 오른쪽 벽가에 손을 대고 미간을 찌푸리며 말했다. "맞지?"

"그런 것 같아."

더콘이 이렇게 말하며 오딜을 보자 오딜도 고개를 끄덕였다.

"그랬지. 하지만⋯⋯." 더콘은 왼쪽으로 돌아섰다. "하지만 이제는 이 길밖에는 남아 있지 않아."

일동은 그쪽을 향해 걸어가기 시작했다.

호지슨이 헛기침을 했다.

"무엇인가가 목표로부터 우리를 떼어내려고 유도하고 있는 것만은 확실해." 호지슨은 넓고 천장이 낮은 회랑을 지나며 말했다. "젤레락이 돌아와서 우리를 가지고 놀고 있든가 아니면 '오래된 자'가 우리 의도를 알아차리고 엉뚱한 곳으로 보내고 있는 거야. 만약 그게 사실이라면……."

"아냐." 더콘이 말했다. "무엇인가 다른 것이 이 모든 일의 배후에 있다는 걸 느낄 수가 있어."

"뭐라고?"

"잘은 모르겠지만, 우리에게 특별히 적의를 가지고 있는 것 같지는 않군."

회랑을 나와 모퉁이를 돌자 작은 방이 나왔다. 육중한 나무 탁자 위에 각각 길이가 다른 세 자루의 검이 놓여 있었다. 칼집과 검대도 딸려 있었다.

"아무래도 그런 것 같아." 더콘이 말했다. "틀림없이 각자 마음에 드는 검을 찾을 수 있을 걸."

"검 치고는 확실히 마음에 드는군."

오딜이 중얼거렸다. 세 사람은 앞으로 나아가 검을 집어들었다.

검은 존재는 누벽 위로 튀어나왔다. 희끄무레하고 거무스름하며 노란 하늘 아래에서 빨간 눈이 번득인다. 뒤로 고개를 홱 치켜들고 모래와 바위로 이루어진 맥동하는 풍경을 바라보았다. 바람이 비명을 지르며 몰아닥쳤다. 거친 바람이었다.

"왔소." 검은 존재는 특수한 방법으로 말했다. **"우리가 함**

께 말을 나눌 수 있는 이 장소로. 당신을 도와주겠소."

"아마 그럴 수 있을지도 모르겠군."

사방팔방에서 대답이 돌아왔다.

"'아마'라니 무슨 뜻이오?"

"그자는 너를 악마라고 생각하고 있어, 작은 형제."

"그렇게 생각하도록 놓아두시오. 그보다 더 중요한 문제가
있소."

"사실이야. 그러니까 '엽견獵犬'에만 신경을 쓰기로 하
지."

"무슨 뜻인지 모르겠소."

"그러니까 더 주의해서 귀를 기울이는 편이 나을 거야."

조금 다리를 절며 메인 홀로 이어지는 문간으로 가면서 ―
통로를 지나올 때마다 배후가 막히는 탓에 이곳 말고는 달리
갈 곳이 없었다 ― 바란은 베인이 자신을 본 순간 베인을 보
았다. 바란은 망설였다. 베인은 망설이지 않았다.

베인은 욕설을 내뱉고, 검을 휘두르며 앞으로 돌진했다.

반쯤 가로질렀을 때 베인 옆에서 무엇인가를 찢는 듯한
소리가 들리더니 왼쪽 허공에서 V자 모양의 검은 공간이 열
리며 거대한 손이 튀어나왔다. '손'은 베인의 허리께를 움
켜잡고는 위로 들어올려 내던졌다. 홀 바닥에서 튕기며, 미
끄러지는 베인의 손에서 끄트머리가 녹슨 검이 떨어져 나가
며 빙빙 돌았다. '손'은 다시 베인의 몸을 들어올려 거울이
박힌 벽을 향해 내던졌다. 벽에 격렬하게 부딪친 베인은 꼼
짝도 하지 않았다.

바란이 홀 안으로 쿵쾅거리며 들어가는 동안 '손'은 공중에 떠 있었다. 베인은 바란 쪽으로 고개를 돌리고 나직하게 신음했다.

'손'은 천천히 주먹을 쥐면서 베인에게 다가가기 시작했다.

"저건 베인이야!"

"저기 바란이 있어!"

"저 자식을 잡아!"

바란이 황급히 홀 안쪽을 보자 세 명의 사내가 들어오고 있었다. 바란은 과거에 포로였던 이들을 알아보았고, 상대가 무장하고 있다는 사실을 즉시 깨달았다. 사내들은 바란 쪽으로 달려오기 시작했다. 홀 양쪽에 거울이 늘어서 있는 탓에 여러 명이 달려오는 것처럼 보인다.

바란은 이들을 향해 몸을 돌리며 오른손으로 검을 뽑았지만 팔은 그냥 늘어뜨리고 있었다. 왼손은 여전히 허리띠에 끼우고 있었다.

베인을 내리치려던 거대한 '손'은 손가락을 활짝 펴더니 다가오는 사내들을 향해 날아갔다. 그것이 오는 것을 보고 오딜은 고개를 홱 숙이고 검을 휘둘렀지만 맞추지는 못했다. '손'은 더콘을 강타했다. 더콘은 뒤로 쓰러지며 호지슨에게 부딪혔고, 두 사내는 함께 바닥에 쓰러졌다. 그러자마자 '손'은 방향을 돌려 오딜 쪽으로 날아갔다. 네 손가락이 일그러지듯이 꺾이고, 엄지손가락이 구부러진다.

치켜든 검을 바란에게 내려치기 직전이었던 오딜 뒤로 접근한 '손'은 오딜의 몸을 으스러져라 움켜쥐고 공중으로 올라갔다. 손가락 하나를 향해 검을 내리치는 오딜의 코에서 피가 솟구치고, 갈비뼈가 부러지는 뚝뚝 소리가 났다.

다음 순간 바란은 홀 오른쪽에서 녹색의 번득임을 보았다. 새로 잡힌 포로이다. 세미라마가 간호한다고 그렇게 난리를 쳤던…….

'손'은 움찔하며 한층 더 힘을 넣었다. 오딜은 축축한 느낌을 주는 외마디 비명을 발하고는 손아귀 안에서 축 늘어졌다. 손에서 검이 미끄러진다. 그러자 '손'은 손가락을 펴며 일그러진 오딜의 몸을 딜비쉬를 향해 내던지더니 곧바로 돌진했다.

호지슨과 더콘이 일어나고, 홀 너머에 쓰러져 있던 베인의 몸이 천천히 꿈틀거리는 것을 본 딜비쉬는 이 시점에서 자신을 도와줄 수 있는 사람이 아무도 없다는 사실을 깨닫고 있었다. 앞으로 달려나가 '손' 아래로 몸을 굴리면서, 보유한 마법 중 어떤 것이 쓸모가 있을지 생각해 보고 있었다. 초록색 장화는 바닥에 닿자마자 딜비쉬의 몸을 일으켜 세워 주었다. 딜비쉬는 검을 들어올리며 몸을 홱 돌렸고, 바로 앞까지 육박한 '손'의 새끼손가락을 내리쳤다.

'손'이 경련을 일으켰다. 절단된 새끼손가락은 투명한 액체를 흘리며 ― 액체는 곧 연기로 변했다 ― 바닥으로 떨어져 반쯤 뒤집혔다.

바란은 검을 들어올리며 뒷걸음질쳤다. 남은 손가락들을 쭉 뻗고 아래쪽으로 뚝 떨어진 '손'은 마룻바닥을 스치는 듯한 동작으로 딜비쉬를 치려고 했다.

딜비쉬는 '손' 위를 껑충 뛰어넘으며 칼을 내리쳤고, 엄지손가락 등에 옅은 상처를 입혔다. 착지했을 때 더콘과 호지슨이 옆으로 왔다.

"산개散開해!" 딜비쉬는 말했다. "사방에서 공격하는 거야! 떨어져 있어!"

손등으로 그들을 치려고 했던 '손'은 세 개의 칼날이 여러 각도에서 자신을 공격해 들어오자 동작을 멈췄다. 딜비쉬는 앞으로 달려나가 검을 내리쳤다. '손'이 자신을 치려고 하자 뒤로 껑충 물러난다. 이런 일이 일어나고 있는 동안에도 호지슨과 더콘은 검으로 '손'을 내리치고 있었다. '손'이 이 두 사람을 밀쳐 낸 순간 딜비쉬가 재빨리 달려와 또다시 옅은 상처를 입혔다. 이제는 십여 개의 상처에서 연기가 피어오르고 있었다.

딜비쉬는 춤추는 듯한 동작으로 뒤로 물러나면서 거울에 비친 베인의 모습을 보았다. 검을 쥐고 천천히 앞으로 기어 나오고 있다.

일어서서 자세를 가다듬은 더콘이 또다시 '손'을 공격했을 때 딜비쉬도 함께 움직였다. 그러나 바로 그 순간 '손'은 그들의 검이 닿지 않는 공중으로 똑바로 날아올라 갔다. 바란이 그들을 공중에서 한 사람씩 내리칠 것이라는 사실을 재빨리 간파한 딜비쉬는 검을 머리 위로 들어올렸다. 다른 사람들도 같은 동작을 취하고 있었다. 딜비쉬가 마법을 써서 공격하려고 결심한 것은 이때였다. 침착한 목소리로 고색창연한 주문을 발하기 시작한다.

이것은 '외포畏怖의 주문' 중에서는 약한 축이었고, 하루 동안 어떤 장소를 절대적인 어둠으로 완전히 뒤덮는 효과를 가지고 있었다. 주문 일부를 들은 더콘이 놀라서 훅 하고 숨을 들이키는 소리가 들렸다.

'손'은 원을 그리며 짐짓 공격하려는 듯한 동작을 몇 번 보였다. 다음 순간 탄식하는 듯한 소리가 홀 전체를 가득 채우는 것과 동시에 기온이 뚝 떨어졌다. 딜비쉬가 주문을 마치자 빛이 마치 썰물처럼 말려 들어가기 시작했다.

칠흑 같은 어둠만이 남았다.

"바란을 죽여!"

딜비쉬는 작게 외치고는 재빨리 움직였다.

앞을 향해 검을 쭉 뻗은 자세로 바란이 서 있던 곳을 향해 갔다. 무엇인가가 쉬이익 하고 아래로 내려오는 소리를 듣고 바닥에 납작 엎드렸다. '손'이 딜비쉬의 몸 위를 통과했다.

서둘러 다시 일어나 전진을 재개했다. 근처에서 숨을 들이키는 소리가 들렸지만, 그것은 한 번 뿐이었고 또 어디서 들려왔는지도 확실하지 않았다. 맞잡고 격투를 벌이는 듯한 소음이 잠깐 들려오더니 더콘과 호지슨이 동시에 욕설을 내뱉었다. 어둠 속에서 서로에게 부딪친 것이다.

등 뒤 어딘가에서 또다시 쉬이익 하는 소리와 쿵 하는 소리가 들려왔다. '손'이 바닥을 내리친 소리였다.

바란은 왼쪽이나 오른쪽 아니면 뒤로 움직였을 가능성이 있었다. 그러나 뒤로 갔다면 구석진 곳으로 몰릴 가능성이 높았다. 이동의 제약이 가장 적은 것은 왼쪽인 듯했기 때문에 딜비쉬는 그쪽으로 몸을 돌렸고, 몸 앞에서 검을 휘두르며 전진하기 시작했다.

응접실 쪽에서 새어 나오는 아주 작은 빛을 보았다. 그러나 그런 일은 불가능하다. '외포의 주문'은 모든 광원光源을 억제하기 때문이다.

불빛이 더 밝아졌다.

이제 물체의 희미한 윤곽을 볼 수 있을 정도였다. 뭔가 잘못되었다. '외포의 주문'을 깰 수 있는 힘 따위가 존재한다는 얘기는 일찍이 들어본 적이 없었다. 그러나 희미한 조명이 홀 전체로 스며들고 있다는 사실에는 의심의 여지가 없었다.

머리 위의 높은 곳에서 유령 같은 '손'이 허공을 더듬고 있었다. 몇 초 있으면 또다시 딜비쉬의 머리 위로 떨어질 것이다. 딜비쉬는 황급히 주위를 둘러보았다. 움직임이 보인다. 웅크리고 있는 사내들의 윤곽. 하지만 그중 누구일까?

느닷없이 또 격투를 벌이는 소리가 들려왔지만 이번에는 짧은 비명과 함께 금세 조용해졌다. 그러고는 또 싸우는 소리가 들려왔다. 앞쪽에서 오른쪽으로 약간 비껴간 곳이다. 그렇다! 저기다!

두 그림자가 바닥에서 함께 몸부림치고 있었다. 딜비쉬가 신중하게 전진하기 시작한 순간에도 또다시 비명이 울려 퍼졌다.

어둠은 계속 스러져가고 있었다. 허공에 떠 있는 무엇인가가 시야에 들어왔다. '손'이었다. 이제는 뚜렷하게 보였다. 주먹을 쥐었다가 펴더니, 경련하듯이 꿈틀거리기 시작한다. '손'은 아래로 푹 떨어지다가 다시 올라가는 일을 몇 번 되풀이했다.

남은 손가락을 쭉 뻗더니 위쪽에서 꼼짝도 안 하는 사내 아래로 넣었다. 그러고는 떨면서 바란을 공중으로 들어올렸다. 그 아래에 있던 사내는 베인이었다. 바란의 검이 가슴에서 튀어나와 있는 것이 보인다.

점점 더 밝아지는 빛 속에서 '손'은 경련을 계속하며 공중으로 높이 올라갔다. 어스레한 어둠을 배경으로 '손' 뒤에 있는 V자 모양의 칠흑 같은 암흑이 뚜렷하게 보인다. '손'은 바란과 함께 이 균열 안으로 되돌아가기 시작했다.

딜비쉬와 다른 사내들은 마침내 세 개의 거대한 손가락 끄트머리만 허공에 남는 것을 보았다. 이윽고 이것들도 시야에서 사라지며 균열은 벽력같은 소리를 내며 닫혔다.

그 즉시 그들은 주위의 움직임을 자각했다.

몸을 돌리자 벽가에 늘어선 거울은 여러 개의 거대한 얼굴을 비추고 있었다. 검고, 붉고, 노랗고, 흰 얼굴을. 개중에는 거의 인간처럼 보이는 것도 있었지만, 대다수의 얼굴에서는 인류와 닮은 곳을 전혀 찾아볼 수가 없었다. 어떤 얼굴은 재미있다는 듯한 표정, 몇몇 얼굴은 평온한 표정을 짓고 있었고, 오만상을 찌푸리고 있는 것도 있었다. 이것들 모두가 초자연적인 빛에 휩싸여 있었으며, 이들의 응시는 너무나도 강렬한 탓에 차마 마주볼 수가 없었다. 딜비쉬는 고개를 돌려 이것들을 외면했다. 바로 그 순간, 모든 얼굴이 모두 사라지며 홀 전체에 강렬한 노란 빛이 돌아왔다.

딜비쉬는 고개를 세게 흔들며 눈을 문질렀다. 방금 그가 보았다고 생각한 것을 다른 사내들도 보았는지 궁금했다.

"저 작은 방에 소파가 하나 있었어."

호지슨이 더콘에게 말하는 소리가 들렸다.

"응."

딜비쉬는 검을 칼집에 집어넣고 베인을 걸머지고 홀 밖으로 나가는 두 사내의 뒤를 따라갔다. 그들이 시체를 소파 위에 안치하는 동안 딜비쉬는 벽걸이 하나를 뜯어낸 다음 소파로 돌아와서는 오딜을 덮었다. 그러고는 홀 뒤쪽을 향해 가기 시작했다.

"딜비쉬. 기다려."

발을 멈추자 곧 두 사내가 따라왔다.

"우린 함께 가고 있는 거지?"

더콘이 물었다.

"지금 이 순간, 물리적으로야 그렇겠지." 딜비쉬가 말했다. "하지만 내겐 아직 끝내야 할 일이 남아 있고, 그것에는 방금 우리가 겪은 일보다 한층 더 끔찍한 결말이 따라붙을 가능성이 높아."

"아." 더콘이 말했다. 그러고는 "그걸 끝낸 다음에는 여기서 어떻게 탈출할 작정이지?"

딜비쉬는 고개를 가로저었다.

"아무 생각도 없어. 아마 탈출하지 못할지도 모르겠군."

"그건 너무 패배주의적인 태도가 아닐까?"

바닥이 진동하기 시작했다. 사방의 벽이 흔들거리는 것처럼 보이더니, 엄청나게 큰 신음 소리가 성 깊숙한 곳에서 솟구쳤다. 유령 같은 형태들이 빠른 속도로 방을 가로질러 거울이나 벽 안으로 들어갔다. 조명이 좀 더 안정되었다. 성이 마지막으로 경련했을 때 더콘은 넘어지지 않기 위해 호지슨의 어깨를 잡아야 했다. 진동이 멎었다.

그러고는 정적이 주위를 지배했지만, 정적은 이내 거대한 시계가 재깍거리는 ― 아주 작은 ― 소리에 의해 깨졌다.

"여기서는 언제나 무슨 일이 일어나고 있는 것 같군, 안 그래?"

더콘은 힘없는 미소를 지으며 말했다.

홀 끄트머리에 위치한 양쪽으로 여닫는 식의 커다란 현관문이 마치 강풍에 휘날리듯이 덜그럭거렸다. 딜비쉬는 무엇에 홀린 듯한 표정으로 천천히 그쪽을 향해 몸을 돌렸다.

"혹시 정지한 것이 아닌지 궁금하군."

이렇게 말하고는 걷기 시작했다. 더콘과 호지슨은 잠시 망설이다가 이내 딜비쉬 뒤를 따라갔다.

홀을 반쯤 가로질렀을 때 무엇인가가 쾅 하고 부딪히는 소리가 들리더니 곧이어 우르릉거리는 소리가 들려왔다. 소리는 마치 이쪽으로 접근하고 있는 것처럼 점점 더 커지다가 느닷없이 사라졌다. 현관문이 또다시 덜그럭거린다.

딜비쉬는 전진을 계속하며 시계 옆을 지나쳤다. 소파 위에 안치된 것에는 눈길을 주지 않고 그대로 응접실을 가로질러 현관문으로 갔다. 손잡이를 꽉 쥐었다.

"밖으로 나가 볼 거야?"

호지슨이 물었다.

"직접 내 눈으로 보고 싶어."

딜비쉬가 문을 열자 차가운 미풍이 몸을 스치고 지나갔다. 그들은 안개에 휩싸인 적동색 산으로 둘러싸인, 희끄무레하고 거대한 평원 한복판에 있는 듯했다. 산봉우리는 황혼 속으로 녹아 들어가고 있는 느낌이다. 조금 뒤에야 그들은 중천에 반쯤 걸린 채로 빛의 대부분을 발하고 있는 지푸라기 빛깔의 쪼그라든 원반이 태양의 잔해임을 깨달았다. 그 직경의 세 배쯤 되는 범위 내에서는 별들이 뚜렷이 보였다. 느닷없이 쏟아진 별똥별들이 왼쪽 산들의 상공을 가로지른다. 노란 먼지바람이 공중을 떠다니다가 아래로 내려앉는가 싶더니 다시 위로 날아올랐고, 소용돌이치다가 사라졌다. 호지슨이 콜록거렸다. 공기에서는 거칠고 금속적인 냄새가 났다.

느닷없이 한 쌍의 거대한 바위가 평원 위에 출현하더니 그 위를 몇 번 구르다가 멈췄다. 우르릉거리는 소리가 일동이 있는 곳에 도달하기까지는 약 반 초쯤 걸릴 듯했다. 그러나 이런 일이 일어나기 전에 하늘에서 거대한 빨간 손이 내려오더니 바위들을 집어올렸고, 그 광경을 보고 있는 사내들의 머리 위에서 뇌명과도 같은 소리를 내며 흔들었다.

딜비쉬의 시선은 불그스름한 팔을 계속해서 따라갔다. 그 끄트머리에 있던 안개 낀 장소를 잠시 응시하자 무릎을 꿇고 있는 거인의 윤곽을 알아볼 수 있었다. 흐릿하게나마 인간을 닮은 거인의 몸 너머에서 별들이 빛을 발하고 있고, 그 머리카락에는 유성이 걸려 있다. 거인은 주먹 쥔 손을 흔들며 상상도 할 수 없을 정도로 까마득한 하늘을 향해 한쪽 팔을 들어올렸고, 그제야 딜비쉬는 입방체를 닮은 바위의 정체를 깨달았다.

고개를 돌려 다른 쪽을 본다. 이제 이 장소의 척도와 파장에 눈이 익숙해진 덕택에 다른 거대한 존재들도 아까보다는 더 수월하게 알아볼 수 있었다. 이를테면 머리를 한쪽 손에 괴고, 다른 두 팔은 가슴에서 팔짱을 끼고, 네 번째 손의 손가락으로 기대고 있는 남동쪽 산봉우리를 어루만지고 있는 거대한 검은 형태를. 외눈과 뻥 뚫린 안와眼窩를 가진 희끄무레한 그림자가 태양보다 더 높이 솟구친 지팡이에 기대고 서 있다. 챙이 늘어진 모자에 반딧불이 같은 별들이 걸려 있는 것이 보인다. 완만하게 춤을 추는, 수많은 가슴을 가진 여자. 재칼의 머리를 가진 거인. 소용돌이치는 불길의 탑…….

동료들 쪽으로 고개를 돌리자 그들 또한 같은 광경을 응시하고 있었다. 형언하기 힘든 외경심이 가득 찬 표정으로.

두 개의 주사위가 또다시 구르며 그 주위로 먼지가 일었다. 천상의 신들이 앞으로 몸을 수그린다. 검은 신이 씩 웃고는 손 하나를 뻗쳐 입방체를 집어올렸다. 빨간 신은 허리를 펴고 뒤로 물러났다. 딜비쉬는 문을 닫았다.

"장로신들…….." 호지슨이 말했다. "내 눈으로 저런 광경을 직접 보는 것을 허락받으리라고는 생각하지 못했어…….."

"도대체 저들은…" 더콘이 외경스러운 표정 못지않을 정도로 신중하게 물었다. "무슨 놀이를 하고 있는 걸까?"

"신들 사이의 일에는 익숙하지 않아서 잘 모르겠네." 딜비쉬가 말했다. "하지만 내가 해야 할 일을 가급적 빨리 실행에 옮기는 편이 낫겠다는 생각이 들어."

우르릉거리는 소리가 들려오며 커다란 현관문이 또다시 덜그럭거렸다.

"제군, 그럼 실례하겠네."

딜비쉬는 이렇게 말하고는 몸을 돌려 방에서 나갔다.

호지슨과 더콘은 잠깐 서로를 마주보고는 서둘러 딜비쉬 뒤를 쫓아갔다.

"나를 따라올 작정인가?"

두 사람이 옆으로 오자 딜비쉬가 물었다.

"자네가 언급했던 위험에도 불구하고, 함께 있는 편이 궁극적으로는 더 안전할 거라는 생각이 들어서 말이야."

더콘이 대답했다.

"나도 동감이야." 호지슨이 말했다. "하지만 지금 우리 목적지가 어딘지 얘기해 주겠나?"

"그건 나도 몰라." 딜비쉬가 대답했다. "하지만 이 장소의 정령이 무엇이든 간에 난 그걸 신뢰하게 되었고, 기꺼이 그것의 유도에 따를 용의가 있어. 우리의 목적은 아마 같은 건지도 모르겠군."

"만약 이것이 젤레락의 짓이고, 자네를 파멸로 유도하고 있는 거라면?"

딜비쉬는 고개를 가로저었다.

"젤레락이었다면 이리로 오던 나에게 괜찮은 음식을 대접하기 위해 하던 장난을 멈추지는 않았을 거라는 확신이 있어."

일행은 지하에서 도망쳐 왔을 때 딜비쉬가 이용했던 뒤꼍 통로로 들어갔다. 문은 여전히 삐걱거렸지만 복도 길이는 아까보다 4분의 1 정도밖에 되지 않았다. 복도 끄트머리에서 오른쪽으로 구부러지는 길은 없었고, 왼쪽에 있던 노예들의 거주 구획도 없었다. 파란 불꽃이 타오르던 방은 흔적도 없이 사라져 있었다. 사방의 벽이 모두 검은 나무 패널로 덮여 있었다. 창문은 사각형 나무 창틀이 위아래로 움직이는 형식이었고, 유리창 앞에는 빛을 차단하는 기묘한 기구와 흰 망사 커튼이 걸려 있었다. 일행은 나무 층계를 올라갔다. 벽에는 얼마 전에 딜비쉬가 본 적이 있는 기묘한 양식의 밝고 암시적인 그림들이 걸려 있었다.

밖으로 나가자 또다시 우르릉 하고 주사위를 굴리는 소리가 들려왔다. 연이어 거인의 폭소가 울려 퍼진다.

또다시 모퉁이를 돌아 회랑 하나로 들어갔다. 아까보다 더 좁고 중앙부에 긴 융단이 깔려 있다. 벽과 바닥은 여전히 돌이었지만, 창문은 아까 지나온 복도와 마찬가지로 네모나게 변해 있었다.

"우리가 돌아다니는 사이에도 이 장소가 점점 작아지고 있다는 느낌이 들지 않아?"

호지슨이 물었다.

"응." 딜비쉬는 뒤를 돌아다보며 말했다. "아무래도 뭔가 다른 존재로 변신하고 있는 것 같아. 우리의 앞길에 대안이나 선택의 여지가 사라졌다는 사실을 깨달았나? 이제는 아주 확고해졌어."

딜비쉬는 전방에서 무엇인가가 잇달아 찍찍거리는 소리를 들었다. 갑자기 걸음을 멈춘다. 호지슨과 더콘도 발을 멈추고 고개를 들어 주위를 둘러보았다. 무엇인가가 앞길을 막고 있었다.

눈앞의 공간이 어렴풋한 빛을 발하기 시작했다. 공기가 반투명해지더니 점점 더 어두워진다. 다음 순간 딜비쉬는 돌벽을 만지고 있었다.

몸을 돌렸다. 여섯 걸음쯤 떨어진 곳에서 공기가 가물거리고 있다. 그쪽을 향해 동료들과 함께 걸어갔다. 같은 현상이 되풀이되었다. 갑자기 생겨난 독방의 조명은 창문에서 들어오는 빛이었지만, 이 창문을 통해 매끄러운 외벽에 난 창문으로 가는 것은 불가능해 보였다.

"자네 아까 이 장소의 정령을 신뢰한다고 하지 않았나?"

더콘이 말했다.

"이유가 있어. 틀림없이 무슨 이유가 있을 거야!"

딜비쉬가 으르렁거리는 듯한 어조로 내뱉었다.

"타이밍일지도 몰라." 호지슨이 말했다. "타이밍 때문일 거야. 우리가 너무 일찍 온 거야."

"뭘 위해?"

더콘이 반문했다.

"저 벽이 사라지면 곧 알게 되겠지."

"정말로 그렇게 될 거라고 생각해?"

"물론이야. 저 앞쪽 벽은 우리의 전진을 막기에 충분해. 뒤쪽에도 벽이 생긴 건 우리가 여기를 떠나는 걸 막기 위해서 일 거야."

"흥미로운 가설이군."

"그러니까 무슨 일이 일어나도 즉각 대응할 수 있도록 앞쪽 벽을 마주보고 있으면 어떨까?"

"자네 말에도 일리가 있는 것 같군."

딜비쉬는 이렇게 말하고 벽을 마주보고 서서 검을 뽑아 들었다.

또다시 신들이 주사위를 굴리고, 웃는 소리가 들려왔다. 그러나 이번에 들려온 웃음소리는 끊이지 않고 계속되었다. 웃음소리는 점점 더 커지더니 딜비쉬 일행이 있는 장소의 벽을 뒤흔들었고, 급기야는 머리 바로 위에서 울려 퍼지기 시작 했다.

바깥쪽 어딘가에서 신음하는 듯한 소리와 무엇인가가 박살 나는 소리가 들려온 순간 벽이 가물거리며 사라지기 시작했다. 딜비쉬는 재빨리 뒤를 돌아다보고 뒤쪽 벽이 여전히 건재하다는 사실을 확인했다.

앞길이 트이자마자 그들은 전진하기 시작했다. 그러나 몇 걸음도 채 걷기 눈앞의 방 안에서 펼쳐진 광경을 보고 얼어붙었다.

나락 가장자리에 갖다 댄 고무처럼 유연한 수많은 촉수들이 자신의 몸을 위로 반쯤 끌어올린 물체의 몸을 지탱하고 있었다. 북동쪽 가장자리에 딜비쉬가 처음에 웰레안드라는 이름으로 알게 된 사내가 서 있었다. 불그스름한 고글을 눈에 쓰고 있다. 그 뒤에서는 세미라마가 미동도 않고 서 있었다. 두 사람 모두 나락 위로 올라온 투알루아의 몸을 응시하고 있었다. 머리 위의 지붕이 반으로 갈라져 있다. 딜비쉬와 그의 동료들이 바라보고 있자 지붕 위에 거대한 손가락들이 출현했다. 손가락들이 구부러지더니, 지붕의 일부를 부여잡고 단박에 우그러뜨린 다음 옆으로 밀쳐놓았다. 거대한 목재가 아래로 떨어지면서 별이 반짝이는 하늘이 출현했다. 밤하늘을 배경으로 수많은 젖가슴을 가진 여자가 우뚝 서 있는 모습이 보인다. 전신에서 초자연적인 빛을 방사하고 있다. 여자는 또다시 손을 뻗어 방금 뚫어 놓은 구멍 안으로 손을 넣었고, 살며시, 거의 상냥해 보이는 동작으로 나락 위에 웅크리고 있는 그로테스크한 생물을 집어들었다. 삐죽삐죽한 구멍에서 신중하게 그것을 꺼내 위로 들어올린다.

"안 돼!"

젤레락은 아래로 내린 고글을 목에 매단 채로 위쪽을 노려보았다. 안구가 춤추듯이 움직인다.

"안 돼! 돌려 줘! 난 그놈이 필요해!"

마법사는 나락 주위를 재빨리 돌아 아래로 떨어진 들보가 지붕에 난 구멍에 걸쳐져 있는 곳으로 갔고, 들보를 따라 위로 올라가기 시작했다.

"되돌려 달라니까!" 젤레락이 외쳤다. "그 누구도 젤레락의 것을 훔칠 수는 없어! 설령 여신이라도!"

들보를 반쯤 올라가서는 붉은 지팡이를 꺼내 위를 겨냥했다.

"멈추라고 했어! 그놈을 이리로 데려 와!"

손은 여전히 천천히 후퇴를 계속하고 있었다. 젤레락이 손짓을 하자 지팡이 끝에서 새하얀 불길이 솟구치며 하늘에 있는 손의 등 부분을 감쌌다.

"젤레락이 맞아!"

딜비쉬는 전기라도 통한 듯이 후다닥 앞으로 달려나갔다.

손은 동작을 멈췄고, 젤레락은 또다시 위로 올라가며 부서진 지붕으로 접근했다.

나락 가장자리에 도달한 딜비쉬는 그 주위를 달렸다.

"염병할 자식, 너나 이리로 돌아와!" 딜비쉬는 외쳤다. "너한테 줄 선물이 있어!"

지붕으로 올라가는 젤레락 상공에 두 번째의 거대한 손이 나타나더니 아래로 내려오기 시작했다.

"내 말에 무조건 따라!"

젤레락은 이렇게 외쳤고, 그제야 두 번째 손의 손가락이 펴지며 자신을 향해 다가오는 것을 보았다.

젤레락이 지팡이를 치켜들자 손은 백열광에 휩싸였다. 그러나 그것을 제외하면 눈에 띄는 효과는 전혀 없었다. 손이 젤레락의 몸을 움켜쥐고 들어올리자 지팡이는 곧 아래로 굴러 떨어졌다. 젤레락은 여전히 고래고래 고함을 지르면서 박명의 하늘로 잡혀 올라갔다.

"그놈은 내 거야!" 딜비쉬가 들보 밑동에 도달했을 때 외쳤다. "여기서 포기하기에는 너무나도 오랫동안 추적해 왔어! 이리로 돌려보내 줘!"

그러나 손은 이미 시야에서 사라졌고, 여신도 이미 몸을 돌린 후였다.

딜비쉬가 들보를 올라가려고 상체를 뻗었을 때 누군가의 손이 그의 팔을 잡았다.

"그런 식으로 따라간다고 해도 따라잡을 수는 없을 거예요." 세미라마가 말했다. "당신이 원하는 것은 정의인가요? 아니면 복수인가요?"

"양쪽 모두야!"

딜비쉬는 외쳤다.

"그렇다면 적어도 당신의 소원의 반은 이루어진 거네요. 젤레락은 이제 '장로신'들의 손 안에 있어요."

"이건 공평하지 못해!"

딜비쉬는 악문 이 사이로 내뱉었다.

"공평하지 못하다고요?" 세미라마는 웃었다. "내 앞에서 공평함을 논하는 건가요? 내 오래된 연인을 빼다박은 사내를 만나자마자, 젤레락이 죽거나 그 의지가 깨지면 나의 존재 자체가 종말을 맞이하리라는 사실을 알게 된 내 앞에서?"

딜비쉬는 몸을 돌려 세미라마를 쳐다보았고, 그 너머를 바라보았다. 머리 위 높은 곳에서 우르릉거리는 듯한 커다란 웃음소리가 들려오더니 점점 멀어져 간다.

바로 그때 블랙과 아를라타가 방으로 들어왔다. 딜비쉬는 세미라마의 손을 잡고 천천히 무릎을 꿇었다. 말발굽이 따각거리는 소리가 들렸다.

"딜비쉬, 무슨 일이오?" 블랙의 목소리가 말했다. "이 방으로 들어오는 길은 아까까지만 해도 막혀 있었소."

딜비쉬는 블랙을 보았고, 세미라마의 손을 놓고는 지붕을 향해 손짓해 보였다.

"갔네. 웰레안드는 젤레락이었어. 하지만 '장로신'들이 놈을 잡아갔어."

블랙은 콧방귀를 뀌었다.

"나는 그자가 누군지 진작 알고 있었소. 얼마 전에 인간 모습을 하고 있었을 때는 거의 내 손으로 잡기 직전까지 갔었소."

"**무슨** 모습을 하고 있었다고?"

"피의 정원에서 그 일을 경험한 이래 나는 줄곧 그 주문을 실험해 보고 있었소. 석상으로 변했을 때 그걸 써서 자유의 몸이 되었던 거요. 젤레락이 아를라타를 해방하기 위해 나를 돌로 만든 이후에도 나는 계속 의식을 가지고 있었소." 블랙은 이쪽으로 오고 있는 젊은 여자를 향해 고개를 까딱해 보인 다음 말을 이었다. "그런 일이 벌어진 순간 나는 그자가 젤레락임을 깨달았소. 자유의 몸이 된 뒤에는 이리로 왔소. 그때 아를라타와 그녀의 말을 발견하고 해방시켜 주었소. 위험한 일을 당하지 않기 위해서 아를라타에게 주문을 걸 필요가 있었지만 말이오. 모종의 보호막을 설치하고 언덕 중턱의 동굴 안에 아를라타를 남겨 둔 뒤, 나는……."

"딜비쉬, 이 자라다만 것 같은 어린아이는 누구죠?"

세미라마가 물었다.

딜비쉬는 일어섰다. 아를라타는 갈가리 찢긴 웃옷 앞섬을 황급히 여미고 있었다.

"이분은 잔다르의 세미라마 여왕님." 딜비쉬는 운을 뗐다. "그리고 여기 이 귀부인은 이 장소로 오던 중에 만난 마린타의 레이디 아를라타이십니다. 옛날 내가 잘 알고 지내던 귀부인이 놀랄 정도로 닮았습니다. 정말로 오래 전에……."

"이 상황의 아이러니는 나도 충분히 이해합니다." 세미라마는 미소 지으며 손바닥을 아래로 하고 손을 내밀었다. "젊은 처자여, 나는……."

세미라마의 미소가 사라졌다. 세미라마는 뻗었던 손을 홱 잡아 빼고 다른 손으로 가렸다.

"안 돼……." 세미라마는 몸을 돌렸다. "안 돼!"

세미라마는 두 손을 들어올려 얼굴을 가리고는 동쪽 회랑을 향해 달려가기 시작했다.

"제가 뭐 잘못한 일이라도?" 아를라타가 물었다. "무슨 일인지 모르겠군요."

"아무 것도 아냐." 딜비쉬는 대꾸했다. "아무 것도 아냐. 여기서 기다리고 있어!"

딜비쉬는 아까 아를라타를 실은 손수레를 밀고 지나왔던 복도를 향해 달려가기 시작했다. 그곳에 도달한 딜비쉬를 맞이한 것은 희게 칠한 회벽으로 에워싸인 작고 텅 빈 방이었다. 오른쪽에 아래층으로 이어지는 목제 층계가 있었다. 딜비쉬는 재빨리 층계를 내려갔다.

다른 사람들은 지붕 위를 그림자 하나가 스쳐 지나가고, 거대한 검은 팔이 내려오는 광경을 보았다. 더콘은 북쪽 회랑으로 달려가 가까운 곳에 있던 창문 밖을 내다보았다. 호지슨도 그쪽으로 갔고, 조금 후에는 아를라타도 그 뒤를 따랐다. 블랙은 고개를 숙이고 바닥에 흩어져 있는 지붕의 파편을 관찰했다.

창밖에서는 거대한 검은 손이 천천히, 아주 천천히 멀리 있는 벽을 향해 다가가고 있었다. 벽과 접촉하기 전에 손은 거의 멈추는 것처럼 보였지만, 그 순간 그들 주위가 온통 진동하며 성 전체가 마치 수정으로 만든 거대한 종이 울리는 것처럼 ― 한 번 ― 울렸다.

천공天空이 춤추기 시작하고 땅이 조금 움직였다. 위를 올려다보자 미소를 띤 검은 신의 얼굴이 눈에 들어왔다. 얼굴은 조금씩, 조금씩 희미해지다가 이내 사라졌다.

태양이 서산 너머로 뛰어들었다.

"신들이여!" 더콘이 외쳤다. "또 시작됐어!"

그들의 오른쪽 부근의 공간이 가물거리며, 응축되기 시작했다.

딜비쉬는 층계를 뛰어 내려간 다음 뒤를 돌아보며 눈을 비볐다. 방향을 종잡을 수가 없었다. 층계 밑단과 맞닿은 작은 아치문은 메인 홀 뒤쪽으로 이어지고 있었다. 뒤쪽 복도로 통

하는 삐걱거리는 문이 있던 장소에서 말이다. 재빨리 아치문
을 지나 안으로 들어가자 방 한복판에 쓰러져 있는 세미라마
가 보였다.

서둘러 그쪽으로 달려간 순간 세미라마의 몸이 줄어들고,
조금 더 예각적으로 변하는 것처럼 보였다. 머리카락은 이미
새하얗게 변해 있었다. 감추는 것보다는 드러내는 것이 더 많
았던 세미라마의 옷 사이로 보이는 피부는 양피지처럼 쪼그
라들었고, 앙상한 뼈의 윤곽을 드러내고 있었다.

그러나 더 가까이 다가가자 세미라마가 있는 곳 위쪽의 허
공이 빛을 발하는 것처럼 보였다. 딜비쉬는 걸음을 늦췄다.
한순간 딜비쉬는 나락 위에 떠 있다가 하늘에서 내려온 손에
낚아채었던 그 무시무시한 존재를 몸으로 느꼈다. 세미라마
를 향해 여러 개의 촉수를 뻗치고 있는 '오래된 자'의 희미
한 윤곽조차도 보이는 듯했다. 그러나 그 동작에 위협적인 것
은 전혀 없었다. 실은 정반대였다. 마치 촉수를 뻗어 세미라
마를 위무慰撫하고, 기이한 은총을 내려 주고 있는 듯한 느낌
이랄까. 이런 환영이 지속된 것은 단 한순간, 빛에 의한 착각
이나 망막의 결함이 아니라는 것을 겨우 확신할 수 있을 정도
의 시간에 지나지 않았다. 다음 순간에는 이미 사라져 있었
고, 방바닥에 쓰러져 있던 조그만 몸은 딜비쉬의 눈앞에서 먼
지로 변했다.

그 지점으로 가 보아도 볼 만한 것은 거의 남아 있지 않았
다. 세미라마가 입고 있던 옷조차도 발치에 희미한 윤곽으로
남아 있을 뿐이었다. 단지……

왼쪽에서 어떤 동작이 딜비쉬의 주의를 끌었다.

거울이다…….

거울은 더 이상 딜비쉬 주위의 홀을 보여주고 있지 않았다. 반대편 벽의 거울들 대신, 이제는 넓고 만곡한 흰 석조 층계를 보여주고 있었다. 그 위에서 천천히 움직이는 사람들의 모습이 보인다. 여자가 세미라마라는 점에는 의심의 여지가 없었다. 방금 죽음이 간섭하기 전의 그 모습 그대로이다. 그리고 그 곁에 있는 사내는…….

어딘가 낯이 익은 얼굴이기는 했지만, 이쪽으로 고개를 돌린 사내와 시선을 마주치고 나서야 딜비쉬는 사내가 형제라고 해도 전혀 이상하지 않을 정도로 자기 자신을 닮았다는 사실을 깨달았다. 딜비쉬보다는 조금 더 몸집이 크고 아마 약간 더 나이를 먹은 듯했지만, 사내의 이목구비는 딜비쉬를 거의 빼다박은 듯했다. 사내의 입술에 희미한 미소가 떠올랐다.

"셀라……."

딜비쉬는 속삭였다.

그러자 거대한 수정 종이 울리는 듯한 소리가 공간을 가득 채워왔다. 거울 전체를 검은 번개 같은 균열이 뒤덮으며 파편이 후드득 떨어지기 시작했다. 성 전체가 몸을 떨며, 경련했다.

마지막으로 딜비쉬의 눈에 들어온 광경은 무심한 태도로 층계를 올라, 뒤켠의 벽 위에 매달린 암청색 장막 사이를 지나 그 뒤로 사라진 남녀 한 쌍의 모습이었다. 그 부분을 비춘 거울 조각이 아래로 떨어져 내렸다. 사내의 오른팔을 잡고 있던 세미라마는 한 번도 뒤를 돌아다보지 않았다.

딜비쉬는 한쪽 무릎을 꿇고 눈앞의 먼지 속으로 손을 뻗었다. 손을 올리자 사슬에 매달린 작은 금합金盒이 따라 올라왔다. 딜비쉬는 그것을 호주머니에 집어넣었다.

제11장

"이쪽이오!" 블랙이 큰 소리로 말했다. "서두르시오! 아까보다 더 빨리 움직이고 있소!"

호지슨과 더콘, 아를라타는 방으로 되돌아왔다.

"무슨 일이지, 검은 친구?"

더콘이 물었다.

"이리 오시오. 당신에게 줄 것이 있소."

더콘은 이 말에 따랐다.

"저기요." 블랙은 끝이 갈라진 발굽으로 깨진 돌조각들 사이로 언뜻 보이는 빨갛고 긴 물체를 가리켰다. "집어올리시오."

더콘은 앞으로 걸어가서 그것을 주웠다.

"젤레락의 지팡이잖아?"

"활킨타인의 적장赤杖이오. 그걸 가지고 나를 따라오시오. 빨리!"

블랙은 몸을 돌려 딜비쉬가 지나갔던 작은 방을 향해 움직였다. 일행은 그 뒤를 따랐다.

"검은 친구." 더콘이 물었다. "자네 말대로 하겠네. 그렇지만 지금 무슨 일이 일어나고 있는 거지? 왜 이렇게 서둘러야 하나?"

"이 방이 여태껏 존재하고 있는 것은 오직 우리가 그 안에 있기 때문이오. 여기를 떠나면 이 집에서 남아 있는 부속 동棟들을 제거하는 일을 도와주게 되는 것이오."

"집이라고?"

"이번에는 예전보다 규모를 줄이려고 결심한 거요. 그렇지만 지금 이러는 주된 이유는 곧 '대섬광Great Flash'이 일어날 것이기 때문이오. 집의 요청을 받고 우리는 서둘러 나왔으므로……."

"이봐! 검은 친구." 일행이 작은 방을 지나 아래층으로 통하는 층계를 내려가기 시작했을 때 호지슨이 외쳤다. "방금 말한 그 '대섬광' 말인데… 설마……?"

"우주 창조요." 블랙은 대답했다. "그렇소. 완전히 한 바퀴를 도는 것이오. 어쨌든 간에, 섬광이 터진 다음 우리는 위험한 대역을 지나가게 될 것이오. 기회만 있으면 우리에게 최악의 해를 끼치려고 할 존재들이 서식하는 곳이오. 집은 그중 다수가 못 들어오도록 막아 주겠지만… 개중에는……."

블랙이 층계 아래쪽에 도달한 순간 섬광이 터졌다.

모든 색채가 스러지고, 세계는 흑과 백, 빛과 어둠으로 변했다. 호지슨은 앞에 있는 젊은 여자의 육체 — 밝은 표피 안의 검은 골격 — 을 그대로 투시했고, 여자 앞에 서 있는 더콘 — 일동이 통과하고 있는 어두운 기하학 무늬 속에서 아름답게 명멸하고 있는 영혼의 빛 같은 것 — 을 보았고, 마침내 블랙 — 순수하고 눈부신 불길의 막 — 을 보고, 바닥을 가로질러 블랙과 동일한 불길이 인간의 육체 안에 갇혀 있는 광경을 목격했다······.

"천사들이오!" 블랙이 말하는 것이 들렸다. "이 홀의 네 모퉁이에서 나올 가능성이 가장 높소! 칼끝으로 찌를 생각은 하지 마시오. 아무 소용도 없을 테니까! 칼의 구부러진 부분을 써서 호弧를 그리듯이 베시오. 더콘, 당신은 예외요! 그 지팡이를 쓰시오!"

"무엇을 상대로? 어떻게?"

더콘은 외쳤다. 색채와 정상적인 형태가 되돌아오면서, 홀 중앙에 검을 뽑아 든 딜비쉬가 서 있는 것이 보인다.

"탄돌로스의 엽견들이오! '적장'은 흑마법사의 손에 들려 있을 때 가장 큰 위력을 발휘하오. 섬세한 조작 따위와는 무관한 물건이고, 파괴를 위해 만들어진 가장 효율적인 마법 도구 중 하나요. 순전히 의지력만으로 작동하고, 사용자의 생명력을 끌어내서 사용하오. '창조의 불길'을 갓 빠져나온 지금, 당신의 생명력은 지금 최고조에 달해서 활활 불타오르고 있을 것이오! 모두 홀 중앙으로 가시오. 원을 이루는 거요!"

딜비쉬가 있는 곳에 도달하기 전에 이 장소의 조명은 정상적인 수준으로 되돌아갔다. 샹들리에는 여전히 불타오르는 듯한 빛을 발하고 있었다. 박살난 악마의 시체는 사라져 있었다. 거울들이 모두 산산조각 나고 텅 빈 잿빛 벽만 남아 있는 홀은 예전보다 더 좁아 보였다. 정면에 가까운 지점에서 키가 큰 시계가 윙윙거렸다. 문자반은 어렴풋한 빛을 발하는 흐릿한 원이었다.

호지슨은 시계 바로 옆 구석에서 뭔가 거무스름한 것이 꿈틀거리는 것을 보고 뭐라고 중얼거리기 시작했다.

"당신이 부르고 있는 신들은 아직 태어나지도 않았소."

블랙이 말했다.

모습을 드러낸 것은 정전기의 폭발만큼이나 날카롭고 예각적이며 기억하기 힘든 것이었다. 검은 존재는 직립한 상태로 움직였고, 그들 앞으로 돌진해 왔을 때는 어딘가 늑대 같은 느낌 — 차갑고, 새로운 우주에 존재하는 그 어떤 것도 결코 완전히 만족시킬 수는 없는 원초적인 기아에 시달리고 있는 듯한 느낌을 주었다.

"지팡이를 쓰시오! 놈들을 날려 보내는 거요!"

블랙이 말했다.

"말을 안 들어!"

더콘은 붉은 지팡이를 몸 앞에 들어올리고 말했다. 눈가와 입가에 긴장한 표정을 떠올리고 있었다.

딜비쉬는 다가오는 괴물을 향해 긴 호를 그리며 검을 휘둘렀고, 같은 동작을 빠른 속도로 되풀이했다. 괴물은 딜비쉬를 향해 후다닥 달려오다가 멈춰 섰고, 뒤로 물러났다. 공기는 격한 숨소리로 가득 차 있었다. 첫 번째 괴물이 나타났던 구석에서 다른 괴물이 홱 튀어나오더니 네 발로 바닥을 딛고 자기 동료가 호를 그리는 검과 대치하고 있는 지점을 우회해서 돌진해 왔다. 아를라타는 괴물 앞쪽의 바닥에 검으로 곡선을 그어 놓고는 앙 가르드 자세를 취했다. 칼끝을 끊임없이 움직이고 있다. 같은 구석에서 또 한 마리가 나오고 있었다. 고개를 돌린 블랙은 이제 괴물들이 홀의 모든 모퉁이에서 출현하고 있다는 사실을 깨달았다. 천장의 네 모퉁이에서도 말이다.

괴물들은 잇달아 출현했고, 사방에서 점점 더 가까이 몰려오며 번개처럼 움직이고, 후퇴하고, 뱀처럼 느닷없이 머리를 뻗고는 뒤로 홱 빼는 일을 되풀이했다. 딜비쉬는 세 방향에서 압박당하고 있었다. 더콘은 지팡이를 마구 흔들고 휘두르면서 저주를 내뱉었다.

그러자 블랙이 코로 후루룩 하는 소리를 내며 뒷발로 일어섰다. 딜비쉬를 에워싸고 있는 엽견들을 공격하기 위해 원을 깨고 앞으로 나아가는 블랙의 눈 안에서 불길이 춤을 춘다. 콧구멍에서 거대한 화염이 쏟아져 나오며 예각적이고 민첩한 괴물들 위로 쏟아졌다. 그중 한 마리는 바닥에 쓰러져 몸부림치기 시작했고, 다른 한 마리는 도망쳤다. 세 번째 괴물은 블랙의 등에 껑충 올라탔다. 블랙이 다시 뒷발로 일어선 순간 딜비쉬의 칼날이 그 등에 올라탄 괴물의 몸을 그었다. 괴물은 포효를 발하고 바닥으로 떨어졌지만 두 마리가 더 블랙을 향해 달려들었다.

딜비쉬는 그중 하나를 향해 검을 휘둘렀고, 블랙은 앞발을 내리치며 화염을 뿜었다. 그동안 다섯 마리가 더 달려들었다.

느닷없이 눈부신 빛이 나타나며 괴물들이 여기저기서 쓰러지기 시작했다.

"이제 알았어!" 더콘이 말했다. '적장'이 더콘의 손아귀에서 별처럼 눈부신 빛을 발하고 있다. "너무 쉬워서 오히려 알기 힘들었다는 생각이 들 정도야!"

더콘은 가장 가까운 곳에 있던 괴물들을 지팡이로 겨냥해서 홀 건너편으로 날려 보냈다. 괴물 일부는 미끄러지듯이 방구석으로 도망쳐 사라지기 시작했다. 다른 괴물들은 바닥에 쓰러진 채로 연기를 내며 경련을 일으키더니 형태를 바꾸고 있었다. 일행에게 다가오고 있던 괴물들 — 벽을 미끄러져 내려와서 껑충껑충 달려오고 있던 — 은 멈춰 서서 우왕좌왕하다가 떼를 지어 쉭쉭거리기 시작했다. 홀은 괴물들의 숨소리로 가득 찼다.

그러자마자 더콘은 가장 가까운 곳에 모여 있던 괴물들을 지팡이로 겨냥해서 박살내고, 뿔뿔이 흩어지게 만들었다. 남은 괴물들이 포효하며 돌진해 왔다.

계속 돌진해 오는 괴물들을 더콘이 지팡이로 날려 보내는 동안 딜비쉬와 블랙은 서둘러 원으로 되돌아왔다. 그 무렵에는 더콘 자신도 격한 숨을 몰아쉬고 있었다.

호지슨은 방어를 뚫고 들어온 괴물의 몸을 검으로 내리쳤다. 괴물은 쉭쉭거리며 후퇴했고, 다시 호지슨을 공격했다. 딜비쉬는 다른 괴물을 향해 검을 휘둘렀고, 아를라타는 세 번째와 네 번째 괴물과 맞서 싸우고 있었다. 블랙은 발굽으로 방바닥에 호弧를 그어 놓고 그 위로 불을 내뿜었다. 더콘은 또다시 지팡이를 휘둘렀다.

"놈들이 물러서고 있어!"

호지슨은 더콘이 고통과 고양감이 뒤섞인 표정으로 점점 더 큰 호를 그리며 지팡이를 휘두르기 시작하자 헐떡이며 말했다.

탄돌로스의 엽견들은 후퇴하고 있었다. 어디든 각이 진 곳이라면 그곳으로 미끄러져 들어가 사라진다. 더콘은 홍소哄笑하며 도망치는 괴물들을 향해 잇달아 번개를 쏘아 댔다. 딜비쉬는 허리를 폈다. 호지슨은 한쪽 팔을 문질렀다. 아를라타는 희미한 미소를 떠올렸다.

괴물들 모두가 사라질 때까지 입을 여는 사람은 아무도 없었다. 그리고 그 후에도 오랫동안 서로 등을 맞댄 채로 서서 방구석을 감시하고, 각이 진 곳을 훑어보고 있었다.

마침내 더콘은 지팡이를 아래로 내렸고, 고개를 숙이며 눈을 문질렀다.

"사람을 엄청나게 피곤하게 만드는군."

더콘은 나직한 목소리로 말했다.

호지슨은 더콘의 어깨를 잡고 "잘 했어"라고 말했다.

아를라타는 더콘의 손을 잡았다. 딜비쉬도 다가와 더콘의 손을 잡았다.

"엽견들은 모두 떠나갔고, 이제는 자신들의 영역을 향해 도망치고 있소." 블랙이 선언했다. "우리의 속도는 엄청나게 빨라지고 있고."

"어디 포도주라도 없을까."

더콘이 말했다.

"그럴 줄 알았소." 블랙이 말했다. "방 건너편에 있는 캐비닛으로 가 보시오."

더콘은 고개를 들었다. 딜비쉬는 고개를 돌렸다.

잿빛이었던 벽은 이제 흰색으로 변해 있었다. 회칠을 한 듯한 느낌이었다. 왼쪽 벽에는 여러 개의 그림이 걸려 있었고, 오른쪽 벽에는 멧돼지 사냥을 묘사한 빨간색과 노란색의 작은 태피스트리가 걸려 있었다. 태피스트리 바로 밑에는 마호가니제 주류酒類 캐비닛이 자리 잡고 있었다. 캐비닛 안에는 포도주병과 다른 술병들이 들어 있었고, 그중 일부는 전혀 본 적도 없는 종류였다. 블랙은 고개로 후자 중 하나를 가리켰다. 호박색 액체가 담긴 네모난 병이었다.

"바로 나 같은 존재에 걸맞은 것이오." 블랙은 딜비쉬에게 말했다. "저기 있는 은제 사발에 저걸 좀 따라 주시오."

딜비쉬는 코르크 마개를 뽑고 냄새를 맡아 보았다.

"램프 연료에 걸맞을 듯한 냄새로군. 이게 뭔가?"

"나의 본래 식단을 구성하는 악마 주스나 기타 음료와 가까운 관계에 있는 것이오. 잔뜩 따라 주시오."

잠시 후 아를라타는 자신의 포도주 잔 너머로 딜비쉬를 찬찬히 관찰했다.

"목표를 달성한 사람은 당신 혼자인 것 같군요." 아를라타는 말했다. "어떤 식으로든 말이에요."

"응. 오랜 세월 나를 무겁게 짓누르고 있던 것이 사라졌어. 하지만 내가 생각하고 있던 방식으로 그렇게 된 건 아니었어. 잘 모르겠군……."

"하지만 당신은 성공을 거뒀어요. 당신의 적이 이 세상에서 사라지는 것을 보았잖아요. 투알루아에 관해서는 — 아마 그 불쌍한 존재는 자신을 친족으로 간주하는 신들과 함께 있는 편이 나을 거라는 생각이 드는군요."

"투알루아가 구제받은 것에 대해서는 아무런 이의도 없어.

그리고 난 내가 얼마나 피곤한지를 방금 와서야 깨닫기 시작한 참이야. 아마 좋은 징후일지도 모르겠군. 당신… 당신은 다른 방법을 써서라도 세상을 개선하는 방법을 찾아낼 거라고 난 확신하고 있어. 굳이 강대한 노예를 부리지 않더라도 말이야."

아를라타는 미소 지었다.

"나도 그랬으면 좋겠어요. 물론 그러기 전에 우리 세계로 돌아갈 방법을 찾아낼 수 있어야 한다는 단서가 붙지만."

"돌아간다……." 딜비쉬는 마치 이런 생각이 처음으로 머리에 떠올랐다는 듯한 표정으로 말했다. "응. 그럴 수 있다면 좋겠군……."

"그런다면 어떻게 할 건가요?"

딜비쉬는 아를라타를 빤히 쳐다보았다.

"나도 모르겠어. 지금까지 아무 생각도 안 해 봤거든."

"여기로 좀 와 봐!" 더콘과 함께 방 한쪽 구석에 가 있던 호지슨이 큰 소리로 불렀다. "와서 저걸 좀 보라고!"

딜비쉬는 남은 포도주를 단숨에 들이켜고 캐비닛 위에 잔을 내려놓았다. 아를라타는 일단 자신의 잔을 그 옆에 내려놓았다. 호지슨의 목소리는 절박하다기보다는 흥분한 듯한 느낌이었기 때문이다. 두 사람은 어떤 방의 창 앞에 서 있는 두 마법사를 향해 갔다. 이 방은 아까는 없던 것이었다.

창문 너머로 보이는 빛은 점점 더 밝아지고 있는 듯했다. 더콘과 호지슨 곁으로 가서 밖을 내다보자 빠른 속도로 변화하고 있는 풍경이 눈에 들어왔다. 하늘을 가로지르며 빛을 발하는 거대한 황금빛 아치 아래의 지면 여기저기에는 적잖은

수의 초록색 구역이 생겨나 있었다.

"태양의 테두리가 밝아졌어." 더콘이 말했다. "잠시 저걸 바라보고 있으면 조금이긴 하지만 명암을 분간할 수 있을 거야. 우리의 속도가 느려지고 있다는 징후일지도 모르겠어."

"자네 말이 옳은 것 같군."

잠시 후 딜비쉬는 말했다.

호지슨은 창가에서 등을 돌리고 큰 몸짓으로 주위를 가리켰다.

"이 장소 전체가 변했어. 좀 돌아다니면서 구경하고 올게."

"난 빠지겠네."

딜비쉬는 이렇게 대꾸하고 술이 있는 바로 되돌아갔다.

블랙을 제외한 다른 사람들은 호지슨 뒤를 따라갔다. 블랙은 주둥이를 들어올리고 딜비쉬 쪽으로 고개를 돌렸다.

"그 대용 악마 주스를 조금 더 따라 주면 고맙겠소."

딜비쉬는 사발에 액체를 따르고 자기 잔에도 포도주를 채웠다.

블랙은 한 모금 마신 다음 딜비쉬를 보았다.

"난 당신을 도와주겠다고 약속했소." 느린 말투였다. "젤레락을 처치할 때까지 말이오."

"알아."

딜비쉬가 대꾸했다.

"그럼 이제 어쩔 셈이오? 이제는 어쩌겠소?"

"모르겠네."

"몇 가지 대안이 내 머리에 떠올랐소."

"이를테면……?"

"중요하지… 중요하지 않소. 오로지 내가 선택하는 것만이 중요하오."

"그럼 어떤 선택을 했나?"

"지금까지는 상당히 흥미로운 경험을 할 수가 있었소. 이 시점에서 그걸 끝내기는 아깝소. 당신 인생을 지배하던 거대한 동기가 사라진 지금, 앞으로 당신이 어떤 인물이 될지 궁금하기도 하고."

"…그렇다면 우리가 한 약속의 나머지 부분은?"

어딘지도 모를 곳에서, 반으로 접어 빨간 봉랍으로 봉해 놓은 양피지가 홀연히 출현하더니 그들 사이의 방바닥에 떨어졌다. 봉랍 위에는 끝이 갈라진 발굽 자국이 찍혀 있었다. 블랙은 고개를 숙이고 그 위에 숨을 불어넣었다. 양피지가 불타올랐다.

"방금 우리 계약을 파기했소. 신경 쓰지 마시오."

딜비쉬의 눈이 커졌다.

"지옥에서는 정말 엉뚱한 인물들을 만나는 법이지만, 이따금 자네가 정말로 악마인지 의심이 갈 때가 있어."

"나는 내가 악마라고 했던 적이 한 번도 없소."

"그럼 뭔가?"

블랙은 웃었다.

"얼마나 그 해답에 가까이 접근했었는지를 당신은 결코 깨닫지 못할지도 모르겠소. 남은 것을 모두 따라 주시오. 그런 다음 귀부인의 말을 찾으러 밖으로 나가 보는 거요."

"아를라타가 타고 온 스톰버드 말인가?"

"그렇소. 언덕 사면의 일부는 우리와 함께 이동했기 때문에 동굴은 여전히 남아 있을 것이오. 젤레락도 밖으로 나가 아를라타를 이곳으로 데려올 수 있었소. 우리도 그렇게 말을 구출하는 편이 낫지 않겠소… 고맙소."

블랙은 다시 고개를 숙이고 악마 주스를 마셨다. 방 너머에 있는 시계가 괴상한 소리를 내더니 속도를 늦추기 시작했다.

방 안의 그 어떤 물체의 반사도 아닌 것이 쇠틀로 에워싸인 거대한 거울 안에서 형태를 갖추기 시작했다. 홀룬은 밖을 바라보았고, 작은 방이 비어 있다는 사실을 확인하고는 밖으로 걸어나왔다.

홀룬은 부드러운 가죽조끼에 자수 장식이 된 흰 소매가 달린 거무스름한 니트 셔츠를 받쳐 입고 있었다. 암녹색 면 수자棉繻子 바지의 단은 윗부분이 넓게 퍼진 검은 장화 안에 들어가 있다. 켈렌 가죽으로 만든 허리띠에는 쇠징이 박혀 있었고, 오른쪽 허리에는 은으로 세공된 짧은 칼집을 차고 있었다.

방을 가로질렀을 때 밖에서 사람들의 목소리가 들려왔다. 홀룬은 문 옆으로 가서 섰다.

"**훨씬 더 작아졌군.**"

사내 목소리가 말했다.

"응. 모든 것이 바뀐 것 같아."

다른 사내가 대꾸했다.

"난 이쪽이 오히려 더 좋아."

처음 사내가 말했다.

"뭔가 약탈할 만한 가치가 있는 물건이라도 있으면 좋겠군. 지금까지 우리가 한 고생을 감안해서라도 말이야."

"그냥 여기서 나갈 수만 있어도 난 기쁠 겁니다." 여자 목소리가 말했다. "몸에 아직도 점선이 그려져 있는 판이니."

"괜찮을 겁니다." 두 번째 사내의 목소리가 말했다. "이 장소가 멈추는 즉시 나갈 수 있을 테니까. 조금만 있으면 그렇게 될 것 같군요."

"그래요. 하지만 어디로?"

"어디든 상관없습니다. 다시 한 번 세상에 나가 살 수만 있다면 그걸로 만족합니다."

"사막이나 빙하, 해저에서 멈추지만 않는다면 말이겠죠." 여자 목소리가 말했다. "이런 느낌이 드는군요. 이 집은 자신이 어디로 가고 있는지를 알고 있고, 스스로를 그 환경에 걸맞도록 변화시키고 있다는 느낌 말예요."

"그렇다면……." 첫 번째 사내의 목소리가 말했다. "난 그 장소가 마음에 들 것 같습니다."

홀룬은 문을 밀어 재끼고 복도로 나갔다. 다음 순간 홀룬은 두 개의 칼날과 붉은 지팡이를 마주보고 있었다.

"그럼 고향으로 돌아갈 생각이 없다고 해석해도 될까?" 홀룬은 양손을 들어올리며 말했다. "그런데 자네, 그 지팡이를 좀 다른 곳으로 돌려주지 않겠나? 아무래도 본 적이 있는 것 같은 물건이라서."

"홀룬이로군." 더콘은 지팡이를 내리며 말했다. "협의회의 일원 이닌가."

"과거에는 일원이었다고 해야겠지." 홀른은 정정했다. "두목은 어디 있나?"

"젤레락 말인가?" 호지슨이 물었다. "아마 죽었을 거야. '장로신'들의 손에."

홀른은 혀를 끌끌 차며 홀 내부를 훑어보았다.

"자네들은 이걸 성이라고 부르나? 내 눈에는 도저히 그렇게 보이지 않는군. 자네들 무슨 짓을 한 건가?"

"여긴 어떻게 들어왔지?"

더콘이 물었다.

"거울을 썼어. 이제 거울을 이해하고 있는 사람은 나 혼자인 것 같군. 이 장소에 남아 있는 사람은 자네들 세 명뿐인가?"

"다른 사람들도 있었어. 하인이나 뭐 그런." 호지슨이 말했다. "하지만 모두 사라져 버린 것 같아. 이곳을 거의 돌아다녀 보았지만 아무도 없었어. 지금 이곳엔 우리하고 딜비쉬하고 블랙밖에는 없어."

"딜비쉬가 여기 있단 말인가?"

"응. 아래층에 남겨 두고 왔어."

"그럼 가세. 거기로 안내해 줘."

그들은 검을 칼집에 집어넣은 다음 홀른을 층계로 안내했다.

반쯤 내려갔을 때 강한 기류가 느껴졌다. 1층에 도달하자, 전에는 양쪽으로 여닫는 식의 문이었던 것이 이제는 커다란 한 개의 문으로 변해 있었다. 문은 열려 있었다. 밖은 밤이었고, 별들의 움직임은 느려져 있었다. 태양은 떠오른 다음 빠르게 움직이기는 했지만 천공天空을 향해 돌진하거나 하지는 않았다. 그들이 보고 있는 사이에도 느려지고 있는 듯했다. 태양이 중천에 달하기 전에 집 전체가 한 번 흔들렸다. 태양은 그 위치에서 멈췄다.

"도착했군. 여기가 어디든 간에 말이야." 호지슨은 이렇게 말하고는 안개에 싸인 산맥으로 이어지는 초록이 풍성한 풍경을 바라보았다. "괜찮군."

"식물을 선호하는 사람은 그렇게 느끼겠지."

흘룬은 문간 너머로 걸어나가서 주위를 둘러보며 말했다.

딜비쉬와 블랙이 백마 한 마리를 끌고 다가오고 있었다.

"스톰버드!"

아를라타는 앞으로 달려나가 백마를 껴안았다.

딜비쉬는 미소 짓고는 아를라타에게 고삐를 건넸다.

"맙소사!" 흘룬이 말했다. "설마 그 말까지 신성한 우리 집으로 데려가자는 건 아니겠지?"

아를라타는 화난 표정으로 뒤를 돌아다보았다.

"함께 안 갈 거면 난 아예 안 가겠어요."

"얌전하게 있는 편이 나을 거야." 흘룬은 집을 향해 몸을 돌리며 말했다. "자, 가세."

"난 안 가겠어."

호지슨이 선언했다.

"뭐라고?" 더콘이 되물었다. "자네 농담하나?"

"아니. 난 여기가 좋아."

"자넨 이 장소에 관해 아무 것도 모르지 않나."

"난 이곳 경치가, 그 느낌이 좋아. 만약 실망한다면 언제든 거울을 쓰면 그만이고."

"솔직하게 말해서 자네는 내가 좋아하게 된 유일한 백마법
사였다는 걸 아나? 흐음, 어쨌든 행운을 빌겠네."

더콘은 손을 내밀었다.

"누구든 나와 **함**께 이 장소를 떠나고 싶은 사람은 이제 나
와 주지 않겠나?" 홀룬이 말했다. "오늘은 앞으로도 할 일이
잔뜩 남아 있다네."

일행은 줄을 지어 집 안으로 돌아갔다. 블랙의 발걸음은
평소보다 조금 불안정해 보였다.

일행이 층계를 올라가기 시작하자 홀룬은 조금 뒤쳐졌다.

"자네가 바로 그 딜비쉬인가?"

홀룬이 물었다.

"응."

"내가 상상했던 것만큼 영웅적으로 보이지는 않는군. 그건
그렇고, 더콘이 들고 있는 저 지팡이가 뭔지 자넨 아나?"

"활킨타인의 적장 아닌가."

"더콘도 그 사실을 알아?"

"응."

"빌어먹을!"

"빌어먹을?"

"난 저걸 갖고 싶거든."

"그럼 더콘과 협상을 해 보면 되지 않을까?"

"그래야 할지도 모르겠군. 정말 젤레락이 죽는 걸 봤나?"

"유감이지만 봤네."

홀룬은 고개를 설레설레 흔들었다.

"돌아가자마자 자세한 얘기를 들어봐야 하겠군. '협의회'

에 보고할 수 있도록 말이야. 이제 그 작자들의 어정쩡한 정책도 무의미해졌으니까 다시 거기에 합류할지도 모르겠군."

그들은 층계를 올라 거울이 있는 방으로 들어갔다. 홀룬은 거울 앞으로 그들을 데리고 가서 주문을 활성화시켰다.

"잘 가게."

호지슨이 말했다.

"행운을 비네."

딜비쉬는 대답했다.

홀룬은 거울 안으로 걸어들어갔다. 아를라타는 호지슨을 향해 고개를 끄덕이며 미소 지었고, 딜비쉬와 함께 스톰버드를 끌고 거울 안으로 들어갔다. 더콘과 블랙이 그 뒤를 따랐다.

한순간 현실이 물결치는 듯한 감각이 왔다. 극심한 냉기의 감각을 느낀 다음 순간 그들은 홀룬의 방 안에 와 있었다.

"당장 내 보내!" 그러자마자 홀룬이 말했다. "저 말을 밖의 홀로 내 보내라고! 내 펜타그램 위에 갈색 무더기가 수북이 쌓이는 걸 볼 생각은 추호도 없어. 나가! 나가라니까! 그런데 자네 — 더콘! — 잠깐 기다려 줘! 아까부터 그 지팡이를 보고 있었네. 내 수집품에 추가하고 싶군. 내가 갖고 있는 '오말스카인의 녹장綠杖' 하나하고, '혼란의 가면' 하고 '프릴리안의 꿈먼지' 하고 교환하면 어떻겠나?"

더콘은 몸을 돌려 홀룬이 선반에서 꺼내 들고 있는 물건들을 바라보았다.

"아, 잘 모르겠군……."

더콘이 운을 뗐다.

블랙은 앞으로 몸을 수그리고는 "그 초록색 지팡이는 가짜요"라고 홀룬에게 말했다.

"그게 무슨 소리지? 이건 제대로 작동해. 거금을 들여 구입한 거라고. 자, 내가 보여주지……."

"나는 천 년 전에 상글라소에서 진짜 녹장들이 모두 파괴되는 것을 목격했소."

지팡이로 공중에 불타오르는 도형을 막 그리기 시작했던 홀룬은 손을 아래로 내렸다.

"아주 잘 만든 가짜요." 블랙이 덧붙였다. "하지만 어떻게 진위 여부를 시험해 볼 수 있는지를 가르쳐 주겠소."

"빌어먹을!" 홀룬이 말했다. "그 자식 만나기만 해 봐라. 자기 입으로……."

"벽에 걸려 있는 저 '뮤리Muri의 역대力帶'도 가짜요."

"그건 나도 의심하고 있었어. 그건 그렇고, 자네에게 혹시 일자리를 하나 제공해도 될까?"

"그건 우리가 여기 얼마나 오래 머무는가에 달렸소. 만약 이 집에 말이 있을 곳이 없다면……."

"머물 장소를 찾을 수 있어! 찾아낼 거야! 난 옛날부터 말을 아주 좋아했다네……."

방 밖의 희미한 빛을 발하고 있는 복도에서 아를라타는 딜비쉬를 바라보았다.

"피곤해요."

딜비쉬는 고개를 끄덕였다.

"나도 그래. 휴식을 취한 다음에는 어떻게 할 참이지?"

"고향으로 돌아가야겠죠. 당신은 어떻게 할 건가요?"

딜비쉬는 모르겠다는 듯이 고개를 가로저었다.

"당신이 엘프랜드를 방문한 건 정말 오래 전의 일이죠. 안 그런가요?"

딜비쉬는 미소 지었다. 다른 사람들이 방에서 나왔다.

"따라오게." 홀룬이 말했다. "이쪽이야. 난 뜨거운 물로 목욕해야겠어. 배도 채우고. 음악도 필요하겠군."

"그건 정말 오래 전의 일이었어." 일행이 홀룬을 따라 터널을 나아가기 시작했을 때 딜비쉬가 말했다. "너무나도, 너무나도 오래간만이군."

그들 뒤에서 블랙은 아무도 노래라고는 깨닫지 못한 곡조를 코로 흥얼거렸다. 앞쪽에서 비치는 빛이 점점 밝아졌다. 주위의 벽이 반짝였다. 세계 어딘가에서는 검은 비둘기들이 내려앉을 장소, 안식의 장소를 향해 날아가면서 노래를 부르고 있었다.

해설

THE CHANGING LAND

젤라즈니의 마법 오페라

아일랜드 서쪽 끄트머리에 크라이텐이라는 작은 마을이 있다. 낮은 야산 기슭에 홀로 자리 잡은 이 마을 주위를 에워싸고 있는 것은 쓸쓸하고 황량하기 그지없는 토지이다. 이곳을 지나다 보면 오랫동안 방치된 탓에 초가지붕도 사라지고 뼈대만 남은 폐가와 드물게 마주치곤 한다. 토지 전체가 황폐한데다가 주민의 모습도 눈에 띄지 않는다. 유명한 암석 지대인 이곳에서는 표토表土조차도 그 아래에 있는 암반을 채 덮지 못하며, 여기저기서 지면을 뚫고 솟구친 바위가 파도 같은 능선을 이루고 있다.

…그리고 그곳에 〈집〉이 서 있었다.

— 《The House on the Borderland》,
윌리엄 호프 호지슨

*　　*　　*

1981년, 밸런타인 북스Ballantine Books에서 간행된 '딜비쉬 시리즈'의 유일한 장편《변화의 땅The Changing Land》을 독자들에게 소개한다. 1965년 2월호《Fantastic》誌에 기념할 만한 첫 단편〈딜파로 가는 길〉이 게재된 것을 필두로, 무려 17년이나 되는 세월 동안 여러 매체를 전전하며 ― 때로는 문체나 등장인물의 성격까지 바뀌가며 ― 계속된 이 시리즈에 젤라즈니가 남다른 애착을 가지고 있었다는 사실을 짐작하기는 어렵지 않다. 본 장편은 1982년에 나온 중단편집《저주받은 자, 딜비쉬》(너머, 2005)보다 1년 먼저 출간되었지만, 실질적으로는〈분할된 도시〉,〈악마와 무희〉,〈저주받은 자, 딜비쉬〉등의 후기 단편들과 같은 시기인 1980년 전후에 쓰인 작품이며, 연대기 순으로 보자면 불구대천의 원수 젤레락을 찾아 전세계를 방랑하던 주인공 딜비쉬와 애마 블랙의 마지막 여정을 다룬 대단원에 해당된다.

　　《저주받은 자, 딜비쉬》의 해설에서도 언급했듯이《딜비쉬》시리즈에서는 젤라즈니가 청소년기에 잡지를 통해 읽었던 괴기소설과 판타지에 대한 애정이 직접적으로 표출되고 있으며, 젤라즈니의 후기 판타지, 이를테면 미완성작으로 끝나 팬들의 아쉬움을 산《Wizard World》2부작(1980~1981) 및《신 앰버》5부작(1985~1991)에서 젤라즈니가 확립한 일종의 '마법 오페라Magick Opera'*라고 부를 만한 작풍의 직접적인 원형을 제공하고 있다는 점에서도 흥미를 끈다. '마법 오페라'라는 것은 물론 우주활극을 의미하는 SF의 '스페이스 오페라Space Opera' 서브장르에 빗댄 필자 자신의 조어이다.

《변화의 땅》7장에서 마스터 마법사인 홀룬이 젤레락의 거울 주문을 '해킹'하는 대목의 묘사를 읽었다면, "젤라즈니는 과학을 마치 마법처럼 논하고, 마법을 마치 과학처럼 다룬다"라는 뉴욕 타임즈의 서평에도 수긍할 수 있을 것이다.

젤라즈니 본인의 작품을 포함한 여러 고전 및 걸작*이 패러디나 파스티시의 형태로 '딜비쉬 시리즈' 내부에서 반영되고, 반향하고 있다는 사실은 잘 알려져 있지만, 본 장편의 경우 가장 큰 틀을 제공해 준 것은 역시 '오래된 자Old One'과

---

* 여기서 'Magick'은 눈속임인 '마술magic'과 〈황금의 새벽Golden Dawn〉류 오컬트 수행자들의 의식儀式 마법을 구별하기 위한 알레이스터 크롤리 일파의 용어이며, 젤라즈니 자신의 러브크래프트적 마법관과도 밀접한 관계를 가지고 있다.

* 젤라즈니 자신의 《앰버》시리즈와 《드림 마스터》, 로버트 E. 하워드의 고전 《코난》시리즈, 마이클 무어콕의 고명한 《멜니보네의 엘릭》시리즈 등이 있다.

'장로신Elder Gods'의 개념을 중심으로 전개되는 H. P. 러브크래프드(1890~1937)의 장대한 크툴후 신화체계Chthulhu Mythos라고 할 수 있을 것이다. 특히 8장 말미에 등장하는 '초시간성超時間城'에 관한 극명한 묘사는 관계절과 쉼표로 점철된 러브크래프트의 장황하고 거창한 문장을 젤라즈니가 의식적으로 패러디한 것으로 유명하다.

어폐가 있기는 하지만 '팬 픽션Fan Fiction'이라고 불러도 무방할 듯한 이 즐거운 작품의 헌사도 심금을 울린다. 현지 미국에서도 오랫동안 전설적인 시리즈로 남아 있었던 '딜비쉬 2부작'이 1981년에 다시 복간될 수 있었던 것은 젤라즈니를 향한 작가와 편집자를 포함한 팬들의 끊임없는 러브콜 덕택이었다 ― 일부 호사가들은 이 사건이 단편 〈셀린데의 노래〉에서 석상이 된 딜비쉬가 현세의 부름을 받고 '지옥'에서 돌아오는 장면과 묘하게 겹친다고 지적하기도 한다. 헌사에서 언급된 린 카터(1930~1988)는 버로즈풍風 히로익 판타지의 고전인 《레무리아의 송거Thongor of Lemuria》 시리즈로 유명한 판타지/SF 작가, 스티븐 그레그와 스튜어트 데이비드 쉬프는 판타지 잡지의 편집자로, 이들 모두가 딜비쉬의 열렬한 팬이었다. 그리고 마지막에 언급된 윌리엄 호프 호지슨

William Hope Hodgson(1877~1918)은 러브크래프트에 앞서 코즈믹 호러Cosmic Horror 장르의 기틀을 마련한 영국 작가이며, 이 책에 등장하는 백마법사 호지슨과 '초시간성超時間城'의 모델을 제공한 장본인이기도 하다. 딜비쉬의 세계를 떠나간 '초시간성'의 여정은 호지슨의 최고 걸작이자 호러 SF의 고전인《The House on the Borderland》에서 극명하게 묘사되어 있으므로, 이 탁월한 작가에 관심을 가지게 되었다면 일독을 권한다.

김상훈(SF 평론가)

딜비쉬 연대기 일람

1. 딜파로 가는 길Passage to Dilfar
   — 《Fantastic》誌 (1965.2)
2. 셀린데의 노래Thelinde's Song
   — 《Fantastic》誌 (1965,6)
3. 쇼어던의 종The Bells of Shoredan
   — 《Fantastic》誌 (1966.3)
4. 메라이사의 기사A Knight for Merytha
   — 《Kallikanzaros》誌 (1967.9)
5. 아아치의 샘The Places of Aache
   — 《Other Worlds 2》 Anthology (1980.1)
6. 분할된 도시A City Divided
   — 《Dilvish, the Damned》 (1982)
7. 흰 짐승The White Beast
   — 《Whispers》誌 (1979.10)

8. 얼음탑Tower of Ice
   —《Flashing Swords! #5》Anthology (1981.12)
9. 악마와 무희Devil and the Dancer
   —《Dilvish, the Damned》(1982)
10. 피의 정원Garden of Blood
    —《Sorcerer's Apprentice》誌 (1979, 여름호)
11. 저주받은 자, 딜비쉬Dilvish, the Damned
    —《Dilvish, the Damned》(1982)
12. 변화의 땅The Changing Land (1981)

이 책의 텍스트로는 Del Rey의 1981년도 판을 사용했습니다.

변화의 땅
The Changing Land

펴낸날 | 2005년 9월 12일 • 1판 1쇄
        2009년 3월 2일 • 2판 1쇄

지은이 | 로저 젤라즈니 • 옮긴이 | 김상훈 • 기획 | 김상훈 오승준
편집인 | 오승준
펴낸이 | 홍민표

펴낸곳 | 도서출판 너머
전화 | 070-8276-6842 • 팩스 | 031-527-6843 • 주소 | 서울시 마포구 연남동 245-9호
이메일 | thebeyonds@gmail.com • 홈페이지 | http://www.thebeyond.kr
블로그 | http://blog.naver.com/thebeyond

출판등록 | 2004년 5월 10일 제300-2005-108호

© 도서출판 너머 2005
Printed in Seoul, Korea

ISBN 978-89-955297-4-4   04840 • 978-89-955297-0-6 (세트)

* 잘못된 책은 바꾸어 드립니다.
* 책값은 뒤표지에 있습니다.

이 도서의 국립중앙도서관 출판시도서목록(CIP)은 e-CIP홈페이지(http://www.nl.go.kr/ecip)
에서 이용하실 수 있습니다. (CIP제어번호 : CIP2005001722)